有爱的青春陪伴者

因为我是仙女呀 ②

春风榴火 著

河北出版传媒集团
花山文艺出版社
河北·石家庄

图书在版编目（CIP）数据

因为我是仙女呀. 2 / 春风榴火著. -- 石家庄：花山文艺出版社，2021.4
ISBN 978-7-5511-5379-9

Ⅰ. ①因… Ⅱ. ①春… Ⅲ. ①长篇小说－中国－当代 Ⅳ. ①I247.5

中国版本图书馆CIP数据核字(2020)第211562号

书　　名	因为我是仙女呀.2
	YINWEI WO SHI XIANNÜ YA.2
著　　者	春风榴火
统筹策划	张采鑫
特约编辑	娄　薇
责任编辑	卢水淹
美术编辑	胡彤亮
责任校对	郝卫国
装帧设计	刘　艳　西　楼
封面绘制	MORNCOLOUR
出版发行	花山文艺出版社（邮政编码：050061）
	（河北省石家庄市友谊北大街330号）
销售热线	0311-88643221/29/35/26
传　　真	0311-88643225
印　　刷	湖南凌宇纸品有限公司
经　　销	新华书店
开　　本	880×1230　1/32
印　　张	9.5
字　　数	372千字
版　　次	2021年4月第1版
	2021年4月第1次印刷
书　　号	ISBN 978-7-5511-5379-9
定　　价	39.80元

（版权所有　翻印必究·印装有误　负责调换）

目录

contents

第一章	我等你	001
第二章	我是男人	033
第三章	我喜欢你	074
第四章	复仇	090
第五章	折风少年	106
第六章	未来可期	129
第七章	漂亮的怪阿姨	137

目录

contents

第八章 她回来了 153

第九章 生而同袍，荣辱与共 186

第十章 你才是我的梦想 206

第十一章 好爸爸 228

第十二章 送给我此生的挚爱 245

番外一 认识你，真是一种庆幸 272

番外二 夏天×任翔 278

番外三 三个岳父爸爸 294

我等你

第一章

次日清晨,众人吃早饭的时候,陆蔓蔓从包里摸出一颗空弹壳,漫不经心地扔到大伙面前。

一言未发,她观察着众人的表情。

迟绿嚼着小饼干,子弹壳离她最近,顺手捡拾起来,打量一番,说道:"空的?"

许城和安彦正说着话,没注意到异常,而李银赫的目光有意无意地落到子弹壳上。

陆蔓蔓脆声道:"昨晚我和原修在林子里被偷袭了。"

众人诧异。

"偷袭?周围有别的队伍吗?"迟绿不可置信,"可是没有听到枪声啊!"

"装了消声器。"陆蔓蔓说,"林子隔得远,所以你们没听见。"

"为什么我们这边没什么动静?"

"因为……"陆蔓蔓望向众人,一字一顿道,"因为偷袭我的家伙,就在这里。"

"什么?"迟绿惊愕,"你是说我们中……有反水!"

许城看向陆蔓蔓:"你怀疑谁?"

"林子里枪响十二声,我记得很清楚。"陆蔓蔓平静地说,"而昨天晚上睡前我们清点过子弹。"

子弹是均分的,现在谁少了子弹,很容易就会被发现。

许城和迟绿率先把自己包里的子弹全部翻出来,5.56 毫米的子弹 50 发,7.62 毫米子弹 70 发,和昨天傍晚清点的数量一致。

安彦虽然不情愿,但还是打开了自己的背包,不满地说:"我昨天清点过,我只有5.56毫米的子弹90发,一发没少。"

于是,众人将目光转向唯一没有开口的李银赫身上。

李银赫用英文说道:"你们讲什么,我听不懂。"

原修耐着性子,跟他掰开揉碎解释一通。

李银赫神情变化,从紧张到轻松,俨然一副死猪不怕开水烫的架势,将自己包里的子弹倾倒出来:"数呗。"

迟绿凑过来,清点了李银赫的子弹,随即,她望向陆蔓蔓:"7.62毫米的子弹,少了12发!"

而陆蔓蔓的那颗空弹壳,正好是7.62毫米的子弹。

见大伙脸上表情各异,李银赫恍然间好像明白了是怎么回事:"不是我!我也不知道子弹是怎么回事!"

"子弹一直在你的包里,昨晚清点的数量和现在的数量对不上,少的刚好是7.62毫米的子弹,你要解释吗?"

李银赫连忙蹲下身,颤抖的手一颗一颗数着自己的子弹:"怎么会,怎么会这样!怎么会少子弹!"

迟绿面无表情地说:"演技不错。"

李银赫站起身来,一脚踹飞了地上的子弹,情绪激动:"不是我!我什么都没做!"

他伸手指着众人:"你们、你们陷害我!"

几人不说话,倒是安彦漫不经心地说了声:"贼喊捉贼。"

"你在我衣服里面放了虱子,昨晚又在背后放冷枪,这看不惯我,嗯?"言语间,陆蔓蔓已经给自己手里的枪换了弹夹,速度极快,几秒钟的时间,枪已经抵在了李银赫的额头上。

"不是我!"李银赫浑身战栗,急切地大喊,"我说了不是我,之前有别的战队来挖人,让我想办法叫你输,但是我没同意!"

陆蔓蔓显然不相信他:"为什么不同意?"

"我虽然讨厌你,也讨厌他!"他指着原修,气呼呼地说,"你们总说中文,故意不让我知道你们讲什么,排挤我,干什么都是你们几个一起,我单独一个人,哼,我也不稀罕和你们当朋友。"

他顿了顿,平复了心绪,神情开始变得坚定:"但是我的枪,绝对不会指向自己的队友!这是我的原则,在韩国,我也是圈子里排得上号,数一数二的职业队员,我怎么可能做这种事!"

"好听的话谁都会说,不过证据就在眼前。"迟绿咄咄逼人,"子弹在你的包里,昨晚你抱着自己的背包,连睡觉都没撒手,说别人陷害你,谁信啊。"

陆蔓蔓冷笑一声，手里的枪在指尖飞速转了一圈，突然指向了迟绿："不好意思，我信他。"

李银赫猛然抬头，望向陆蔓蔓，目光中多了几分复杂难解之色。

难以置信。

她信他？

安彦看不懂，茫然地问："什么情况？"

迟绿更加不明所以，唯独许城目光里露出些许意味深长。

"原修经常教我中国的成语，有一个词，叫言多必失。"陆蔓蔓看向迟绿，"前几天的迟绿姐姐，高冷矜持，今天早上的迟绿姐姐，表现得未免太主动了些。"

迟绿一把扔下手里的包，恨恨道："就因为这个，你怀疑我？同为女生，知道女生在职业赛里的诸多不易，我当然会更关心你的安危！"

陆蔓蔓扬了扬嘴角，走到迟绿身前，一根手指头一根手指头的，用力掰开她紧握的右手。

迟绿的右手掌心中，紧攥着一枚7.62毫米的子弹。

"昨天晚上你偷了李银赫的子弹，我就赌你慌张之下不记得自己偷了多少枚，但是我记得，整十一声枪响，我刚刚谎报十二枚，而你太紧张，记不清自己到底打了多少枪，清点李银赫子弹的时候，便顺着我说的数量，多带走了一枚。"

"你套路我！"

陆蔓蔓淡淡道："就是想看看，谁会最先忍不住。"

迟绿冷笑一声："M4，好深的心机。"

"谢谢。"陆蔓蔓看着迟绿，目光冷了下来，"跳蚤也是你干的？"

迟绿沉默半晌，终于承认："是。"

"理由。"

"本来就没想和你们组队。"迟绿冷冷地说，"我最先发现人质聚集点，本来准备一个人端了窝，带走人质单干，没想到在我搜集物质的时候，你们居然找了过来。"

安彦不解地问："为什么要单干，很容易死的。"

迟绿皮笑肉不笑："跟你们这帮男人组队就不容易死吗？反正都是当炮灰，还不如一个人单干。"

她看向陆蔓蔓："别以为当个队长有什么了不起。"

她指了指许城、安彦，又指了指原修："让你当队长不过是客气，让着你呢。你以为他们真的看得起你吗？天真。"

是吗？陆蔓蔓看向许城，这些日子他引而不发，嘴角时不时地露出谜之微笑，也在笑她班门弄斧，关公门前耍大刀？

陆蔓蔓的目光渐渐冷冽，转向原修，沉声问："你呢，也觉得我不配当这个

队长?"

原修微微挑眉,平静地说:"我是你的人……质,你说呢?"

原修表明了态度,而许城说道:"作为职业的队员,既然选定了队长,即便心有不甘,也应该绝对服从队长的命令,这是我们的职业素养。"

安彦也跟着点了点头,看向陆蔓蔓:"不可否认,你这队长当得还不错。"

迟绿不屑地冷哼:"他们都说,真人竞技是男孩子的天下,女孩子永远不能打出头,所以我永远只能当替补。"

她指着陆蔓蔓:"我不信你,也不信他们,我只相信我自己,只有在比赛中比任何人做得更好,打出最优秀的战绩,才能让所有人看到我。"

"你知道敌不过我们所有人,所以趁着我和人质独处的时机,偷袭我,带走人质,一个人吃鸡。可是你高估了自己,也低估了我。"陆蔓蔓冷笑道。

迟绿扔了手里的子弹:"成王败寇,无话可说。"

"你在我身上放跳蚤的事,我可以不计较,但是……"

迟绿眼角微微一跳,果然还有但是。

陆蔓蔓冷声说:"李银赫虽然讨厌,但有句话,我很认可,枪是用来杀敌,绝不会指向自己的队友。背后放冷枪这种事,犯我的忌讳。"

曾经遭遇过背叛,陆蔓蔓绝对不会容忍再有第二次。

绝不。

她迅速拆下了弹夹,随手一扔:"在我重新装好弹匣之前,你可以跑,能跑多远,看你的本事。"

此言一出,迟绿拔腿开溜。

识时务者为俊杰,她可不想死这么早。

陆蔓蔓从背后抽出全新的弹夹,慢悠悠地塞进一枚子弹。

安彦低声问许城:"M4可以5秒装弹,怎么现在速度这么慢?"

许城皱眉看向陆蔓蔓,她气定神闲,填弹、装枪,然后慢悠悠地抬起手。

许城说:"可能只是……不屑用在她身上。"

陆蔓蔓的确不屑,而在她缓缓拆装弹夹的同时,迟绿的身影即将消失在丛林中,模糊得只剩最后一个圆点。

陆蔓蔓抬枪,瞄准那个圆点。

许城摇了摇头。

不可能命中,别说丛林树枝横生,就看迟绿跑得极有技巧的S路线,陆蔓蔓拿的又是没装倍镜的手枪,一发子弹,绝对不可能命中!

"砰"的一声,陆蔓蔓开枪了。

一发子弹,千里追击,擦过的绿叶枝蔓被气流带动翩飞。

"嗖!"

迟绿猛地顿住脚步,她伸手,难以置信地摸着自己的后脑勺。

满手弹粉灰尘。

竟然爆头!

这么长的时间,这么远的距离,她居然还能命中,还能……

一枪爆头!

众人露出了愕然不可置信的神情。

直到现在,许城才明白,为什么原修会在看她的时候,情不自禁地露出欣赏和迷恋的表情,甚至愿意寸步不离地跟在她身边。

能让原修看得上的女人,实力还真是恐怖得令人发指。

这个M4到底是哪里冒出来的天才选手!

安彦对陆蔓蔓的态度渐渐发生了变化。

对于陆蔓蔓的决议,或者舔到肥包之后的武器分配,他不再叽叽歪歪地抱怨,因为就目前的情况,整个战队最弱的人好像变成了他。即便有不满,他也没有资格抱怨。

经历了迟绿这件事所引发的信任风波后,在日常的相处中,李银赫依旧不合群,无论吃饭还是休息,他都是一个人独自坐在边上,但不会像过去那样总是冷着脸,好像全世界都欠他账似的。

有时候,大家开玩笑说话互怼,陆蔓蔓也会冒英文出来,原修自然最能体察圣意,跟着用英文接话。

李银赫听到,会抬起头来望他们一眼,但依旧别扭着,闷声不吭,心里面却舒坦了不少,至少他不再是被集体孤立的那一个。

人不会永远喜欢孤独,即便是痞子或者冷血杀手,一个人独处待久了,也会渴望拥有朋友,尤其身在异国他乡。

陆蔓蔓尤其能体会其中的辛酸滋味,对李银赫态度稍和缓,但是不会和他过多接触。

丛林作战第四天,幸存的选手不过五分之一,所有战队都朝着最后的安全圈行进,接下来他们的处境将会更加危险。

一场枪林弹雨的激战中,陆蔓蔓四处寻找原修的身影。

原修灵活的身影穿梭在丛林之中,就像田间的鼹鼠,速度快得惊人。原修不会当没有用的人质,他在帮陆蔓蔓吸引火力。

陆蔓蔓跑过去揪住他的袖子,拉着他跑出敌人的火力圈,蹲在低地的障碍物旁,气呼呼地说:"你能不能乖一点,不要擅自乱跑啊!"

原修胸膛起伏不定,不过神情似乎很快活。他喜欢和陆蔓蔓并肩作战的感觉,喜欢和W成为队友的感觉,酣畅淋漓。

"你现在是我们战队行走的积分,我揽下了保护你的职责,你要是挂了,我得在他们跟前,引颈自裁。"

"引颈自裁,这个词用得不错。"原修拍拍陆蔓蔓的脑袋,"中文越来越好了。"

"真的啊。"陆蔓蔓嘻嘻一笑,喜欢被他夸奖,"那你以后多教我用成语。"

"让你这小话痨变得更加伶牙俐齿,别人还能活?"

不远处,李银赫差点让对面的狙击手爆了头。他扔掉手里的空枪,愤愤地说:"家里秀,出来还秀!你们能不能专心打场比赛!"

陆蔓蔓提枪干掉躲在树后的狙击手,李银赫过去舔包(捡装备和补给),陆蔓蔓对原修说:"接下来你真的要乖乖的了,不准乱跑,要听我的命令。"

"不听又怎样?"

陆蔓蔓低头想了想,说道:"不听话,那我就要生气。"

原修嘴角微扬,一双桃花眼分外勾人:"你还要生气啊。"

陆蔓蔓连连点头。

原修眼神更加柔和:"那好,我听你的。"

"真乖。"陆蔓蔓拍了拍原修的头,"已经第四天了,越到决战圈,幸存下来的对手越是厉害,我们不可以掉以轻心。还有阿横和任翔的队伍,也是我们的劲敌,反正你就跟紧了我,别乱跑。"

原修似笑非笑,耐心听她絮絮叨叨讲着战略战术:"那我牵着你行不行。"

陆蔓蔓连忙把手递过去:"你牵紧我。"

原修立刻用温厚的大掌包裹着陆蔓蔓的小手,他掌心干燥而柔软,陆蔓蔓觉得这样很舒服。

不远处李银赫舔了包,回头见着两人手牵手,又炸了:"还秀!你们出来郊游还是比赛的,想不想赢了?"

陆蔓蔓温柔的绵羊音立刻换成了凶巴巴的河东吼:"找死啊!"

李银赫瞬间噤声,舔了包讪讪离开。

"刚刚看到M4战队和别的战队互殴,本来想阴他们一下,没想到他们居然拿下了人质原修。"

一棵不知道生长了几百年的粗壮大榕树下,任翔嘴里叼着狗尾巴草,摇头说道:"得罪谁也不能得罪爱记仇的队长大人,于是小哥哥当机立断,果断撤退!"

顾折风表现出对任翔惯有的鄙夷:"你是有贼心没狗胆,贪生怕死不敢和队长正面'刚'。"

"嘿你个未成年,你懂什么,原修跟你一样都是没用的人质,连枪都不能拿,我怕啥,你说说我怕啥!"

程遇拎着矿泉水瓶，说道："你当我家M4队长小姐姐是花瓶摆设吗？没等你阴她，反倒成了她的枪下鬼。"

"哎！"任翔指着程遇嚷嚷，"这叫啥，长他人志气灭自己威风！我现在才是你的队长！敬爱的崇拜的宇宙第一帅翔翔队长！"

程遇皮笑肉不笑："呵。"

于是，任翔一本正经地教育顾折风："红领巾，哥哥教你，这女人啊就得治，尤其是要娶回家当媳妇的女人，你不治她，她就骑你头上耀武扬威。换了我，一顿鞭子狠抽，立刻就老实了。"

阿横笑说："你敢给小夏天一顿鞭子，我立刻敬你是条汉子。"

"开玩笑！"任翔拍拍自己的胸部，"我让她往东她不敢往西，要是不听话哥哥抬手就是两巴掌……"

他回头，赫然发现程遇笑眯眯地望着他，意味深长。

任翔艰难地咽了唾沫，立刻改口："要是不听话，哥哥抬手就是两巴掌……抽自己脸上！然后跪求我家夏天宝贝的原谅。"

顾折风哈哈大笑："怂货！"

任翔挪到程遇身边："亲姐，您记得在夏天跟前多多美言几句，一定要告诉她，我在丛林中怎样英勇作战身负重伤，保卫团队战绩卓越！"

"小夏天并不关心你有没有英勇作战。"程遇毫不留情地扎他心，"你家小夏天永远只会担心两件事，那就是怎么保持年级第一和怎么打压年级第二，使其丧失斗志，身负重伤，消沉度日。"

阿横："服气。"

顾折风："奇女子。"

"哎，难过了，难过了。"任翔捂着胸口坐在石头上，唱了起来，"思念是一种很玄的东西，如影——随形。"

"难听。"顾折风捂着耳朵，挪到程遇身边坐下来。她背靠着大树，手拿着枪，正在抽换弹匣，练习快速装弹。

她戴着军绿色的鸭舌帽，帽檐在她的脸上分割了阳光与阴影，眼睛埋在阴影中，显得格外深邃。

她的瞳眸是深褐色的，鼻梁高挺，眼眶略深，不像亚洲人平面的轮廓，倒有点欧美范儿。她鬓间的发丝垂下来，丝丝缕缕。

顾折风想学自家队长日常撩妹套路，将她的发丝挽到耳后，但是他没这个狗胆。

他的目光落到她手上。她五指细瘦如葱，用纤纤玉手来形容，再恰当不过了，拆换弹夹手法略显生疏。

顾折风掏出后腰的枪，演示一遍快速装弹，噼里啪啦，装上，拆下，装上，

007

拆下……连做了四五遍。

可是程遇一遍都没做好。

他战战兢兢地看向程遇,恰逢程遇也凝眉看着他,不爽道:"干吗,示威?"

顾折风连忙道:"不,不是,我没有……"

唉,简直蠢破天了,任翔实在看不下去,就顾折风这小奶狗,想把程妖精搞到手,估计得等到世界末日那一天。

任翔对程遇说:"红领巾少年是在教你怎么快速装弹。"

还不等程遇开口,顾折风立刻反驳:"我不是少年!"

任翔心说,我在帮你啊,这时候能不能别怼!

程遇问顾折风:"说起来,你今年多大?"

顾折风沉吟片刻,严肃地回答:"二十三岁。"

任翔:"哈?你是穿越时空的少男吗?"

程遇当然也立刻表示不信:"我还以为你十七岁呢。"

"十七岁……"

宛如致命暴击,顾折风瞬间蔫了下去。

十七岁……原来在她心里,他这样小,这样不成熟。

任翔不忍心,于是说道:"折风同学今年十九岁,再有几个月,满二十了,是男子汉,不是小朋友。"

程遇嘴角扬起微笑,拍了拍垂头丧气的顾折风的肩膀:"那也还小,能当我弟弟。"

顾折风简直要哭了,转身,气急败坏:"谁要当你弟弟!"

"哟,小破孩,挺有骨气啊。"

程遇不再理会顾折风,她走到任翔身边,手肘戳了戳他:"你说,我们能赢吗?"

赢过原修,赢过 M4。

她有些害怕,毕竟太了解那两位,所以知道自己不会是他们的对手。

任翔抬眸望向山腰间的一抹斜阳,沉声道:"无论对手多强,在我倒下之前,从不认为自己会输。"

"是吗?"

任翔将手枪别在自己腰后,扭头看向她:"当然,在我倒下之前,绝不会让我的队友倒下。"

所以,不用怕。

程遇看着他坚定的目光,突然心安了。

他的自信似乎与生俱来。任翔,也是了不起的职业选手啊。

她想起过去翻阅 X 战队成员信息表时,关于任翔的资料,关于他家庭背景的描述只有简短几行,极具神秘色彩的只言片语,大概是说他从小在部队长大,接受的是最严苛的军旅训练。

他少年时期初入行便一鸣惊人,几乎可以说是一战成名,横扫了大半个竞技圈,彼时中国真人竞技方兴未艾,他是伴随整个行业一路成长起来的男人。

即便后起之秀势如破竹,他的盛名依旧不减。

在任翔抽身离开之后,程遇对顾折风说:"难怪夏天会心动,其实泰迪有时候还真够劲儿,是男人。"

顾折风看着任翔的背影,又看了看程遇,心里兀自琢磨。

是吗,喜欢这样的男人。

青灰色的天空,还闪烁着几颗稀疏的星,朝阳在山峦背后,懒洋洋不肯升起来。

今天的战役在黎明就打响了。

荒野生存比赛的第五天,也是最后一天。腕表所显示幸存的选手人数,不超过二十人,而最后活下来的人质,只有两个。

原修和顾折风。

任翔的战队所采用的战术比较稳妥,以防守为主,重点保护顾折风。

他们占据了地势较好的山坡堡垒,在这里死守了好几个小时,无论是偷袭还是光明正大杀过来的敌军,都让任翔的枪毫不留情地解决掉。

这些年,他的风头让原修和顾折风盖过不少,现在独立领导一支战队,担当输出,他准确的命中率、灵活敏捷的身法和强势的火力碾压,还有沉着应战时候那股子坚定的神情,让他光芒四射。

没有生死却硝烟四起的战场之上,每一个人都在发光,因为他们手中的枪,是他们的梦想和信仰。

荒野生存比赛,和他们之前打的职业联赛是一样的规则,一开始会有大片供选手活动的范围,但是随着时间的推移,活动范围会不断缩小,最终划定一片面积很小的安全区域。

选手们通过手上的腕表得知安全区域在哪里,恰好在区域内的选手就比较好运,可以从容地把自己掩护起来,而不在区域内的选手,就需要朝安全区奔跑。

腕表装了定位和感应系统,在规定时间没能进入安全区的选手会被淘汰。

而所谓安全区,恰恰也是最危险的区域。不进来会死,进来如若粗心大意,也会死,因为所有幸存下来的选手,都会埋伏在安全区域的某个角落,等待猎物。

越到最后,安全区的范围会越小,从百来平方米,到十平方米、五平方米,最终收缩到一平方米。防止选手一直躲藏在掩体后面不肯正面应战。

这是勇敢与怯懦的博弈,也是聪明和愚蠢的对垒。

任翔、程遇他们所在的位置，目前来看是在安全区非常中心的位置，而且地形相当有利，位于山地，视野很好，坡上还有军事防御堡垒，可以说天命位置了。

能稳稳妥妥活到现在的战队，实力都不会弱，他们的每一步，都必须谨慎小心。

"我已经嗅到了队长那股阴森森的味道，不弄死他，我就不能安心。"任翔背靠着防御沙包，给自己的枪装上子弹，"我去引一拨火力，你们保护好我队儿童。"

程遇立刻拉住他："不是说打防御战吗？"

"防御不是苟在这里当缩头乌龟。"任翔往山下望了望，"还剩两个人质，我们和M4的队伍，一定得拼个你死我活，先下手为强。"

"那还是我去。"程遇背上了枪，压下帽檐，"你和阿横保护折风，我比较不重要，死了也没关系。"

任翔挑眉看向她，她从包里摸出几个烟雾弹装在腰后，神情丝毫不似作伪。

比较不重要，死了也没关系？

"每位选手入职前，都会有自己的座右铭，程姐姐的座右铭就是'死了也没关系'？"

程遇哼了声："那你是不是不想要媳妇了。"

"哎哎，别这样，我乱说的，您大人不记小人过。"任翔连声道歉，又说，"死了可就拿不到多倍积分了。"

程遇从来没想过多倍积分的事："我觉得我们队伍……嗯，应该拿不到多倍积分。"

"讲真的，我不得不怀疑，你是给你们家M4小姐姐打卧底的特务。"

程遇叹息一声，他们不知道，但是她知道M4就是W啊，她可不认为他们有能赢了W的本事。

阿横按了按程遇的肩膀，鼓励道："新人队的成员会有老队员带，等回去之后我跟老杨申请申请，带你打，一定要把你这还没比就认怂的毛病纠正过来。"

如果一开始就认定了自己会输，谁还会好好打比赛。

程遇也觉得，自己这种心态是不正确的，应该好好纠正。

听到说带新人的话，一直蜷在角落闷不吭声的顾折风突然抬头望了两人一眼，红润饱满的嘴唇张了张，但最终还是缄默不言，埋下头去。

他入职时间不长，如果带新人的话，肯定还是入职最早的阿横更有资格。

唉！

情绪是会传染的，任翔走过去踹了顾折风一脚，说道："就没见过这么丧的队伍，都振作起来，最后的战役，打漂亮点。"

顾折风拍了拍自己的屁股，然后趴在堡垒边观察敌情。程遇提枪要走，任翔却先她一步，朝着山下跑去。

"保护好我方积分。"他回头招呼程遇，"别让他死了，咱就指望他涨薪资呢。"

程遇翻到顾折风身边，将他的脑袋压下去："听到了没，临时队长吩咐，咱就指望你涨薪资，可悠着点。"

她一靠近，顾折风立刻老实，乖乖听话，跟小狗一样坐在她身畔，目不转睛地看着她。

阿横还觉得挺神奇，顾折风这辈子除了队长的话肯听以外，上天入地就没人能治得了他。

兴许天才都是偏执狂，他为人处世有自己认定的一套死理，我行我素。

没想到居然还能乖乖听程遇的话，这女人是掌握了驯服小奶狗的什么绝招吗？神奇。

正对面的丛林中，任翔宛如穿梭跳跃的藏羚羊，在枝叶横生的坡地上奔跑着，所有的障碍物于他而言，都不算障碍。

草丛中，原修对正在开枪瞄人的陆蔓蔓说："西南方向，又来一拨人头。"

陆蔓蔓发现了正在飞速奔跑的任翔，没走心，随便扫了一梭子，面无表情地说："在我面前浪，都得死。"

任翔猛地蹿向树后面闪躲，不过弹粉还是在他后腰位置擦出一道黄色的痕迹，不至于致命。

他抬头望向子弹来处，恰好与陆蔓蔓目光对视上。

她眸色幽深，眼神冷冽。那一瞬，饶是这么多年职业路上风雨见惯的任翔，心底也不由得升起几分惧意。

"怕个屁啊。"他暗骂自己，一个乳臭未干的小丫头，即便再有天赋，也是新人，他怕什么！

任翔抬枪朝陆蔓蔓的方向一阵猛扫，枪林弹雨中，陆蔓蔓压着原修的头埋在草丛中，借助地势躲避子弹。

面前的草垛枝叶横飞，弹粉洋洋洒洒漫了天。

陆蔓蔓压着原修趴在草丛里，喘息着抬起头，迅速抬枪，继续和任翔干。

她整个人趴在原修身上，用全身每一寸皮肤保护着他不被流弹误伤。

原修一回头，高挺的鼻梁便蹭到了她的胸部，嗯，很软很软。

他脸颊不禁泛了红。

陆蔓蔓隐忍的声音传来："你是猪吗？"

"嗯……"

你说什么是什么，都依你都是你的……原修这个时候脑子飘飘然，已经

空了。

"你再拱我,我就不客气啦。"

陆蔓蔓也没多生气,主要他这样子拱她,大大地影响她操作了。W的世界,永远是比赛优先,磨磨唧唧的亲昵她并不排斥,但最好不要影响她的比赛。

她的枪口抵在原修的脖颈位置,原修立刻离她远了半公分,细长的手指尖慢慢将枪口挪开,声音低醇:"小心走火,实在生气就想想积分,翻倍积分……"

陆蔓蔓移开枪,身体的酥麻感还没有褪去,原修连忙扑过来将她脑袋下压,避开任翔的子弹。

好险。

那枚子弹打在两人近旁的草丛中,扬起灰粉。

"别太轻敌。"原修望着前方,沉声说,"别看任翔打辅助,真要干起来,他的输出也很强势。"

陆蔓蔓完全不想理原修,刚刚害她差点翻船,现在又一本正经跟她讲大道理,啊,好气。

趁着火力减弱,任翔换弹夹的空隙,陆蔓蔓伸手用力掐原修手臂。

不过捏到的只是一块硬邦邦的肌肉。

原修挽起衣袖,把自己手臂递过来:"咬一口,解气。"

陆蔓蔓垂眸,瞥见他手臂麦色肌肤,手腕处还系着一根红绳。

她多看了那红绳一眼,随即嫌弃说:"离我远点。"

原修爬远了些,陆蔓蔓心说这时候又这么听话。

总之心里越发不高兴起来。

"你……别走太远。"

原修没有忤逆她,挪了回来,跟她靠在一起,帮她观察敌情,顺带在自己头顶盖了一片巴掌大的树叶。

本来陆蔓蔓都要真的生大气了,见原修又巴巴地靠了回来,她的火气便烟消云散了。

"你要听我话,知道吗?"

循循善诱的调子。

"嗯,知道。"

陆蔓蔓捏了捏他的掌心肉:"我会保护好你。"

任翔不再冒进,而是躲在大树后不肯现身。M4枪法太准,无论他怎么闪躲,身上都有几处擦伤的弹粉痕迹。再有一枪,他就淘汰出局了。

阿横不愧是多年和任翔配合,一路走过来的黄金搭档,他早在任翔陷入窘境之前,就已经悄悄摸了过来。

任翔的以身犯险暴露了陆蔓蔓的位置,阿横小心翼翼地摸到陆蔓蔓身后,抬枪欲射。

嗯，先射原修还是 M4？

纠结片刻，他果断作出决定，先搞定 M4，反正人质不能持枪，没有任何战斗力，先搞定火力输出的 M4，原修就任由他宰割了。

"砰"的一声，阿横子弹飞出去的那一瞬间，原修揪住陆蔓蔓的头发，将她往泥地中猛地一按。

陆蔓蔓整张脸埋入泥土，她猛地闭上眼睛，来不及尖叫，原修立刻又将她揪起来，挡在自己身前。

陆蔓蔓不愧是受过最专业训练的顶尖职业选手，她迅速反应过来，在原修揪她起来的同一时间，她看准了阿横所在的方向，几乎不用瞄准，砰砰几枪扫过去。

阿横没想到原修会来这样一出，抓着陆蔓蔓又当枪又当挡箭牌，真是够了。

待他回过神来，身上已经爬满了五颜六色的弹粉。

淘汰掉阿横之后，陆蔓蔓问原修："你怎么知道他在后面？"

"这么多年磨合下来的队友，任翔屁股一抬我就知道阿横要拉……"

原修住口，心说还是不要对她讲糙话。

"嗯？"陆蔓蔓还在等他的下文。

"任翔不肯现身，明显是在等后援，阿横和他配合默契，在任翔暴露我们位置之后，他就已经摸到我们的后方了。"

不过千算万算，没把自家队长算进去。

阿横死得不冤。

再回身，任翔早已经不见了踪影。

山坡的军事堡垒中，只剩了程遇和顾折风两个人，四面楚歌。

程遇越发紧张，拿枪的手都抑制不住地颤抖。

现在只剩她，只剩她保护着手无寸铁的顾折风，周围都是枪声，四面都是敌人。

不行，肯定不行，她做不到的……

四下遍布着战绩卓越的职业选手，无论是谁都可以轻而易举搞定她。

任翔把顾折风交给她，真是大错特错。她根本没有这个实力能够保护他，顺利完成任务……

她就是一个新手，一个天赋和勤奋都不够的新手，陆蔓蔓带她上位，才能顺利入职，其实她根本不够水平吧。

不绝于耳的枪声扰得程遇脑子乱哄哄。

她紧张又害怕，紧咬着下唇，额间也渗出薄薄一层汗。

就在她不知所措之际,身后背负的 AWM(狙击步枪)被人抽了出来。

程遇回头,见顾折风三下五除二,熟练地架好了枪。

他抬眸望向她,幽深的黑瞳平静无澜。

"过来,我教你怎么打狙击。"

"定点狙,跳狙,闪狙,盲狙,冲锋狙,从易到难排序。定点狙是初学者的第一步,守在一个地方,等人经过再开枪。我们现在占据了最好的地理优势,我先教你定点狙。"

顾折风架好枪以后,摆正了姿势,将眼睛对准倍镜,瞄准,手扣扳机。

摸到枪的顾折风和平时很不一样,这也是程遇第一次近距离看顾折风拿狙击的样子。他神情专注,眉心微蹙,目光紧扣猎物,俨然如埋伏在丛林深处的兽。

他是国内最强狙击手,无人能出其右。

作为人质,他不能开枪,只能给程遇作动作示范。

"过来。"

他让开枪位,程遇便靠了过来,学着他的姿势,偏头对着瞄准镜,手扣扳机。

她心跳怦怦怦,顾折风趴在她身边,时不时调整她手臂和脑袋的姿势。

"假狙比真狙容易,即便是新人,也很容易上手。"他将手按在她的背部,从起伏的呼吸中,能感受到她的紧张心绪。

"心态平和,以静制动。"

他低醇而富有磁性的声音缓缓递入她的耳畔:"有我在,不要怕。"

一切都交给他,所有的紧张、不安和恐惧,都交给他。

拿到狙击的顾折风,和平时画风格外不一样,在他从容的安慰中,程遇的心境好像真的平和了许多。

"看到人了吗?"

"看到了,很多。"

她目光紧扣瞄准镜,放大的倍镜中,能清晰看到草丛中埋伏的敌军。

"选准目标。"

"选好了。"

程遇锁住趴在灌木之后的男人,红点对准他的头,扣下扳机。

强大的后坐力让程遇身体不禁往后耸了耸,她重新瞄准倍镜,发现自己并没有打中那人,而那人也敏锐察觉到了她,架好枪准备射击。

还没等程遇反应过来,顾折风一把拉起她的衣领,将她整个人按在了堡垒防御之下,随之而来的便是密集的枪声,灰尘唰唰落下,呛人至极。

"感觉怎么样?"

程遇皱眉:"很难。"

"多练练就顺手了。"

顾折风收枪欲走,程遇问他:"去哪儿?"

"定点狙,讲究一击制胜,要尽可能减少在热门地点站位。这一局打下来都是高手,我们的站位已经被摸透。"

"所以是要打一枪,换一个地方吗?"

顾折风点头。

任翔和陆蔓蔓还在鏖战,安全区越来越小,她不想再和任翔多周旋,准备一枪解决了他。

正在此时,不知哪里飞出来的子弹,擦过了陆蔓蔓的手腕。枪托一歪,任翔躲过一劫。

陆蔓蔓抬头,赫然见坡地一棵大树后,程遇架着狙击枪,瞄准了她。

瞄的是头,却打中了手,不过阴错阳差救了任翔。

可以啊小姐姐。

陆蔓蔓冲程遇竖了个大拇指,随即毫不犹豫朝她开了一枪。

程遇被陆蔓蔓一枪爆了头。

顾折风躲在树后,讶异地望向程遇:"距离这么远都……M4枪法太准了吧!"

程遇当然知道,对付M4,如果不能一击制胜,基本上自己已经算是半个死人。

她拍了拍顾折风的肩膀:"自己小心。"

她火速离开战区,以免影响其他选手的比赛。

止步于此,程遇一点也不觉得遗憾。顾折风带着她四处躲藏,选位置,调整姿势,瞄准,射击……虽然没有拿下人头,但是心中的恐慌和紧张,在她握住狙击,开枪射击那一刻,全然烟消云散。

安宁沉稳,心无旁骛。

眼中只剩猎物,只剩目标,只想赢!

人和枪在那一刹产生奇妙的化学反应,而在那个时候,她和他是心灵相通的。

"怯懦的人不配手握狙击。"

任翔说每位选手入职的时候,都有自己的座右铭。

顾折风的座右铭——

怯懦的人不配手握狙击。

程遇还没走远，顾折风突然叫住她："哎。"

她回头，见他突然脸红，似乎有话要讲。

"嗯？"

"阿横说的，回去之后带新人的事……"

"怎么了？"

"你……想打狙击吗？"

程遇挑了挑眉，似乎明白了什么，目光也越发意味深长。

教她打狙击，原来是想带徒弟了啊。

顾折风被她看得不自在："不想就算了！"

"我考虑考虑。"

程遇笑着转身离开，顾折风长长松了一口气。

夕阳日暮，战役也终于进行到最后阶段，陆蔓蔓的战队最终只剩下原修以及打得比较畏缩的李银赫，加她三人。

许城一不小心让任翔干掉，而陆蔓蔓则帮许城报了仇。

安全区缩小到一块不过五平方米的空旷区域，李银赫在往安全区飞奔的时候被子弹命中，淘汰。整个战队还剩了陆蔓蔓一个人。

不过其他战队也好不到哪里去，牛的基本上都成了独狼。能活到现在的都是中国职业战队中最顶尖的选手，谁身上没两把刷子。

顾折风在程遇离开之后没多久，也被击中了，现在只剩了原修一个人质。

陆蔓蔓带着原修，背靠一棵大树，前面的那一小块安全区，无疑是所有幸存者枪口所瞄准的地方。

谁去谁死。

可是如果不进入安全区，在区域外的人，同样是死，只剩最后两分钟的时间，陆蔓蔓和原修距离安全区还有二十米。

跑过这二十米，冲进安全区，如果能不死，就赢了！

对陆蔓蔓是如此，对其他选手来说，依旧是如此。她看了看腕表，目前算上人质，还剩四个人。

但是谁都没有率先开跑，先跑的当枪靶子。

就看谁能沉得住气了。

陆蔓蔓目不转睛地盯着正前方的空地。

与此同时，腕表的秒针嘀嗒嘀嗒，时间在飞速流逝。

就连原修的额间都不免渗出了一层薄汗。

终于有第一个人受不了，率先朝着安全区狂奔而去，在他刚一现身时，陆蔓蔓抬枪毫不留情爆了他的头。

还剩最后一人。

时间也已经所剩无多。

原修说:"分开跑,最坏的结果,总能活一个。"

陆蔓蔓看向他,他已经脱了外套,露出精壮的胳膊,夕阳为他紧致的皮肤镀上一层麦色。

陆蔓蔓垂眸,沉声道:"我不喜欢最坏的结果,原修,我要赢,我也要你。"

原修当然知道这句"我也要你",指的是积分,不过这话听着,他心里还挺舒坦。

他顺势反握住她的手,捏捏掌心肉:"我数三二一,我们一起跑,不要死,我等着送你积分。"

"嗯。"

"三……"

在原修刚刚喊出"三"的那一瞬,陆蔓蔓率先跑出去。

原修猝不及防,瞬间明白,她是要先为他引一拨火力。他没有耽搁,也跟着跑出去,朝着安全区狂奔。

身边传来了子弹击草的噼里啪啦声,原修和陆蔓蔓跑不规则的路线,绕得人眼花缭乱。

陆蔓蔓还是中枪了,本来对方瞄准的是她的胸膛,结果她居然踩着障碍物一跃而起,子弹击中了她的大腿,这样不算输。

一直躲在草丛中的敌人是林啸,目前还剩半分钟的时间,他再不进安全区就要被淘汰。

所以在击中陆蔓蔓大腿之后,他也朝着安全区狂奔而来,而陆蔓蔓率先一脚迈进安全区,她提起枪,对准了朝她跑来的林啸。

没有开枪。

因为林啸的枪指着不远处还在安全区外的原修。

三个人站在一个相距不过五米的三角区。陆蔓蔓站在安全区内,林啸和原修在安全区外。

林啸的枪指着手无寸铁的原修,陆蔓蔓则瞄准林啸。

只要陆蔓蔓开枪射杀他,他便杀掉她的人质,这样即便拿了第一,也得不到翻倍的积分。

玉石俱焚,他不介意。

陆蔓蔓先妥协,缓缓放下枪,对林啸说:"你进来。"

林啸走到原修跟前,用枪抵着他的后脑勺,让他走在自己的前面,两个人朝着安全区走来。

原修高大的身躯刚好挡在了陆蔓蔓和林啸中间,阻挡了她射杀林啸的直线

路径。

真够狡猾。

最后十秒钟的时间,林啸即将走进安全区,他打定主意,一进来,先杀原修,再杀 M4。

这次,他定要一雪之前在 CRLC 春季赛所受的耻辱。

陆蔓蔓目光冷沉,与原修遥遥对视,原修眼皮下垂,长睫毛轻扫眼睑,他望向地面,然后又望了望她。

只需要一个眼神,心领神会。

他们是最默契的搭档。

原修薄唇轻启,用口型无声说:"三,二……"

在他念出"一"的那一瞬间,陆蔓蔓突然抬枪,指向跨入安全区域的林啸,不等林啸反应,子弹弹出了弹道,带着凛冽的风,擦过原修的耳际,在他鬓间留下些微粉尘痕迹。

随即,命中了林啸的侧额。

林啸甚至都还没来得及提枪,就被陆蔓蔓一枪爆了头。

他完全没反应过来,怎么回事,原修不是挡在他前面吗,怎么她还能打中他?那毫厘之差的间隙,她就不怕手误,将自己的人质杀死?

她哪里来的自信?谁给她的自信一定能命中?

林啸摸着左边额头的弹粉,不甘心地想着,这个女人,M4,如果她不是疯子,那就一定是最狂热的赌徒!

赌上原修的性命,也要拿下他的命。

林啸擦掉头上的粉尘,看向陆蔓蔓,陆蔓蔓嘴角微扬。

他在她凌厉的眼神中看到了某种无法被打倒的……征服者的意味。

在林啸被淘汰的同时,安全区也彻底消失,游戏结束。

无论选手们分布在原始山域的哪一个角落,抑或者已经回了营区,他们手上的腕表同时发出嘀嘀声,提示:最终的胜利者,诞生了。

居然是 M4!

有人愤恨,有人惊愕,也有人欢欣鼓舞……

程遇看着腕表上出现 M4 的名字,嘴角微扬,并不惊讶。

她是 W,这个口出狂言要让自由女神为她流泪的女人,此时此刻,她也在用自己的行动,征服不相信女人能够打好大逃杀比赛的中国竞技圈。

如果 CRLC 双人赛她败于原修枪下,让单人赛为她惊艳的粉丝和选手都觉得,兴许她只是运气比较好。那么这一场融合了全中国顶尖职业选手的荒野生存赛,则让每一个人,心服口服。

M4,非常强。

营区，最后的战绩表彰大会。

清晨，操场上好几个方阵横排站成豆腐块，等待教官训话。

今天是集训的最后一天，每个人穿着规规整整的迷彩装，挺拔脊梁，凝眉，目光平视前方，眼神前所未有的坚毅。

三十天的训练，流过汗也流过泪，无数次想喊爹叫娘，实在坚持不下来，摔了帽子转身就走，叫嚣着老子在竞技圈里也是有头有脸的人物，参加这什么鬼集训老子有病啊……

然而无数次离开，却最终还是硬着头皮，觍着脸面灰溜溜地回来。

崇山峻岭，前路险阻。

这片半开发的原始森林用它巨大的包容和消化力，正一点点打磨着少年们的浮躁和骄矜，渐渐地沉下心来，目光紧扣前路，坚定迈出步伐。

总之，每个人都在潜移默化地改变着，无论是体能还是心性。

在刘教官为陆蔓蔓佩戴上胜利者奖章的那一刻，比起台下一帮曾经看不起她的男孩"啪啪啪"震耳欲聋的掌声，更让她不知所措的是刘教官的笑容。

印象中的他，一贯板着个脸，冷冷淡淡，好像阎王都欠他八百万似的。倒是开天辟地头一遭，让陆蔓蔓在表彰大会上，见识到这个钢铁一样的男人如此春风和煦的微笑。

"中国军训了解一下？"

那是第一天集合的时候，程遇对陆蔓蔓说的话，两人还因为这句话被罚了几百个俯卧撑。

现在从刘教官的嘴里说出来，令人心生感触。

陆蔓蔓抬头望向他，敬了一个标准的军礼："报告教官，中国军训，此生难忘。"

表彰大会上，陆蔓蔓如愿以偿拿到了翻倍的积分。比赛中她一共收获19个人头，每个人头100分计算，便是1900分。而保护人质顺利存活，积分翻三倍，一共5700分。

算上她在CRLC上挣得的4100分，目前陆蔓蔓的职业积分，一共有9800分。

现在中国职业竞技圈最高积分是363600分，原修。

这个分数，远远拉开了他和其他战队王牌选手的距离，第二名许城，积分不过249000分。

原修是中国竞技圈当之无愧的No.1。

陆蔓蔓拿到奖章，抬眸望向人群中的原修。军帽之下，他漆黑的眼眸宛如

一池平静无澜的深潭。

陆蔓蔓冲他抬起下颌,然后手举过头顶,做出两个合在一起的剪刀手。

W！

乍一看像两个兔耳朵,还有些可爱。

众人以为她卖萌,然而只有原修知道她的意思,他曾经向她竖起X的手势,此时此刻,M4正在向他发起挑战,她要挑战他的最高积分,撼动他No.1的神坛地位。

害怕吗？

绝不,他觉得分外刺激。

来吧,等着你。

令人惊喜的是,陆蔓蔓战队的成员,坚持到决战圈的许城、安彦几人,竟然也得到了双倍积分。

这是教官们对他们的额外嘉许。

不少表现优异的选手都受到表彰,积分在原有基础上,或多或少有增加。原修和顾折风两个出色的人质,也各自拿到不低的分数。

解散之后,迟绿踟蹰地站在操场跑道边,时不时偷瞄陆蔓蔓一眼,似乎有话要对她说。

作为队友,迟绿在背后放冷枪想干掉她,独自掠走人质,虽说比赛是比赛,不影响现实生活人际交往,但她还是不能忍受自家的队员反水这种事。

陆蔓蔓没有理迟绿,手揣兜里迈步离开。

迟绿纠结再三,在她擦身而过的时候,终于叫住了她："M4,恭喜。"

"谢谢。"

"我真的没有想到,你会赢。"

实在太出人意料,不只是她,今天M4夺冠,跌破了所有人的眼镜。就连刘教官,在得知最终的胜利者就是一直和他作对却总是让他生不起来气的M4时,他都是蒙的。

更遑论其他人。

陆蔓蔓淡淡地嗯了声,没别的话好说。

"我能进战队当替补,是托了关系。战队没有女孩,也不收女孩,我成了异类,当然整个大环境如此。"迟绿絮絮叨叨,兀自讲述着,"反正就是看在投资人的分上,把我养在战队,就当养闲人,我从来得不到首发上场的机会。"

陆蔓蔓终于回头望向她。能托关系进职业战队,她家庭背景应该不简单了,不过,陆蔓蔓并不关心这个。

"我抓住每一次能够表现自己的机会,为了胜利不计一切代价,只是希望别人注意到我,看到我的表现。"

"所以你一直潜伏在队伍里,白天在大家眼皮底下你没法下手,趁着我和原修独处的时机,杀了我,带走人质,独占积分,让所有人看到你出色的表现,认可你,这就是你的计划?"

"是。"

"天真。"陆蔓蔓毫不留情地说,"你凭什么认为,单打独斗会比团队协作更容易。"

迟绿却摇了摇头:"我不相信团队协作。"

"是他们根本没有给你机会吧。"陆蔓蔓说,"这项竞技比赛不是一个人的比赛,是一群人的比赛,拿下的荣耀也不属于个人。"

"但最终只有你一个人活下来了。"迟绿定定地看着她,目光带着无比的歆羡,"我想要的,你得到了。这份荣耀只属于你 M4 一个人,这个时候你跟我谈团队协作?"

"你是这样想的吗?"陆蔓蔓冷笑,"在比赛中,原修、许城、安彦,甚至是一直看不惯我的李银赫,是他们每一个人的付出,把我推向了冠军的位置,我的荣耀永远属于我的团队。"

"中国有句话,叫道不同不相为谋。"迟绿依旧坚持自己的观点,"我会让你知道,就算我只有一个人,也照样能打出自己的一片天,迟早我会让所有人都知道我的名字!"

"祝你成功,希望在战场上重逢的那一天,你不会让我太失望。"陆蔓蔓说完转身离开。

身后传来迟绿的声音:"总有一天我会打败你!"

和迟绿聊过之后,陆蔓蔓一个人站在走廊上沉思了许久。很奇怪,她这个人就是这样,明明之前那么讨厌迟绿,讨厌迟绿在自己身上放跳蚤、在背后放冷枪。可是现在设身处地地想,迟绿也终究只是想为自己争一口气,如果她处于迟绿的境遇,一个热爱竞技的女孩子,凭借投资人的关系进入了职业战队成为替补,却永远只能当一个闲职或者花瓶摆设,得不到首发上场的机会,她应该怎么办,难道不是像迟绿一样,去争去抢?

还真的不知道自己会怎么选择。

明天一早就要动身离开营区了,下午陆蔓蔓和程遇在寝室收拾自己的行李,这时候有个女孩推开了她们的寝室门。

陆蔓蔓认得她,是一直在后厨帮忙的白蔷,两个女孩经常半夜肚子饿了,跑到后厨找白蔷,小姐姐人美心善,总是偷偷接济她们,一来二往,便成了朋友。

程遇冲白蔷招了招手,白蔷走过来坐在床边,对陆蔓蔓道:"明天我可不

可以搭你们的顺风车回市区。"

陆蔓蔓讶异问："你这就要走了吗？"

白蔷点点头："嗯，本来也是家里让毕业之后过来这边体验生活，锻炼锻炼，前阵子家里人催让我赶快回去了。"

程遇笑眯眯地凑过来，八卦地问："是要回去相亲吗？"

白蔷知道她们听到了她和刘教官的对话，于是毫不遮掩地点点头："嗯。"

"可是你不是……喜欢刘教官吗？"陆蔓蔓心直口快，"很明显刘教官也喜欢你啊，相什么亲，这不现成就有。"

这山林营区全是一帮部队爷们，白蔷在这里没什么朋友，和程遇、陆蔓蔓聊得来，一肚子少女心事，索性对她们直说道："我是对他有好感，但是……不可能啦。"

"为什么？"

"你们可能不知道，他们是首都武装森林部队，属于护林兵种，他们并不是训练队员结束之后就可以回去。"

程遇睁大了眼睛，讶异地说："啊，你说这里的教官们，都是护林兵？"

顾名思义，护林兵是担负着森林防火、灭火任务的武装部队，主要职责是巡护森林，控制人员非法入山，检查监督林区的生产等，有时候有犯罪分子躲入山林中，他们接到上级命令，也要对其实施抓捕。

白蔷无奈地说："在这边实习的日子他很照顾我，但我妈肯定不会同意我和他，他年龄比我大，还得在部队待很多年……"

从白蔷的只言片语中，程遇大概也猜到白蔷家庭肯定不简单，否则一个女孩，怎么可能随随便便就来山区武装部队体验生活，家里多半是有军方背景的，要放自家娇生惯养的女儿过来锻炼锻炼。

"我觉得，你要是真的喜欢刘教官，可以和家里抗争啊。"陆蔓蔓话还没说完，程遇拉了拉她。

这美国长大的丫头是不知道中国自古以来的门第观念有多么根深蒂固，延续到现代，虽说讲究恋爱自由，但有的家庭还是如此。

这个时候，倒是她这种平凡人家出身的女孩子有更多自由选择的机会。

"我们什么都没有发生，我也不知道他心里怎么想的。"白蔷叹息一声，"也可能是我自作多情啦。算了，不想了，明天我跟你们一块儿走。"

陆蔓蔓只好道："搭顺风车的事，我晚上帮你跟我们家长说说，应该没问题。"

白蔷离开以后，陆蔓蔓不解地问程遇："喜欢一个人，难道不是一件很简单的事吗，直接鼓起勇气去问他不就好了，她在纠结什么呢？"

"傻丫头。"程遇走过来揽住陆蔓蔓的肩膀，"你要是真的喜欢谁，一定会更在意他的感受,我想这也是白蔷不跟刘教官挑明的原因吧。"

陆蔓蔓却固执地说:"我如果喜欢谁,我就第一时间让他知道,如果他喜欢我,拼了命,我也要和他在一起,如果他不喜欢我,我就……"

程遇笑着反问:"你就怎么样?"

陆蔓蔓脑子里鬼使神差出现了某个人风光霁月的笑容,心头一刺。

"如果他不喜欢我……我就躲起来大哭一场,再也不见他!"

程遇看着她气鼓鼓的模样,倒真像是受了暴击伤害似的。

对待感情,她素来爱憎分明,遭遇前男友背叛,她和他断得干干净净,绝不会藕断丝连,纵然伤心,也不会让任何人知道。

所以在她和乔星野分手之后,别人总说 W 其实没那么喜欢乔星野。就算戴着口罩,也能看出她笑得那么开心,还和阿科出去玩电子游戏,没心没肺,哪里像刚刚分手的样子。

没有人知道那天晚上,她一个人蹲在马路边哭得多难受,不敢回家,怕让爸爸看见,又不知道去哪里,摘了口罩她只是陆蔓蔓,没有人认识她,她只是普通的失恋女孩,为男友的背叛而痛哭流涕。

但 W 永远不会哭。

晚上有一场晚会,是教官们组织的,欢送队员们,为这为期三十天的训练画上一个完满的句号。

操场正中摆放着大火盆,里面燃烧着熊熊篝火,照亮了山林半边天空,队员们随意地坐在草地上,各自聊天看星星。

山林中的星星布满天空,初夏的夜风暖软。

营区已经很久没有充斥着这样的欢声笑语,今晚是这一个月以来最放松的一夜。

陆蔓蔓和程遇牵着手跑下寝室,来到操场,任翔冲她们招了招手:"姐姐们,这边。"

"叫什么姐,臭不要脸。"程遇用脚踢了踢他,"往边上挪挪。"

任翔给她让了位置:"叫姐姐是尊称,爱称,昵称!要是一般人我还不爱叫呢。"

"泰迪,听说你小时候也是在部队摸爬滚打过的,家里管教尤为严苛,怎么这样油嘴滑舌,一点也不正经严肃。"程遇看了看不远处板着脸站在操场边的刘教官,"看看人家,随便往那儿一站,都能站出英雄男子汉的气概。"

原修漫不经心说:"就是因为小时候天性压抑太久,导致放出来之后,开始疯狂反噬。"

顾折风补充:"行为失控,精神失常,繁殖欲望格外旺盛。"

任翔一巴掌拍在顾折风脑袋上，意味深长地说："红领巾，你装什么机智，嗯？这么富有表现欲，不知道是表现给谁看呢。"

顾折风霎时红了脸，抱紧原修胳膊，急切地告状："队长，你看他！"

原修偏头望向顾折风："我也想知道，平时懒洋洋除了吃就是打游戏，对这个世界完全提不起任何兴趣的折风少年，这会儿装机智给谁看。"

"啊啊啊！"顾折风脸红到了脖子根，一把松开原修，"我恨你们！"

还是程遇坐到他身边，分外疼惜地拍了拍他的肩膀，说道："给我看行不行啊？"

顾折风睁大眼睛，全身僵硬宛如干尸，一动不敢动。

"多大的人了，还欺负小朋友。"程遇母爱泛滥，俨然把顾折风当成了自己的亲弟弟一般照应，偏要帮他说话，"准你泰迪翔四处撩妹，就不准我们折风幽默一回，天底下哪有这样的道理。还有你，原修。"

原修挑挑眉，感觉好像惹到不该惹的人了，这是要帮顾折风挣个怼啊。

程遇看着他，又看了看非常自觉一过来便乖乖坐在他身边的陆蔓蔓，拿腔拿调笑着说："原修，我们家队长黄花大闺女，还是进口的，你这又是搂又是抱，我都瞅见好几次了，将来不对人家负责，说得过去吗？"

原修被粉丝们称之为"国民老公"，爱他爱得死去活来，可是他对她们，从不逾矩，以礼相待，超过偶像和粉丝以外的任何接触都会尽可能避免。

除了偶尔用微博调戏段子手以外，他不会经营粉丝或者与她们日常互动。他心无旁骛，全身心都投入到职业比赛中。

对于恋爱这种事，更是想都没有想过。

毕竟他能够打职业，是向家里人做出了交换和妥协，所以不会在职业期间分心在别的事情上。

然而自从在纽约遇到陆蔓蔓，队员们就看出自家队长对这位进口闺女特别不一般。

他一贯不近女色洁身自好，却在陆蔓蔓这里，摸摸扯扯、卿卿我我成了家常便饭，高冷人设彻底崩盘。

两个人在一起的感觉特别自然，自然而然地亲近。

任翔用手肘戳了戳原修，笑眯眯问道："队长要负责吗？"

所有人都看着他，满眼期待。

这样，都要赶鸭子上架，逼婚了？

关键是这个美国进口黄花大闺女，此时此刻也是目不转睛地盯着他，满脸期待。

原修突然有点慌。

所以……她也有这个意思？

他轻轻咳了一声，说道："我打职业，是和家里人有过协议，可能近期内不会有结婚的打算。"

"我知道，你以前说过。"陆蔓蔓立刻接茬，"你家里人本来不同意你打职业的。"

众人看向陆蔓蔓，心说她真是好主动啊，一点都不害羞，果然是"进口"的。

"现在依旧不同意。"原修立刻说，"我这个人，认定的事情不会改变，无论是打职业的事，还是以后的个人问题，你……可以放心。"

这样说，她应该能懂吧，都说得这么明白，不懂就是傻了。

众人彼此合了眼神，嘻嘻笑。

既然原修都说了让她放心，那就是稳了。

"嗯……那黄花大闺女是什么意思？"陆蔓蔓好奇地问。

众人倒。

敢情她还没弄懂他们到底在说什么！

程遇扶额解释："黄花大闺女，就是 virgin（处女）的意思。"

陆蔓蔓捂脸尖叫："天哪，你们为什么要讨论我是不是 virgin 这个话题！啊！"

众人："……"

文化不同，仿佛隔着一个次元壁，没办法愉快地玩耍了！

程遇只能耐着性子跟她解释："在中国古代，没有结婚的女孩子就叫黄花大闺女，并不是单纯指你有没有第一次……"

哎……感觉越说越奇怪了啊。

陆蔓蔓已经倒在了原修身上，灵魂出窍，喃喃念叨："我是不是 vrigin 这很重要吗？"

程遇无奈地看着她，终于还是放弃解释了。

随她吧随她吧，本来程遇刚刚说那话的意思，就是要敲打原修，毕竟没有捅破窗户纸，两个人这样子腻腻歪歪的，都是成年男女。陆蔓蔓心大，原修可不是什么顾折风一类的单纯少年，要是将来两人真有什么，他提了裤子翻脸不认账，受伤的还是她家队长。

作为中国好闺密，程遇有必要试探原修，当着所有人的面，当着陆蔓蔓的面，让他有个交代。

原修既然给出了交代，那就没什么问题了。

陆蔓蔓到底有没有听懂，听懂了几分，还是装作听不懂……程遇不想深究。

陆蔓蔓不是笨女孩，也不傻，恰恰相反，她非常聪明，聪明的女孩知道自

己想要什么,知道迈出去的每一步,将会落往何方,知道自己的方向并且永远不会迷失。

白蔷忙完了厨房里的事情,也走了出来,陆蔓蔓冲她招招手:"这边,坐这儿来。"

白蔷哒哒哒哒跑了过来,坐在陆蔓蔓身边。

篝火晚会已经开始了。

有队员自告奋勇跑上去唱歌,要唱周杰伦的歌。

刘教官连忙说:"不准不准,只能唱红歌,不准唱什么周杰伦。"

众人嘘声:"没劲儿!"

陆蔓蔓突然说:"刘教官,要不你来一首呗!"

此言一出,众人开始起哄:

"刘教官,来一首!"

"刘教官,来一首!"

"刘教官,来一首!"

刘教官有点愣,摆手道:"我不行,我唱不好。别别,还是你们来吧,那个……郑嘉,你不是要唱周杰伦的歌吗?你唱吧。"

众人哄笑,还是没放过刘教官:"刘教官,来一首呗!"

陆蔓蔓颇有兴致,大喊道:"要你唱你就唱,扭扭捏捏不像样,像什么?"

众人齐声大喊:"像个大姑娘!哈哈哈!"

原修微笑地看着陆蔓蔓,见她这样来劲儿,他也愿意配合她,手做扩音状,懒懒的调子道:"冬瓜皮,西瓜皮,我们班的教官要赖皮。"

陆蔓蔓站起身,高兴地揽住原修的肩膀,倚在他身边,跟着大喊:"时间宝贵,不唱浪费!"

就连周围几个教官都开始起哄让刘教官唱,刘教官被众人逼得没法,只好羞涩地说:"那我……我就唱一个吧,我就唱个《东方红》吧。"

程遇看了看身边的白蔷,心生一计,笑道:"谁要听你唱《东方红》啊,我们要听情歌,刘教官,唱个情歌给我们小姐姐听呗。"

白蔷红了脸,连忙伸手拉程遇衣袖:"别……"

刘教官看到白蔷,眼神渐渐起了变化,不再扭捏,鼓足了勇气,说道:"那我就唱《月亮代表我的心》吧。"

"你问我爱你有多深,我爱你有几分,我的情不移,我的爱不变,月亮代表我的心。"

刘教官声音本就浑厚低沉,唱出这样绵软的调子,更显得认真而富有男人味儿。

虽然歌唱得不怎么样。

陆蔓蔓撑着原修宽厚的肩膀，附到他的耳畔，低声说："看不出来哎，刘教官唱歌的样子，好深情哦。"

原修稍微侧过头，她的小脸蛋近在咫尺，莹润的嘴唇宛如樱桃般粉嫩。

她柔软绵长的呼吸拍打在他的脸颊，那样轻。

"唔，看什么？"

原修垂着眸子，长长的睫毛扫过下眼睑，他盯着她的唇。

"轻轻的一个吻，已经打动我的心，深深的一段情，叫我思念到如今。"

原修的嘴角，浅浅勾起弧度，一切，刚刚好。

不怕吓到她，W才不会轻易被吓到，也许会有点吃惊，也许不会，他们之间的关系，早已经超越了普通朋友，即便是陆蔓蔓嘴里说的，最好的朋友，原修觉得，还不止。

于是，他吻上去。

电光石火的那一瞬，陆蔓蔓突然移开了脑袋，于是他吻住了今年初夏送来的一股暖风。

落空。

因为陆蔓蔓的手机响了，一串陌生的号码，但来电提醒是从美国打来的。

不是老爹，或许是某个朋友，于是陆蔓蔓哒哒跑到寝室楼边，站在稍微安静的角落接听。

"您好。"

"陆。"

听到这个有磁性的男声，念着她的姓氏，曾经只专属于某一个人的爱称，过去两人感情最好的时候，仿佛空气中都冒着粉红泡泡，他抱着她，一遍又一遍地在她耳边低唤："陆。"

这个字带着魔力，宛如夏风徐来的夜晚，让人沉醉，让人着迷。

乔星野。

得有半年了吧，两人断了联系。

"你怎么知道我的号码？"陆蔓蔓生硬地问。

"想找，自然就能找到。"电话那头的乔星野，说话一如既往的理所当然，仿佛全天下的真理都掌握在他的手里。以前陆蔓蔓欣赏他的这份自信和傲气，现在，陆蔓蔓无感。

"有事？"

"我看过你在中国打比赛的视频。"乔星野沉声说，"实在是糟糕得没眼看啊。亲爱的W，只剩下这点水平了吗？陪那帮不入流的中国小子打那种游戏局？"

陆蔓蔓握电话的手，蓦然紧了紧。

"今天我心情好,不想说脏话,国际长途很贵,挂了。"

"下个月狮虎队来中国比赛,特意给你提个醒。"

陆蔓蔓微微一惊,狮虎队在美联算不上最顶尖战队,勉勉强强能称得上一流,但对于连世界赛都进不去的中国队来说,绝对是实力强悍的一支劲旅。

他们要来中国打比赛吗?

莫不是在美联被 queen 压得太惨,所以来中国找找自信?

"怎么,害怕得不敢说话了?"

陆蔓蔓和乔星野的相处模式本来就是日常互怼,而他似乎还像过去一样,总喜欢在玩笑间打压陆蔓蔓。

过去陆蔓蔓不会和他计较,而现在,她听着只觉得刺耳。

"我只是遗憾。"

"遗憾什么?"

她沉声说:"遗憾来中国打比赛的是狮虎队,不是 queen。"

电话那边,乔星野嗤笑一声:"怎么,我亲爱的 W 想我了?"

"我想你,天天都想你,我想象你死在我枪下的表情,那种分明不甘心,却无能为力的样子。"

陆蔓蔓冷冷地说:"乔星野,你是我一手带出来的,即便我走,你也没能胜过我,很不甘心吧。"

一段令人尴尬的沉默之后,乔星野说:"一定要这样?"

陆蔓蔓没有说话。

"X 队那个小子,你跟他讲话的时候,也是这样?"

陆蔓蔓呼吸一窒,神情冷了下来,宛如刺猬竖起了浑身的刺:"跟他有什么关系。"

"没什么。"乔星野淡淡道,"你自己好好想想,我们走到今天这一步,到底是谁的错。"

他说完,挂了电话。

陆蔓蔓愣住了,回想起当初她在乔星野床头柜里发现被拆装的避孕套盒子。

这世道,出轨还有理了。

陆蔓蔓一个人停在寂静的单杠边,双掌用力一撑,坐了上去,远远望见篝火畔,刘教官已经唱完了一首歌,大家伙又起哄让他再唱一首。

乔星野的一通电话,按灭了她心里喜悦的小火苗,情绪变得烦躁起来,她无法融入大家开心欢笑的氛围里。

程遇去洗手间回来之后,见陆蔓蔓吊在单杠上,闷闷不乐。她走过来问道:"怎么了,舍不得?"

陆蔓蔓摇头："天下无不散之筵席。"

"哟，还会讲俗语了。"

"修修教我的。"

"他当你的语文老师，当得很快乐嘛。"

陆蔓蔓一边做引体向上，一边说道："不管是多好的队友，都会有分离的那一天，过去可以彼此信任，把自己整个后背安心交付，而现在……竟然落到反目成仇甚至相互憎恨，看来真不能跟自家队友谈恋爱，太伤不起了。"

程遇扬着眉毛怪异地盯着陆蔓蔓："干吗突然说这种话？"

"唉！"陆蔓蔓叹息，松开单杠，理了理自己的衣襟，坐在草地上，"就当我胡言乱语。"

"不介意，跟我讲讲？"

程遇坐到陆蔓蔓身边，用手肘蹭她："男女之事，虽说没见过猪跑，但总归比你这丫头懂一些。"

"是吗？"

陆蔓蔓酝酿了一会儿，还是将刚刚乔星野电话里的话原封不动地说给程遇听。

程遇听完陆蔓蔓和乔星野的故事，说道："他给你打电话的目的，应该是出于好心，要提醒你，为狮虎队的到来，早做准备。"

陆蔓蔓撇嘴："没这么好心，他就是为了讥讽我。"

"不知道对不对，但我有一个大胆的猜测。"程遇沉吟片刻，"我猜是因为作为W的你，太强了，这样的强势让男朋友感觉到压力倍增，所以他才总是喜欢讥讽你、打击你。"

"过去他讲话什么的，也总是喜欢怼我，说总有打败我的那一天。"

"这就对了。"程遇说。"男生嘛，总是希望自己的另一半比自己弱，最好是能够崇拜自己，满足他们自大的欲望。可是你啊，W你太强了，所以即便是刚刚他好心打电话来提醒你，却也总是克制不住，甚至言不由衷，要说一些伤你自尊的话。"

陆蔓蔓连连摇头："男生真是奇怪的生物，自大、狂妄，遇到不想承认的事，就像鸵鸟一样把脑袋埋进沙土里。"

"所以啊，我们一定要争气。"程遇拍了拍她的肩膀，"用成绩，狠狠打那些自大狂的脸。"

"嗯！"陆蔓蔓攥拳，"看来是要拳头教做人了！"

"不过……"程遇话音一转，嘴角漾起一抹促狭的笑意，"我觉得，如果你在前男友跟前，能有在原修身边十分之一的小鸟依人，估摸着你俩不至于到今天这地步。"

"所以有时候遇到对的人,一切都会不一样哦。"

对于小鸟依人这个说法,陆蔓蔓表示不能接受。

她和原修之间绝对是清清白白的纯朋友友谊,无添加无污染无公害,所以用原修来和前男友进行类比,她绝对不接受。

哼,男友算什么,队友兄弟那都是过命的交情,搜不到物资的饥荒时刻能同吃一碗饭,条件艰苦甚至还能同睡一张床。

男友如衣服,队友如手足。

大巴车摇摇晃晃走在雾气缭绕的盘山公路。陆蔓蔓倚靠着原修宽厚的肩膀打瞌睡,感觉有点硌。

于是,她脑袋下滑,滑到他手臂位置。

蹭来蹭去,还是觉得不舒服,这男人全身上下就没有一块比较柔软的地方吗?

她抬头,见原修闭着眼睛,也在小憩。

陆蔓蔓轻轻将他的胳膊捞起来,小脑袋使劲儿挤到他胸膛的位置,让他的胳膊给她当了靠垫。

还是不舒服!

平时练这么多肌肉,都没有糯糯的肥肉给她当靠枕了!还是去找柔软的程遇小姐姐,小姐姐还有软软的大胸给她靠呢。

察觉到女孩在他胳肢窝下顶来顶去,原修睡意渐渐被驱散了,索性直接将她揽过来,把她的脑袋按在了自己的大腿位置,嗓音慵懒:"这样舒服了?"

陆蔓蔓抬头,见他连眼皮都没抬一下,长长的睫毛覆着眼睑,呼吸宁静。

这个姿势的确舒服,因为大腿上的肉稍微要多一点,她闭上眼睛,后脑勺往里面蹭来蹭去,想找最舒适的位置睡觉。

碰到敏感处了,偏偏她就觉得那里软,一个劲儿往下压。

"要是再不消停,我就把你扔出窗外。"

"唔。"陆蔓蔓不动了,像猫咪一样靠在他的大腿上,打了个呵欠,安心睡觉。

"修修。"

"在。"

"修修。"

"在。"

她的声音宛若梦呓。

"修修。"

"……"

原修的手顺势搁在了她的眼睛上,替她遮住刺目的光线。

这样就安稳了，陆蔓蔓沉沉睡去。

不知睡了多久，巴士突然停了下来，惯性使得众人纷纷从睡梦中惊醒。

"到了吗？"

"这么快啊。"

陆蔓蔓睁开迷蒙的眼睛，发现窗外依旧是山间的景致。

起了风，树枝在摇。

她从原修的大腿上起来，他宽松的长裤被她睡出了褶皱，她替他捋平褶痕，同时伸长脖颈向巴士前方望去。却见正前方的公路上，停着一辆黑色吉普车，车上下来一个穿军装的男人。

居然是帅气逼人的刘教官！

刘教官上车，对巴士司机低声说了几句，然后冲白蔷招了招手。

后排的白蔷怔怔的，手搅动着衣角，不知所措。

陆蔓蔓赶紧说："快去呀，愣什么呢！"

白蔷如梦初醒，恍然起身，下了车，跟刘教官两人站在山腰马路边讲话。

X战队一帮男生比女生更八卦，阿横、任翔伸着长长的脖子，探出了窗户。

"讲什么呢？"

"听不清啊！哎哎，别挤别挤！"

程遇也好奇地将脑袋探出去，幽黑柔顺的发丝被山风吹散，正好拍在后排顾折风的脸上，顾折风伸出手，任由她柔软的发丝轻抚他的手心。

再后排，任翔戳了戳顾折风的脑门，低声道："女人的头发能随便摸？猥琐不？"

闻言，顾折风赶紧缩回手，脸红了。

"哇，刘教官是要对白姐姐表白啊！都摸戒指了！"陆蔓蔓攥着原修的衣领，激动地说，"摸戒指了！求婚大作战啊！"

原修任由她扯着他的衣领，却淡定地说："瞎？人家拿的是手链。"

"啊啊啊！好浪漫啊！"

原修很无语地附身过来，靠在她上方，和她一块儿朝窗外望。

呼啸的狂风吹得白蔷的长发四散飞舞，两人站在山腰间，同在风中凌乱。

以原修的直男思维，现在真不是卿卿我我谈情说爱的好时机，风这么大，冷死个人了。

身下的陆蔓蔓犯了少女花痴："亲亲，快亲亲呀。"

他轻轻拍了拍她的脑袋："亲什么亲，人家连表白都没有。"

"两情相悦，水到渠成，要什么表白这么麻烦，直接就可以入洞房了呀！"

原修挑了挑眉，心说原来进口小姐姐是这样的操作吗，直接入洞房。

刘教官和白蔷在路边聊了约莫五分钟，出乎所有人意料的是，白蔷还是上了巴士，坐回自己的位置。

而刘教官还站在路边，恋恋不舍地望着她。

"什么情况？"

"怎么说的？"

陆蔓蔓和程遇关切地侧过身询问白蕾。白蕾脸颊绯红，情绪有些小激动，呼吸不稳。

"他说，可能还是怕耽误我，他还有好多年才能退役转业。"

"这样啊。"陆蔓蔓略有些失望，"专门追出来，就是为了跟你说这个？"

白蕾咬住下唇，点头。

程遇拍了拍白蕾的肩膀，以示安慰："别难过，天下男人多的是，没必要吊死在一棵树上。"

"天涯何处无青草。"任翔揽着顾折风的肩膀凑过来，"我队狙击手智商二百五，成绩 No.1，B 大数信学院系草了解一下。"

程遇回头白他一眼："你俩够了，能有点眼色吗？"

顾折风连忙气急败坏推开任翔："走开！"

害他被姐姐说没眼色，讨厌讨厌！泰迪翔要超过李银赫成为他小本上最讨厌的人了！

汽车引擎重新启动，站在路边的刘教官突然对着缓缓上路的巴士，敬了一个端正的军礼。

负你一番心意，对不起。

军帽檐下，他深邃的眼睛埋在阴影中，渐行渐远的汽车变得模糊。

却不承想，就在他将转身离开的时候，忽见心爱的女孩从窗边探出身，双手做扩音状，对他大喊道："刘景山，你听好了，我愿意等你！"

山风走了八万里，在此间盘旋不去，轰隆的呼啸声充斥着他的耳畔。

他急切地喘息，疯狂追逐汽车，甚至还能听见胸膛狂热的心跳。

女孩脑袋探出车窗，冲他挥手，手上还挂着他用小溪里的五彩碎石给她编织的链子，每个晚上，训练结束后，精心抛光和打磨。

经年握枪，一双无比粗糙的手，竟也能做出这般细致的活儿。

每一颗五彩石，都融入了他热忱的挚爱和作为一个钢铁硬汉的绕指柔情。

也许一生也只有这一次，一贯克制的他，终于放纵自己，放纵自己奔涌而出不受控制的感情，疯狂奔跑在山路上，追逐自己的爱人。

"我等你！"白蕾被风迷了眼睛，望着渐渐消失在视野里的刘教官，大喊道，"我等你。"

我是男人
第二章

诚如乔星野所言,不过一周的时间,狮虎队在他们的社交平台脸书上发布了即将来中国打比赛的消息,同时公布了比赛赛程。

比赛为期一个月时间。

火星战队,GOM 战队,KT 战队,π 战队……皆榜上有名,目前这些战队都是狮虎队下过战书,并且同意应战的队伍,时间已经安排在了行程表上。

同时狮虎队还在脸书上说明,除了榜单上标明的战队以外,他们还将继续对中国其他战队下战书,只要他们没有输,就会一直打下去,直到挑战全中国所有职业战队!

这就非常嚣张了,这话字面上说的是切磋挑战,而事实上,他们笃定了中国不会有一支战队是他们的对手,此行来的目的,就要打败全中国的职业战队。

X 战队目前不在挑战名单中,不管是粉丝还是战队成员,都心知肚明狮虎队是要把 X 战队放在最后,最后一拨的完虐,彻底压垮中国职业竞技圈。

来者不善且气势汹汹,首先应战的火星战队,派出了自家的王牌成员陆雨星带队,他是这几年竞技圈表现相当卓越的一名职业队员,获得了不少国内赛事奖项,去年还被誉为是中国竞技圈最有潜力选手。

然而正是这样一位"最有潜力选手",却在和狮虎队的三场比赛中,被虐得面目全非。

挑战赛共三场比赛,三局两胜制,每局比赛持续时间是两个小时,然而第一局坚持了不过一个小时,火星战队就被狮虎队团灭;第二局只进行了五十分钟,团灭。

第三场比赛更是跌破了全国人民的眼镜,半个小时!狮虎队只花了半个小时,就灭掉了早已经士气全无的火星战队!

火星战队这些年在圈子里名气不小,国内赛都是能进十强的战队,居然会输成这个样子!简直不可思议。

而接下来,狮虎队势如破竹,先后挑战了GOM战队、KT战队……无一例外,完胜。

甚至有不少人都开始用国内战队在和狮虎队博弈到底能够坚持多长时间,来重新划分中国职业战队的等级排名。

而这几次前所未见的惨败,宛如一记警钟,敲打在中国职业竞技圈每一位队员、经理人甚至粉丝的心头。

差距,这就是中国职业竞技和美联的差距。

挑战赛还在继续,现在狮虎队所下的每一封战书,对于中国的职业战队而言,都像是一道烫手的死亡催命符。

整个职业竞技圈仿佛被暴风雨前夕的巨大阴霾所笼罩着。这段时间,几乎所有的代言活动、颁奖典礼以及漫展活动全部取消,谁敢搞事情,都会被恨铁不成钢的粉丝网友喷成筛子。

当然,这把火还没有烧到X战队的成员身上。

任翔戴着黑色大嘴猴口罩,穿着一件轻松休闲的黑色T恤配潮牌九分裤和高邦运动鞋,走在六月初夏的校园中。

即便口罩遮掩住了他的半张脸,不过一米八五的身高和嘻哈时尚的打扮,依旧让他赚了不少回头率。

虽说大学的校园百花齐放,但是真正懂得打扮的男孩和女孩还是少数,放眼望去大部分同学都是非常收敛的学生装扮。

正如安静的自习室里,端坐在窗边学习的夏天。

阳光透过窗棂斜入,在桌边洒下一片温暖的光斑,她坐在阳光下,脸颊肌肤白皙透红。她穿着一身奶白色的棉质短袖配长裙,白色的长筒袜搭配黑色圆头小皮鞋。

内敛朴素。

厚厚的框架眼镜掩住她迷人的双眸,折射出来的侧脸也变了形状,颜值至少打个六五折。

不过任翔却觉得恰到好处,他的宝贝最好藏起来,藏得深深的,不要被别人发现。

而此刻她满身文静书卷气,又不禁让他回想起那天晚上她躺在他怀中的缱绻和妩媚。

如果能再有一次,哪怕只有一次,让他死都甘愿。

任翔走进自习室,坐在她后排,装模作样地从书包里抽出一本书,然后手撑着脑袋,欣赏她的背影。

不想打扰她,等她学习结束,再给她一个惊喜好了。

就在这时,一个同样戴眼镜的男孩,非常不和谐地坐到了夏天身边,距离很近,这让任翔本能地感觉不舒服。

那男孩看起来也是老实学生模样,穿衣服有点土,小平头,长得也很是一般。

更让任翔孚毛的是,眼镜男孩坐下以后,居然不老实地抛给夏天一个小纸团。

男孩扔给了夏天一张小纸团,任翔的心跟着紧上一紧,只见夏天拿到纸团打开,随即从自己的笔袋里取出一块小橡皮递过去。

男孩接过橡皮,擦了擦纸上铅笔画的草稿印记。

原来是借橡皮。

任翔放下心来,往后一仰,也不再装模作样地看书,而是抱着手臂,凝望前排夏天的背影,想他那晚的每一处细节。

那晚的所有,都被他在脑海中反复描摹,那是支撑他坚持这一个月不见小夏天的精神动力,也是支撑他大半年守身如玉的精神食粮。

眼镜男孩还橡皮的时候,又附过一张字条。

夏天看了字条,扭头对着口形:"不谢。"

眼镜男孩春风盈面,笑得贼灿烂。

任翔眉头皱了起来,但依旧按捺着性子,不动声色,幸而男孩还算老实,就没有再打扰她了。

下午五点,放学铃声响起来。教室里自习的同学纷纷离开,夏天也收拾了桌上的文具,整理小书包准备起身。这时候,眼镜男孩突然说道:"你是计算机学院的夏天吗?"

"嗯?"

"你好,我叫钱思奇,你上周拿了游戏脚本编程大赛一等奖,我看过你的作品,构思非常棒,那个……你有时间吗,我想和你探讨一些脚本细节的问题。"

因为紧张,钱思奇说话语速非常之快,可能是已经提前准备,背过很久的台词。

夏天稍稍反应了一下子,说道:"噢,这样,可是我现在很饿,要去吃晚饭了。"

她说话一贯直接。

"那……我请你吃饭吧,我们边吃边聊,你觉得怎么样?"

夏天摇头："我们不熟,你不要请我。不过我们一起去食堂吃饭,然后再讨论,这样可以吗?"

男孩眼里放出了光,正要点头的时候,任翔一跃而起,手臂撑着桌子翻过来,一把揪住钱思奇的衣领,将他整个人都提了起来。

凶神恶煞。

"四眼仔,第一次泡妞啊,用这么拙劣的借口,我都替你尴尬啊!"

他话语里虽是带着戏谑的调子,可是脸色冷得快要结冰。

夏天被眼前一幕惊呆了,没想到任翔会突然飞出来,搞什么,他从哪里冒出来的?

"快松手!"她赶紧拉住他,"松开人家,太没礼貌了。"

因为着急,她脸蛋红扑扑的,呼吸也急促了许多。

看在夏天的分上,任翔终于还是重重扔开了钱思奇。

"四眼仔,我警告你,离她远点,不然哥哥让你知道这个社会的黑暗面。"

钱思奇扶着桌子站稳,整理了自己的衣领,似乎还有些不甘心,赌气咕哝:"这……这里是学校,你想怎样!"

"我想怎么样,要不要试试啊!"任翔说完撸起袖子上前,却被夏天一把攥住。

"你不准这样!"她呵斥,"不准这样没礼貌!"

她皱起眉头的严厉模样,倒真把任翔唬住了。他呼吸急促,似乎在尽可能地压制怒气,回头指着钱思奇说:"今天你小子运气好,我不跟你计较,快滚!"

钱思奇狼狈地后退了几步,稀里哗啦撞翻了几张课桌,忙不迭跑出了教室。

待他离开后,夏天扶起课桌,任翔连忙过来搭把手,于是她背上黑色的牛皮小书包,转身离开。

"哎。"

任翔追上去,拉她的手腕:"小夏天。"

夏天甩开他的手,心里还窝着火气,不想理他。

任翔攥紧她碎花边的袖子,服软地恳求:"今天上午准备来学校看你,临到出门我妈居然过来了,好不容易下午溜出来,晚上经理又要开大会,我就这会儿得空,你别和我生气,好不好。"

夏天蓦然顿住了脚步。

这样子忙,还耐着性子等着她,也不知道等了多久。

夏天又气又急,加快了脚下步伐,走了几步却发现身后人没能跟上来。她回头,见任翔站在原地,遥遥望着她。

"你……"

后面的话堵在喉咙里，她咬了咬下唇，不知如何是好。

"我又惹你不高兴了。"

任翔情绪分外低落："抱歉啊，一回来就闯祸。我真是蠢，你别嫌我烦，我就过来看看你，看到了就满足了。"

见他孤零零杵那儿，可怜兮兮的模样，夏天于心不忍，却还说道："看到了，你还不走。"

"就走。"任翔恋恋不舍地望着她，想走，却又怎么都挪不开步伐。

"还不走？"

"走走走。"

任翔下定决心，万分艰难地转身，却是一步三回头。

最后一次铁了心不再回头看，他加快步伐走到楼梯口，埋头噔噔噔下楼，过转角却发现，女孩其实一直跟在他身后。

他眸中似有惊喜。

"吃饭了？"夏天没好气地问。

"没……没呢。"

她加快步伐走到他前面，故作漫不经心地说："食堂一起吃晚饭。"

任翔愣住。

夏天没好气道："我快饿晕了，你再磨蹭我就不等你了。"

"来了！"

黑色口罩下，任翔嘴角挂上散不去的笑意，走一路眼角都勾着，兀自窃喜不已。

夏天打了一盘土豆青菜配米饭，吃得很健康。任翔满盘子都是肉，回锅肉、红烧牛肉，还有酱肉丝，油腻腻，热腾腾。

"吃这么少，减肥吗？"

任翔一个劲儿将自己碗里的回锅肉往夏天盘子里夹："你要吃肉啊，不吃肉怎么有力气学习。"

"不要，不要不要，油腻死了！"

"好吧好吧。"任翔又把她盘子里的饭菜重新捯饬回自己的碗里，结果就是……

满盘狼藉。

他暗骂自己笨手笨脚，怎么在小夏天面前，总是会丢失了风度，完全不酷，完全不像任翔本翔。

"不吃了不吃了，走走走，翔哥请你吃海鲜大餐！"任翔拉着夏天的手腕，但是夏天不动，一个人低着头闷闷地生气。

任翔有点心慌："那我重新给你打份菜好不好？"

夏天拾起筷子，夹菜吃饭，不理他。

任翔又悄悄夹起鸡腿，想递到夏天盘里，夏天挪开，远离他。

任翔放下鸡腿，轻轻叹息一声，自顾自大口扒饭。几分钟后，夏天的筷子伸过来，从他盘子里夹了一小块牛肉。

任翔倍受鼓励，连忙将牛肉全部挑拣出来，分装到盘子隔层，递到夏天面前，露出小甜心般期待的眼神，讨好的模样就差吐舌头了。

夏天觑他一眼，又夹了一块肉："你也好好吃饭。"

"嗯。"

夏天不说话，任翔自然也不敢再多说什么，两个人安安静静吃完了饭。任翔赶紧递了纸巾过去，方方正正一小块，叠得工整。

夏天拿纸巾擦了嘴，又收拾了餐盘，走出食堂，问他："吃饱了吗？"

任翔连连点头："饱了饱了。"

"你刚刚都没有吃什么？"

任翔低头嬉笑："看着你吃饭，我就感觉不到饿。对了对了，这是不是就是传说中的一人吃饱全家不饿？"

夏天顿了顿，没回答，心说谁跟你全家……

她吃完饭后，一般会在操场上散会儿步，现在身后随了个小跟班任翔，跑道边时不时有路过的同学，侧头瞥两人。

一米五八和一米八五，妥妥的最萌身高差，特别打眼。

"你刚刚的行为很不好。"夏天义正词严，"特别没礼貌。"

"我的妹妹哎，你可长点心，那四眼仔铁定了是想套路你，想追你，什么讨论比赛，都是骗人的，别上当了。"

夏天扶了扶厚重的眼镜，回身对他说："我知道，我又不蠢。"

"知道你还……"

看着夏天红扑扑的脸蛋，任翔生生咽下了后面的话。

是啊，有男生追求她，即便知道，她为什么要选择拒绝，她单身，又这么乖这么可爱，肯定有大把大把男孩愿意追求她啊。

两个人沉默着，绕操场走了两圈。任翔憋了很久，才说道："即便是找男朋友，也要找个像样的，别什么牛鬼蛇神会说点好听的就把你骗去了，眼睛放亮一点，知道吗。"

"什么叫像样的？"

"就是……"他想了想，"就是得比我帅比我有气质，比我更体贴你对你好，身体比我好，赚钱还要比我多……不过这样的人全世界应该很难找到第二个，在找到之前，不准随便跟人谈恋爱，知道吗？"

夏天："……"

"对了对了,那个四眼仔说你什么游戏得了一等奖,恭喜你啊,你都不告诉我,我应该第一时间帮你庆祝。"

"谢谢,不用了。"

"是什么游戏啊,要不要我陪你一起玩,呃,就你空闲的时候,可以一起玩,放松放松。"

"不是玩游戏,是游戏脚本编程大赛,编程……"

"噢。"

真冷啊,和高智商成绩好的妹妹相处,任翔觉得自己过去的套路基本上都用不上了,不能让她感觉自己是个没文化的俗人。

"我知道嘛,就是写代码对不对,建模做游戏对不对?"他看过陆蔓蔓和程遇趴在电脑前噼里啪啦写家庭作业的样子,"那些什么绝地求生啊,剑三啊,都靠你们这些代码,一砖一瓦构建世界。"

隔着厚厚的玻璃镜片,夏天仰着头凝望着他:"是这样。"

任翔脸上浮现笑容,自觉地和她挨近了许多,手搁在她的肩膀上,和她一块儿散步。

她似乎,没有抗拒。

任翔心里有了底。

"其实啊,我脑子也不笨,小时候家里亲戚还说我是天才呢,就是不怎么爱学习,从小就喜欢拿着水枪,满大院打打杀杀,没少挨揍。"

夏天全身的注意力都搁在左边肩膀位置,任翔的手臂随意地搭过来,她一阵脸红心慌。

"你现在就很好。"她不知道怎么回答,只好尬聊,"听程姐说去野训的时候,你表现得很好,几次救了她,还给她拎包提鞋搬运行李。"

哎哟哟,任翔心里那叫一个喜滋滋,程遇小姐姐真是良心闺密啊,还真在他的夏天跟前美言了。

"你翔哥一直都是这样一坨好翔,不是……这样一坨好人,不是不是,这样一个好人。"

……

蠢,话都不会说了还是怎么的!

夏天低头吃吃笑。

初夏的晚阳天,篮球场上少年们恣意挥洒着青春的汗水。

他面前的女孩,明眸皓齿,面色潮红。

于是,任翔控制不住体内的洪荒之力,低头吻住了她左边脸颊。

夏天突然嗅到一阵风,他带来的一阵夏风。她猛然睁大眼睛,眩晕了。

那一个吻,浅尝辄止,在她还没来得及仔细感受,他便匆匆退场。

任翔竟然意外地脸红了，害羞了，他不敢看她的眼睛，于是转身就跑，跑远了，回头冲她大喊："记住我的话，别找男朋友。"

夏天摸着自己左边脸颊，心里甜丝丝，于是她也冲他大喊："凭什么？"

"就凭……这个世界上没有比我更疼你的男人了！"

当天晚上，杨沉匆匆来了俱乐部，召集大家开会，拿出了一份全英文的挑战书。

挑战书封面是纯黑色，边缘镶嵌着暗纹，虽不失大气的格调，却总不免给人沉重压抑之感。

杨沉站在长桌尽头，手撑着原木色桌面，黑色的眸子透过金丝眼镜，望向众人："该来的，总归要来。"

众人心知肚明，那是狮虎队的死亡挑战书。

这段时间，狮虎队几乎横扫了整个中国职业竞技圈，将中国名列前茅的几支职业战队打得落花流水。

宛如平静海面刮起一阵来自太平洋的龙卷风，将中国竞技圈搅得波澜四起。

狮虎队在疯狂吊打了人气满满的几支中国战队以后，终于向X战队下达了战书。

X战队是去年唯一打入了世界赛的中国战队，并且在世界赛上虐杀了好几支美联战队，一时间风头无两。

但是很遗憾，没有机会碰上狮虎队。

毕竟X战队只进了前八强，而狮虎队，却在八强以内。

能不能赢，谁都说不准，但从这一次狮虎队狂扫中国战队的情势来看，胜算真的不大。

"原修，接吗？"杨沉看向坐在长桌对面，一直沉默的原修。

原修没说话，任翔反倒先开了口，指着那张全英文印花纸，戏谑地说："这烫手玩意儿，能不接吗？"

"当然可以，只是挑战书，他们可以下，我们也可以不回应。"

杨沉淡淡道："目前的情势看来，如果回应，输了丢脸，不回应，不一定会输，至少能保住X战队国内最强的地位。"

原修看看杨沉，眸光幽深："所以你已经有决定了。"

杨沉坐下来，手掌交叠搁在桌前，叹息："我当然尊重你的意思，如果你想打……"

那就只能打。

"当然打啊！"阿横激愤地说，"咱不能因为他们虐了其他战队，害怕保不住第一的位子,就不应战,当缩头乌龟。"

顾折风放下玩游戏的手机,漫不经心地说:"就跟恺撒一样。"

杨沉问:"恺撒是谁?"

陆蔓蔓举手:"我养的乌龟,每次都被小甜心叼在嘴里踩蹦。"

她气鼓鼓地看向原修。原修对她挑眉,一脸慈爱:"嗯?待会儿我教训小甜心。"

杨沉仿佛听到头顶有乌鸦嘎嘎飞过,黑线。

所以这帮家伙,是都还没意识到问题的严重性,还是根本不在乎啊!火烧眉毛的时候了,还有心思开玩笑!

李银赫刚来 X 战队就在春季赛吃了亏,现在正好想扳回局面,于是用蹩脚的中文说道:"当然打啊,打'洗'他们,把他们打回老家啊。"

他只会重复比较简单的短句来表达自己的意思。

陆蔓蔓说:"打'屎',不是打'洗',跟我念,打 shi 他们。"

李银赫鹦鹉学舌:"打 shi 他们。"

杨沉狂汗,咆哮道:"美国人就不要教韩国人蹩脚中文了好吗!一个汉堡味儿,一个泡菜味儿,我求求你们了!"

队员们当然一致认为必须应战,个个都是少年心性,谁都不肯服输,尤其这一次,竞技圈被吊打得这么惨,就连粉丝都摩拳擦掌了,更遑论战队成员。

讨论过程中,只有任翔和原修两个人,始终没有发表意见。

"这个事,董事会的意思,是希望不要应战。"杨沉探完队员们的口风之后,才把董事会的意思传达,"主要没这个必要,狮虎队这么强,我们不应战保名誉,其实也说得过去,顶多被嘲笑一阵子,但是不会一直被嘲,粉丝也会理解的。"

这时候,任翔淡淡道:"杨总,胜负乃兵家常事嘛。"

这时候他不再叫他杨哥,而是叫杨总,不满的意思很明显了。

杨沉压力颇大,叹息说:"我知道我知道。哎呀,我这不是来跟你们商量了吗,我夹在你们和董事会中间,也是两头为难,董事会让我劝你们,你们又一意孤行要打,我能怎么办?原修,你是队长,你说说,打还是不打,想清楚了啊,这是一荣俱荣一损俱损的事。"

陆蔓蔓看着杨沉,好家伙,还一荣俱荣一损俱损,显然是在给原修施压,队长做出的决定代表的是全队,明面上听他的意见,实际上是把烫手山芋扔他手里。

还不等原修开口,陆蔓蔓说:"打呗,我来打,反正我们 W 战队才成立没多久,也谈不上什么荣辱名誉,就算输了也没关系。"

当然话是这样说,陆蔓蔓却不认为她会输:"把折风,还有韩援给我就够

了,我来带队,打 shi 他们!"

强迫症患者顾折风纠正陆蔓蔓,吐舌头:"打死,si!"

程遇拍了拍顾折风的脑袋:"这时候能不能让我小姐姐帅一波别拆台。"

顾折风立刻乖了,一本正经点头:"是,打 shi 没错。"

杨沉说:"战书下给 X 战队,不是给 W 的。"

"那又怎样,一个俱乐部,荣辱与共啊。"

杨沉仔细么一琢磨,其实陆蔓蔓说的也不无道理,还真可以让 W 战队试试看,反正是新人战队,即便输了也不丢人。

"这个嘛……"

杨沉话还没说完,原修轻嗤一声,戏谑道:"荣辱与共吗?X 不应战,把我们的女队推出来这操作还真是溜,让圈子以后怎么看我们,粉丝怎么笑我们。"

此言一出,众人立刻觉察不妥,阿横说:"不能这样,这样我们就真成缩头乌龟了。"

顾折风哼了一声:"我们家女队也很厉害的好吗!"

"嗯?"

陆蔓蔓抻长脖子看向顾折风,有点诧异,以前不是恨死了她们搬进基地来,什么时候这家伙开始吹女队了?

难道是她的武力值征服了这只小别扭?

她非常满意地点了点头:"嗯。"

"划重点。"任翔倚在椅子上,头后仰,伸了个长长的懒腰,"不是厉害不厉害的问题,是我们 X 敢不敢应战的问题。"

"就这么个破事也值得讨论这么久。"原修缓缓抬眸,沉声说,"跪着生,站着死,没有别的选择。"

原修一锤定音,终结了所谓的讨论,X 必须应战!

杨沉忧心忡忡地离开之后,陆蔓蔓钻进房间捣鼓了一阵子,然后"噔噔"下楼,将客厅投影机打开,从家政周阿姨那里借来了锅铲,将队员们全部召集过来。

她打开自己的手提电脑,画面放映在投影屏幕上,用锅铲指着幕布上几个美国人的照片。

"狮虎队队长,迈克·罗兹,强势输出型选手,命中率百分之九十,被他盯上的人,少有能够跑得掉的。

"打野选手吉米,记忆力超级好,几乎可以说是过目不忘的天才型选手,搜集物资速度一流,并且他还有一项绝技,能在极短的时间内爬上树冠,躲在树梢间,别人打不中他,但是他往往能一枪命中敌人,又被称之为'树冠杀手'……"

在陆蔓蔓徐徐的介绍中，众人脸色已经隐隐发生了变化。

这……有点牛了啊。

然而，狮虎队的强势，还远不止于此，陆蔓蔓用锅铲指着另外一名高个子蓝瞳的成熟男人："狙击手劳伦斯·李。"

她没有继续介绍，而是转头看向顾折风："红领巾你的战绩是多少？"

顾折风手里拿着牛奶盒，咬着吸管呆呆地回答："忘了。"

"人头数563。"坐在沙发边的原修帮他回答，"入队一年半，这份战绩国内狙击手能排第一。"

陆蔓蔓点头："劳伦斯·李，狙下的人头数目为1543。"

顾折风咬着的吸管弹飞，白色的牛奶汁液溅到穿黑绸开衫睡衣的程遇的胸部。

他老脸一红，连忙闪躲到原修身边，生怕被打。程遇却无暇搭理他，抽了纸巾擦拭衣襟，皱眉问陆蔓蔓："他们队……这么厉害的吗？"

"狮虎队每一个成员，单独拎出来都是极其优秀，而这样优秀的竞技选手，美联多不胜数。"

众人彻底沉默了下来，直到今天，现在，此时此刻，他们才隐约感觉到，中国竞技圈和美联真正的差距。

宛若一条无法跨越的巨大鸿沟。

只有李银赫没眼色，站在墙边哼哼唧唧，用蹩脚的中文嚣张地说："能有多厉害呀，多了不起，多'幺不到台'啊，哼。"

陆蔓蔓问："你们又乱教他中文了，别乱教啊，他的中文老师只能是我。"

原修指任翔，任翔指顾折风，顾折风指阿横，老实的阿横解释说："他最近微信摇到个脾气火暴的四川妹儿，跟人家学了方言，成天老子舅子的……"

陆蔓蔓叹息一声："言归正传，狮虎战队的队员情况大概就是这样，关于他们的战队战术打法和每个成员的习惯，我很久没关注了，信息都比较过时，需要再看看他们近期比赛视频总结一下，再和大家商量讨论。"

任翔低声对阿横说："战队有美联来的奸细小姐姐感觉就是不一样哎，知己知彼。"

阿横点头："小姐姐退役了可以考虑特务007走一波。"

比赛时间约定在下周五的下午，战队还有一周半的时间可以准备。

散会的时候，阿横惴惴不安地问原修："队长，讲真的，听了M4的介绍，感觉我们可能真的胜算很小，如果是必输的战役，为什么还要去打呢。"

此言一出，所有人的目光都望向原修。看得出来，其实大家心里都没底，

没有信心,毕竟这次对手太过强大,如果狮虎队队员的各种特长算得上惊艳但还没有引起他们的震撼,那么狙击手劳伦斯·李的恐怖战绩,多少让人心惊胆战啊。

原修寒凉的目光扫了众人一眼,放下交叠的双腿,面无表情道:"是让过去的胜利冲昏头脑了吗?"

嗯,这话说出来,大家就得要做好挨骂的心理准备了。

"还是赢了太多场,就输不起了?"

他声音越渐低沉:"这么在乎自己的名誉,还打什么比赛,干脆就别打了,这样永远不会输。"

李银赫用英文愤懑地说:"全世界就你原修有梦想有情怀,别忘了竞技圈永远是资本逐利,如果这场比赛输了,董事会那边怎么交代,粉丝怎么安抚,我们的身价会跌多少,你想没有?"

他话虽然说得功利,却是事实。

如果是一般的比赛,输了也就输了。但这场比赛,X战队肩负的可以说是整个中国竞技圈的荣耀和脸面,如果X战队都输了,那么中国竞技圈这场滑铁卢,那就真的滑得彻底,难以翻身了。

粉丝们会大失所望,甚至开始抵触,这就像蝴蝶效应,涟漪一圈圈扩散开来,对于真人竞技产业链绝对是一场浩劫。

任翔知道原修身上顶着多大的压力,他故作轻松地调和紧张氛围:"哎呀,没这么严重,能打就打,不打也没关系,输了就输了,大不了重新再来,当然赢了更好。总之大家别太紧张了,本来这种竞技就是游戏衍生来的,是游戏就轻轻松松打啊,这么严肃干吗,好像子弹落在身上真会死翘翘似的。"

顾折风点了点头,认同他的话:"放轻松,否则很难赢。"

"不会输。"原修站起身,神情是前所未有的认真,"我向你们保证,不会输!"

原修从来不会轻易许诺什么,他是很有担当的人,承诺过的事就一定要做到。

今天他向他们保证,不会输,这无疑是给队员们吃了一颗定心丸。

当天晚上,陆蔓蔓意外地失眠了。她端着水杯下楼,回来经过二楼发现原修的房间门缝透着微光。

已经深夜了啊。

陆蔓蔓蹑手蹑脚走过去,果然房间还亮着灯,光线从下方的门缝溢出来,附耳贴在门上,隐约能听见枪声和人声。

在看视频吗?

陆蔓蔓轻轻敲了敲门。

"谁？"

"修修……"

"等下。"

没多久，房门打开，原修穿着深色居家卫衣，逆着微光站在门边："还不睡？"

他的嗓音极轻极柔。

陆蔓蔓朝房间探探头，发现电脑开着，视频画面是狮虎队的比赛。

"快回去睡了。"

原修话音未落，陆蔓蔓端着杯子从原修胳肢窝下穿过去，径直溜进他的房间。

原修有点无奈，这丫头心多大啊，深更半夜就这样闯进男人房间。

他拧着眉头回身，见她已经坐在了他的书桌边，搁下杯子，然后点击鼠标回放比赛视频。

"喂，很晚了。"

她不理会他的警告，只闷声说："分一点给我吧。"

原修走过去轻拍她后脑："我没偷吃夜宵零食，分什么给你。"

陆蔓蔓回头望向他，认真说："分点压力给我，我不想看到你这么辛苦。"

她戳了戳自己的胸口，一本正经："这里会难受。"

有那么几秒的时间，原修思绪放空了。

在接下来一段漫长的沉默中，他脑子开始重新高速运转。

小丫头戳着自己心窝子，诚挚说完"这里会难受"之后，顺手便抓起桌边一袋未开封的小饼干。

刺啦一声，撕开。

点开视频画面，她边咯吱咯吱地吃饼干，边看视频，吃完了小饼干，又在他的抽屉里，找到一包奥利奥。

战队成员平时不可以吃零食，一经发现都是要被队长收缴查处。以至于原修都开始怀疑，她是真的饿了才来他这边觅食。

原修拎起奥利奥饼干，扔进垃圾桶。

"饿了我给你下面吃，不要吃这些东西。"

陆蔓蔓攥住他的衣角："不饿啊，过来一起看比赛。"

她挪开身子，给小椅子腾出一块位置让原修坐。

他半块屁股都搁不下来，索性拎了靠椅坐过来，说道："真要跟我同甘共苦？"

陆蔓蔓仔细看着原修记录的狮虎队走位图,以及各自队员的用枪习惯,密密麻麻,写了好几页纸。

作为队长,理所应当承担更多,董事会的压力和队员们的惶惑不安,沉甸甸地压在他的肩头,而他却还要故作轻松地鼓励所有人。

"能赢。"

至少不能在比赛之前,就认输。

陆蔓蔓拍了拍原修的手臂,轻松笑道:"我也睡不着,一起看比赛。"

"嗯。"

寂静的夜,灯都关了,只剩电脑屏幕散发的微光,为了不吵到别人,两人一人一边戴着耳机,耳机里的枪声宛如爆竹响。

电脑里是狮虎队这段时间挑战的中国战队集合视频。

陆蔓蔓时不时地暂停画面,跟原修分步解析他们的战术,原修则拿着黑色中性笔,认认真真在纸上记录她的话。

不知不觉,夜越发浓稠。

一段视频结束,陆蔓蔓打了个呵欠,正欲伸懒腰,发现原修的脑袋不知什么时候,搁在她的肩膀上。

沉甸甸。

一定是装了太多东西。

陆蔓蔓停下伸懒腰的动作,小心翼翼放平肩膀,让他睡舒服一些。

她又兀自看了半场比赛,原修才喃喃道:"我觉得……"

咦,没有睡着啊。

陆蔓蔓目光侧移,见他靠在她肩膀上,狭长的眼眸却睁着,凝望电脑屏幕。

没睡着还靠着她,害她一动不敢动,肩都酸了。

陆蔓蔓正要推开原修,却听他说道:"我觉得……"

你觉得什么啊,能不能一口气说完。

原修深呼吸,声音前所未有的低醇和嘶哑:"其实说出来怕你笑话,这一次我真的没有把握。"

无论他怎样在众人面前强作镇定,有自信,以至于队员们都信他带队能够打赢比赛,可是落在陆蔓蔓眼里,落在 W 眼里,其实很清楚吧。

目前而言,以 X 的实力,是不够打败狮虎队。

即便是过去由 W 领队的 queen,都没有全然的把握,一定能打赢狮虎队这支实力强悍的劲旅。

所以他也就不硬撑了,在这静寂的夜里,靠在她的肩膀上,向她吐露真心。

他……其实没有把握,比赛可能会输。

可是即便如此,他依旧坚持要打,这是不能退缩的事情。

"原修啊,你千万不要害怕。"

"嗯。"他调子沉沉的,仿佛即将陷入酣眠。

"我不说一定赢这种话,即便是我,也永远说不出自己一定赢,只要时刻记得,我们是职业队员,有在很用心打比赛,这样就够了。"

电脑屏幕的微光映衬原修柔和的轮廓,他嘴角扬了扬,忽觉心安。

凌晨三点,陆蔓蔓从原修房间偷偷溜出来,原修送她到门口,黑暗中,他似乎还伸手摸了摸她的头。

待两人离开以后,不远处,顾折风肚子咕噜咕噜地响了几声。

他呆呆地站在走廊尽头,好像已经完全忘记了自己肚子痛要去上厕所的事情。

两分钟后,任翔的房间门被人打开,某只小奶狗直接蹦他大床上,揪住他的衣领,死命摇晃:"泰迪!泰迪泰迪!"

任翔抱住顾折风,嘴里嘀咕着:"夏天啊。"

"啊啊啊!"

任翔被顾折风晃醒了,迷迷糊糊地看到顾折风的脸,他简直想打人:"怎么是你!怎么是你啊!你还我夏天!"

顾折风满脸惊慌:"我刚刚……刚刚看到……"

"你看到鬼啦?"任翔一脚将他从自己身上踹下去。

"我看到……"

顾折风脑子嗡嗡作响,话却怎么都说不出口。

这时候,肚子又咕咕叫了一声,随即他放了个轻飘飘的屁。几秒后,任翔立刻捂住鼻子,掀开被单用力扑扇。

"对不起,翔哥!"顾折风捂着肚子,落荒而逃,一口气冲进洗手间。

身后传来任翔的叫骂声:"神经病!神经病啊!"

顾折风连灯都来不及打开,坐在马桶上,等肚子咕噜咕噜顺畅以后,他抱着头,陷入了深沉的思索中。

无法想象,此时此刻他小小的脑瓜子里,是怎样一片波澜起伏。

坐在马桶上,经历了沉重的一番思想斗争,他毅然决然地做出了一个艰难决定。

他要替队长守护这个秘密,绝对不能让第二个人知道,这是他投桃报李的方式。

队长将他带入X战队,开启了他的职业生涯,甚至手把手教他怎么打比赛,就像大哥一样,俗话说长兄如父……嗯?不对。

那M4岂不是要当他妈了?

不不不，想开一点，生殖繁衍是人类本能欲望，有可能两个人只是一时冲动，嗯，一定是这样，他要替队长守住这个秘密，但也绝对不能让两人这么肆无忌惮下去。

顾折风点点头，同时伸手摘下边上的手卷纸。

那几天，队员们把狮虎队近段时间以来的所有影像资料都看了遍，却无法摸索他们的套路。

因为他们，根本没有套路。

这种挑战PK赛同样也是百人团战，这百人中有自愿参加的职业队员，也有业余选手，对于职业队员来说，无非是为了多拿人头刷积分，业余选手则是为了锻炼自己。

狮虎队每场比赛都能拿下最高积分，同时打败其挑战的战队成为冠军。

被挑战的战队，有的能够活到最后和狮虎队在决战圈相遇，而有的……甚至连决战圈都没有进入，便被团灭。

狮虎队每场比赛用的战术都不一样，所以根本无法通过看视频就能找出应变的对策，或许也正是因为这种战略多变性，让中国职业竞技战队措手不及。

中国人总喜欢找规律，研究套路，同样每个战队也有自己独具特色的打法，甚至每个队员的特色都非常鲜明，譬如顾折风，他就喜欢在后期决战圈找建筑隐蔽起来，蹲人。

这种特点，很容易被人利用。

而这次狮虎队却毫无规律可循，每场比赛所用的战术都不一样，几乎可以说没有战术。这让想要通过视频来找寻他们弱点的战队，空手而归。

看视频也不是完全没有帮助，至少能够知道每个队员的个人风格和强弱项。

譬如吉米，速度快反应力强，但是枪法略逊一筹，劳伦斯·李则是枪法强势百步穿杨，但是耐力不行，不适合长跑，如果最后收缩的决战圈距离他较远，那么对他来说是非常不利的。

这段时间，W战队和X战队几乎没日没夜混合训练，狮虎队指名挑战X战队的五名成员，陆蔓蔓虽然不能加入他们，但是会在训练中不经意从旁指点。

一个星期的时间，终究太短了。

周五的比赛如期而至。

网络上，粉丝和竞技发烧友对这次比赛抱以极大的希望，希望X战队能够一雪前耻，为中国竞技圈挽回颜面。

"X战队一定能吊打狮虎队!"

"我看悬。"

"有修修,没问题的啦,放心放心。"

"之前采访的时候,队员们不是说肯定能赢吗?"

"不说赢,难道说输吗?拜托有点脑子,实力悬殊在这里,人家狮虎队是美联排名靠前的强队,如果X能打赢他们,X就能打赢世界赛拿冠军了。有点自知之明好吧,中国竞技圈在国内圈地自萌就够了,别出去丢人现眼。"

"楼上这么吹美联踩国队,干脆滚去美联,看人家要不要你啊!"

"不好意思,老年竞技粉一枚,不吹不踩,谁强我粉谁。"

……

虽然杨沉让大家最近这段时间不要上网,怕影响备战心态。不过队员们还是忍不住,在上厕所或者晚上睡觉前,都会刷一刷微博。

谁能忍得住不去看,网上那些如浪潮般奔涌而来的评论,鼓励居多,分析的也有,当然悲观主义者也很多,总而言之,褒贬不一。

比赛前两天,原修统一收缴了众人的手机。

当他拎着透明薄膜袋子,来到众人身边时,阿横倒是毫不犹豫地交出了手机,顾折风纠结了一下,也交出了手机。

不过,任翔意见就有点大了:"这不行啊,我还要接收夏天爱的鼓励短信啊。"

程遇给他一个白眼:"这么多天过去,她有没有给你短信。"

"马上就会来了,全国人民都知道我们要打比赛!"

"喊,她那种连W都不知道是谁的女孩,你觉得她会关心太平洋对岸的狮子队横扫中国竞技圈的事情?"

任翔叹息一声,还是交出了手机,像受了巨大伤害一般,垂头丧气走到边上去了。

果然她是一点也不关心真人竞技,圈子不一样。所以他即便再强,人气再高,拿下再多奖杯,对于她而言,都没有半分吸引力。

原修手里的口袋拎到陆蔓蔓跟前,陆蔓蔓踟蹰片刻,说道:"我也要交吗?"

原修挑挑眉:"一视同仁。"

陆蔓蔓看了看手机:"那……我今天的手游还没有签到,我都连续签到九天了,马上就能得到华丽套装小红裙。"

"我帮你签。"

"啊咧!"顾折风不乐意了,"队长!我手机上有十八个游戏都在每日签到,一个都不能断!"

"滚。"

顾折风："……"

周五下午，比赛即将开始。观众们都已经检票入场。

观赛展厅设立在比赛营区之外，能容纳百人座，就像剧院一样的排场，正中间大屏幕会直播无人机所拍摄到的比赛状况，激战的地方也会通过选手身上佩戴的针孔摄像头来捕捉，进而完整丰富地呈现整个比赛状况。

而比赛结束后的颁奖典礼，也会在展厅进行，粉丝可以亲眼见到自己的偶像。所以每场盛大的职业比赛，可以说是一票难求，早在赛程出来后的前一周时间，就会被一抢而空，然后网上出现各种高价黄牛票。

而这一次 X 战队和狮虎队的票，原价九百，在网上已经被黄牛炒到了六千块一张。

可见这场比赛是何等备受瞩目，早在开赛前一个小时，直播平台的流量已经创下了历史新高。

以前各自为营的战队粉丝，现在关注的目光都投到了这场比赛中。

X 战队肩负的是整个中国职业竞技的荣耀。

选手等候区，陆蔓蔓和程遇正在给自家队员按摩松肌。

原修平躺在垫子上，陆蔓蔓直接跨坐在他腰间，捶打他的肩膀和手臂肌肉，啪啪响。

"放轻松，就当是一场普通比赛，和过去的所有比赛一样，没有区别。"

"只是对手更强劲。"

陆蔓蔓一巴掌拍他后脑勺上，凶巴巴地说："强什么强，还不是被 queen 连续两年踩在脚下碾压！别尿！"

原修回身反击，一只手握住她的手腕，另一只手捏着她的下颌，跟她对干："臭丫头，你哪只眼睛见我尿了！"

陆蔓蔓从他身上起来，脱了鞋，抬脚要踹他，被他一把握住脚丫子。

"别闹，安安静静地陪我坐会儿。"

陆蔓蔓气鼓鼓地嘟哝几声，掌着原修的肩膀，歪着身子穿鞋。

原修握住身边的小鞋子，顺带蹲下身给她系好了鞋带。

"不识好人心，我就是叫你别紧张，一场比赛而已，没什么大不了。"

原修低头看向她："某人比我更紧张。"

陆蔓蔓的确有点害怕。她深深呼吸，自我安慰道："没事的没事的，输赢不重要，享受比赛的过程。"

原修揽了揽她的肩膀，沉声说："别怕，我不会输。"

选手等候区不算大，约莫五十平方米，屋内灯光暖黄，一面墙架着私人物品存放柜，正中间摆放着软软的松糕长椅。

杨沉来回走动，坐立难安，去柜子边的饮水机接了水，喝水的时候险些呛着。

显然，他比队员们更紧张。

"你俩，注意点儿。"

已经紧张成狗的经理人只能借别的事来分散注意力，譬如对面紧挨着排排坐的陆蔓蔓和原修。

"靠这么近干什么，分开分开。"他走过去粗暴地分了两人，"粉丝看到，还以为你俩干啥呢？"

他一激动，方言口音都冒出来了。

陆蔓蔓委屈地说："没干啥啊，我给队长捏捏肌肉放松啊。"

"我来给他捏。"

杨沉坐到原修身边，正欲动手动脚，原修面无表情地吐了一个音节："滚！"

李银赫换上了红黑色的作战队服，同时将中国竞技的旗帜——弓与箭中间守护的五角星，别在了自己的胸前，顺口说道："这两个龟儿子早就在要朋友了。"

杨沉问："他说什么？"

"跟川妹学的四川话，意思就是他俩是很好的朋友。"顾折风连忙抢白。

他一定要为队长守住这个秘密！

杨沉指着两人："再好的朋友，也要多注意，别闹出绯闻啊。尤其是你 M4，你现在正是圈粉涨身价的时候，要是和原修闹出绯闻，你的粉丝值可能直接掉为负。"

陆蔓蔓瞪大眼睛，惊呼："为什么会这样！"

"整个竞技圈的女粉都是他老婆，国民老公那是白叫的？女人嫉妒起来，面目全非。"杨沉想到了自家的母老虎，不禁哆嗦了一下子。

陆蔓蔓屁股连忙挪开，和原修保持距离。

原修歪着眉头看向陆蔓蔓："就为了粉丝，你这样，说好和我友情一辈子？"

陆蔓蔓神情凝重："对不起，粉丝才是我爸爸。"

另一边的长椅上，程遇正在给任翔捶腿，一下又一下，拳头往死里砸："舒服吗，嗯？"

任翔疼得嘴角直抽抽，看向身边的蛇蝎美人，却还嘴硬："舒服！"

顾折风眉心紧蹙，好几次欲言又止。

他……他也想让程遇帮他捏捏,给他捶捶。
"哎。"
顾折风捂着自己的小腿,很假地叫唤了一声。
"怎么了?"程遇扔开任翔的腿,望向顾折风。
"抽筋了哎。"顾折风毫无演技,指着自己的小腿,淡定地说,"好痛。"
程遇的手轻轻抚上他的腿,一点点按压,帮他舒筋活络:"真的痛吗?"
看起来不像啊!
顾折风用力点头,真诚地又"哎哟"一声。
他的腿长而细,皮肤白皙,毛色很浅很浅,几乎看不出来,和任翔浓密的腿毛完全是两个极端。
程遇继续帮顾折风按摩,顾折风享受地闭上了眼睛。任翔嘴角抽搐了下,还是决定当个善良的人,不戳穿他。
杨沉扫视着他的队员们,觉得可能紧张的人只有他。
终于,比赛的音乐声响起来,队员们走出候场厅,朝着营区走去。
场外一片汹涌澎湃的呐喊声,似浪潮般层叠起伏。
进场之前,任翔再三回头问程遇:"夏天真的没有给你打电话吗?"
"没有。"
"你要不要再看看手机?"
"夏天不喜欢看比赛。"程遇不耐烦地说,"别想了,好好打。"
任翔唉声叹气,随队走进营区大门,程遇于心不忍,于是道:"打完帮你约她出来,一起吃饭。"
任翔回头冲她比了个"爱心"。
"亲姐!"
他这比爱心的姿势,掀起观众席女粉一阵惊叫。
程遇在女孩们灼灼目光下,顿觉压力山大,真是想不明白啊,就这样的渣男,人气居然会这么高。
队员们依次被吉普车载进了丛林各处,陆蔓蔓和程遇来到观影大厅的前排位置坐下,程遇随手摸出手机,赫然发现上面有三个未接来电。
夏天。
程遇好奇地接听了电话:"小夏天,什么事啊?"
电话那端,夏天声音急促:"比赛、比赛开始了吗?"
"还没,不过你……"
"路上塞车所以迟到,现在已经看见大门了,你们在哪儿呢?"
程遇稍许讶异:"你来了?"
"嗯!"

"你有票吗,需要我出来接你吗?"

"不用,我一周前在网上买了黄牛票,我现在进来了。"

程遇站起身,果然见穿着小白裙的夏天从门口拥堵的人流中艰难地挤进来。

程遇立刻对她挥了挥手:"这里!"

夏天拎着三瓶可乐,来到她们身边坐下,呼吸还没有喘匀:"喏,给你们。"

程遇接过饮料,怔怔地看着她:"你……今天不去图书馆?"

夏天说:"我来看比赛啊。"

"又不是我俩的比赛,你来看谁?"

"我……"她顿了顿,"我来看大家啊。"

"大家……"

程遇鼻息发出不屑的"喊",又问:"黄牛票多少钱?"

"六千五。"

程遇瞪大眼睛:"你花了六千五,买了张黄牛票,过来看'大家'比赛?"

夏天呆呆点头,然后陆蔓蔓无情地拆穿:"我打赌她连比赛规则都不知道。"

程遇喃喃道:"好的,我懂了。"

她是来看某人的。

三个人端坐在椅子上,静静等待开场,只听见陆蔓蔓喝可乐的声音,咕噜咕噜。

过了几分钟,程遇说:"你应该早点过来。"

"嗯?"

"某人要知道你来了,比赛中可能会爆发爱的力量。"

在比赛进行的前四十分钟里,X战队和狮虎队虽然一直没有机会正面碰上,不过两队的人头积分却此起彼伏,不相上下。

如果狮虎队超过了X战队,那么在接下来X战队势必会猛收一拨人头。观众们紧扣心弦,一秒都没有将目光从大屏幕前移开。这场战役,直播平台的弹幕少了很多,每个人目不转睛盯着视频画面,认真看比赛,不再叽叽喳喳吐槽。

最后四十分钟,选手的数量开始锐减,人头也不是那么好拿了。

X战队的人头数量一直停在21人,而狮虎队的人头还在上涨,23人,24人……

无人机拍摄的画面里,原修的战队少了一个人,少的是顾折风。

程遇抓紧了陆蔓蔓的衣袖:"折风呢!去哪儿了,死了吗?"

陆蔓蔓摇了摇头,不会,顾折风不会这么容易死的。

果然,下一秒画面切换,斜阳中,不远处两栋白墙剥落的废墟建筑里,三楼的位置,有个小家伙戴着灰色的钢盔帽,探出了头。

唇红齿白,双眸幽黑。

正是顾折风!

全国观众都跟着松了口气,没死就好。

不过这一招走得挺险的,顾折风一个狙击手,脱离团队独自作战,很容易出事。

原修和陆蔓蔓之前讨论过,让顾折风在最后决战圈确定以后,便离开队伍赶赴战圈,找掩体埋伏起来,等到后面战队赶来的时候,给予火力的支援,同时前后夹击打敌人一个措手不及。

狙击手会成为战队决胜的一步妙棋。

但是这样做风险很大,毕竟在团战中,如果有队员偏离太远,很容易被其他队伍干掉。

顾折风身处的建筑应该是学校,身后有七倒八歪的课桌,全部被他搬过去,抵住了身后的房间门。

这样,不至于担心有人从背后偷袭,他可以沉着应战。

顾折风将仿真98k架在窗边,同时捡起周围的破布烂衫罩住自己的头,和周遭环境融为一体,只留黑乎乎的枪杆子立在窗口,不至于引人注目。

他给枪膛上了消声器。

万事俱备。

两分钟后,他瞄准了正前方篮球场上一个落单的选手,正要开枪射击,突然,先一步而来的子弹,打在了他的窗框边,不设防的他被吓了一跳,让落单的选手给跑掉了。

顾折风立刻靠墙躲起来,小心翼翼地侧头望向窗框,窗框铺满了厚厚的灰尘,灰尘上有子弹擦过的一道痕迹。

狙击子弹!

他心下明了,正对面的学校建筑里,同样埋伏着狙击手,而刚刚打过来的那一枪,并不是瞄准他,而是在给他提示。

同时,也是在向他示威。

传说中狮虎战队的恐怖狙击手劳伦斯·李,每当射击前都会向对手任性地发射一枚死亡预告弹,即便是对手已经有所察觉,可依旧逃不过他的夺命击杀。

顾折风万万没有想到,居然会在这里,遇上劳伦斯。

如果劳伦斯在这里,那么他的团队呢,也在附近吗?

顾折风来不及多想,小心翼翼地躺下身,架着枪,瞄向对面的建筑,寻找劳伦斯的身影。

两位世界顶尖狙击手,两栋遥遥相对的废墟建筑中,他们开始了漫长的拉锯战。

而彼时,X战队的队员们也已经来到了决战圈边缘位置,两栋学校建筑出现在了他们的视野中,想办法靠过去,就能在狙击手的掩护下,开启无敌模式。

阿横先行一步,跑过去探风,确定学校安全以后,对山腰间的原修做了手势,让他们赶紧过来。

然而就在他挥手的那一刹那,一枚子弹打在了他的脑袋上。阿横完全没反应过来,回头便看见一张熟悉的面孔。

狮虎队的队长,迈克·罗兹!

强势型输出选手,命中率百分之九十以上,据说被他盯上的猎物,基本上就成了砧板鱼肉,任他宰割。

一头灿灿金发的迈克,杀掉阿横之后,他朝着原修所在方向望了过来。在原修抬枪击杀他的前一秒,他飞速潜入了学校建筑里,消失之前,还冲原修比了一个割喉的动作。

够挑衅。

原修握枪的手紧了紧。

失去了打野阿横,任翔有些绷不住,骂了声:"顾折风呢?那小子搞什么飞机?"

顾折风此时正埋伏在窗口,维持一动不动的姿势快二十分钟,鬓间渗出细密的汗珠,一颗一颗顺着他的额头流下来,落在地上,卷起了地上的灰尘。

不远处传来阵阵枪声。

决战圈已经收缩,队长他们过来了吧,可是他无法支援他们,只要稍稍一动,对面的狙击手就会察觉。

劳伦斯应该是紧盯着他,好几次轻微的晃动,便有子弹飞过来。而最要命的是,他现在都还没能摸清楚劳伦斯究竟潜伏在何处!

这种焦灼的局面,是顾折风从来没有遇到过的。

在国内比赛中,他从来没有遇到这么难缠的对手,从来不知道,这个世界上,居然有人能把他逼到动弹不得举步维艰的局面。

他果然还是……目光短浅了。

楼下的枪声越渐密集,顾折风明白,时间多耽搁一秒,他的队友们就多一秒的危险。

他必须速战速决,不能和劳伦斯这样耗下去。

顾折风收了枪滚到墙边,这一动作又引来两声枪响,不过没打中他。

怎么办?怎么办?

他本能地抖动大腿,脑子飞速运转。

有了!

他从包里摸出倍镜,果断砸向墙面,只听"咔嚓"一声,倍镜黑乎乎的外壳破裂,他掰开外壳,从里面取出了玻璃镜片。

蹲下身,他用一杆霰弹枪配合绷带,将玻璃片固定在长枪的枪口,放在窗边,然后通过镜面的反射,观察斜对面的每一扇窗户。

安静的观影厅爆发出一阵不小的骚动,无论男女,粉丝们叽叽喳喳议论起来。

"顾折风,我要重新认识你了。"

"really 机智!"

"倍镜是公家的啊,据说好几百一个。"

"砸坏了你就不要赔的吗?"

程遇屏息凝神,紧盯着对面的大屏。

从来没有见过这样的顾折风,但又好像就是这样的顾折风。

沉稳、果决又聪明。

挺帅啊小伙子,她嘴角不免漾起笑意。

他能赢吧,如果他赢了,她要好好夸奖一下他。

画面切换,X战队躲在操场边上的体育用具室,体育室是一栋方形建筑,一扇门,四扇窗户,很不安全,无论敌人从哪个方向来,都可能自窗边击杀他们。

可是除了躲在这里,他们别无选择。

狮虎队的火力攻势太猛,他们根本吃不消。

李银赫穿好了防弹衣,操着一口泡菜口音说:"我出去点火(引战),你们看准了再打,总要把那帮孙子引出来。"

在此之前,无论是训练还是比赛,李银赫从来不会说主动担当人肉靶子,他要考虑自己初来中国的积分,希望能活到最后多拿人头,提高身价。

对此,X战队成员虽然私下有抱怨,但从来没有当面责怪过他,毕竟他来中国是从零开始,想多拿积分也可以理解。

这一次他居然主动请缨,这是让原修没有预料到的。

"确定要出去吗?"

李银赫不耐烦地说:"都到这份上了,伸头缩头都是一刀,你和这坨狗翔是最后的火力输出,不能死,只有我去。"

"喂!骂谁呢!"任翔虽然骂他,但是也没多生气,"就你这一头灰毛,信不信一出去就会被干掉,还是老子去算了。"

"你速度比不过我,出去'朝阳'送死。"他着急起来,发音不标准。

"呵呵,我会比不过你?"

原修靠在窗边,紧盯着窗外,不耐烦地说:"争什么争。李银赫你去,跑快点,别死了,等着一起吃鸡。"

队长一锤定音,任翔便不再和李银赫争执,摆摆手:"算了算了,立功的机会让给你。"

李银赫穿着防弹衣,在原修架好了狙击枪之后,他冲出了房间门。

防弹衣可以抵抗至少六枪非致命部位的伤害,所以即便李银赫一出门便中了枪,但好在接下来跑得还算顺利,没让人击中。

原修在窗边架起了狙击,顾折风是靠不上了,现在只能靠原修的狙击输出力挽狂澜。

任翔一眼就看出,原修的身高和窗户的高度不搭,蹲着低了,站着又高了。

他毫不犹豫地将自己的肩膀贡献出来:"枪架在这儿。"

"哟。"原修挑挑眉,"挺有奉献精神啊,不过待会儿打起来,可能会震得疼。"

"能有生孩子疼吗,没有就别废话了。"

时间紧迫,原修也不犹豫,将狙击架在了他的肩膀上,说道:"下蹲,再蹲,嗯……差不多了,别动。"

于是,任翔半蹲着,让原修架枪打狙击,原修的枪法极准,一枪一个。

每打一枪,任翔的肩膀就要震上一震。

他半蹲的身体几乎没有任何支撑,重心往下,全靠脚力,被狙击强大的后坐力给震得……有些疲软。

夏天盯着屏幕,心揪紧了。

对方打野吉米奔跑在操场上,快如狡兔,原修已经看到了他,并且瞄准了他。

"别颤。"原修的声音极轻极柔。

任翔咬住牙,尽可能保持身体的平衡。

打狙击讲究枪法的精准,充分计算后座,绝对不能有差池,否则就是失之毫厘,差之千里。

这一枪,紧抓着全国粉丝的心,也抓紧了陆蔓蔓的心。

一枪闷响,子弹穿透空气的阻力,猛地射向吉米!

狮虎队打野被爆头!

全国网吧欢呼沸腾,观影大厅也是一片喝彩,掌声四起。

"我修男神!"

"啊啊啊,老公我爱你!"

"那么快的速度居然能够命中,一枪命中,爆头,我的天。"

"神枪手!"

在此之前,狮虎队和中国战队的博弈中,从来没有折损一个队员,全员无一伤亡,赢得漂亮又彻底。

然而这一次,狮虎队折掉一个打野,折在原修的枪下。

原修也算是帮阿横报了仇。

不远处的坡地上,迈克脸色由之前的不屑,渐渐转为阴寒,眸子里透出狠戾的光芒。他毫不犹豫地拿起步枪,瞄准了正前方操场上的李银赫。

几枪连发,没有一枪落空,穿着防弹衣的李银赫身上染花了十多个颜色的弹粉。

窗边的任翔缓缓转过头来。他的额头上,赫然出现蓝色的弹粉印记。

他居然也被迈克一枪打爆了头!

原修沉静幽深的黑眸,渐渐涌动波澜。

废墟学校,顾折风听着腕表响起嘀嘀声,两下,说明X战队又折了两名队员。

也就是说,目前战队除了他以外,就只剩原修一个人了。

这种重创已经很久没有发生过了,顾折风开始有点沉不住气。

直播大厅这时候也安静了,没有人说话。狮虎队的恐怖实力他们以前就见识过,但是看X战队被吊打成这样,还是前所未有第一次。

程遇手心漫起了一层薄汗,只希望顾折风能够稳住,不要乱了方寸,尤其是在他和劳伦斯博弈的此时此刻。

顾折风通过镜片,已经摸准了劳伦斯的位置,应该就是在侧面四楼靠左的窗户里,然而当他刚要将镜片收回来的时候,只听"哗啦"一声,镜片被击碎了!

劳伦斯已经看出了顾折风的伎俩,他位置暴露,却不急着离开,而是击碎了顾折风的镜片。

这是再一次的挑衅!

顾折风脸色渐渐起了变化,汗水涔涔而下,脸颊从白皙变得通红。即便此刻没有任何运动,可是他的心率已经开始加速狂奔。

阿横、李银赫,还有任翔,他并肩作战的队友们都已经战死,他却在这里,在这里什么都做不成,甚至随时可能被强大的对手给一枪爆头。

无与伦比的挫败感,宛如暴风雨来临前黑压压的乌云,闷闷地压在顾折风的心头。

他从窗口望出去,斜对面的劳伦斯,一个看上去年纪不轻的男人,也探出了头,两人遥遥相望。

劳伦斯神情淡定,眸子里带着某种饱经世事的沧桑感,宛如潜伏在暗处静待猎物自投罗网的猛兽。

眼神交会的一刹那,顾折风突然明白,自己不会是他的对手。

两个人,同时开枪。

顾折风的子弹偏离了轨迹,擦过劳伦斯的鬓间,在他耳际留下一丝弹粉痕迹。

然而,劳伦斯的子弹,却命中了顾折风的额头。

不偏不倚。

他败了。

顾折风淘汰的一刹那,观众倒抽了一口凉气,甚至有X粉已经提前预知了接下来的残忍战局和无法挽回的糟糕结果,开始抹眼泪了。

无力回天的挫败感,让人难受至极。

陆蔓蔓的手紧握着,因为握得太紧,甚至开始战栗起来。

程遇的心空荡荡,想起顾折风说要教她狙击。

那个时候的少年,何等意气风发,即便害羞,眼里却带着自信的光芒。此时的顾折风,已经失去了昔日的神采,直愣愣地走出废墟。

夕阳下,他的背影茫然而又颓唐。

悬殊的实力差距,几乎彻底击垮了他。

不知道为什么,程遇竟然有点心痛。

枪林弹雨中,原修靠在一堵矮墙后,孤军奋战。

腕表提示,顾折风已经被淘汰,现在X战队,只剩了他一个人,而狮虎队,还有四个人。

局势难以挽回。

眼睁睁地看着队友死在自己的面前却无能为力的感觉,太难受了。

原修眼睛里已经起了血丝,额间也有青筋暴起,不仅仅是愤怒,更多的是不甘心。强大的对手面前,X战队竟然被吊打成这个样子,他不甘心。

但同时,心里又升起某种无能为力的苍凉感。

中国真人竞技,真的永无出头之日吗?

他不甘心。

原修扔掉了自己的包,给枪装满了子弹,对着正前方狮虎队所在的木屋一通横扫,草木枝叶四溅横飞。

孤注一掷,他提枪往前,朝着安全区飞奔而去。

狮虎队辅助保罗从窗边探出头来,直接被他干掉,毫不拖泥带水。

身后传来沉闷的枪声,有人在高处狙他。

原修加快了速度,躲避在狙击手的视角死点的树后面,小心翼翼地望向前方木屋。

还剩最后半分钟,他处于安全区以内,木屋和远处的狙击手,都在安全区以外。

只要他有足够的耐心,足够小心,也许还有转机。

无论如何,绝对不能放弃,这是他作为职业选手最基本的素质。

很快,又一名狮虎队员尼克·赛巴斯从小木屋出来,朝着安全区飞奔,而学校废墟中的狙击手劳伦斯则掩护着他,只要原修冒头,就有狙击子弹射击过来。

原修目光紧扣着那人的身影,数着一二三,等他出现在他的视觉和射程范围,他毫不犹豫地开枪射击。

尼克·赛巴斯淘汰。

目前为止,狮虎队就只剩下狙击手劳伦斯以及队长迈克。

观众们紧绷的情绪,又渐渐安稳了些。

真是一波三折啊,本来以为X战队输定了,却没有想到原修居然一个人解决了他们大半队员,这令人窒息的实力……他是中国真人竞技领头羊,可以说是当之无愧。

这场比赛的艰难程度和精彩程度是成正比的,现在直播平台的流量已经爆炸了,创下了有史以来的新高。

无论过去为了各自粉的战队吵得多厉害,此时都同仇敌忾,每个人心里都在默念:加油啊,X要加油啊。

然而在大家振奋的同时,陆蔓蔓的心,却渐渐沉到了底。

如果此时此刻她与原修并肩作战,一定会提醒他,小心身后。

顶尖的职业选手,永远不会把自己的后背暴露在看似安全而实际未知的危险中。

原修却顾不得那么多,他的方寸已经乱了不少,现在全身心的注意力都是紧扣正对面的小木屋以及……侧面的学校废墟。

迈克和劳伦斯,等安全区收缩了,他们总会朝这边过来,到时候一枪一个,解决掉他们。

他前所未有地渴望胜利,他的W还看着他,他要为她赢下这一场比赛。

如果年轻时候的热血上涌,冲动的念头和不顾一切的决定,可以称之为是年少轻狂。那么原修自认为,此时此刻,他回到了少年时。

他的胸中激荡着梦想、情怀和国家荣耀,同时还涓涓流淌着一道曲折的细流,跨过高山,漫过平原,淌过溪涧……

那是他的爱情。

他要用实力证明，他足以与她相配。

他数着腕表的时间，嘀嗒，嘀嗒，与他的心跳渐渐化为了一体。

安全区确定了！

腕表提示，劳伦斯位于安全区以外，最终被淘汰。

他的心尘埃落定。

等等……

为什么游戏还没有结束，胜利的提示音还没有传来？

他抬眸望向不远处的小木屋，小木屋纹丝不动，立于安全区之外，大门紧闭！

电光石火的一瞬间，原修反应过来，他一直蹲守的小木屋，其实根本没有人，真正的敌人，现在或许……

就站在他背后！

下一秒，原修转身提枪一阵扫射，然而，他的子弹仅仅只是击中了迈克的身体，而迈克的子弹，却命中他的眉心。

输……输了。

这一场比赛，X战队，输了。

在象征狮虎队胜利的交响乐传来的同时，屏幕前，不知有多少粉丝泪流满面。

中国真人竞技，输得如此彻底，干干净净，一点儿东西都没有剩下。

那些所谓的梦想啊，在残酷的现实和巨大的鸿沟面前，竟然显得那样幼稚可笑。

队员们垂头丧气地走出营区大门，从斜后方的通道直接往休息室，避开了前厅的粉丝们。这个时候，他们最不想看到的就是粉丝失望的目光。

陆蔓蔓早已经等候在了休息室，见他们出来，一个个垂头丧气，俨然像是玩砸了又怕挨骂的大男孩。

顾折风独自一人坐在松软长椅边，身上披挂着毛巾，汗水还在流淌，手脚战栗，浑身冰凉。

他紧绷着脸，脸色憋得通红。

程遇真担心他下一秒会哭出来。

可她也不知道怎么安慰，只好一言不发陪他坐着。那一场狙击博弈，耗尽了折风少年所有的元气和精力。

他太累了。

任翔没有料到夏天会过来，在他惊喜的同时，想到了刚刚比赛中丢脸的表现，羞愧难当。

她看他的第一场比赛，居然输了，真的没脸见她啊。

"打得很好哦。"夏天用稚嫩的声音鼓励他。

"好什么好。"任翔手指尖晃荡着矿泉水瓶,偏头看她,调子很是无奈,"翔哥输了啊。"

"啊,输了吗?"

"……"

他伸手摸了摸她的脑袋。

不管是真的没看懂,还是假装没看懂安慰他,他都很感激她了。

陆蔓蔓等了很久,都没有等到原修从更衣室出来。

她问阿横,阿横想了想,说队长好像已经从后门离开了。

陆蔓蔓隐约能听到美国国歌的旋律缓缓飘来,过去无数次站在荣耀的舞台,那首歌为她而奏。

而如今,再听到这熟悉的旋律,陆蔓蔓百感交集。

队员们换上了在正式场合穿的队服,在前排观礼台落座。

陆蔓蔓俯身在桌下,给原修去了一个电话。

"嗯?"

陆蔓蔓听到电话那端传来嘈杂的声响,摸不准他在哪里。

"原修。"

"我在。"他声音低沉,略带嘶哑。

"你……还好吗?"

"听得不是很清楚。"

他那边实在太过喧闹,陆蔓蔓手捂着话孔,放大了音量:"你在哪里呀?"

"菜市场。"

"啊,你怎么在菜市场?"

"有事?"

"狮虎队的颁奖礼,你也要上台的啊。"

即便是输了,也要上台和对手握手拥抱,以表示友好和风度。

原修漫不经心地说:"这个没关系,你代我上台跟他们握手就行。"

"这样吗?"

陆蔓蔓挂了电话,心里犯嘀咕,原修怎么会跑去菜市场,她以为他会一个人躲在什么角落兀自疗伤呢,还在措辞怎么安慰他。

看起来似乎不需要。

不过跑去菜市场也太奇怪了吧,是精神受刺激了?

陆蔓蔓越想越觉得可疑,于是对坐在身边的任翔和阿横说:"比赛结束就结束了,别想了,队长面前也别提。"

任翔沉默地点点头，顾折风呆呆的，还在恍神，不知道听进去没有。

陆蔓蔓又凶巴巴地对李银赫说："待会儿回去别叽叽歪歪惹队长不开心噢，不然我打你。"

"老子也不开心啊，老子还没有这么憋屈输过比赛！"李银赫同样很不爽，"早知道老子当初就应该进美联队，发展前景更好。"

陆蔓蔓说："进美联队，你的水平估计只能当替补，鸡头凤尾，都是自己选的，有什么好后悔。"

任翔补刀："他现在也没当成鸡头。"

李银赫不讲话了，微信提示音响起来，他戳进去看了内容之后，按着"说话"，发送了一段怪怪的川味儿语音："妹儿，你别安慰我，莫得事，哥哥一点儿都不难过，比赛嘛，有输有赢正常啊。"

顾折风烦闷地捂住了耳朵，将脑袋埋进桌子里。

程遇担忧地看着他，伸手拍了拍他的背："没事吧。"

顾折风没有回答她，看样子真的受了极大的创伤。

很快，颁奖典礼开始，X战队员陆续上台。

虽说是为了表示友好，不过刚刚两队针锋相对你死我活过，队员们心里要说没有一点儿怨怼，那是绝对不可能的。

狮虎队的队员们笑得嚣张又跋扈，看他们的目光，俨然如看手下败将，美国小子们个性张扬，什么情绪都是挂在脸上。

X队员们皮笑肉不笑，和他们一一握手。

劳伦斯是狮虎队中年龄最大的一个，显然行事作风都要成熟稳重很多，他和顾折风握了手，顺带轻轻拍了拍他的手背："你是这么多年我遇到过的，最优秀的狙击手，你输的只是经验而已。"

顾折风知道，这话可能带有安慰的意思。他和劳伦斯的鸿沟，可不仅仅是经验那么简单，无论是枪法意识还是敏锐度，他都远远比不过对方。

顾折风咬了咬下唇，终究还是一言未发。他真的不想说话，不管是场面话还是心里话，他都不想说。

从现在开始，他不想和任何人讲话。

陆蔓蔓代原修上台，走了一个过场，与迈克轻描淡写地握了下手。

"不是吧，叫个女的过来敷衍我啊。"迈克嚣张跋扈，"你家队长呢？别是打怕了不敢见人，躲哪儿哭鼻子去了吧。"

陆蔓蔓冷眼看他，面无表情："队长有事，先行离开了。"

"哎呀，我还想再和他交流交流呢。刚刚他也太紧张了吧，连我走到他身后都不知道，这种心理素质，居然还能成为你们中国最强职业选手，看来中国职业竞技，也就这样了。"

周围几个队员也发出了低声的冷笑。观众看起来，他们好像还聊得蛮开心，没有人听到他们说什么。

陆蔓蔓知道，狮虎队这次来中国打挑战赛的目的，多半也有碾压中国竞技圈以扬名示威的意思，毕竟在美联，他们总被queen压一头。

"讲真的，挺感谢你们不远万里飞过来打比赛。"陆蔓蔓嘴角扬了扬，"中国职业竞技会慢慢崛起，或许便从你们开始。"

"是吗？"迈克相当不以为然，"如果真的有那一天，再来感谢我吧，希望我不会等到头发都白了。"

队员们再度爆发出笑声。

X战队几位队员心理素质还挺过硬，能扛包袱，即便被这样贬低，他们也没有过激反应，要是换了queen队，换了乔星野，估摸着早就挥拳头干上了……

"Shit！"

就在陆蔓蔓心里暗自佩服他们沉着的时候，李银赫破功了，撸了袖子要揍人，被任翔眼疾手快给一把拉住。

"想连带整个战队陪你禁赛你就上。"

众目睽睽之下，拉拉扯扯并不好看，任翔说完这句话便松开了他。李银赫虽然气愤，掂量着"禁赛"两个字的分量，终究没有上前。

初夏雷雨来临的前夕，褐色的浓云沉沉地压在城市上空，偶尔有一道闪电自天际劈下，干巴巴照亮了夜空。

X队员们糟糕的心情如同这黑压压的天空一般沉闷压抑，自保姆车上下来，三三两两，有气无力回了基地。

刚打开门，扑面而来的牛油香味，让陆蔓蔓精神为之一振。

火锅啊。

众人循着香味，来到饭厅，只见长桌上摆着一个电磁炉，炉上架着红油滚滚的火锅，周围摆放着各种菜品碟子，有卷牛肉、毛肚、鸭肠，还有虾饺和鹌鹑蛋……

原修系着小碎花围裙，将刚刚洗好的青笋端上桌。

周阿姨跟着出来，嘴里絮絮叨叨抱怨说："也不嫌麻烦，要吃火锅就到外面吃啊。"

原修讨好地拍了拍阿姨的肩："输了比赛，还去外面吃火锅，被拍下来网络上又是腥风血雨。"

"哼，反正，吃完你们自己收拾。"周阿姨摘了围裙，"那我不管你们了啊。"

"谢谢阿姨。"

果然……家里的味道，终究是没变，无论外面刮着怎样的狂风骤雨，家终究是家，散发着香喷喷的牛油火锅味儿。

队员们看着香喷喷的滚油的火锅，愣住了。

"过来吃饭，还要我给你们拿碗筷吗？"

陆蔓蔓意会，将双肩包随手甩沙发上，噔噔噔跑去厨房拿了碗筷，依次摆上桌。

"快饿死啦！"

她能够领会原修的良苦用心。作为队长，所有人都可以消沉、颓丧，唯独他不可以。

比赛结束后，他便去菜市场买菜，回来给队员们煮了火锅。

大伙儿挨着在桌边坐下来，这次不同于以往，几人没有嘻嘻哈哈，打打闹闹。

他们沉着脸，也没什么话好说。

低气压旋在饭厅上空。

原修将牛肉和毛肚倒进沸腾滚烫的红油中，对陆蔓蔓说："锅里我给你熬了骨头汤，先去盛一碗喝。"

她吃饭前是要喝汤的。

"修修真贤惠。"陆蔓蔓拍拍他的肩膀夸奖他，扭头问众人，"你们要汤吗？"

"不用了。"

"不要。"

好吧，看起来大家精神都很萎靡。

陆蔓蔓盛了汤回来，见众人闷不吭声吃饭，她又提议道："吃火锅怎么能没有饮料呢。"

原修想起来："冰箱里有啤酒，还有可乐。"

"我去拿！"陆蔓蔓自告奋勇，跑上跑下很是勤快，尽可能活络场面。

而就在这时，李银赫筷子掉在了地上，发出一声脆响。

他深呼吸，捡起筷子，却并没有再去换一双的意思。

原修看向他，他也抬头，望着原修，沉声说："你让我挺失望。"

队员们也都……放下了筷子。

李银赫反正是不怕谁的，想说什么就说了："比赛输成这样，大家都不好过，你居然还有闲心煮火锅。拜托，谁还想在这里陪你吃火锅。"

原修指尖筷子捣了捣碗里的蒜蓉，面无表情道："都没有食欲吗？"

任翔叹息一声："抱歉队长，真的……吃不下。"

一言未发的顾折风已经推开椅子，起身上楼，回了自己的房间。

几分钟后，程遇也起了身："我还是……去看看他，抱歉啊队长。"

李银赫也离开了，桌上就剩任翔、阿横和陆蔓蔓。

原修扫了几人一眼,沉声说:"既然不想吃东西,就下桌吧。"

"队长……"

"我说不想吃就下桌,难道你们想看着我吃吗?"

阿横和任翔对视一眼,终于起身回了各自的房间。

眸子里的光跟着寂灭了。

所以,就剩了他一个人,还有热腾腾的红油火锅,以及满桌丰盛的菜肴。

心里,空落落。

这种时候,他没有办法像过去那样,板起脸来教训他们。作为一队之长,是他没有带好他们,输了比赛,大家都有责任,他责任最大。

队员们心里难受,他又何尝好过,但是所有人都可以消沉,可以颓丧,他不能。

他是队长,如果他垮了,战队就不会有希望了。

所以他特意去菜市场买了菜,给大家做了一顿丰盛的火锅。

但这一切,似乎并没有什么用,过去赢得太多,因此这一次的失败对大家来说,是无法接受的打击……

陆蔓蔓拎着两瓶冰镇啤酒回来,看到大家都走了,她没说什么,坐到了原修对面的位置,笑嘻嘻地说:"吃火锅啊,怎么能没有啤酒呢!"

说着,她又拿了两个玻璃杯过来,将杯子里倒满了黄澄澄的冰冻啤酒。

原修有点无奈,起身去给她拿了可乐过来,代替她手里的啤酒杯:"未成年少女,喝什么酒。"

"成年了!"陆蔓蔓不服气,"可以喝酒。"

"半杯倒。"原修无奈地说着,给她夹菜,"在你撒酒疯之前,还是吃点东西吧。"

陆蔓蔓也给原修夹了煮熟的鲜嫩牛肉卷:"你知道我想吃火锅,特意给我准备的吧。"

"啊。"

"真的,太体贴啦!"

又没有外人了,给他找什么台阶下,一点儿辣都吃不了的家伙,想吃什么火锅。

在原修的看护下,陆蔓蔓只喝了一小杯啤酒。她是酒精过敏体质,即便是小杯,也足以微醺半醉。

她对他说:"平时别人让我喝酒,我都不喝,只有很开心,和很要好的朋友在一起,我才会喝酒。"

"那你今天很开心?"

"开心啊。"陆蔓蔓看着满桌菜肴,"有幸能吃到队长亲自下厨煮的火锅,当然开心。"

要知道原修这种十指不沾阳春水的矜贵男人,他肯下厨做饭,百年难得一遇啊。

"今天的确难得,以后这种机会也不会再有。"

"咦,为什么?"

"这样的失败,我不允许再有第二次。"他的话音清润,双眸却格外坚定。

不知不觉,桌上空了好几个啤酒瓶。

陆蔓蔓叼着可乐吸管,陪他一杯杯啤酒下肚。

不像别的男人,微醺之际便喜欢夸大海口,畅天说地。醉后的原修,很安静,沉默如山。

她望向他,开阔的额下横着两道浓密的剑眉,暖黄灯光笼罩着他柔和的脸庞,肌肤被酒意熏出润泽的红晕。

他似乎没有多吃,甚至都没怎么吃东西,所以不像陆蔓蔓红扑扑跟香肠似的辣唇,他的薄唇清润光泽。

他微醉的目光流动到陆蔓蔓的脸上,她感觉到血液奔涌到脸颊间,烧出一片酡红。

窗外,电闪雷鸣,门外芭蕉叶被狂风吹得东倒西歪。

陆蔓蔓赶紧起身,跑过去关上窗户,同时也掩饰住心头的慌乱。

刚刚是怎么回事,她百思不得其解。

突然很慌,这种突如其来的感觉,让她有点害怕。

"谢谢你陪我吃饭。"原修的目光随她的身影流转。

陆蔓蔓坐回桌前,筷子伸进锅里捞了半天,捞出一块虾饺,咬下饺皮。

"唔,什么谢不谢,吃饭都要谢,那你干脆每天对我说三百遍谢谢,谢谢我早上起床,谢谢我不争厕所,谢谢我给大佬递纸……唔!"

原修抽来纸巾,擦掉她红扑扑肉嘟嘟的嘴角一抹油渍,也止住了小话痨精的叽叽歪歪。

轻擦而过,却在陆蔓蔓心上拂过一片小小的波痕荡漾,脸颊更是火烧火燎。

啊,今晚怎么回事,喝了酒吗,状态这么不对劲?

"原修啊,我好像有点醉了。"她抿了抿油嘟嘟的唇。

"真的醉了?"

陆蔓蔓觉得,应该是醉了吧,于是她点点头。

"你过来。"

"嗯?"

"过来这边。"

于是,陆蔓蔓起身,绕过桌子来到原修身边:"怎么了?"

她站着,他坐着,她还是要比他稍微高那么一点点。

原修宛如父亲一般,理了理她的衣领,嫌弃地看向她的唇,皱眉说:"好油。"

陆蔓蔓赶紧抽了纸巾擦嘴,以为原修要给她说什么重要的事情,所以要端正衣冠形象。

却不承想,原修一把抽走了她手里的纸巾,将她按坐下来。

"我现在……现在要宣布一件重要的事情。"他醉眼迷离,凝望着她稚嫩的脸庞,"这句话,我只说一遍,以后也不会再说,无论你酒醒之后能不能记得,我都只讲一遍。"

陆蔓蔓不知道自己醉没醉,但是这小子……好像醉得不轻。

主要是,他按着她坐在硬邦邦大腿上,这是什么姿势!

被大雨洗过的夜空,明净而澄澈。疾风骤雨过后,芭蕉叶落了不少。城市仿佛被晕上了一层极有质感的塑料薄膜,湿漉漉的地面倒映着森严的天空。

晚风轻拂着米色窗帘,这一场雨后,兴许就要入夏了。

陆蔓蔓披着单薄的外套,只穿了一条运动短裤,坐在飘窗前,手里拿着小本本,上面有她写给路易斯的信。

"亲爱的路易斯,我可能有喜欢的人了。"

她回想方才,原修按着她的肩膀,她还在等他说出那句……也许这辈子只会说这一次的话。

可他却什么都没有说。

但是,他吻了她。

陆蔓蔓用冰冰凉的指尖,触摸自己的唇,唇上还带有他浅浅一吻的柔软触感。

她确信,他吻她的时候,是闭着眼的,所以她能看见他长长的睫毛在紧张地颤动。

原来脸厚如墙的原修,在吻她的时候,也会紧张啊。

她不禁轻笑出声。

是什么感觉呢?陆蔓蔓回想,大概,就是满天星星都在颤动,然后在两人双唇交叠的那一刻,突然坠落,落在地上,闪动着死去的火花。

他的唇上还带着醇厚的酒香,该死,她满嘴油腻火锅味呢。

陆蔓蔓脸颊又沸了。

她红着脸,提笔在信纸写下:"亲爱的路易斯,我大概会很喜欢他。"

砰、砰。

砰砰砰、砰。

砰砰、砰砰砰。

宛若一连串的摩斯密码,程遇叩响顾折风原木色的房门。

顾折风给基地的每个人都设计了独特的叩门节奏,这是他通过精确的演算,花费了很多心血,特意设计出来的身份密码。

听到不同节奏的叩门声,他就会在第一时间,知道门外是谁要找他。如果是讨厌的李银赫,他不会开门;雌性生物陆蔓蔓的话,他也不会开门,至少晚上不会。

当然,知道是谁敲门,这并不是顾折风最主要的目的,最主要的目的是为了防止有外星人变成队友的形状,欺骗他开门。

防患于未然,他甚至给小甜心都设计了一套密码……嗯,恺撒就算了。

收到他分发的敲门密码小字条,队员们反应各不相同。李银赫直接扔马桶冲走,完全不想搭理他,同时还凶巴巴地对他说:"这个家里,我最不想进的就是你的房间!"

阿横根本记不住,而任翔则干脆直接踹房门,他说这是我最独特的敲门方式,你一听就知道你翔哥大驾光临了。

陆蔓蔓和原修两人,如出一辙在收到卡片之后,只将这种代表自己身份的摩斯密码适用在对方身上,明明无聊得要死,他俩却还玩得有滋有味。

折风少年心情有点复杂。

这个基地里,唯一用心记住密码,并且每次遵守规则使用密码敲门的人,只有程遇。

在众人对此不屑一顾,甚至觉得顾折风这种做法很无聊的情况下。

程遇仔仔细细端详着密码卡,发现自己的节奏比别人的节奏多,她试着敲了敲茶几,好奇地问顾折风:"这段密码是什么意思?"

顾折风支支吾吾解释:"我是程遇。"

"是吗?"程遇说,"别人的这么少,我的很多啊。"

坐在一旁的任翔,立刻心领神会,在顾折风离开之后,告诉程遇:"他不肯说,你还可以请我们家天才小姐姐给你翻译。"

程遇耸耸肩,心说如果下次有机会见到夏天,请她帮忙解码。

不过程遇也是个心大的人,没过多久就把这事抛之脑后了。

考虑到顾折风偏执的强迫症,她还是每次遵守规则,按照属于自己的节奏敲门。

她是家中长姐,父母的心思都在弟弟身上,对她关心甚少,却并没有让她变得更加自私。恰恰相反,她做任何事情,都会更多地考虑别人,尽可能不要

让自己给别人添麻烦。

以前顾折风听到程遇的专属密码,总会在第一时间给她开门,不过今天敲了好久,房间里没有声响。

"红领巾。"她唤道,"睡了吗?"

"我来看看你,能开门吗?

"那……要没事的话,我就走了,你好好休息,别想太多。"

房门紧闭,房间里没有一点儿声响,程遇猜想他可能已经睡下了,转身离开。

没走几步,只听"咯吱"一声,房间门打开了。

她惊喜转身,见顾折风穿着白色的短袖和黑色短裤,睡衣上印着一只灰色小奶猫图案,奶猫正在疯狂抓墙,跟他现在的心境,倒是很契合。

他站在房间门口,头发蓬松乱糟糟,神情倦怠,脸色也非常不好,嘴唇没有一丝血色。

程遇晃了晃手里的点心盒,随口道:"没吃晚饭,饿吗?"

顾折风目光下潜,落到她穿夹板拖鞋的脚上。

白皙的脚背,指甲盖交叉涂抹着黑色和红色的蔻丹,妖冶魅惑,但顾折风只想到了他们的红黑色队服,然后经由队服,又想到今天的惨败……

见他这呆呆傻傻的模样,程遇没忍住,走过去揉了揉他蓬松的柔发。

随手带起一阵香风,顾折风怔了怔,又匆忙多呼吸了几口。

程遇头发丝还是润润的,显然刚刚洗过澡,应该没有喷香水,他猜测,这香香的……一定是她身体的味道。

顾折风不可能知道,精致女孩每天都要擦一种名叫身体乳的东西,程遇最近用的是维密的 Bombshell 性感炸弹。

"发什么呆啊?"

顾折风手忙脚乱掏出手机,编辑了一行文字递到程遇眼前:"你有什么事吗?"

程遇挑眉道:"还真哑巴了?"

顾折风点头,他不想说话。

"不想开口,那也不想跟我讲话吗?"

顾折风连忙编辑文字:暂时。

程遇也不逼他,只安慰道:"你今天打得很不错了,真的,别看那个劳伦斯处处牵制你,其实换个角度想,你也牵制着他呀!虽然最后有失误,但没有人能永远不出错,下次小心就是。"

顾折风编辑文字:不用安慰,我都知道。

我知道自己的水平,与他的差距,都知道。

程遇无可奈何地耸耸肩:"那好吧,你现在还小,以后路还长,别太介怀。"

顾折风点点头。

程遇将点心盒递到他手边,他接过。

"晚安。"程遇转身欲走,却感受到肩膀重了重。她回头,见顾折风青葱的五指按在她的肩膀上。

"嗯,还有事?"

她发丝幽黑如绸,丝丝缕缕,垂挂在肩膀上。

顾折风抿了抿干燥的唇,压在她肩膀的手,缓缓抬到她的耳际。

程遇目光斜移,眼睁睁看着他,看着他细瘦的指尖,落到她鬓间,轻轻一撩,卷起一缕发丝,自然而然别在了她的耳后。

指尖无意间碰到她的耳朵,有冰冰凉的触感。

顾折风墨池般的眸子,凝望着她,认真而虔诚。

呼吸有点急促了,他努力平复,努力让自己不要显得那样青涩稚嫩。

这个动作,让程遇嘴角扬了扬,她伸出拳头,捶了一下顾折风的肩膀:"小家伙跟着任翔学坏了。"

但不得不否认,她心跳加速了。

如果不是因为先入为主地把顾折风当弟弟,她真的就为他深情款款的模样而动心了。

认真的男人,很迷人,认真而颜值又高的男人,是千年祸害。

说过晚安,程遇转身离开。

顾折风兀自在门前站了会儿,然后拿出手机,编辑了一行文字:我不是小家伙,我是男人。

他想了想,又在行间添了一个字:你。

那一晚,对于战队成员来说,注定是个不眠之夜。

每个人怀揣着各自的心事,辗转反侧。

下半夜,约莫五点的样子,任翔在书架顶层的角落里,摸出了一包烟。

训练期间,基地禁烟这是规定,任翔也很少抽烟,他不喜欢自己一身烟味,特别不清爽。但是今天晚上,他一边失眠,一边烟瘾还发作了。

任翔匆匆点了烟,走到阳台边,还没来得及深呼吸,赫然发现自家队长在隔壁的阳台上,一个人不知站了多久。

"咳……咳咳!"

任翔呛翻了。

这个时间难道不是梦周公的好时候吗,他搁这儿扮什么雕塑装什么深沉!

任翔立刻将烟头按灭,挥手驱散周围烟雾,挠挠头,笑说:"队长您是早起

啊,还是没睡啊?"

原修懒得逮他违规抽烟,淡淡道:"都有。"

房间的阳台几乎是连在一起的,任翔走近了原修,而原修则嫌弃地往旁边靠了靠。

任翔毫不在意地挑挑眉,与他以错位的角度面对而立,背靠着窗台,长长地呻吟一声。

原修站直了身子,望向远方。

昨夜骤雨之后,城市万物洗净涤荡,空气中弥漫着沁人心脾的清新,正东方的天空泛起了青灰色,稀疏的晨星闪闪烁烁。

新的一天,即将到来了。

任翔喃喃道:"中国真人竞技圈地自萌的格局,也许从今天开始,要被打破了。"

原修没有说话,默认了他这句话,失败不是终结,而是一段新的旅程,新的开始。

惊醒一直不愿意睁眼的迷梦,去看看这个世界,看看自己和他们的差距究竟在哪里。

就在这时,李银赫的阳台门也打开了,他走出来,发现原修和任翔,愣了愣。

他也没睡着。

"早啊,韩援。"任翔轻松地和他挥手打招呼。

"早……"李银赫不自然地回答。

"你也睡不着?"

"啊,嗯。"

若是换了从前,见这两人在,李银赫肯定是转身要走的,他就和他们八字合不来,待在一起也是尴尬,不过这一次,气氛莫名地融合,居然没有感觉不适,索性便在阳台站了会儿。

天际渐渐泛了红云,朝阳藏在地平线下,懒懒洋洋打了个呵欠,即将升起。

楼下,大盆子里恺撒正一点一点往上爬,直到垂直的盆面让它整个龟壳都翻了起来,它四脚朝天挥舞着,挣扎着。

四面的"高墙"宛如无法逾越的鸿沟,恺撒努力了一会儿,依旧无法翻身。

小甜心从狗屋里走出来,前脚扑地,屁股撅起,伸了个长长的懒腰,它慢慢到恺撒的盆子边,伸出舌头卷了盆里的水喝。

恺撒翻着背,还在死命挣扎。

它用鼻子顶了顶恺撒,顶到边缘位置,终于见它的背壳翻了过来。

小甜心继续回狗屋睡大觉,而恺撒静默了片刻,又朝着盆边缘往上爬。

……

三个失眠的男人,居然无聊到津津有味地看乌龟翻墙。

这时候,朝阳终于穿破了云霄,从地平线跳了出来。光芒自正东方层层扑叠晕染而来。

众人的脸庞也被镀上一层柔和的光。

又是新的一天。

原修看向身边两人:"晨练,二十公里?"

任翔果断点头:"走起!"

李银赫想了想,还是别别扭扭回房间换了一身运动装备。

既然选择了这条路,选择了中国的 X 战队,便是荣辱与共。所以从今天开始,从这一刻开始,要比以前更加努力才可以!

早上八点钟,陆蔓蔓迷迷糊糊出了房间门,发现 X 战队队员的房间还是紧闭着,换了从前,这个时候大家应该早就起床洗漱吃早餐,然后展开一天的训练。

陆蔓蔓有点生气,于是挨个踹了队员们的房间。

"都给我起来了!不就是一场比赛吗,看看你们这怂样!

"原修说得没错,是以前赢太多所以输不起了?如果这点挫折都承受不了,怎么登上更高更大的舞台,世界赛的领奖台,这么好上的吗?

"像你们这样,一场比赛打下来就跟死猪似的,那就乖乖留在国内当你们的 No.1 好了,世界赛的舞台可不欢迎只会在妈妈怀里撒娇的乖宝宝!

"起来训练,不准睡懒觉啦!"

陆蔓蔓这边挨个踹门批评,而楼下大门"咯吱"一声响,原修和几位队员刚刚晨练结束,大汗淋漓地走进屋子,肩上还披挂着湿漉漉的白毛巾。

他们……不约而同地望向二楼。

陆蔓蔓站在二楼,愣愣地看着他们,情不自禁地打了个嗝。

呃……

尴尬。

两边都沉默了片刻,原修微微侧头,板着脸对众人严肃说道:"友方队长的批评,听到了?"

"听到了!"

齐声的回答,带着释怀的微笑。

我喜欢你
第三章

@X战队真人竞技俱乐部：在刚刚结束的挑战赛中，X战队输给了美联狮虎队，在向对手表示诚挚的祝贺的同时，X战队也要向粉丝表达歉意，辜负了大家的期望，每位队员会总结失败的经验教训，努力训练，努力比赛！＃不忘初心，不忘荣耀＃

【X加油！未来可期！】

【抱抱修，抱抱阿横翔狗，抱我折风……】

【这场比赛原修打得真烂，人都到你后面了居然没发现，这是什么职业水平？你真的有用心打比赛吗？】

【希望别骂X了，到后期队员们都被淘汰，原修状态不好也是可以理解的。】

【加油加油，力挺X！】

……

网上评论有褒有贬，铺天盖地。

这场比赛带来致命的最后一击，的确是打痛了整个中国职业竞技圈。

正如原修所说，竞技圈现如今的局面，在真正亲眼目睹、亲身感受到差距之后，也许会慢慢改变。

下午，俱乐部紧急召开了一场战队会议，会议内容主要围绕这场挑战赛的危机公关，以及今后战队的发展等诸多事宜。

办公室横着一条黑褐色的原木长桌，董事会几个主要的成员以及经理坐在一端，战队成员坐在另一端。

顶端白炽灯光线明明晃晃，照着几位董事会成员紧绷的脸色。董事会成员都上了年纪,算是比较成功的中年人士。

过去陆蔓蔓并不觉得开会是一件难熬的事情,她可以在会上玩手机游戏,或者吃比萨,甚至有队员将脚跷到桌上了也没人管,总之氛围是很轻松的。

中国的董事会开会方式比美联严肃很多,大家正襟危坐,即便事不关己也不能开小差。

杨沉迟迟未到场,众人也耐着性子,静默等候。

百无聊赖,陆蔓蔓思绪乱飞,最后落到正对面原修身上,他单手撑着下颌,面无表情,端得严肃正经。

哼,假正经。

陆蔓蔓想到那天晚上,他闭着眼睛吻她的事情,真是坏透了。

不过即便他什么都没有说,陆蔓蔓还是可以确信,原修肯定也喜欢她,因为喜欢她,才会吻她啊。她可不会去亲吻一个自己不喜欢的人,就算喝醉了也不会。

陆蔓蔓下意识地顺了顺自己的头发,然后冲原修眨眨眼。

原修刚好低头看文件,偏偏是程遇瞥见陆蔓蔓,笑了声:"小姐姐脸抽筋了吗,表情这么丰富?"

听到程遇这话,原修才恍然抬头,看向陆蔓蔓,嘴角勾起若有似无的浅笑。

两分钟后,陆蔓蔓感觉自己的脚好像被人钩了钩,她目光下潜,见桌下原修的大长腿伸了过来,皮鞋有一搭没一搭,碰着她的黑色喷泡鞋。

不知道有意还是无意。

陆蔓蔓突然有点心虚,脸色涨红,偷摸看了看周围人,他们都在做着各自的事情,并没有注意到桌下原修不老实的腿。

于是,她默许了他的试探,两人的腿在桌下你来我往,碰在了一起。

原修面无表情,兀自翻阅着面前的文件,桌下的腿得寸进尺了。

他直接从她紧闭的双腿中穿插过去,然后夹着她的左边小腿,磨磨蹭蹭。

他的小腿肌肉结实,很硬,现在正好进了初夏,陆蔓蔓穿的是小裙子,柔软的小腿光溜溜。

她用脚跟轻轻碰他,示意他老实点。

而原修非但没有乖乖听话,反而抬头,甩给她一个上扬的眼色。

很嚣张嘛。

她用力踩了他一脚,算是警告。

这时候,办公室门被推开,杨沉满头大汗,步履匆忙地走进来。

"抱歉,来迟了。"

陆蔓蔓赶紧抽腿而出,奈何原修禁锢着她,没挪动。她警示地望望他,原修却不以为意。

"这次比赛,其实结果在意料之中了。"见杨沉落座,最大的Boss发话了。

Boss李约莫五十来岁,但本人看上去更年轻,单眼皮,眼角勾起几条纵横的褶皱,长年坚持锻炼让他身材显得挺拔又瘦削,戴着眼镜,显得很斯文。

"狮虎队是美联名列前茅的战队,实力很强势。我仔细看过你们比赛的视频,没出什么大问题,阿横可能淘汰得有点早,李银赫和任翔都OK,顾折风你和劳伦斯后面的博弈很精彩,当然最后失败不怪你,劳伦斯是狙击老手了。至于原修,这次带队有失误,不过后面拿了狮虎队三个人头的战绩也担得起你全国最强选手的称号。"

陆蔓蔓听他这番话,心说不愧是当Boss的人,知道队员们输了比赛不好过,没有责怪他们,反而挨个安抚夸奖一遍,夸得还这样让人信服,可以说很有气度了。

杨沉合上笔记本,说道:"当务之急是要做好粉丝安抚的工作,这几天,多发几条微博,把你们训练的内容都发出来给粉丝们看看,失败了没关系,让大家知道你们还在努力。对了,原修,现在微博是你在管理?"

原修"嗯"了声,道:"太刻意了。"

"既然努力了就要让粉丝看见,现在信息时代,默默努力,谁知道啊,装样儿要不动声色,但是努力了就要秀出来啊。"

顾折风实在忍不住吐槽之魂,于是手机编辑文字,然后拿给身边的任翔让他帮自己念:"就像某只泰迪,每次都要在健身房摆拍半个小时,生怕粉丝不知道他有八块腹肌……喂!臭小子!不说话能不能就永远别开口!"

反正队员们一言不合就吵吵嚷嚷,董事会的大佬们也是见怪不怪了。

Boss李说:"发不发微博还在其次,你们自己心里有数,知道努力就行了,危机公关方面俱乐部这边会做好,你们专心训练专心比赛,别被网上的言论影响心情。"

原修淡淡一笑:"老大英明。"

会议结束之后,队员们先行下楼,原修和Boss李留在办公室。

等所有人都离开以后,Boss李按灭了手里的烟头,问原修:"还有几年毕业?"

"下学期大四,算起来,整一年。"

Boss李点点头:"也只剩这一年了。"

"李叔,我爸没搁您这儿抱怨什么吧?"

老李冷哼一声:"还能少吗,成天怪我当初弄这么个俱乐部,把你签进来,让你不务正业心思不放在正道上。"

"什么是正道,什么又是歪门邪道。"原修自嘲地笑了笑,伸了个懒腰,"我爸啊,老思想了,您别在意。"

"上次老原跟我谈起,你和他有一个约定。"老李笑了笑,"他还挺得意。"

想到那个约定,原修抿抿嘴,终究也没说什么,转身扬了扬手,走了。

"总之,后面的日子,我会努力给李叔多挣点钱。"

"臭小子。"

俱乐部一楼大厅正中间摆放着松软的皮质沙发,原修下楼,便见队员们横七竖八瘫在沙发上。

虽说这里是俱乐部的私人办公楼,不会有粉丝或者外人路过,但这样放松还是很不雅。原修走下楼,轻哼了声,众人连忙起身凑过来。

"老总单独留你说什么,不会是要扣薪资吧?"任翔担忧地问。

原修漫不经心地说:"嗯,扣薪资。"

"不会吧,真的扣啊!这也太不厚道了吧,咱们又不是没有好好打比赛。"

陆蔓蔓嘻嘻一笑:"他逗你呢,哪有输了比赛就扣工资的老板,我看 Boss 还是很善良的。"

原修顺手撸撸她的脑袋:"你什么都知道。"

"我当然都知道!"

"还说。"原修用手臂夹住陆蔓蔓的脑袋。陆蔓蔓死命挣扎:"啊啊啊,别以为老虎不发威,你当我是小甜心!"

"小甜心比你听话。"

"原修,我数到三,再不松开我就……"

"怎样?"

"咬你了!"

"啊,还真要当我的小甜心。"

陆蔓蔓和原修走在前面,一路上闹个没完,队员们抱着手臂走在后面。

冷漠脸。

"嗯……"

"这两人……"

"又不是一天两天了……"

顾折风看看队长,又看看众人,恍然想起那晚陆蔓蔓从原修房间走出来的事情,他心下暗道不妙。

本着要帮队长保密,守护队长的神圣责任感,顾折风加快步伐,蹿到原修和陆蔓蔓身边,拼命拉扯两人,然后卡在他们中间。

虽然被两人同时嫌弃,但是顾折风并不在意。

出了俱乐部大门,众人在停车场被一帮记者给拦下了。

这段时间,大家都尽可能减少了外出的频率,一般除了待在战队就是去后

山训练场，就是避免接触记者媒体，这个时候正是敏感时期，粉丝情绪激动，除了官方通告的正式回答以外，不管他们说什么，都会有人黑。

"原修，请问你们对这次比赛失误怎么看？"

"是实力问题还是失误造成的呢？"

"有外媒说中国职业竞技就是一场笑话，你们有什么要回应的吗？"

原修压低了顾折风的鸭舌帽檐，拎着忍不住想辩解的任翔衣领，先将这两个不省心的塞进越野车中，然后回头道："我的队员们都已经尽力了，抱歉。"

"尽力了是什么意思？"

"所以说这已经是X战队的极限了吗？"

"既然明知道是必输的比赛，为什么还要去丢人呢？"问出这句话的，不是记者，而是围观的激动粉丝。

"连别人摸到背后都没发现，你有多大脸说自己尽力了。"

"还是说队友尽力了，原修你本人没有尽力？"

跟在最后面的陆蔓蔓，突然顿住了脚步。

"你们真的很讨厌。"她虽是压低了声音，隐忍又克制，却让在场的每个人听得分明。

原修讶异回头，不想防住了容易暴走的折风和不省心的泰迪，没防住这丫头。

"我从来没有见过谁在比赛前，就信誓旦旦一定会赢的。但这是比赛啊，是比赛就一定要打啊。"陆蔓蔓抬起头，面对黑乎乎的摄像头，沉声说，"无论是全国No.1，还是世界No.1，所有参赛的职业或者业余选手，只要尽了自己最大的努力去打每一场比赛，没有放水，没有偷懒，没有放弃……那就不需要对任何人道歉。

"输比赛有什么可怕，你们知道可怕的是什么吗？是输不起比赛，是害怕输掉比赛，连自己是谁都不敢承认！"

在情绪激动的陆蔓蔓涨红脸，眼睛微润快看不清东西的时候，原修一把将她的脸按进自己怀里，护着她匆匆上了车。

眼泪只是一瞬间，难过也是。

在原修将陆蔓蔓用力按进怀里的那一刹，她的心就尘埃落定了。

队员们沉默地坐在前排，想着陆蔓蔓刚刚的那番话，想着各自的梦想与未来。

原修和陆蔓蔓两人坐在车的最后排，顾折风本来坐在两人中间，不过遭遇到两人怨毒的眼神攻势之后，他终于讪讪坐到了前面去。

"镜头前，别意气用事，别随便开口。"

这话，原修对陆蔓蔓说，也对前面一帮臭小子说。

"无论你们说什么,都有可能被网友过度解读。"

陆蔓蔓刚刚的确是没有控制住自己的情绪,本来输掉比赛大家心里都不好过,他们还要这样咄咄逼人,往伤口上撒盐。

当然这些记者才不会在乎队员们的情绪,他们只在乎点击,只在乎用什么噱头吸引关注度。

冷静下来的陆蔓蔓,也意识到这件事似有不妥,她看着原修,微张了嘴,却又不知道说什么好。

但是在她靠着垫椅,闭眼行将小憩的时候,原修握住了她的手。

他手掌温厚又显粗砺,很安心。

于是她攥紧了他。

X战队的采访视频在网上流传开来。

X的粉丝本来就是力挺他们家战队,对于网上部分黑子的谩骂和责怪,他们据理力争,维护自家粉丝的形象和脸面。

【只是输掉一场比赛而已,有什么好大惊小怪,还惊动这么多媒体记者,你们是太闲了吗?】

【中国竞技圈本来就比美联晚起步,说实话,这个圈子发展到现在,一直在往前,没有后退,这样就已经很了不起了。】

【X这场比赛,在我看来已经打得很不错了,原修以一敌三,非常牛了好吗,不要逼他们太紧。】

【抱抱X,加油!未来可期!】

【加油!】

……

狮虎队的选手们打完比赛便开始在中国各地四处旅游,脸书上随时可见他们更博打卡,武当山、黄山,还有秦始皇兵马俑等。

而X战队则投入到了强度更大的训练当中,陆蔓蔓和原修两位队长讨论之后,重新设计了训练方案,将两个战队融合起来,一块儿训练,同时他们两人也不再主打输出,而是开始走全能型选手的路子。

全能型选手,顾名思义,就是兼顾输出、辅助、打野和狙击各项技能,在比赛中能够随机应变,随时补充战队失去的队员。

目前世界范围内打全能的选手少之又少,除非是天赋异禀,否则很难驾驭这样的身份,毕竟中国有句老话:术业有专攻。

专注于某一项能力的培养,有更多的机会做出成绩。

陆蔓蔓自觉是可以胜任全能型选手的身份,至于原修,她相信他也可以,但是还需要更加刻苦的训练。

而任翔从辅助变成了输出，阿横依旧打野，顾折风狙击，程遇辅助的同时，也在跟着顾折风学习狙击。

这样两个战队几乎合二为一。

一开始成立战队，陆蔓蔓的初衷可能是单打独斗，带W战队做出一番成绩来，但是经历了狮虎队这件事，她和原修之间感情有了质的飞跃，她便有了私心。

那天在办公室门外，她发誓自己绝对不是故意偷听Boss和原修的对话，只是因为到处找厕所结果无意间听到说什么约定，便留了心。

听到说原修还有一年毕业，和父亲的交换和约定，又联想到原修卧室书架上那几本都卷了页的GRE书。

她心里大概也有谱了。

原修可能……打不了很久的职业赛。

最多一年时间，这一年对于普通选手而言，或许很难达到什么耀眼的成就，而原修……

陆蔓蔓想要帮他，帮他完成梦想，达到职业生涯的顶峰，带他打入世界赛。

当然，时间短暂，陆蔓蔓一分钟也不想放过。她是只要决定了什么事，就一鼓作气不问前程的人，所以她和原修之间的事情，也要赶快明确下来。

那天晚饭后，陆蔓蔓在每个房间疯狂寻找原修的身影，任翔看着她从电视柜下面钻出来，有点无语："你在柜子里面找什么队长。"

"那你告诉我，队长在哪里呀？"

"除非你先告诉我，找他有什么事？"任翔非常好奇地从沙发一端爬到另一端，八卦地挑动眉毛，"嗯嗯，快讲？"

"我找他……关你什么事啊，你这坨泰迪管得还真宽呢！"

"不要叫我泰迪！"任翔大喊，"我现在已经抛弃泰迪属性了，你们还这样一口一个泰迪，让夏天听到，我所有的努力都白费！"

"好好，不叫泰迪，叫翔狗。"

陆蔓蔓撇撇嘴，正好阿横从外面的游泳池出来，她连忙叫住他："阿横哥哥，队长呢？告诉我队长去哪里了好不好？"

"别告诉她！"

"队长啊，带小甜心去夜跑了。"

阿横不明所以，任翔翻了个白眼。

陆蔓蔓冲任翔吐舌头，跑回了房间，下来的时候，任翔一个鲤鱼打挺从沙发上跳起来。

"哇咔咔，大晚上的化什么妆，技术还这么差，拜托你跟你程姐学学怎么化妆好不，脖子还是那么黄，脸却白得跟鬼一样，你是想把我们队长吓死了，好继承他的战队还是蚂蚁花呗？"

陆蔓蔓抄起脚上的拖鞋朝他砸去，任翔笑嘻嘻地闪躲开。

塑胶跑道环着整个别墅群修筑，全长有四公里，穿过碧绿青草地和东南区森绿树林以及翡翠湖畔，环境清幽，清新怡人。

每到清晨或者黄昏，会有不少居民在塑胶跑道上晨练夜跑，散步遛狗。

陆蔓蔓拿着小镜子端详自己的脸，左看右看，好像……好像BB霜抹白了，导致脸和脖子颜色根本不在同一个层次，还有点卡粉。

啊，真是尴尬，翔狗不说她都没注意到。

她从包里拿出卫生湿巾，赶紧把脸上的粉擦掉。

就在她拼命卸妆的时候，身后好像被人推了一把，她踉跄着往前扑了扑，回头就看到小甜心吐着舌头，热情地扬起前腿扑到她身上。

陆蔓蔓抬头望见原修，他穿着黑色的运动短袖，露出矫健的胳膊肘，脖子上还挂着运动耳机。

"你在这儿干什么？"

"运动啊。"陆蔓蔓随手做了几个扩胸运动。

原修停下小跑，在她身前停下来，盯着她看了看，然后朝她伸出手。

陆蔓蔓盯着他修长手指尖，身体后仰。

于是，原修按住她的后脑勺，另一只手伸过来，在她脸颊用力搓了一把，手上粘着没有卸完的BB霜痕迹。

他蹙眉："什么东西？"

陆蔓蔓赶紧背过身拼命擦脸。

尴尬，明明不会化妆，她作什么作啊！

"刚刚程姐让我帮她试新买的化妆品。"她胡乱解释。

于是，原修接过了她手里的湿巾，替她仔仔细细擦拭脸颊，沉声道："以后少用这些东西。"

陆蔓蔓睁大眼睛，看着他近在咫尺的脸庞，那样完美而无可挑剔的五官，那样温柔的神情。

她感受到胸腔里心脏在怦怦怦快速跳跃。

"原修。"

"嗯？"

原修扔掉湿纸巾回来，陆蔓蔓鼓足了勇气问："那天晚上的事，你还记得吗？"

原修幽深的眸子里，渐渐有了波澜，他嘴角微弯，调子上扬，又"嗯"了一声。

"那天晚上,你说、你说有话要告诉我,说一生只讲一次,然后你又没告诉我,然后做了别……别的事情……"

她低着头,心跳怦怦怦,已经语无伦次,语序混乱了。

"我就问问你,要……要讲什么话。"

等了很久,似乎都没有等到他的回答,陆蔓蔓鼓足勇气抬起眼眸,却见他低头沉吟,若有所思。

小甜心乖乖坐在两人身边,时而望望陆蔓蔓,时而看看原修,吐着红扑扑的舌头。

初夏晚风轻抚树叶枝蔓,夜色醉人。

"那晚……"他正欲开口。

"我喜欢你!"

陆蔓蔓突然说,然后她被自己吓了一跳。

原修讶异地抬头,望向她,没料到她会这样直接。

陆蔓蔓急促地呼吸着,从他的犹疑不定中,一颗澎湃滚烫的心,渐渐凉了。

冲动是魔鬼。

原修自己都说过,除了比赛以外的任何事他都无暇顾及,他时间不多,目标又那样遥远……

她真蠢,今晚真蠢!

"那个……我也不知道自己怎么回事啦。"她低头摸摸微润的脸庞,给自己寻台阶,"喜欢上自己队友这种事,很不专业,没关系,你就当我什么都没有讲,千万不要觉得为难。"

原修走近她,陆蔓蔓却连着后退好几步:"你把我刚刚说的忘了吧,对不起!"

她转身就跑,一口气跑回家。

沙发里玩游戏的任翔抬起头来,看到陆蔓蔓红着眼睛上楼,他"哎"了声:"怎么了啊,队长欺负你了?"

陆蔓蔓没理他,上楼关上门,把自己锁在房间里。

没多久,原修也跑了回来,任翔再度抬头:"牛啊队长,居然能把心大如狗的小姐姐都弄哭了。"

哭了。

他的心刺了刺。

陆蔓蔓进屋直接跳到床上,把自己蒙在被窝里,枕头捂着脑袋,刚刚的情景片刻也不想再回忆,偏偏脑子里又塞满他的脸,挥之不去。

她用力擦掉眼泪,骂自己蠢货。

原修都没有主动提,说明他没那个意思,你这么急不可耐干什么,逼婚吗?

尤其是在这内忧外患的节骨眼。

砰砰,砰砰砰砰,砰。

门外传来极有节奏感的敲门声。

是原修。

陆蔓蔓赶紧穿上拖鞋,理了理自己的头发,走到门边却没有立刻开门。

"是我。"他低醇的声音从门外传来。

陆蔓蔓当然知道是他。

"你有什么事吗?"

原修无奈地挠挠头:"你这丫头,是鱼变的吗?"

什么鱼不鱼的陆蔓蔓听不懂。

"记忆只有三秒?"

他追着她回来,当然是为了刚刚的事啊。

"不想开门,我就在外面说。"他手揣在兜里,低头看了看她搁在门边的小兔子凉拖。

"这几天要处理的事情太多了,真的对不起。"他道歉格外真挚,"本来想等风波稍微平息以后,再和你谈谈。"

她手抠着墙壁的壁纸,低声问:"你要……和我谈什么?"

"你刚刚在跟我谈什么,我就要和你谈什么。"

陆蔓蔓手紧了紧:"刚刚我脑子发热。"

"是吗,真的只是脑子发热,才告诉我,你喜欢我。"

"你不要说了。"陆蔓蔓用脑袋拼命撞墙,"我是专业的职业选手,做出这种不专业的事情,真是非常糟糕。"

"怎么办,我也喜欢你。"

沉默了几秒钟,房间门猛地打开,带起一阵风,女孩跑出来一跃而起,直接跳到他身上挂了起来,惊喜地问:"你说什么?"

原修猝不及防,被她扑了个满怀。回过神来,他托住她的臀,任由她大腿钩在他腰间,无奈地说:"很惊喜吗,我以为你早就知道。"

欣喜之后,陆蔓蔓又害起羞来,挣扎着从他身上下来,背过身说:"我不确定,你刚刚好像不是很高兴。"

"你哪只眼睛看到我不高兴了。"

"两只眼睛都看到了。"陆蔓蔓噘着小嘴,"你一直不讲话,听到我说喜欢你,你也没有反应。"

原修挠挠头,脸有点红:"我刚刚跑了步,狗还在边上,你就这样花着脸,颠儿颠儿地跑过来告诉我这重要的事情,不能让我有点反应的时间吗,还

有……这种事情,怎么都不应该由女生主动。"

陆蔓蔓委屈巴巴地说:"我等了你这么多天,每天都在等你跟我讲完那晚的话……"

"是我不好。"原修挠挠她的头,歉疚地说,"本来想等这段时间过去,大家状态会比较好,我不知道……你一直在等我。"

真是蠢死了,不过陆蔓蔓决定原谅他。

"乖了。"他伸手抱了抱她,柔声说,"别哭了啊。"

"我没哭!"

陆蔓蔓将脑袋埋进他的衣服里,然后屏住呼吸:"嗯……你出汗了。"

"我才跑了步,蠢货。"

陆蔓蔓想从他怀里挣脱,原修死摁住她的脑袋,笑说:"多嗅嗅,印象深刻点,这是你男人的味道。"

"啊!我不要了!"

接下来的几天,陆蔓蔓坚定不移执行了要抛弃不洗澡就抱她的"变态"男原修的政策,跟他保持一定距离。

当然不是真的嫌弃他,既然两个人关系已经明确,那就更应该小心翼翼,不要让队友们发现他们之间已经不再单纯的"友谊"。

当然,她也没有注意到顾折风暗搓搓为他们保密的小动作,还有任翔老司机般睿智的眼神,以及程遇时不时露出慈爱的姨母笑。

人是很复杂的,陆蔓蔓暂时还有点弄不懂。

某个炎热的下午,教授在黑板前懒懒洋洋地讲课,斜阳刺进天窗,在地板上落下几块整齐的光斑。

程遇难得来教室上课,坐在后排睡大觉,夏天居然也难得没有坐第一排,而是抱着书来到她身旁,低声问:"今天俱乐部放假吗?"

程遇打了个呵欠,懒懒道:"任翔电话是18324……只要是你打过去,我保证他每天都在放假。"

夏天呼吸一窒,红着脸说:"我不……不找他。"

程遇撇嘴,抬起头来嫌弃地说:"还能更口是心非一点?"

夏天生气地皱起眉头,专心上课,不理她了。

真是坏蛋啊。

程遇知道夏天是什么德行,遇到感情的事,她被动得跟学院楼前的图灵雕像一样,几个人都推不动。当初加周衍的微信,加得比过火焰山都艰难,可想而知,对待任翔更加如此。

于是在下课的时候,程遇拨通了任翔的电话,然后递到正在做习题的夏天耳朵边。

"凶巴巴的婆娘,干吗?"

自从那次挑战赛程遇不小心漏接了夏天三个电话,导致任翔完全不知道夏天也来看他比赛之后,任翔就恨死了程遇,整天和她抬杠,称呼也从亲姐变成了八婆。

当然程遇更加不会客气,骂不赢就动手,揍得他嗷嗷叫。

见她不讲话,任翔不耐烦道:"你翔哥这会儿忙着呢,有事快说!"

夏天深呼吸:"那,你忙。"

她手忙脚乱按下挂断。

程遇挑挑眉:"凶你了?"

夏天点头:"好凶。"

于是接下来任翔更是夺命连环 call,手机就摆在程遇和夏天面前,整整闪了一节课,开了静音,没接听。

等到下课,程遇才慢悠悠接了电话。

"那个,对不起啊,我不知道是你,乖乖,对不起对不起,说一万遍对不起!"

程遇笑说:"谁是你乖乖啊,恶心不?"

"啊咧!"任翔大喊,"夏天呢,我家夏天呢?"

"她啊,走了啊。"程遇看着身边的夏天,"她说,被你凶了很难过,让你别找她了啊,你们有今生没来世,且行且珍惜吧。"

夏天慌忙过来抢电话,程遇没给她。

"我不是故意的啊,搞什么,谁知道你的电话是她打的,哎,她就在边上吧,你让她接电话。"

电话终于被夏天抢了过去:"喂,是我。"

"宝贝我错了!"

"你别叫我宝贝。"

"嗯嗯,都听你的,对了你找我,什么事?"

"没事啊,不是我找你……"夏天看向程遇,她无奈地趴在桌上,转动着中性笔,翻着大白眼。

夏天道:"就问你最近怎么样?"

"我……过得一点儿也不好。"

"啊,怎么了?"

"我想你,每分每秒,睡觉脑子里都是你,你已经挖空我的身体,挖空我的灵魂,我开始变得不是任翔,不是我自己的了,但是我真的控制不住想你。"

夏天红了脸,紧皱着眉头:"你别说这样的话,这样巧言令色,我不喜欢。"

程遇看着她手都在抖,心说不喜欢那就怪了,她不是最吃任翔油腻腻的小情话吗。

"我讲的都是真心话,你不喜欢我也要讲,不然我会死的。"

听筒声音很大,程遇简直要吐了,她对夏天摆摆手:"你俩慢聊,我出去透透气。"

夏天点头,又问任翔:"那……那怎么办?"

"如果能见一面,我可能会好一点儿。"

"见面……你不是很忙吗?"

"啊,我不忙啊!"任翔已经匆匆退出了射击场,摘下灰色的护目镜,尽可能抑制住急促的呼吸,保持平静,"一点儿也不忙!"

"那晚上学校门口见,七点,怎么样?"

"好!"

程遇在教学楼随处溜达,走廊边时不时便有打扮光鲜靓丽的女孩子经过。学校目前女多男少,男女比例达到3比7的惨烈局面。

不过即便如此,油腻男依旧找不到女朋友,有些男孩进了女多男少的高校,自以为进入了天堂,享受百花簇拥,这种情况,可能只会在梦里发生吧。

如果男孩不优秀,就算周围女孩多又怎样,依旧万年单身狗,没人搭理,即便广泛撒网,也只有一次次面临被拒绝的尴尬境遇。

当然,如果是优秀的男孩,那就另当别论了。

"折风,你能帮我签个名吗?"

"好难得看到你来上课啊。"

"人家特意选了你的专业课,但是一次都没有遇到过,不管不管,你要补偿人家。"

"和狮虎队的那场比赛,你打得特别好哎,最后那个操作,砸倍镜那里,帅哭我了。"

"我可以跟你合照吗?"

程遇在一间多媒体教室前,停下了脚步,抬眸望去,只见顾折风穿着天蓝色的卡通体恤,坐在中排靠窗的座位边,几个女孩围着他,问东问西。

女孩们漂亮并且自信,即便是和喜欢的偶像在一起,也丝毫不会害羞局促,但也有可能是顾折风实在太过内敛的缘故。

艳福不浅哪。

程遇心里如是想,顾折风可是这两年当之无愧的人气竞技选手,流量担当小鲜肉,有好多同龄女孩和阿姨粉他呢。

她抬腿要走,却又听到女孩们叽叽喳喳的声音。

"咦，你怎么不讲话？"

"很热吗，你都冒汗了。"

"我有纸巾，你要纸巾吗？嘻嘻，还是要我帮你擦汗呢。"

大胆的女孩抽出心相印绿茶味儿纸巾，笑眯眯要上前帮顾折风擦汗。顾折风"噌"地站起身，连连后退了好几步，差点把桌子都碰翻了。

他如此剧烈的反应，让周围女孩愣了一下子，随即迸发出阵阵银铃般的笑声。

"他好可爱啊。"

"脸都红了呢。"

"原来这样害羞的吗？"

程遇实在看不下去了，走到顾折风身边，对女孩们道："抱歉啊，他这段时间状态不大好。你们也知道，那场比赛……别烦他了。"

她拉着顾折风的手腕，转身欲走，女孩们这可就不乐意了，好不容易能在教室遇到偶像，名都还没签呢，哪能轻易放走。

"你谁啊，他女朋友吗？"

程遇淡淡道："不是。"

"不是女朋友，你凭什么替他做主？"

"他走不走，关你什么事啊？"

"对啊，管得真宽呢，人家折风哥哥都没说话，你就拉着人家走，干什么呢这是……"

对待自己的同性别同胞，女孩子们可就完全没了在偶像面前的可爱和落落大方，一张张樱桃小嘴变得刻薄许多。

程遇看向顾折风："红领巾，想走吗？"

顾折风连连点头，程遇冷冷对她们道："看到了？"

女孩们撇嘴，看着程遇，脸上写满了嫌恶。程遇不理她们，拉着顾折风离开。

"她是谁啊，这么嚣张。"

"噢，之前三舍的程遇嘛，当过酒吧女，以前还有豪车开到寝室楼下接她呢，这么出名你们都不知道。"

"咦，真恶心。"

程遇突然拽不动顾折风了，她讶异回头，见顾折风原本绯红的脸颊，已经冷沉了下来。

程遇感觉他势头不对，又拉了拉他的袖子，但他一动不动，紧皱着眉头。

"折风，走了。"

顾折风突然转身，气势汹汹地朝女孩们走去。

"折风哥哥回来了。"

"嘻嘻,哥哥帮我签名。"

女孩子们把本子递到他面前,一双双小眼神期待地看着他。

顾折风真的很难理解,刚刚说了那般恶毒的话的她们,怎么能在一瞬间变脸,露出这宛如天使般的神情,女孩子都这样善变的吗?

顾折风接过了女孩的本子,指尖将它们阖上,放在桌边,咬着牙想要说狠话,让她们给程遇道歉。

"折风哥哥……"女孩们不明所以地看着他。

顾折风正要开口,程遇一把拉过他:"不想讲话,就别讲,跟我走。"

程遇拖拽着他,生拉硬拽地将他拽出了教室。

顾折风不想走,他想为她讨回公道。

在出门的时候,顾折风伸手用力钩住了门缝,固执地要留下来。

程遇回头看了看那帮子不服气的女孩,对倔强的顾折风低声道:"她们是你的粉丝。"

永远不要骂为你消费的粉丝,这是当偶像的一大守则。

顾折风却置若罔闻,猛然回头,冲那几个女生吼了声:"道歉!"

他声音洪亮如钟,仿佛是要把这段时间以来沉默所积蓄的力量和愤怒,全然宣泄出来,以至于就连走廊尽头的同学,都扭过头来看向他。

程遇愣愣地望着顾折风,仿佛不认识他似的,这小家伙,爆发力还挺强。

那几个女孩被他骤然的怒吼吓到了,偶像这样生气还是头一次见到,即便心不甘情不愿,但她们还是走了过来,纷纷对程遇道:"对不起。"

"没事。"

程遇一分钟也不想再耽搁,拉着顾折风离开了教学楼。顾折风有开车过来,就停在楼下花台畔。

一开始是程遇拉着顾折风,但是不知道什么时候,他反握住了她的手,变成了主动的姿势。

教学楼下,程遇尴尬地挣脱开来,带着些许责怪的语气:"你刚刚真冲动,那种可能一辈子也只会见一面的家伙,谁需要她们的道歉。"

对对对,你说什么都对。

顾折风脑子突突的,她说什么就应什么。

程遇见他这可怜兮兮的模样,心里不舍,拍拍他的肩膀:"算了,没事。"

顾折风拉开车门,想请她上车:"回家。"

"我待会儿还有课。"

顾折风看了看手表时间,无情戳穿:"已经快下课了。"

好吧。

"你先回去,或者换个地方自修。"程遇对他摆摆手,"我走了,对了,别让女孩缠上啊,合照什么的,要懂得拒绝,不想就是不想,别憋着跟个傻子似的。"

"程遇。"他唤她,第一次这样直呼其名。

"还有事?"

顾折风走到她面前,他比她高出了一个脑袋,站在她近旁还挺有压迫感。

程遇抬起头来,笑了笑:"怎么了啊,这么严肃。"

顾折风脸色紧绷,眉心紧锁,像是憋着一口气似的,不知道在想什么。

"有什么就说啊。"

他依旧沉默。

夏风轻拂湖面,涟漪荡漾,垂柳依依。

四点五十分,下课铃刚刚响起。

于是,顾折风低头吻了程遇的脸颊。

程遇脸色的笑容凝固,手僵硬地顿在半空中。

复仇
第四章

初夏的气温渐渐变得闷热而潮湿,空气中仿佛有一层迷蒙的热雾,黏在皮肤上,腻腻的。

学校后门外,清吧小酒馆,幽静雅致,台上有驻馆歌手轻弹吉他,喃着似念似唱的民谣小调儿。

酒吧笼着一层昏昏欲睡的色调。

程遇独身坐在角落,手里拎着高脚杯,脑里挥之不去的,是顾折风那大男孩般羞涩的英俊容颜。

是因为平时相处太无所顾忌了吗,她是真的当他是弟弟啊。

那一吻落在她左边的脸颊,短暂如梭,但是萦绕在心头的那份感觉,却如高山河流般绵长。

一切都清楚了,这男孩喜欢她。

她嘴角掠起一丝笑意,不过绝非少女羞怯的微笑,而是带有一丝丝包容和慈爱的阿姨笑。虽然两人年龄其实差不多,但是程遇感觉自己的心理年龄绝对超越了顾折风。

她当然曾经想过自己的良人,会是怎样一番模样,无论是成熟的商务男士还是阳光的大男孩,都绝对不是顾折风这样的。

她应该不会和比自己还不成熟的男生谈恋爱。

从小到大,都是她在照顾别人,照顾弟弟,甚至有时候还要照顾贪婪的父母,现在她好不容易挣脱了家庭的囚牢,可不想再找个小男友来照顾。

她更希望能有个成熟的男人来照顾她,不需要他有多么雄厚的经济实力,但是一定要体贴懂事,会疼人。

怎么看，顾折风都不是她的良人。

程遇无奈地叹息一声，也许小家伙只是心血来潮，还是和他说清楚吧。

程遇摸了摸自己的手包，发现手机还在夏天那里。

得，今天晚上注定她一个人，借酒浇愁，满怀少女心事，啊呸，阿姨心事。

程遇的手机在包里振动了好久，夏天完全没注意到，她匆匆忙忙回寝室换了一身清新的小白裙，然后给自己化了个淡妆，早早出门在约定的校门口等任翔。

她已经提前半个小时，到了却发现任翔早就等在了那里。

见到她，任翔大步流星朝她走了过来。

"今天的学习任务完成了？"

"没有。"夏天如实回答。

"那，我陪你去上自习？"任翔态度很真诚，反正只要陪着她，他做什么都OK，即便在边上百无聊赖看着她，也是莫大的享受。

当然夏天才不会这样，明明就是约会，谁要约到图书馆去啊。

"今晚周末放映厅有哥哥的《春光乍泄》，我想去看。"

"没问题。"任翔爽快答应。

周末放映厅是学校的电影院，由学生会接管，两块钱的门票，周末的午夜场会放催人欲睡的文艺片，倒也不是真的看电影，感受的是一种半睡半醒朦朦胧胧的氛围，还挺有意思。

夏天去周末放映厅看过一次电影，因为是午夜场，人真的很少很少，而且绝大多数都是情侣，东一簇、西一团，文艺片里不乏激情的场面，而放映厅里，同样缠绵悱恻。

夏天独身去过一次，就不敢再去了。

即便心大如她，也委实觉得这种地方一个人去，实在有点伤不起。

今天她带着任翔一起去，不知会是怎样一番光景。

放映厅是由学校的多媒体教室改建而成，门外站着两个学生会的成员收取门票。

或许是因为临近期末考，同学们都开始临时抱佛脚的缘故，偌大的放映厅，今天一共不超过六人。

任翔和夏天坐在教室的最后排隐蔽位置，任翔还抱了一盒爆米花，落座之后却发现，周遭实在太过安静，爆米花的咯吱脆响，会惊扰到这样一种旖旎慵懒的气氛。

于是，他将爆米花仍在边上。

灯光熄灭，电影开始。

开场两位主角的场面让任翔差点爆粗一句,夏天连忙捂住了他的嘴。

这是什么电影?

任翔惊悚地望向夏天。

夏天低声问:"你没看过《春光乍泄》?"

任翔摇头,他当然没看过啊,他是百分之百的直男,他怎么会看这种电影!

夏天平静地说:"这是文艺片,不是你想的那样。"

文艺,好吧,文艺……这一下又一下的,完全不文艺啊。

不过好在,开场的画面没有持续多久,电影进入了正常剧情,任翔也重重松了一口气。

缓慢的节奏并没有让任翔代入情节,他是从小看好莱坞商业爆米花电影长大的一代,委实欣赏不来这种级别的"无聊"文艺电影。

不过夏天这样专注,任翔觉得,即便再看不进去,他也要陪她看下去,不仅要看下去,他还要和她讨论情节,网上心灵鸡汤不是说吗,女孩子不仅要找个能陪你看电影的人,还要找个在看完电影后,能陪你讨论电影情节和寓意的伴侣,方不负余生。

任翔真想和她有一段余生。

任翔:"哎,那谁谁,和谁是一对啊?有没有女主角啊?"

夏天:"唔,我也不知道。你……能不能别说话呢?"

任翔连忙噤声。

几分钟后,电影的情绪开始酝酿,前排一对情侣陷入了狂热的拥吻中,某人也心猿意马起来。

他试探地将手挪到扶手边她的手边,哒哒哒,他敲了敲她的手背。

夏天目光依旧紧盯着电影屏幕,不动声色。

于是,他一把握住了她的手。

温暖的大掌顷刻覆盖她整个手背,夏天的心突突突地跳了起来。

"夏天。"

"嗯?"

"我爱你。"

随即,他一把抱住了她,紧紧将她拥入怀中,手环着她的肩膀,死命将她往身体里按,仿佛要将她融入自己的血肉中。

夏天蒙了,一团团烟花噼里啪啦在她脑子里炸开,太阳穴突突的,她身体软成了一摊泥,完全没有挣脱的力气。

也许,她根本不想挣脱。

也许,今晚她带他来周末放映厅,就是为了现在这一刻。

不需要她主动迈出这一步，甚至不需要她开口，她的小泰迪会克制不住自己，他的身体和他的心，都是完完全全属于她，臣服于她的啊。

也许，夏天早已经沉迷在这种感觉中，沉迷在他给的情欲中，无可自拔。

那个拥抱，不知道持续了多久，她只记得他炽热的唇疯狂地吻了她的脸，她的耳朵，她的脖子，她的每一寸肌肤，都留下了他热烈的印记。

可是他不敢碰到她的唇瓣。

他亲吻她，同时一遍遍诉说自己的思念和爱慕。那黏腻腻的情话，她无法分辨是真情还是假意，但是她知道，这份情欲是真的，他们都在渴望彼此……

夏天开始主动回抱他，甚至爱抚他，这更加激起了任翔的热情。

夏天开始坠入到某种不可言说的剧烈快感的天堂。

"任翔，我们离开吧。"她声音战栗。

"好。"他正有此意。

身体的火被撩燃了，两人匆匆离开了放映厅，放映厅距离学校后门的小酒店一条街，还有很长一段距离。

两个人匆匆走在周末静谧的午夜校园中。

夏夜的晚风轻拂着两人潮红的脸颊，微微凉。

脚步，渐渐开始放慢了。

吹了风，情欲的小火苗弱了下去，混乱迷蒙的大脑重新恢复了理智。

走出学校后门，来到马路边，夏天突然顿住了脚步："那个……"

看着她踟蹰又不好开口的模样，任翔心下了然，小丫头后悔了。

他走过去揽住她的肩膀："走吧。"

"任翔……"

"送你回寝室。"

夏天讶异抬头，见任翔无所谓地耸耸肩："没关系啊，不想就不做嘛。"

"任翔哥哥……"

终于又叫回哥哥了，任翔心里很喜欢这个称呼。他揽着她重新折回校园，路上，他很大度地说道："反正你得知道，跟我在一起，没必要顾虑太多，感觉舒服自在，就好了。"

"嗯……"

"我以前做了很多不好的事，我知道可能洗不干净了，你嫌弃，这很正常。"

"你给我一点儿时间。"寝室楼下，夏天如是对他说，"我喜欢你，这是真的，只是还需要一点儿时间。"

"你说什么？"任翔不能相信自己的耳朵。

"我说……我也喜欢你……"

夏天红着脸，说完这句话也不敢看任翔的反应，转身跑回了寝室楼。

任翔嘴角上扬，任由晚风你轻轻地吹，海浪你轻轻地摇啊，年轻的小伙子心头那叫一个荡漾啊。

"我等你！多久都等！"他手做扩音状，冲女宿大喊，"我爱你！"

女宿不少女生从阳台探出头来，笑嘻嘻地回应任翔："我也爱你啊！"

夏天站在灯光幽微的楼道边，背靠着墙壁，心跳扑通扑通，面红耳赤。

她低着头，哧哧笑了声。

真是个傻大个。

顾折风并没有直接回基地，车开回去之后，他一个人环着别墅群的绿道兜了一圈又一圈。

今晚的月色，真美啊。

他数着自己的步子，1步，2步，3步……8293步，8294步。

8294步，他站在别墅里，清冷的月光下，程遇坐在狗屋边的秋千上，一个人。

顾折风心跳一突，假装没有看到她，匆匆进屋。

"小子。"

她叫住他。

顾折风顿住脚，深呼吸，他手揣衣兜，低着头走到程遇身边的秋千旁，坐下来。

不敢看她。

程遇淡淡道："那我就直说了。"

"我希望你的每个决定，都能慎重。"顾折风低着头，哑声强调，"慎重。"

程遇拧着眉瞅他，臭小子躬身抱着自己的脑袋，手指头卷着额前发丝，看起来思想包袱很重嘛，还叫她慎重，他刚刚的行为，慎重了吗？

"我是成年人，每一个决定都经过深思熟虑。"

"那……请讲。"

"顾折风，你不适合我。"

"嘣"的一声，心里好像有什么东西，断了。

"理……由。"

尽管压抑着，但还是能听出来，他声音在颤抖："理由。"

程遇欲开口，顾折风又道："如果因为我比你小，感觉我不成熟这类似的，你就不要说了，我不服，也不接受。"

不服，这种事还能有不服的，以为是打比赛吗？

按照程遇以前的性子，大概不会和他多费唇舌。以前追她的男孩，任他们巧舌如簧，不喜欢就是不喜欢，看都不会多看一眼。

但是顾折风……不知道为什么,她于心不忍。

"你看,即便是现在我和你讨论我们之间的事情,你连头都不敢抬起来,不敢看我的眼睛。"

分明就还是个小孩子模样。

不服,那就憋着呗,感情的事情,是你不服就可以扭转的吗?

顾折风缓缓抬起头来,他眸子里挂着几缕血丝,眼圈微红。

他眼神飘忽躲闪,是真的不敢看程遇的眼睛。

大概……近乡情更怯。

身边的小甜心打了个呵欠,夜深了,程遇不想耽搁时间,直说:"你不是我喜欢的类型。"

"你喜欢什么样的?"

喜欢什么样的,我可以变成那个样子,我很聪明,我都可以做得到……

"变了就不是你了。"

"没有关系,我不在乎。"他很笃定。

什么都可以变,可是我喜欢你的心不会变,其他的,我不在乎。

程遇抬头,看向夜空,今晚……月色真美。

她的心忽然被顾折风的表白给猛戳了一下,这样一颗纯洁无瑕的真心,摆在她的面前,要断然拒绝还真有点舍不得。

然而……

"顾折风,我说你不适合我,不是随便诌出来的托词借口。"

"你可能不大了解我的家庭,我过去经历的一切。这些东西,虽然我很不想把它们考虑到我的感情生活中来,但是正因为幸福的家庭造就了现在这么优秀的顾折风。不幸的家庭也造就了现在的程遇,所以我更加清楚,我需要一个什么样的男人来给我温暖和保护,陪我共度余生,而那个人,不是你。"

程遇说完这一切之后,不再看顾折风的脸,转身离开。

全能型选手,要兼顾火线输出、辅助、打野和狙击等多项技能,而且每一项都必须达到精练纯熟的程度,这对于职业队员来说,要求实在是太高。

所以目前从世界范围来看,几乎没有在役队员走这条路子,毕竟一旦失败,很可能变成全面平庸。

但是并非没有人成功,加拿大有一位名叫泰勒·韦伯斯特的选手,他就曾经担当过全能型选手,并且打出了极其优秀的战绩,曾经扫荡世界,打得美联叫苦不迭,那段时间在美联历史上,可以说是一段黑暗时期,直到后来泰勒退役,W崛起,美国的真人竞技比赛才渐渐有了起色。

只要有人成功过,那么就一定会再有人成功,即便概率很小,机会很渺茫,

但是原修想赌一把。

于是,原修和陆蔓蔓的训练,比队员们要艰苦很多,每天的长跑短跑和加速跑,各种枪支的射击训练,还有障碍物穿越等等,基本上一天下来,耗尽了全身力气,整个人都会虚脱掉。

晚上,原修会趴在陆蔓蔓粉色蕾丝大床上,全身心放空,也不睡觉,就瘫着,连一根脚趾头都不想动。

陆蔓蔓拿着从程遇那里借来的红色指甲油,一片一片涂抹脚趾甲。

房间没有开顶灯,书桌上亮着台灯,光线暗沉,催人欲睡。

"修修。"

他懒洋洋,有气无力"嗯"了声。

"你自己没床吗?"

每天晚上都来蹭她的床瘫一会儿,床就这么大,只够她一个人睡,他霸占了大部分面积,她都只能窝在角落了。

"难得的独处,你赶我走?"

陆蔓蔓涂完大拇指,回头望他:"白天我们不是整天都待在一起?"

"白天都要累成狗了,谁还有心思谈情说爱。"

陆蔓蔓挑挑眉,哦,原来是过来谈情说爱的。那你倒是谈啊,瘫在这儿几个意思。

她伸脚踢他:"懒得快赶上小甜心了。"

"嗯……"

他声音都是软绵绵的:"修修今天好累好累。"

"这程度就累了?看来以前你都没有正经训练过嘛。"

今天这程度,还真不能算累,距离她极限的地狱模式,还差得远呢。

她伸着白皙的脚掌,钩了钩原修的裤子:"这么累……也不想干别的了噢。"

原修从床上一跃而起,翻身将她压在身下,两个人同时陷入柔软的被窝中。

"来吧。"

他瞬间恢复满血,精力十足:"今晚上三垒,我能再活五百年。"

陆蔓蔓手肘挡着他的脖子,阻止他的亲吻:"什么三垒!一垒二垒都还没有,不行,下去!"

就知道,她胡乱撩着玩。

原修还是埋头在她的颈项位置狠狠吻了吻,方才善罢甘休。

"什么时候?"他认真问她。

陆蔓蔓重新坐起来,扭开指甲油瓶盖,闷声说:"急什么呀。"

他当然急。作为一个男人，一个有正常需求并且现在还拥有女朋友的男人，他觉得自己现在已经有了充分理由，不需要再依靠右手宣泄多余的精力。

他坐到她身边，看着她的眼睛，拿着队长的调子，严肃问道："陆蔓蔓，你给我一个准确时间。"

日子也好有盼头。

陆蔓蔓正欲开口，原修立刻补充："期限两周以内。"

反了！

陆蔓蔓一脚踹他肚子上，大声说："难道你和我在一起，就是为了那种事吗！"

原修不以为然。

啊，女人和男人的思维，永远不可能在同一个频率。他当然不可能是为了那种事才和她在一起，否则他这么多年守身如玉又是何苦。

当然，女人不会想这么多，一旦他提出要求，女人便要想你到底是喜欢我的身体还是喜欢我的人。讲道理，你这个人不就包括了你的身体吗？能分得开吗？

他当然想要她的身体啊，喜欢她才想要她啊，换别的女人他连看都不乐意多看一眼。

当然，这些道理原修是不可能讲给她听的。

他的 W 小姐姐脾气大着呢，还只能多哄着些。

于是，原修凑过来，接过她手里的指甲油，柔声说："我来帮你涂。"

"能行吗？"

"试试。"

于是，陆蔓蔓将脚丫子跷到原修的大腿位置，她的腿细瘦，体脂量很少，皮肤薄薄的一层，白皙细嫩。

夏日里她穿着花边小睡裙，原修的手从她的大腿摸到小腿，啪啪拍了两巴掌："真够结实。"

"当然。"

"之前哪儿受伤？"

"这儿。"陆蔓蔓张开大腿，正要给他指部位，突然发现这样似乎不妥，她还穿着小裙子呢，于是闭拢双腿，"不告诉你。"

受伤的位置，在大腿根。

原修掰着她的脚丫子，一片一片给她涂抹嫣红的指甲油，动作细致温柔，涂好之后，还附身轻轻吹干。

陆蔓蔓看着他这认真的模样，心里真觉得暖，这男人太暖了。

"以后训练悠着点，别太逞强。"

"哪有逞强。"陆蔓蔓噘嘴,"这样的强度,完全没达到我的水平值。"

原修宠溺地摸摸她的头:"是,微笑W最厉害。"

他肯给她顺毛,她心里更开心了,于是伸手摸原修的脸颊,然后又摸到他的下颌,温温热热。

原修下巴无意识蹭了蹭她的手。

哎哟,可爱了,她家大狗子真是可爱了。

"三垒啊。"她故意拖长了调子,"等你打完明年春季世界赛……"

"呵,不可能。"原修斩钉截铁,"等不了那么久。"

"你这人,哪有这么急的,我们才刚刚在一起。"

"是吗,我感觉在一起很久了。"原修说,"我的身体各项机能早已经默认你是我的女朋友。"

"哈,臭不要脸。"

她怎么没发现她家队长脸皮这么厚呢,简直快赶上城墙根了。

原修说:"上不了三垒,二垒能有吗?"

二垒,亲一下,这是可以的。

预想中的蜻蜓点水没有到来,原修直接将陆蔓蔓压在床上,双腿迈在她身体两侧,宛如即将享受盛宴的君王。

这男人,接个吻都一定要用这么色气的姿势吗。

就在原修即将吻住她的时候,房间门"咯吱"一声,被推开了。

两人反应力和敏捷程度都是"杠杠"的,几乎同时一跃而起,端正地坐在床边。

额间汗都渗出来了。

程遇看着两人,好奇地问:"你俩坐排排分果果?"

陆蔓蔓说:"队长跟我讨论明天的训练,你有事吗?"

"我来取指甲油。"程遇话音未落,注意到陆蔓蔓的大脚丫和搁在床柜上的指甲油,骤然爆发。

"陆蔓蔓!我有没有说过不准用我的CL指甲油涂你的小蹄子?"

程遇上前抓起枕头砸她,陆蔓蔓惊叫一声,连忙躲到原修身后。

"这是我队内部事务,队长麻烦让让。"

原修也觉得女孩子的恩怨最好不要插手,于是说:"那我先出去了,你俩继续,能动手尽量别动口,塑料姐妹也是塑料。"

"原修!你……你还想不想上三……啊!姐姐我错了!"

原修手揣兜里,微笑着走出了房间,却发现队员们都集合在客厅沙发上,各自拿着手机刷微博,脸色似乎都不大好。

见原修下来,他们纷纷放下了手机。

"怎么？"

"队长……微博……炸了。"

任翔把手机递到原修面前。

引爆微博的是一张照片，狮虎队在长城上的照片，他们战队打完比赛，就在中国各地旅游了，脸书上经常可以看到他们更新旅游的照片。

如果仅仅只是单纯的旅游照当然没什么问题，网友们炸就炸在，他们手里拿的是象征中国真人竞技的弓箭与星的旗帜。

旗帜已经被烧毁了大半，被队长迈克单手拎着，在长城上迎风招展，灰烬四溢。

其他队员们在后面笑得前俯后仰。

原修的脸色顷刻间沉了下来，他盯着那张照片，一言不发，全身冷意弥漫。

那是象征中国真人竞技的旗帜，是无数热血少年的梦想和情怀所系之处，所有职业选手都曾梦想过，渴望过，要带着它，征战世界。

现在，它却被狮虎队焚烧和取笑。

他们将每一个中国职业选手的尊严，踩在了脚底下。

这张照片被娱乐 PO 主从脸书搬运到微博，分分钟便引爆了中国粉丝愤怒的狂潮。

【太嚣张了。】

【不就赢一场比赛，你就上天了是吧！】

【别让老子看到你们这群人！见一次打一次！】

【粉转黑……】

【路人转黑……】

当然，也有不少人持中立甚至几分戏谑娱乐的态度。

【干吗这么认真，开个玩笑而已。】

【真人竞技用实力说话，有空在这儿刷存在感不如多去想想，为什么比赛会被人家打成狗。】

【反正我不觉得生气，只觉得丢人，中国真人竞技要完。】

【不洗不撕，讲道理，狮虎队做得真的过分了，很没素质。】

【这还是在我们中国领土上就敢这么嚣张，真当我华夏无人的是不是。】

……

陆蔓蔓风风火火地从房间冲出来，径直朝着大门跑去，路过原修身边时被他一把揪住了衣领。

"这么晚，去哪儿？"

"算账。"

陆蔓蔓手紧紧攥拳。

"找谁算账。"

"狮虎队。"

情绪是会传染的，陆蔓蔓的愤怒立刻点燃了队员，任翔率先起身，一脚踹翻了面前的椅子，嘴里克制地骂了声

李银赫虽然不是中国人，但是他现在服役于中国的职业战队，同时又是争表现，现在与队员们处于缓和关系的敏感时期，当然更应该同仇敌忾，于是用最近学到的四川话，骂了声："龟儿子。"

原修拎着陆蔓蔓的衣领，回头扫了队员们一眼，就连年龄最大，脾气最好的阿横，此刻脸上都是愤怒的潮红，更遑论几个年轻气盛的小伙子。

狮虎队这一次是真的惹怒了他们。

"回去睡觉。"原修说完这话，拎着小鸡崽陆蔓蔓就要上楼。

李银赫不甘心，吼道："现在还睡什么觉，都欺负到我们头上来了，谁睡得着啊！"

"队长，这件事不能算了。"任翔很难冷静，"这件事他们真的欺人太甚。"

阿横说："他们明天的飞机回国，我们要不要……"

"精神这么好？"原修打断他的话，调子微扬，"睡不着就全部出去跑步，跑到没有力气想睡觉为止。"

李银赫手里的水杯猛地砸向地面，指着原修大喊："你也只敢窝里横！你有本事你去横他们啊，别人把我们竞技圈的旗都烧了，你一声都不敢吭，缩在这里当缩头乌龟，睡觉，睡个毛线觉啊！"

李银赫这样指着原修鼻子骂，原修还没发作，陆蔓蔓先受不了了："你说谁窝里横！谁缩头乌龟，啊，你说谁，你队长永远是你队长，你爸爸永远是你爸爸，你敢再讲一句试试，我揍得你爸爸都认不出来你，要不要试试！"

如果不是原修攥着陆蔓蔓，估摸着她真的要冲过来和李银赫干架了。

队里李银赫不怕原修，但是他有点怵陆蔓蔓，毕竟是在比赛中把他打得灰头土脸的女人，论身手他真不是她的对手，关键是她做事全凭心意，说要揍他那是真的下狠手往死里揍，不会顾忌。

"都少说两句。"任翔是除了原修以外还算理智的男人，这时候也冷静了下来。

原修单手拽着陆蔓蔓，回头扫了众人一眼："今天晚上，门不锁，无论你们冲去酒店把他们揍一顿，还是跑到外面泼妇骂街，我都不拦。"

几位队员面面相觑不知道原修什么意思。

"但是时刻记得，你们是职业选手的身份，除了在战场上能用拳头教做人，其他时候，不管你们对谁挥舞拳头，都没人为你们叫好，称你们为英雄。"

原修的一番话，堵得队员们哑口无言。李银赫讪讪的，还是有点不甘心，

低头迈腿往门外走。

任翔叫住他:"喂,去哪儿?"

"睡不着,跑步总行吧。"他用力摔了门。

几分钟后,顾折风也跟了上去:"我也睡不着,出去透透气。"

李银赫是真的生气,照理说发生这种事,最应该暴走发飙的人不是他,他又不是中国人,只不过是来这边发展自己的职业生涯,中国竞技圈被吊打被侮辱,跟他一个韩国人有什么关系。

让他感觉憋屈和不爽的是原修的态度。

嘿,这帮中国人,太疯了,要是换他以前的战队,发生这种事,绝对是要第一个打上门去,讨个说法。

网络上,粉丝们倒是蹦跶得厉害,不过都是键盘侠,现实生活中屁都不敢放一个。

李银赫越想越不爽,站在路灯下抽烟,却发现来时的石板林荫路上,顾折风手揣裤兜,望着天。

这家伙……

可能是气场不合,他们总有天然的敌意。

李银赫灭了烟头,嘲他两句:"除了自己的事,什么都不关心的天才儿童,这会儿跑出来干吗?"

顾折风依旧望天,没有理他。

今晚的月色,依旧很美,半弯月,朦朦胧胧掩在云层中。

就像那晚的月色。

顾折风的心,突然凄风冷雨。

"臭小子,我问你跑出来干吗?"李银赫走到他面前,嘲问,"脑子哪根弦不搭了?"

顾折风像是没看到他似的,迈着小步子往绿道尽处走。李银赫本来心情就不爽,见顾折风这副死样子,更是气不打一处来,追上前一把按住他的肩膀。

"你还是男人不是啊,这样都不反抗。"

顾折风没有回头,冷冷地道:"走开。"

哟,还真上脾气了?小奶狗终于要咬人了?

"论打架你不是我的对手,原修不在这里没人帮你,劝你别惹我,不然吃亏的是你自己。"

李银赫话音未落,嘴角便吃了顾折风突然袭来的一拳,打得他往后几个踉跄,身形不稳险些摔跤。

还真动手!

李银赫气急败坏扑上来，将个子稍矮的顾折风扑倒在地："早就看不惯你了，今天老子非得好好收拾你。"

顾折风性子并不急，甚至可以说是很温暾慢热了，倒是很符合他狙击手的身份，安安静静。

因此，论打架顾折风不是李银赫的对手，三两拳就被李银赫揍趴下。

但是即便如此，他依旧剧烈反抗，像公牛一般急促喘息，两个人在青草泥地扭打成一团，顾折风又是扯头发又是咬人，满脸悲愤。

这小子，今天是要翻天了？

他就像蚂蟥一样，一旦咬住他就不松口了，李银赫疼得嗷嗷叫，只能先服了软："放开！放开不打了！"

两人数着一二三，同时松开对方，李银赫站起身连着退后几步，破口大骂："你是狗吗？"把他手都咬出血了，这种要去打狂犬疫苗吧。

当然顾折风更惨，脸上挂了彩，嘴角乌青，有血丝漫出来，被他用袖子蹭掉。

"抓头发咬人，你还是不是男人，有你这样打架的吗……"

顾折风跑过去，一把揪住他的衣领，怒吼："再来啊！"

"是不是有病！"李银赫真的不想陪他继续，甚至都开始后悔招惹他，"你吃错药了吗？"

顾折风已经将他扑倒在地，揍他腹部："你说我是不是男人！"

李银赫揪住顾折风的衣领，翻个身猛力将他按在身下。

"疯了！真的疯了！"

顾折风怒吼一声，不知哪儿来的力气，翻身又将他扑倒。

李银赫算是看明白了，这家伙根本是在拿他泄愤，宣泄心中的积郁。

他真是招谁惹谁，平白挨这么多拳头。

"住手，住手住手！"李银赫连连后退，和他保持安全距离，"我不知道你是怎么回事，但是大爷今天不想和你杠，走远点。"

顾折风用力擦掉嘴角的血丝，冲他的背影大喊："我是男人！"

"神经病！"李银赫嘴里叨叨，真是惹上神经病了。

走到绿道转角，他回头，发现顾折风还站在原地，一动不动。

李银赫皱眉，突然有个想法蹿上心头。

"喂，小奶狗，有人说你不是男人吗？还是被女人伤了心？"

顾折风抄起拳头又要上前，李银赫敏捷地闪避开："别动手，先听我说，这次狮虎队都欺负到咱们头上了，你家队长居然还在窝里横，反正这口气我是咽不下去。"

顾折风恨恨地看着他："你想怎么样？"

李银赫邪恶地笑了起来："不是想证明自己是男人吗，咱们得给他们点颜色看看。"

李银赫跟顾折风脸上都挂了彩的事情，队员们心知肚明，两人多半又打架了。只不过李银赫把顾折风给揍了，这还说得过去，可是李银赫脸上居然挂彩也这么严重，这是没想到的……

要知道顾折风即便与人起争执，可是从来不会跟人动手，最多嘴里叨叨骂两句。

大家都说他是小奶狗，其实真是……小奶狗在窝里号得再厉害，可是牙齿都没长齐，咬人也不疼。

顾折风端的是翩翩少年公子的作态，不会打架。

没人同情李银赫，这家伙嘴贱，被揍了活该。队员们都关心着顾折风，就连陆蔓蔓都把顾折风私底下拉厕所，问他是不是被韩援欺负了，要不要她帮忙揍回来。

但是唯独一个人，对他漠不关心，而那个人，恰恰是他最在意的……

程遇是个心狠的女人，既然跟他不会有任何发展，就不会无谓地给他希望，让他泥足深陷。

这种时候，漠不关心不闻不问，是最好的，让他早些死心，说不定以后还能当朋友。再说了，顾折风一时兴起说喜欢她，多半不过是青春荷尔蒙作祟，等他多多接触女孩子，就会知道他的感觉只是对异性的好奇，而不是真的喜欢。

程遇是这样想的。

而顾折风，却是一门心思喜欢她，他要让她知道，自己和原修、和任翔他们没有任何差别，也是可以独当一面，让女孩子安心的男朋友。

对于李银赫去机场堵截狮虎队讨要说法的提议，顾折风左思右想很久，终于还是答应了。

虽然心里知道这种做法不妥，但是有时候少年血性上来，脑子蒙头一热，做什么也就顾不得了，咬了牙，一鼓作气就去做了！

今天是狮虎队回国的日子，首都国际机场外，已经围堵了不少情绪激动的粉丝，因为上次烧旗帜的事情持续发酵，今天不少国粉齐聚机场，找狮虎队讨要说法。

因为人实在太多，现场状况一度陷入混乱，甚至还来了不少唯恐天下不乱的娱乐八卦记者，过来踩新闻。

令粉丝们没有想到的是，现场还来了两个人。

他们戴着口罩，站在T2航站楼外的公路边。

一个乌黑的短发，刘海垂下来，垂在眼前，眼眸内敛，气质深沉。另一个满

头灰发，耳朵上挂着璀璨的黑曜石耳钉，气质张扬。

即便两人都戴着口罩，粉丝们还是能够一眼就把他们认出来，主要是李银赫那一头奶奶灰实在是太打眼了，本来现实生活中染成这发色的人就不多，竞技圈就更少了。

他这一头灰，还是很具有标志性特点的。

两个人沉默地站在街边，一人手里一根烟，顾折风是没有抽，就这么拿着，装装样子。

电影里古惑仔打群架之前，不是都要叼根烟吗？

粉丝们当然好奇两人为什么会过来，于是拥上去问东问西，不过两人都没有半句话的回应。大家只好作罢，拿出手机咔嚓咔嚓对着他们拍照发微博。

顾折风手里的烟头，稍微有些抖，李银赫按了按他的肩膀，示意安心。

而陆蔓蔓一大早就被微博连串的@信息给振醒了，看到粉丝们疯狂@她的照片，她心一沉，脸都来不及洗，从床上跃起，跑到二楼推开她家队长的房门，跳上床把原修给拉起来。

"今天是周末。"原修睡眼蒙眬，顺手将她按进绵软的被窝中，"来得正好，陪我睡会儿。"

原修这家伙，睡觉是不穿衣服的，陆蔓蔓直接被他塞进被窝，那副火热的身体就这样一丝不挂地贴着她，让人心潮澎湃。

她挣扎着爬起来，将衣架上的衣服全部塞进原修的被窝里，急促催道："快起来，你家狗崽子要惹事了。"

"小甜心乖着呢。"

"不是小甜心，是顾折风那家伙！"

原修微阖的眼睛睁开了，似很无奈。他往枕头里埋了埋脸，长吟一声，然后翻身而起："我要穿衣服了，女朋友方便回避吗？"

陆蔓蔓当然得回避，她跑出门快速洗漱，连早饭都没吃，和原修驱车前往首都机场。

机场被粉丝们围堵得水泄不通，原修和陆蔓蔓赶到的时候，刚好狮虎队的队员也在便衣保镖的保护下，匆匆朝着航站楼里走。

粉丝们愤怒的斥责和质问不绝于耳，有的说中文，有的讲英文，可是选手们充耳不闻，无视了粉丝们激动的情绪，甚至打野吉米在进航站楼的时候，还回头对粉丝们甩飞吻。

这可把大伙儿恶心坏了，不要脸到什么程度，才能这样无知无畏。

正前方，两个男人出现在他们面前。

一个黑发少年，一个灰发妖孽。

闪亮登场，帅得没边儿了。

人群中爆发出一阵呐喊叫好声。

两人同时摘下口罩，狮虎队几人也停下了脚步，几人遥遥对视，像是感受到剑拔弩张的低气压氛围，喧闹的现场顿时安静了下来。

狮虎队长迈克挑挑眉，故意说道："你们谁啊？"

吉米不怀好意地提醒他："不就是号称中国最强职业联队的X小子。"

"哟，想起来了，黑头发的，是被劳伦斯给一枪干掉的狙击手嘛。"迈克讪笑道，"至于灰头发这个，嗯……还真没印象，上场了吗？"

几人笑得前俯后仰，气焰嚣张。

"龟儿子！"李银赫最先按捺不住，就要上前，被顾折风按住手。

越是这种时候，越应该冷静，谁先发作，谁就落了下风。

顾折风缓缓从包里，摸出了一面旗帜。

蓝白的星旗，是象征美联竞技的蓝白星旗！

看到自家的旗帜捏在敌人手中，狮虎队几人脸色顷刻沉下去，迈克阴冷地说："想怎么样？"

顾折风拿出打火机，灵活地在手上转了一圈，淡淡道："中国有句老话，叫以其人之道，还治其人之身。"

陆蔓蔓被拥挤的人流阻挡在外，眼睁睁看着顾折风即将点燃蓝白星旗。

陆蔓蔓全身战栗，她紧紧攥了攥原修的手腕，艰难地挤出三个字："阻止他。"

折风少年

· 第 五 章 ·

机场警察已经朝这边赶了过来，不过被激动的粉丝拦在人群之外，拼命跻身却难以靠近。

"折风，好样的！"

"烧掉他们的旗帜！"

"转什么转，谁还不会点火了！"

"真当我们好欺负啊。"

"顾折风，快点火！"

群情激愤。

围聚在航站楼的粉丝们叫嚣着顾折风的名字，催他赶快点火。

顾折风白皙的脸蛋涨得通红，连耳垂都是火烧火燎，拿着打火机的手不住地战栗。

"你点火试试。"迈克转了转脖颈，咔嚓作响，他冷声威胁，"你要是敢点火，我会让你后悔出生在这个世界上。"

顾折风脸色冷了下来，眼角肌肉颤了颤。

威胁他吗？难道不知道狙击手最讨厌的就是被挟制，被威胁？

"咔嚓"一声，打火机窜出火苗，移向了蓝白星旗的左下角。

狮虎队几人炸了，上前要阻止顾折风，李银赫眼疾手快，挡在他们面前，跟这几人动起手来。

粉丝见状也一拥而上，李银赫回头声嘶力竭地大喊："顾折风，还愣着干什么，快动手！"

顾折风呼吸急促，拿打火机的手抖个没完。

千钧一发之际,一声怒吼刺破耳膜:"顾折风!"

听到这个声音,顾折风身体本能地瑟缩了一下,只见原修不知什么时候站在人群中。

"队长……"

他干燥的唇瓣艰难地张开,嗓子都快冒烟了。

见原修出现,粉丝们才算冷静下来,自觉给他让出一条道。

原修走到顾折风面前五米的位置,停了下来,不再靠近,也没有抢夺他手里的旗帜,只是遥遥望着他。

"顾折风。"原修很少这样严肃地唤他的全名。

"队长,你不要阻止我。"顾折风放大音量,给自己增加底气,"是他们欺人太甚!"

"我不阻止你。"原修开口,用低沉的嗓音道,"你是成年人,不是少年不是儿童,有自己独立的判断,所以你要想清楚。"

想清楚这一切究竟有什么意义,享受一时复仇的快感,却需要承担更沉重的后果,你所做的一切,真的是你内心的想法?

顾折风啊,温润少年,谦谦君子。

绝对不是现在这个被烧了队旗就要拿着人家的旗帜烧回来的幼稚家伙。

顾折风回头望了望人群之外的机场警察,他们已经在打电话叫增援了。

一面是催促的李银赫,一面是冷静的原修。

他进退两难,都到这个坎了,伸头缩头都是一刀,做不做,必须立刻决断。

原修回身,在粉丝手里拿走了好几面美联竞技的蓝白星旗,这些都是粉丝们为恶意报复而特意准备的。

"既然要复仇。"原修将这些旗帜收起来全部丢在顾折风面前,"不如把这些都烧了,干净利落。"

打火机的火苗颤动着,顾折风看着那一堆旗帜,却迟迟未动。

是啊,这算什么,什么都不是。

烧的不过是一面旗帜,几张布条而已,能报复什么,又能证明什么。

什么都不能证明,他们依旧是被狮虎队碾压的渣渣。

"咔嚓"一声,银灰色打火机盖子终于按灭了火苗。

陆蔓蔓紧绷的心跟着松懈了下来,狮虎队的队员们看起来好像也松了一口气的样子,迈克骂骂咧咧说:"差点让这帮人耽误了航班。"

他嘴里骂骂咧咧,带着队员们朝边防安检口走去。

"站住。"

清脆的女声,最纯正的美式发音,听嗓音,好像还有点熟悉的感觉。

迈克和队员们回头,只见穿绿色棒球服配短裙的陆蔓蔓站在人群中。

这女孩，有点熟悉。

但是每个人熟悉的感觉不一样，迈克记得她是几周前赢了和 X 战队的比赛，上台和他握手的女孩，伶牙俐齿。

而劳伦斯看着她的眼神，静水流深的那种熟悉的感觉，让人脊背发凉。

"又想干吗？"迈克看着手上腕表，快登机了，"没时间跟你磨叽。"

"我是 M4。"陆蔓蔓自报家门。

"我管你是谁啊。"迈克不耐烦地说，"有屁快放。"

"我是 M4。"陆蔓蔓重复这句话，然后道，"我现在代表 W，向狮虎队发出挑战。"

此言一出，所有人都惊呆了。

粉丝们当然知道，W 是刚刚成立的 W 战队，星辰俱乐部旗下两支战队，男队 X，女队取名 W 好像也无可厚非。

但是狮虎队的成员骤然听到 W 这个字母，心肝都不由得颤了颤。

W 啊，长久以来一直凌驾他们之上的微笑女战神，几乎可以说是让他们谈之色变的字母。

没有办法不震惊，没有办法不恐惧。

迈克话都有些说不清楚了："你……你说什么，你代表谁……"

"我代表 W 战队，正式向你们发出挑战。"陆蔓蔓细长的指尖，指向迈克，"无论是一个人，还是你们五人赛，都可以。"

"什……什么 W 战队。"

经理人凑近迈克的耳畔，向他解释了一番，他才明白，此 W 非彼 W，不可同日而语。

惊慌之色渐渐褪去，迈克又恢复了淡定和不屑："就凭你？想挑战我？"

"就凭我。"

狮虎队几位队员笑了起来，除了劳伦斯。

他目不转睛地盯着陆蔓蔓，从她坚毅幽深的眼眸中，他看到曾经让他战栗的力量。

"好啊，我们狮虎队一向是来者不拒。"迈克摊开手，笑嘻嘻地说，"可是听说你们战队只有两个人，我们可不打双人局，要打就要每个队员都上场。"

陆蔓蔓回头看原修，他抿嘴，对她点了点头。

做你想做的事。

陆蔓蔓的心定了下来，朗声说道："W 和 X，一荣俱荣一损俱损，我现在以 W 和 X 的名义，挑战你，一人到五人局，随你意。"

"X……"迈克玩味地望向原修，"不是手下败将吗，上次比赛还没打服？"

原修拎着熊孩子顾折风的衣领，对迈克说道："竞技游戏没人会永远赢，当然也没有永远输的，不存在什么服不服，我们队长小姐姐既然有兴致想打比赛，我当然陪她跟你们玩。"

狮虎队还是没能够登上飞机，既然 M4 向他们发起了挑战，还是当着那么多中国竞技粉的面，即便不想应战也得应，不然反而显得他们怕了她似的。

一个刚冒头的新人，外加几个手下败将，狮虎队会怕他们，别开玩笑了。

这件事在网络上迅速发酵，竟然也奇迹般地重新点燃了粉丝们已经湮灭的竞技热情。

接连失败的战役让他们对竞技圈失望不已，然而机场顾折风烧旗，原修及时赶到阻止和 M4 对狮虎队正式发出挑战，这一切，让粉丝们重新看到了某种竞技的精神。

比赛的输赢当然重要，却不是最重要的。

不甘失败，不屈不挠的竞技精神，才是这么多年来竞技运动发展至今的推动力。

即便是输了又怎样，保持礼貌、风范和气度，重新再来。

有了原修作为对比，狮虎队赢了比赛便骄矜自大，目中无人烧毁中国竞技旗的做法，就真的很 low！

即便是在脸书上，也被很多国外粉丝和网友唾弃。

所以这场战役，声援 X 战队和 W 战队的人意外地多了起来，除了国内粉丝以外，还有不少是外国的粉丝。

俱乐部的办公室，几位董事会成员脸色阴沉得厉害，谁都没率先开口。

即便中央空调呼呼吹着冷气，杨沉也感觉到背后冷汗直流，他担忧地望向背靠墙站在边上的顾折风和李银赫两人。

两人刚刚被战队从警局保释出来。

李银赫大大咧咧地杵那儿，一副死猪不怕开水烫的模样，而顾折风脸皮薄，低着头红着脸，不敢看他们。

"按照战队的规定，队员寻衅滋事，没有造成重大后果，罚禁赛三周，同时扣除年终奖金。"

杨沉翻了翻手里的文件，问顾折风和李银赫："有意见吗？"

顾折风没意见，李银赫反而有些不服气，正欲开口，原修却道："他们没意见。"

"哎哎，怎么这样，你凭啥给我决定？"

陆蔓蔓恶狠狠瞪了李银赫一眼，他立刻偃旗息鼓，不敢再多叨叨。

一位姓王的董事对陆蔓蔓说："M4，这次你们实在太冲动了，上次输比赛

的事情，风波好不容易过去，你这又下战书，闹什么呢，小孩子过家家吗？"

这位王董事性格一贯保守，希望战队能稳步发展，上次 X 战队打国际赛他就不怎么支持，他觉得保住国内第一的名头就够了，国内这么多粉丝，还不够赚钱的吗，何必要去国际上打，赢了还好，输了可不就叫人看笑话了。

不过他也就提提意见，决定权还在 Boss 李手里。

陆蔓蔓直言道："好久没打比赛了，手痒痒的。"

王董事说："你手痒，让原修陪你玩不就行了，干吗非去招惹狮虎队。"

"怎么就不能招惹他们啦。"陆蔓蔓嘻嘻一笑，"他们是狮子还是老虎啊，这么可怕的吗？"

"乳臭未干的黄毛小丫头。"王董事无奈道，"输一场比赛不够，还要连输两场。"

"我黄毛丫头！"陆蔓蔓惊呼，"我打比赛的时候你还在……"

原修眼疾手快捂住她的嘴，省得她说出什么话来待会儿又抓耳挠腮地后悔。

"这段时间我们训练都很到位。"原修对 Boss 李说，"应该会比上次要好很多。"

任翔也道："不管能不能赢，就当是拿狮虎队试试训练成果，上哪儿去找这么强劲的对手给咱练手呢，这次还要多亏 M4 了。"

几个董事们交头接耳商量着，觉得也有道理，毕竟在国内 X 战队实力无人能敌，能找到更加强悍的战队陪练，也算是难得的机会。

杨沉挑挑眉，这一帮人还真是巧舌如簧。

最终 Boss 李一锤定音："可以打，不过顾折风和李银赫禁赛期间，就不用上场了，正好换 M4 和程遇上场。"

战队要均衡发展，这是 Boss 李秉持的一贯理念。

对于这样的安排，董事面前，顾折风没好说什么，但是回了基地，他追上原修："哥，我要上场。"

"还有什么可说的。"原修回头睨他一眼，"做错了事，自己承担后果，还要我教你吗？"

"如果没有我，狮虎队早就飞美国了，还会有比赛吗？"顾折风狡辩说，"一定程度来看，我是立了功。"

原修："……"

原修："那我是不是还要给你佩一朵大红花？"

顾折风认真地说："大红花不用了，功过相抵，我应该上场。"

"做梦。"原修懒得理他，坐到沙发边陆蔓蔓身边，"自己回房间好好反省，想不通就来找我。"

陆蔓蔓拿着手机正在逛某宝，抬起头来："哇，队长还要负责当心灵导师，开导队员吗？"

"错。"原修毫不留情地说，"我揍到他想通为止。"

"你看这件衣服，好看吗？"她将手机举到原修眼前。

"男款？"

"我给你买呀。"

原修挑挑眉："噢？"

"不准说不好看，因为我已经下单了。"

原修拿着手机下拉，仔细看了看，还是坚持本心诚实说道："丑哭我。"

他说完起身就跑，陆蔓蔓追上去，直接跳到他腰上挂起来，打他的脑袋："友方队长近段时间很嚣张！"

顾折风愣愣地站在边上，队长简直虐狗，他还在帮他保守秘密。

内心一片凄风冷雨。

不能比赛，被喜欢的女孩拒绝，顾折风突然感觉，前路一片灰暗，他一个人怔怔地出了门，想出去透透气。

晚上十点，程遇敷了黑面膜出房间，见二楼顾折风房门紧闭，她探头望了望楼下客厅，几位队员各自做自己的事，却没见那臭小子的身影。

本来不想管这么多，等她敷完面膜去洗脸，然后一个人在房间刷了会儿剧出来，还没见顾折风，平时这个时候他应该待在房间里玩游戏或者上床睡觉了。

她去顾折风房间门口敲了敲，推开门，房间无人。

"顾折风呢？"她冲楼下随口一问。

"还没回来。"任翔躺在沙发上发短信，随口说，"臭小子，不用比赛彻底放松自我了。"

"这么晚不回来，你就不担心吗？"

"拜托大姐，他外号儿童，不代表他真的是儿童啊。"任翔轻描淡写说，"二十岁的小伙子，还能让人贩拐走吗？"

的确，顾折风已经快二十岁了，即便夜不归宿，她又有什么好担心的。

程遇铺好床准备睡觉，翻来覆去却怎么也睡不着，楼下有一点点响动，她都会坐起来，仔细倾听是不是顾折风回家了。

终于，心神不宁半个小时以后，程遇崩溃地骂了声娘，穿好衣服拎了包出门去。

程遇出门前给顾折风打了个电话，电话那边人声鼎沸，混杂着金属乐器的敲击声和男女笑声。

"顾折风,你在哪里。"

"嗯?"

"我说,你在哪里?"

"我在七和桥。"

程遇知道七和桥,著名的酒吧一条街,她以前就在那儿打过工,知道那里鱼龙混杂。

"七和桥哪里?"

"你以前工作的地方。"

程遇出小区拦了一辆出租车,直奔七和桥。

黄昏时候下了一场阵雨,现在雨停了,空气润润的,有暖风拂面,空气中混杂着雨后街道的生涩气息。

道路湿漉漉,反着路灯的光。

推开车门,程遇的高跟鞋刚落地便踩到水坑,弄得一脚的泥。

无暇顾及,她加快了步伐朝着七和桥酒吧街走去,心里盘算着找到顾折风以后,要怎样教训他一顿。

闹事进局子在先,被禁赛也是他自己作的,现在又夜不归宿还泡酒吧。

这小家伙还能不能让人省点心。

酒吧步行街外的假山石上挂着霓虹彩灯,"七和桥酒吧街"几个暗沉沉的粉紫霓虹字,有气无力闪烁着,给人一种昏昏欲睡的颓靡感。

程遇来到自己曾经打工的酒吧,在喧闹的大厅找了一圈,没见着顾折风的身影。

吧台边,穿着花衬衫的调酒小哥认出了程遇,跟她打招呼:"遇姐啊,今儿怎么有空过来玩?"

"跟你打听打听,有没有见一帅小伙。"

"这儿到处都是帅小伙,你看中谁了?"

"少贫,顾折风,你应该认识他。"

"顾折风?"调酒小哥笑了笑,"开什么玩笑,那种级别的偶像明星能来这地方?"

偶像明星?他就一不省心的小破孩吧。

程遇微微蹙眉:"如果见着他,给我打电话。"

"行,给你打电话。"调酒小哥也没在意,似乎并不相信能在这里见到顾折风。

程遇走出了酒吧,站在冷风飕飕的路口给顾折风打电话。

酒吧后院传来熟悉的手机铃声。

程遇放下手机,循着手机铃声,她在后院小桥流水岸畔找到了顾折风。顾折风坐在摇晃的藤萝椅边,荡着秋千,手里握着一杯奶茶店买的香蕉牛奶。

潺潺流水的河岸畔,少年脸色苍白,嘴唇红润,正咬着牛奶吸管,秋千边坐了一只灰色丑猫,顾折风伸手抚摸猫咪的脑袋,猫咪亲昵地靠在他腿边蹭了蹭。

这是她所熟悉的顾折风。

谦谦少年,顾折风。

手机一直在响,顾折风等了很久很久,才慢悠悠接了电话:"嗯。"

程遇站在篱笆边,见他这般作态,于是有意想要逗逗他。

"在哪儿啊,我没看到你?"

"外面。"顾折风想了想,强调,"和女人在一起,准备去酒店了。"

他说着将电话递到猫咪身边,猫咪喵喵叫了声。

"我女朋友的猫。"

程遇差点笑喷出来。

她强忍着不让顾折风听出声音里的笑意,说道:"哟,有妹子了,还去酒店啊。"

顾折风哼哼道:"是,我也有很多人喜欢的。"

你不喜欢我,是你的损失。

虽然底气不足,但是顾折风还是硬撑着说:"我现在很忙,我要去洗澡了。"

他脸都红透了。

程遇终于忍不住,站在篱笆花墙边放声大笑。

听到一串熟悉的笑声,顾折风回头,全身僵硬,如遭雷击。

"你……"

程遇走到顾折风身边坐下来,晃着吊椅,笑得上气不接下气:"妈耶,你和妹子去酒店,你还要洗澡了?"

她拍拍他脚边的野猫:"这还是你女朋友的猫?"

顾折风耳垂快滴血了:"你别以为我不敢。"

程遇实在忍不住,伸手拍了拍他后脑勺:"臭小子,我就赌你不敢。"

恰在这时,篱笆边有几个打扮时尚火辣的靓妹交头接耳望着顾折风,似乎认出了他,但又不确定。

"去啊。"程遇微微笑,"去撩一下那边的小姐姐,我就当你是个男人。"

顾折风猛地站起身,朝着她们一往无前地走了过去。

程遇抱着手,笑吟吟看热闹。

"是顾折风吗?"女孩们很是兴奋,"你和他好像,你就是吧!"

他嘴唇启合,纠结了很久终于还是横下心,说了声"不是"之后,硬着头皮坐回程遇身边。

她挑眉:"你看,折风少年依旧是折风少年,人的本质是改变不了的。"

江山易改本性难移,他心性纯良,变不了泰迪。

"还想去撩妹吗?"

见他这么不甘心,程遇说:"想去就去呗,不然你不会死心。"

她依旧是拿着大姐姐的腔调在对他说话。

顾折风抱头思索片刻,抬头郑重问她:"有个东西你要吗?"

"嗯?"

"伸手。"

程遇伸出手。

顾折风不由分说握住她的手,拉着她走出了后花园,沿着湿漉漉的小巷,一路往前走。

他紧紧攥着她的手,完全不顾她的挣扎。

他手掌宽大,将她纤细的手紧紧攥在掌心,柔软的皮肤表层之下,翻滚流淌着少年滚烫的血液。

"顾折风,去哪儿啊?"

"你自己说的,赌我不敢和妹子去酒店。"

程遇还没反应过来,他扭头看向她,认真道:"你也算妹子,我带你去酒店。"

程遇愣了愣,停下脚步:"别闹了。"

"要怎样你才会喜欢我。"

"我很喜欢你啊,你比泰迪韩援可爱多了。"她强调,"但不是那种喜欢。"

不是你想要的那种喜欢。

"……"

见他沉默,程遇又说:"你知道这种事是勉强不来的吧。"

顾折风依旧不言语,她便伸手拍了拍他的肩膀。

真是个让人操心的小破孩啊,这样受伤的神情任谁看了都会不忍心吧。

"我能不能抱抱你。"他喉咙艰难地发出这一声恳求,"就抱这一下。"

程遇叹气,盯着他看了会儿,小家伙红着脸,目光坦率真诚,丝毫没有男人的猥琐之色。

她还是主动张开双臂,踮脚给了他一个轻飘飘的拥抱,拍拍他的背,柔声安抚:"好了好了,没事了,你会遇到更可爱更适合你的女孩子。"

顾折风用力抱住她,似乎是要把她嵌进自己身体一般。

抱得有点紧啊。

"我真的很喜欢你。"他将脸埋进她颈项发丝深处,闷声说,"我每晚梦里都是你。"

大男孩生涩又动情的小情话，说给她这样一个已经拥有阿姨心的少女听，还真是……

有点受不住啊。

没有心动是不可能的，尤其两个人现在还抱在一起，男人动情的时候，满身都是荷尔蒙躁动的气息。

程遇差点就要昏头了。

"好了，就这样吧。"她及时刹车，松开顾折风，"以后也别说这种话了，你要是再这样我就……"

"就怎样。"

"我就给你介绍女朋友了。"

"……"

"回去吧。"顾折风主动提出来，"不准给我介绍女朋友。"

"那你要乖一点儿，别跟我说奇怪的话了。"

顾折风乖乖地点了点头："那你还把我当弟弟。"

程遇同意："行啊。"

两人并肩走在雨后湿漉漉的街道，现在已经临近午夜，街上没有了行人。

程遇轻轻咳嗽一声，说道："虽然我把你当弟弟，但是你也不用牵着我吧。"

"不，是你牵着我。"他厚着脸皮，还喊了声，"姐。"

她低头看着他紧攥她的手，压低声音："放开。"

顾折风摇头，真诚地说："路滑，我会摔。"

摔你个头啊！

回到别墅已经是午夜，队员们差不多都睡了。程遇随意脱了鞋子走进屋，四处找水喝："渴死姐姐了。"

然而当她拿着水杯从厨房出来的时候，却发现顾折风半蹲着，用纸巾一点点将她的红色高跟鞋上沾染的泥点擦拭干净。

就像无数次训练之后的黄昏，他用手帕轻轻擦拭心爱的狙击枪的时候，同样的认真与专注。

那一瞬，很难说她心里的感觉。那种心安，竟然是她寻找了很久的……家的感觉。

成熟不是好勇斗狠，真正的复仇，是用实力把敌人按在地上狠狠碾压。

顾折风终于明白，在出事之后，队长不准他们去找狮虎队麻烦，而是将全部精力专注于训练。

只有真正用实力打败了敌人，才算是好看的复仇，逞一时意气的泄愤，不会有人为你叫好鼓掌。

和狮虎队的比赛在下周周末进行，李银赫和顾折风两人因为闹事而被禁赛，程遇和陆蔓蔓则接替了他俩的位置，和任翔、原修、阿横组成了五人队，共同迎敌。

这一次比赛，队员们丝毫不敢放松警惕，有了上次和狮虎队过招的经验，现在他们的训练方向感则要明确很多，也更有针对性。

当然，强度更大。

这次比赛程遇心里没底，虽然从林区野训回来，无论是体能还是枪法素质，她都提升了不少，外加天赋的确不错，又比别人勤奋，几乎可以说追平了不少职业队员，但是这次劲敌如此强悍，她很怕会拖团队后腿。

陆蔓蔓让她安心，就当是游戏局，输赢其实不重要，练练手。

上一局就是因为太在乎输赢，导致后面原修阴沟翻了船，连人家摸到自己背后都没发现。

这一次，陆蔓蔓给大家设定的目标不是赢，而是让每个人打好自己的站位，就当是训练局，尽可能地发挥，能到什么程度，就到什么程度。

陆蔓蔓和原修之前训练，走的都是全能型选手的路子，这场比赛，陆蔓蔓取代了顾折风的位置，担当狙击手，原修依旧是带队主力输出，程遇打野，任翔和阿横辅助。

这场比赛，队员们心境都发生了很大变化，俗话说光脚的怕什么穿鞋的，反正他们都已经输过一次了，不怕输。

只要不怕输，比赛中的顾虑就少了。队员们尽可能自由发挥，不紧张，心态平和又放松。

在比赛一开局，X战队就和狮虎队在森林边缘狭路相逢。

狮虎队四个人，X战队五个人。

一场激烈的枪战中，陆蔓蔓率先爆了狮虎队辅助保罗的头，拿下了本场首杀。

直播平台前的观众粉丝情绪为之一震。

很棒啊，能拿下首杀，而且还是杀的狮虎队成员，不管比赛最终能不能赢，至少M4表现很出彩。

狮虎队同样震惊，没想到X战队一开局就打得这么强势，当然也的确是因为太过轻敌，加上近段时间在中国各地旅游，训练荒废，运动量没跟上所以手脚生疏的缘故。

不过这没什么，仅仅只是损失一个辅助而已，还能让X队翻了天不成。

狮虎队无心恋战，于是赶紧撤退，当务之急是搜集物资武装自己。

开局这一战打得很漂亮，队员们摩拳擦掌信心倍增。陆蔓蔓发现劳伦斯不在队伍中，大概知道了狮虎队的战略，在最后决战圈确定之际，她也脱离了队伍。

本来阿横不大放心陆蔓蔓一个人离开,虽然她代替的是顾折风,必须要独当一面,但是毕竟她还只是新人。

于是,阿横自告奋勇:"要不我掩护M4?"

原修说:"你干好自己的事,她不需要你掩护。"

"嗯?"

队长对她这么有信心吗?

阿横所有的疑虑,都在半个小时后,腕表提示:狮虎队员劳伦斯被淘汰。

烟消云散!

M4居然击杀了劳伦斯!她怎么做到的!

陆蔓蔓脱队以后,躲在一个小型防御堡垒后,发现了埋伏在对面山坡小屋子里的劳伦斯。

堡垒对房屋,低地对高地,陆蔓蔓处劣势。

她拿着98k,朝他开了一枪。当然没有命中,枪只是打在窗框上,留下一道粉尘痕迹。

这一枪,所有人都以为是陆蔓蔓打偏了,还在为她扼腕叹息。

这样不就暴露了吗?

然而只有两个人心知肚明,一个是屏幕前的顾折风,另一个就是躲在窗后的劳伦斯。

这一枪根本就是陆蔓蔓故意打偏,她是学着当初劳伦斯对战顾折风,先发一枪警告对手。

以其人之道,还治其人之身。

根本不在乎对方会不会有所警觉。甚至这一枪,她就是要让他警觉,让他知道,逃不掉了。

她凭什么敢这样嚣张?

警告、威胁,外加挑衅那一枪,是真的激怒了劳伦斯,接下来的十几分钟,他鹰隼般的目光死死凝注着陆蔓蔓所在的防御堡垒,全身心投入。

只要她有一丝的风吹草动,他的子弹便会毫不留情穿透树梢与空气,击杀她。

好几枪差点要了陆蔓蔓的命,不过还好,有惊无险。

劳伦斯不是好相与的对手,但陆蔓蔓不惧怕他,心里装有恐惧的人是无法走到最后的。

正如当初的顾折风,正如此刻的劳伦斯。

劳伦斯心里已经百分百确信了自己的对手——这位黑发黑瞳年轻张扬的

中国女孩,其实并非中国人。

除了当年盛极一时无人匹敌的微笑W,谁敢在他面前这般放肆。

退役之后销声匿迹无影无踪,宛如人间蒸发了的W,居然会真的来到中国,加入中国的职业战队。

她到底想干什么?带中国的职业战队打回美联吗?

W的野心,恐怕不会仅仅止步于复仇美联,她应该是想要带中国战队登上世界冠军的宝座吧。

不过怎么可能,即便她是W,也不可能仅凭一人之力,就改变中国职业联队这么多年的沉疴与积郁。

确定她是W的那几秒的时间,劳伦斯脑子里一片混乱,狙击手需要稳定,可是劳伦斯已经不再稳定了,无论是他的脑子,还是他的心,都没有办法冷静下来。

当他得知自己的对手,就是微笑女神W时,他感觉到了恐惧。

几分钟后,他小心翼翼地探头望向陆蔓蔓,她一动不动埋伏在军事基地堡垒之下,他隐隐约约只能看到她灰色的头盔。

劳伦斯深呼吸,自我暗示,一定要淡定,淡定……

这个时候,绝对不能慌,他面临的是前所未有的强劲对手,超越了过去遇到的所有狙击手,但是没关系,她是W,她的优势在于跑前线,而不是狙击。

在狙击的世界里,能提到劳伦斯,能提到顾折风的名字,但是绝对提不到她W的名字。

所以,不需要害怕。

劳伦斯放平心态,紧盯倍镜,专注地监视着陆蔓蔓。

十分钟后,劳伦斯呼吸开始滞重。

她太沉得住气了吧,远远的能听见劈里啪啦的子弹声,说明周遭肯定有敌人,她居然还能这样隐蔽着,一动不动,她就不怕被人从后面干掉?

劳伦斯准备兵行险招,冒着自己位置被暴露的风险,也要干掉她!

于是,他瞄准了她的头盔。

虽然打中头盔不算输,但是至少可以让她动一动,只要她一动,他就会有更多机会干掉她。

劳伦斯深呼吸,像以往无数次打败敌手那样,盯紧目标,扣下了扳机。

然而,让劳伦斯甚至所有观众都没有想到的事情发生了!那顶灰色头盔在子弹的冲击力之下,居然弹飞了出去!

头盔是个空头盔,架在一根指头粗的树枝上,伪装成是有人的样子!

陆蔓蔓,早就不见踪影!

劳伦斯傻眼了,长期的经验和本能的反应,让他一跃而起提枪便走,这里已经不再安全了。

陆蔓蔓使了个障眼法,现在她肯定已经朝他所在的木屋赶过来,劳伦斯必须立刻撤退。

在他打开房门冲出去的时候,只听一声闷响,侧脑传来一阵疼痛。

熟悉的触感。

他伸手摸了摸自己的侧脑,红色的弹粉,是狙击子弹。

枪型不同,子弹颜色不同,手枪是白色,步枪是蓝色,狙击是红色,当然枪型不同,颜色深浅不一,伤害也具体不一,这些都是有严格计算标准的。

但是毫无疑问,劳伦斯命中紫红色的狙击弹粉,AWM最高伤害,必死无疑。

他打了这么多年狙击,几乎可以说是美联竞技圈狙击手No.1,没想到居然在中国阴沟翻了船,让狙击枪给干翻!

因为他算错了,陆蔓蔓并没有冲到小屋来与他正面交锋,她就料到他会在暴露之后,立刻撤退,所以躲在不知名的地方,暗暗地架好狙击,等着他跑出木屋,给他迎头痛击的一枪!

如果之前劳伦斯还有所怀疑,只是猜测不敢确定她真的就是W,那么现在,他心下百分之百确定了,这就是W!

这也是W的打法,强劲果断,又不乏对对手的尊重,因为她没有选择更简单更快捷的近距离扫射,而是迂回隐藏,狙他。

狙击手,就是要死在狙击枪下,这是对他的尊重和致敬。

没有任何怀疑了,M4就是W!

败在W手里,劳伦斯没有一点儿遗憾,甚至还觉得非常痛快。

他现在站在空旷的场地,环顾四周,没有看到陆蔓蔓所在何方,但是可以确定,她一定正躲在某处,欣赏他此刻的脸色呢。

劳伦斯突然伸手举过头顶,比了一个手势:双手食指相触,碰了三次。

这是狙击手的独特暗号,但是劳伦斯知道,陆蔓蔓一定能看懂。

这是表达敬重与祝福的意思。

不是任何被迫退役的队员都能有这份勇气和魄力,东山再起。

希望她能成功。

陆蔓蔓躲在几块破石头后面,看到了劳伦斯的手势,暗自心惊。

不是吧,掉马了?

那个手势是狙击手圈子里的暗语,但是仅属于美联,表示服气的意思,但是中国狙击手是不会这样做的。

陆蔓蔓突然有点慌,果然姜还是老的辣,劳伦斯在她出道之前就已经成名了,陆蔓蔓和他打过比赛,但是交往不深,没想到居然被认出来。

算了，现在不是担心掉马的时候，比赛要紧，陆蔓蔓消失在了丛林中。

顾折风和李银赫两人抱着一桶大薯片，坐在电脑前看比赛，当顾折风看到劳伦斯居然被陆蔓蔓击中的时候，喷了电脑一屏幕的薯片渣子。

李银赫气炸了，猛力捶打顾折风："太恶心了，老子新买的战神 Z6，你赔！赔老子！"

顾折风被他抓着肩疯狂摇晃，还没回过神来，不敢相信劳伦斯竟然会被 M4 干死。

"赫赫，刚刚，真的是真的吗？"

不是我的错觉吗？

"劳伦斯真的死了？还是我太想他死，所以想象出来的画面？"

李银赫翻白眼："你昨天连转十几条锦鲤大王，不就是跪求你的死对头今天愉快地战死沙场？"

"是这样没错，可是……"

被 M4 干掉，这也太……匪夷所思了吧？如果被队长，甚至被翔狗干掉，他都不会这么惊讶。

"别忘了你和我以前都在 M4 手里翻过船。"李银赫抽纸巾心疼地擦拭自己的神舟游戏本，说道："别太小看你 M4 姐姐，她真的很厉害。"

反正李银赫是被打服了，从山区野训回来，陆蔓蔓教他说中文开始，他就成了日常 M4 吹。

顾折风突然瞪大了眼睛，恍然想起一件事。

"赫赫，我有一个大胆的猜测……"他激动地拉着李银赫的衣领，"你说 M4，有没有可能就是销声匿迹的 W！"

李银赫对这个说法嗤之以鼻："她要是 W，我就是霍元甲，就是成龙，就是李小璐。"

顾折风嘴角抽抽："你要说的是李小龙吧。"

"李小璐……李小龙，哎呀都一样啦。"

顾折风不屑地松开她："为什么不可能，能干掉我，干掉劳伦斯的女人，为什么不可能是 W！"

"首先，W 即便离开 queen，依旧可以选择留在美联其他强队，不是我看不起自家战队啊，她真是脑子凹深坑了才会跑到中国来，加入你们这个破 X。"

"其次，你就不要为你的无能找借口了，打不赢就打不赢，咱们认识不足，共同努力，还是有翻身的那天，别打不赢人家，你就说人家是 W，这不是良好的谦虚学习态度，知道吗？"

顾折风对李银赫的教训，嗤之以鼻："她为什么加入我们这个破 X，当然是有原因啊！"

"什么原因。"

"因为她和队长……"

他突然刹车。

这是不能说的秘密,只有顾折风才知道,M4和队长之间的倾世绝恋,如果曝光出来,绝对会震惊世人,他绝对不能让别人知道,一定要保守秘密。

"哼,什么原因你就不要管了。"

"毛病。"

李银赫也懒得理他,继续看比赛。

陆蔓蔓一路跑,鞋带一路掉,还喷嚏连天。

肯定有人背后讲她小话,她将胸前的微型麦放嘴边,咬牙道:"顾折风,你要是再吐槽我,回来就等着死吧。"

微型麦是直通网络,只要切换M4视角的观众,都能听到她的话。

【哈哈哈,有毒啊!】

【折风少年听到没,别再吐槽M4小姐姐啦,不然小姐姐生气很严重。】

【看来M4对红领巾了解很深刻嘛2333。】

李银赫向顾折风投来戏谑的一眼:"嘻嘻嘻。"

顾折风:"……"

总而言之,劳伦斯被杀是让所有人没有想到的,尤其是狮虎队,要知道,狙击手劳伦斯可是他们后期决胜的保障,劳伦斯一走,军心开始不稳了。

尤其是之前还损失了一名辅助保罗。

现在迈克占据了一栋三层的高房独楼,而原修正在不远处盯着他,当然,迈克也盯着他,两个人焦灼着,动弹不得。

谁先动,谁死。

迈克让队员吉米和尼克先行离开跑毒,不用管他,他这边和原修杠着。

当然,原修也让自己的队员们离开,他和迈克之间,必然有一场殊死的决战,这是他们两个人的恩怨。

上次迈克绕到他身后,将他击杀的操作,原修看起来似乎并不在意,实际上耿耿于怀到现在,因此,这场比赛,他和老对头之间少不了得有一战。

任翔十万分不同意原修的做法:"以前你怎么教育我们来着,大局为重,团队为重,现在你让我们跑安全区,自己留下来和老对头杠,这叫什么,啊?"

程遇想了想,说道:"个人英雄主义?"

"没错!你这就是个人英雄主义!"任翔十分生气,今天拖也要把原修拖走,"你想和他解决个人恩怨,比赛完打一架,或者决赛圈他的人头让给你,但是现在安全区马上收缩了,你留在这里和他同归于尽算什么?"

原修耸耸肩，平静说道："谁说要同归于尽，我干掉他再来找你们会合。"

"我不同意，坚决不同意，要走程遇和阿横走，我得留下来，两个人总好过一个人。"

最后"商议"的结果，原修还是留了下来，任翔、阿横和程遇跑决战圈，商议的过程，是任翔被原修踹得嗷嗷叫，哭丧着脸爬起来就跑，很难看。

"你这就是典型的找死。"程遇这样评价。

任翔哼哼："那我不是不放心他吗，不识好人心！"

阿横说道："队长做事有分寸。"

"他有个屁分寸，你还不知道他吗，睚眦必报的家伙，上次那个黄毛背后偷袭一拨，让他在全国观众面前丢脸，被原修恨得咬牙切齿，晚上觉都睡不着，爬起来阳台抽烟，这次不是公报私仇，有分寸？哼，鬼信。"

"队长要报仇，你拦他。"阿横挑挑眉，"活该被打。"

话音未落，几梭子子弹打过来，落在几人身前的枯草地上，溅起横飞的草木。

不远处狮虎队的吉米坐在树冠上，冲他们摇枪致意。

原修已经冲进了房间，他不想和迈克多磨叽，现在时间已经所剩无几，必须速战速决。

三层楼的房屋，每一层都有好几个房间，客厅、卧室，还有阳台，有的房间门敞开着，有的关闭着，有的则是半掩半阖。

迈克已经隐蔽了起来，有可能躲在任何一个房间里，原修必须绝对小心，调动敏感的听觉系统，仔细倾听周围的动静。

一楼已经被他扫干净了，没有人，他小心翼翼扶着楼梯上二楼。

二楼三楼，依旧干净。

扫完二三楼，原修脸上已经渗出了汗珠，扫屋还真是个既费神又耗体力的活儿，注意力必须高度集中，全身心防备。

你不会知道推开哪间房门之后，会迎上敌人黑洞洞的枪眼。

十二分的小心，十二分的谨慎……

现在，就只剩楼顶天台了。

原修可以确定，对方就在天台之上，埋伏着，等着他自投罗网。

要不要上？

答案当然是肯定的。

原修和迈克之间的恩怨，必须在此刻解决，他不允许迈克死在任何人手里，除了自己。

阴暗的楼道，天台的灰色大门紧闭着，楼梯缓缓而上，宛如通往天堂的道路。

当然，一不留神，也可能是地狱。

原修小心翼翼来到那扇灰色大门前，先给自己的枪里装满了子弹。

手，落到了门把手上，轻轻按压下。

此时此刻，任何微小的失误都有可能导致满盘皆输，他必须打起精神，全神贯注。

门开了，他举枪四扫，目光范围以内，却没有人。地上随意散乱着杂物，有被人弃之不用的背包和几瓶空掉的矿泉水瓶。

整个天台，约莫百来平方米，居然一个人都没有。

迈克不见了！

原修的心忽而沉了下来，他走到天台边缘放眼望去，果不其然，百米的位置，一辆军绿色敞篷黑色吉普车，正飞速离去。

迈克坐在驾驶位置，回头冲原修比了一个鬼脸。

噢，他还看到，身边的灰色水泥地板上，有人用弹粉写了个英文字母：surprise！

惊喜。

原修目光斜侧，看到身畔有一架铁梯，紧靠墙面顺延而下，直通楼底。想来迈克就是从这架梯子离开的。

他将原修引上楼，自己却先行离开了，显然是要先他一步抵达决战圈，甚至还将这周围仅剩的一辆吉普车开走。

现在时间已经所剩无几，如果仅靠步行，原修是不可能在规定的时间内抵达决战圈，他必死无疑！

真是 surprise。

早前陆蔓蔓就警告过他，复仇没问题，但是一定要小心，他的对手是比狐狸和田鼠还狡猾的男人，一肚子坏水一肚子阴谋诡计，从不按常理出牌。

他可不懂什么君子之道，更不懂什么男人间的决斗。

果然应验了她的话，又被人当傻子摆弄了一道，原修嘴角撇了撇，从背后取下 98k。

同样的错误，他不会允许自己犯第二遍。

枪快速架好，原修换上了倍镜，紧盯着正飞速离开的迈克。

太远了，虽然还在狙击射程之内，但是距离太远，即便从放大的倍镜来看，也只能看见一个圆圆的点，那是露出敞篷车的迈克的头。

原修的心，随着他渐渐远去的身影，揪紧。

如果换成是陆蔓蔓，这一枪肯定能稳稳命中，百步穿杨的实力，并不是每个人都有，原修自问，他的射击命中率，达不到陆蔓蔓的程度。

第一枪，打在吉普车的窗框上，红色的弹粉，宛如一记警告，迈克的脸色沉了下来，猛踩油门，加速离开。

他的女朋友真是太行了，相比之下，这个男朋友当得还真是很没有面子啊，不过有什么办法，所谓的大男子主义，什么脸面，比起她的微笑而言，一切都是那么微不足道。

他选择了崇拜她，当然也要追逐她的步伐。

"砰！"

又是一枪，依旧没有命中，打在车后视镜上，惊得迈克车的方向都歪了。

观众不觉屏住呼吸，顾折风嘴里的薯片都忘了嚼，紧盯着屏幕，抱着李银赫的手臂，怔怔地喊："加油啊，队长。"

原修沉着地重新填上一枚子弹，瞄准了开S路线的迈克。

西边吹来一阵微风，轻轻地拍打在脸上，带着盛夏潮湿微润的触感，于是原修的瞄准镜，微微侧移。

最后一次机会，如果无法命中，他将永远失去和迈克对战的资格。

永远……是他的手下败将。

那一枪终于射出，西侧的微风送着偏移了弹道的子弹，射向S线无规则乱撞的吉普车以及车上拼命隐藏躲避的猎物。

"砰！"

画面镜头迅速切换，无人机从头顶盘旋而下。

观众能够真真切切地看到，那枚子弹稳稳打在了迈克的后脑，爆出红色弹粉痕迹。

一声尖锐的刹车，迈克从车上狼狈扑下来，往前踉跄了几步。

他被淘汰了。

天台之上，原修放下枪，与迈克遥遥对视。

原修逆着光，身体的边缘嵌出一道光晕，看不清神情，居高临下地遥望着他。迈克只觉有些喘不上气来。

这男人，进步实在太过神速，与初次见面的慌张和恐惧，判若两人。

而他也没有料到，原修居然用狙击也会用得这么好，原修难道不是打近战的前锋队员吗？

失策了。

迈克愤愤不平，冲原修比了一个割喉的动作。

只不过这个动作已经不再是挑衅，更多的可能含有情绪的宣泄。因为失败者，是没有资格挑衅的。

陆蔓蔓看到通讯腕表上传来提示音，迈克被淘汰，她忍不住惊呼，兴奋地挥了挥拳头，加快了脚下步伐。

虽然知道，原修会去找他复仇，但是没有想到真的会成功。念及此，其实她心里还蛮多愧疚，作为女朋友，应该要无条件相信他一定可以啊。

嗯……可能她还不是那种无脑吹的女朋友，虽然她很想当个原吹吹，不过还是要等他再提升提升才可以吧。无论如何，这一手打得非常漂亮，等比赛结束之后，她要奖励他一个爱的 kiss。

劳伦斯被干掉，迈克也被淘汰，整个狮虎队就算得上是大势已去，剩下的两名年轻队员可能心态有点绷不住了，甚至决战圈都还没进去，就被火速收拾掉。

比赛结束，这一战，X 全队无一伤亡，大获全胜。直播平台前每位中国竞技粉都沸腾了，热血了。这场比赛，讲真的，没人相信 X 会赢，尤其是在顾折风和李银赫都不上场的情况下，带两名新人女队员上场，居然会赢，简直跌破所有人的眼镜。

这一场的 MVP 当之无愧给了人头最多的 M4。

陆蔓蔓率先干掉劳伦斯，让狮虎队军心大乱，而原修击杀迈克却是决胜的一步。

无论如何，这场比赛的胜利绝对是属于 X 全队。

胜利的音乐响起来，陆蔓蔓和原修几人重新会合决战圈，她直接跳到他身上，欣喜若狂。

原修稳稳接住她，脸上挂着无奈的笑意，这会儿倒不怕粉丝转黑了？

粉丝们当然不会去计较陆蔓蔓和原修的亲密举动，比赛胜利的消息已经足以让他们宽容队员们所有的举动，毕竟这真是一件值得高兴庆贺的大喜事。

原修索性抱着陆蔓蔓走出了营区，场外场内，欢呼声层叠起伏。

属于胜利者的欢呼，格外悦耳动人，看着陆蔓蔓脸上挂着的笑意，那一刻原修突然明白，比赛胜利的意义。

这就是胜利的意义。

什么梦想，什么情怀，只要那些对你寄予厚望的粉丝们能开心，他的 W 能开心，比什么都更让他满足。

狮虎队横扫了整个中国竞技圈，本来可以满载回国，不过最后阴沟翻了船，队员们垂头丧气，也体会了一把当初 X 战队输掉比赛时那种难受滋味。

当然，除了劳伦斯。

在颁奖典礼结束之后，陆蔓蔓不见了踪影，会场门口拥堵了不少粉丝，依次排队找各自偶像要签名。

原修签了几本便放下了笔，左顾右盼寻找某人。

没参赛却也跟着过来凑热闹的李银赫，正在和潮妹儿粉丝拗造型拍照合影，原修问他道："你老大呢？"

"她和老男人鬼鬼祟祟进小黑屋了。"李银赫随口说。

原修一把将他衣领拉过来："嗯？"

李银赫连忙解释道："哎呀，就是狮虎队那个老男人，刚刚她跟他进房间了，有事说。"

"他说的是劳伦斯·李。"任翔笑着说，"他刚刚整个颁奖礼都心不在焉，眼睛老盯着人家M4小姐姐，看样子，M4妥妥收获迷弟一枚，没跑了。"

阿横挠挠头："他把蔓蔓叫走，快半个小时了吧。"

任翔看了看手表："嗯……差不多。"

"这么长时间，两人干啥呢。"

任翔眼角勾了起来，故意道："孤男寡女，能干出什么好事。"

"我听说美国人都特别直接，要是喜欢了，可能当场表白。"

"何止啊，当场走一发都有可能。"任翔说，"我们小姐姐也是很能玩的噢。"

几人笑得颇有意味，瞅着原修，故意逗他。

原修却并不在意，走到任翔身前，手落到他皮带扣位置，"咔哒"一声，他淡淡威胁道："当场走一发？"

任翔立刻举起双手："我说的走一发，只是交个朋友！我们M4大队长贤良淑德，秀外慧中……"

原修松开了他，转身离开，任翔看了看自己身下，皮带已经让他解了一半了，这家伙跟M4学了一套好手艺，拆弹解皮带，贼溜。

展厅此时此刻已然空寂无人，光线暗淡，只在舞台位置打了一束追光。

排排长椅之下，劳伦斯穿着破洞牛仔和休闲T恤，随意站在幕布前，低着头。

不可否认，这种上了年纪又不算老的成熟男人，身上有股子味道，极具魅力。

陆蔓蔓钻进展厅，关上门，唤他一声："您好？"

劳伦斯回头，见到陆蔓蔓，挺直了腰腹，朝她走来："你好。"

"劳伦斯先生，您找我有什么事？"

"M4。"劳伦斯捻着这个名字："还是，我应该叫你W？"

陆蔓蔓面上不动声色，嘻嘻一笑："我是W的队长啊。"

还在装。

劳伦斯哼笑一声，也不在意，只说道："你应该知道我说的W，不是你口中的W战队。"

"中国只有一个W，不知道劳伦斯先生说的是哪位W呀。"

"我说的，是美利坚女神，微笑W！"

毫无疑问，他已经知道了。

陆蔓蔓嘴角依旧噙着微笑,只是这微笑,似有些勉强:"美利坚女神……"

"这个世界上,再也没有什么美利坚女神,没有微笑W,只有M4,中国的M4。"

劳伦斯看着她,湛蓝如宝石般的眸子掠起波澜:"你……真的不打算回来了?"

"我当然要回来。"陆蔓蔓说,"带着X的小子们,回来给他们点厉害瞧瞧。"

"你知道我说的不是这个,美联现在在走下坡路,上个月queen居然让欧洲联队打得屁滚尿流,丢脸至极。"

陆蔓蔓知道这件事,洲际赛从来是美联的天下,上个月却马失前蹄,让欧洲联队拔得头筹。这件事震惊了全世界,甚至有不少新闻媒体发表评论,自W离开之后,美联荣耀一去不返。

陆蔓蔓淡淡一笑:"美联强队强手如云,可不是一个W就能决定什么,别把她神化了。"

"但是queen输了比赛,这是事实。"

"乔星野为人刚愎自用,queen在他手里,我不认为能比过去更好。"

劳伦斯深深地凝视陆蔓蔓:"即便离开queen,相信美联还有很多强队愿意向你投来橄榄枝,为什么是X?"

为什么是X,这个问题,陆蔓蔓也问过自己。

答案其实很难确定。

"退役的那天晚上,我喝了点酒。"她垂着眸子,声音喑哑,"最难过最茫然无措的时候,有人送了我一件礼物。"

大概是那个时候,X镌刻在了心里,她也想送他一件礼物,一张通往世界舞台的入场票。

"真的不回美联了吗?"劳伦斯其实感觉挺可惜,如果W真的加入中国战队,与美联为敌,这绝对不是什么好消息。

"既然留下来,当然就不回去了。"陆蔓蔓微笑说,"我在这里也遇到了很好的队友。"

"不管怎么样,祝福你。"劳伦斯对陆蔓蔓伸出了手,"我很期待你回来的那天,乔星野那小子一定会后悔。"

陆蔓蔓挑挑眉:"他后不后悔,我并不是很在乎。"

"也是。"

虽然过去劳伦斯和她接触并不是很深,不过她的威名真的是如雷贯耳啊。

"不过美联一定会后悔。"

劳伦斯看着她笑得有点小邪恶的脸蛋,看来并不是谦虚小姐姐,白皙脸蛋泛着健康的红润血丝,娇俏眉眼勾着一股子任性和倨傲。

劳伦斯突然又要感叹光阴易逝了，如果他再年轻五岁，不，三岁……他一定会成为她最狂热的爱慕者和追求者。

"劳伦斯，这件事，要烦请你替我保密。"

"放心吧。"劳伦斯绅士地微笑，"这是你和我的秘密。"

陆蔓蔓从展厅出来，发现原修倚墙而立，孤零零，怪可怜的。

陆蔓蔓与劳伦斯告别以后，走到原修身边钩了钩他的手指头。

"回去了。"原修调子懒懒的，转身迈步朝走廊尽头走去，"大家都在等你。"

陆蔓蔓跟在他后面，又挠了挠他柔软的掌心肉："在门口等我啊？"

"嗯。"

"一定好奇死了。"陆蔓蔓笑话他，"又不能没礼貌地偷听，心里有只小猫咪挠痒痒，哎呀，我女朋友怎么和别的男人待这么久呀，好着急，他们在里面做什么呢，会不会把我绿了，好想偷听，嘤嘤嘤……"

原修突然顿住脚步，随即转身，手落在她的肩膀上，顺势一扭，她直接被他按在墙上，膝盖抵在她大腿根敏感位置。

猝不及防的一个"墙咚"。

她睁大眼睛望着他近在咫尺的脸："唔，干吗？"

"小话痨精不治不会老实。"

他说完，吻住了她的唇，轻轻地舔舐柔润的唇肉，略带一点点撕扯。

陆蔓蔓手搭在他胸口，推他，手却用不上什么力，浑身所有的力气都被他给吸走了。

"你别……"她摆脱他舌尖的纠缠，低声道，"会被人看见。"

"那就藏起来。"原修拉着她转身进了展厅，同时关上了门。

"原修，别……别这样……"

回应她的是一声轻笑。

陆蔓蔓觉得，自己的运气真不错，艾力克斯说，一定是上帝见她实在太能闹腾，怕她再这样胡冲乱撞，把天都戳个窟窿，所以才会把原修送到她的身边，治治她。

无所畏惧的陆蔓蔓，如今也有了害怕的人。

未来可期
第六章

这次比赛 W 和 X 战队大获全胜，尤其是陆蔓蔓对战劳伦斯那一拨操作，让国内战队开始把目光投注在一些女选手身上。

星火、灰狼和 π 战队率先在官微上放出了招募女性选手的公告，而陆蔓蔓接到一封来自迟绿的邮件，告诉她，她已经转正了，成为正式职业队员，在下个月的夏季赛上，还会作为首发队员上场。

虽然并不是很想承认，但她还是向陆蔓蔓表示了服气和谢意。

总而言之，这次狮虎队风波的的确确是让中国战队感受到压顶的绝望，但也看到了希望。X 战队能赢，这就是希望。

国内战队并不认为自己比 X 战队差到哪里去，X 战队能赢美联强队，他们也能。

于是，中国的职业竞技圈开始了一场自内而外的大改革，无论是训练方式还是队员的招募条件，都有所改变。

这是很好的开始。

全球 S 系夏季赛在八月中旬如火如荼打响了，这也是陆蔓蔓期待已久的杀回美联复仇的绝佳机会，如果错过这次全国赛，可能就要等到明年了。

为了这次比赛，俱乐部特意召开了一次大会，会上决定暂时融合 X 和 W 两大战队，合二为一，共同参加全球赛。

全国的保送战队名额只有四个，在今年 CRLC 春季赛上表现良好的战队能拿到组委会的保送资格。

CRLC 比赛上陆蔓蔓和程遇是作为业余选手参加比赛，虽然表现优秀但是

还不成战队，W战队是后面成立，因此根本拿不到今年全球秋季赛的保送资格，X战队当之无愧成了保送战队之一。

杨沉的意思，是陆蔓蔓和程遇刚刚入队半年不到，再历练历练，等到明年全国赛，再让她们上场。然而陆蔓蔓还没有说话，原修第一个反对："她必须上。"

至于理由，原修没有说太多，反正就是一句话：她必须上。

这是她复仇的机会，折戟沉沙，她化身M4从头开始，从大学生联赛到CRLC春季赛的业余选手，再到正式的职业比赛……她一步一步走到现在，为的就是这一天，她能披荆斩棘重返美联，再度向全世界证明，微笑W的时代不是过去，就是现在！

而原修，他要在她重返荣耀的这一天，与她并肩而立，这是他最终的梦想。

董事会的Boss李是原修老爸最好的朋友，私底下他可能比亲爹还疼爱原修许多，所以无论他提出什么要求，Boss李都是尽可能满足。

既然都要参赛，那行吧，就一起打比赛吧。

Boss李大笔一挥：战队合并。

X & W战队，华丽丽诞生了。

官微宣布两队暂时合并，等打完今年的全球夏季赛，再行定夺。

对此，粉丝们都表示支持，他们当然希望看到两队共同比赛的场面，新奇又紧张。

对于M4的实力他们不再怀疑，毕竟她可是带队打下美联狮虎队的强势队员，有她的参与，说不定中国战队真的有可能在世界名列前茅。

当然，世界冠军他们还不敢想，毕竟中国竞技发展至今，从来没有一支战队拿下过世界冠军。

这一次粉丝们抱的期望也不算太高，只要能够打进前八强，甚至打进前五强，那都是举国喝彩皆大欢喜的大好事了。

战队成立，赛程也渐次定了下来了，三周之后他们就要赶赴纽约曼哈顿参加初赛。队员们的训练日程越排越紧，由原先的每周两到三天休息日，变成了一天加半个下午，而训练强度也渐渐加大。

原修最近心情有点烦躁。

因为女神姐姐对他的态度好像渐渐转淡了，两个人现在怎么说都应该是处于热恋期，热恋期的情侣，只要有机会都要腻在一起，恨不得周围的世界缩小成一个小小的七彩泡泡，将两个人圈进去，然后时光永远定格，不再流淌。

陆蔓蔓以前经常在没人的时候问他要亲亲和抱抱，黏人得像只小奶猫，原修很吃陆蔓蔓黏他这一套，一声"修修，我要抱抱"能让他的心都融化成甜腻腻的奶油状。

但是现在，某人很少主动跟他要爱爱，甚至连亲亲和抱抱频率都大幅减少，原修觉得自己的恋情来到了前所未有的危险悬崖边，红色预警。

人家结婚有七年之痒，恋爱亲密期有七月一个坎的过渡，可是他和陆蔓蔓，这才多久啊，三个月不到吧，什么情况这是……

原修不能接受女朋友这么快就厌倦他，但是他又不好直接去问陆蔓蔓，一来男人的自尊心让他没办法直接开口问女孩为什么冷他，二来他自己都能预料，以陆蔓蔓的性格，如果真的是厌倦了并且还戳破了，她会毫不留情地分手……

原修犯怵啊，这要真是说破了分手，他怎么办，是轻松答应然后挥挥衣袖潇洒离开，还是把她按在床上……

嗯……第二个选项所面临的后果，可能会让他下半辈子生活不能自理甚至断子绝孙。

关于这个问题，原修经过一番思想斗争，还是决定请教经验丰富的任翔。

温暖的阳光透过磨砂的玻璃天顶，漫下橙黄的日影，射击场里，原修和任翔带着同样的黑色护目镜，同时开枪，同时穿透靶心。

任翔换下弹夹，对原修道："嗯，你确定你们感情没有出什么问题？"

原修笃定地点点头："她十分爱我。"

任翔嘴角抽了抽，心说这男人能不能别总是这么自信满满，自信过头就是自恋啊。

"如果感情没问题，亲密度却降低了，那就只有一个原因？"

原修摘下灰色护目镜，望向任翔："嗯？"

"性生活不和谐。"

原修："……"

原修："我们很和谐。"

任翔咧嘴坏笑："你确定？"

原修嘴角沉了下去："你在怀疑什么？"

任翔被他浑身散发的低气压冷得打了一个哆嗦，连忙解释："我当然不是怀疑队长大人的能力问题，但是你得知道，这种事情，可不是你一厢情愿，就能达到最和谐的状态，女孩子的生理结构是很复杂的……"

任翔的话，让原修陷入了沉思，但是他对这种事情是真的一窍不通，唯一的认知来自于小片里积攒下来的那些感官刺激，连干货都算不上。

任翔猜他也不懂这些事，于是当起了他的人生导师，循循善诱道："这种事不能蛮干，要有技巧，每个女孩身体结构不一样，有的女孩超敏感，但是有的女孩要稍稍迟钝了，你必须有耐心，文火微炖，不能心急。"

原修仔细倾听,用心把任翔的话全部记下来,而任翔也算是很够兄弟了,几乎倾囊相授,把他所有干货全部送给原修。

三天后的周末,原修戴着口罩出入了成人用品店,当天晚上他约了陆蔓蔓在海天大酒店7023号房见面。

陆蔓蔓主要担心两人的事情败露,现在根本不敢和他出入酒店。

然而在拒绝后的两分钟内,她收到一张照片,照片是某人站在酒店镜子前面的自拍照,上身麦色肌肤紧绷,下身裹着白色浴巾,八块钢铁腹肌配合人鱼线蜿蜒而下,没入浴巾之中。

而更令人窒息的是,陆蔓蔓敏锐观察到,水台边放着一根小皮鞭,还有各种稀奇古怪的玩具。

陆蔓蔓吓得手机都差点飞出去。

她在前台拿了房卡,一口气没歇,大步流星冲到酒店7023号房间。

房间窗帘全拉,光线幽暗昏沉。原修赤着上身,坐在正对面的沙发上,阳光在深色窗帘的散射下,在他轮廓间笼上一层淡金色光晕。

他逆着光,平静地看着陆蔓蔓,眼眸深邃而神情寡淡,完全不似待宰羔羊的模样,浑身气场强势,反而让陆蔓蔓有点犯怵。她无奈问道:"原修,你在干什么呀?"

原修淡淡回答:"勾引你。"

"……"

陆蔓蔓捂了捂额头,伤脑筋说:"天哪,你这样子勾引我……"

真是太色情啦。

原修坦坦荡荡,丝毫没有任何扭捏矫情。

"这样你喜欢吗?"

陆蔓蔓甚至都不敢看他,捂着脸,眼神一接触到桌上的小鞭子,便如触电般挪开。

她小声说:"喜……喜欢,那个,你快把衣服穿上,当心别感冒了。"

原修站起身朝她走过来,她如临大敌,防备地连连后退,直到被他逼退到角落里。原修伸手扶墙,居高临下地圈着她。

这男人气场太强大,浑身上下散发着强烈的雄性荷尔蒙气息,如果是在动物世界,他一定是一呼百应的威猛雄狮。

陆蔓蔓紧闭着眼睛,不敢看他。

"你为什么要这样……"

"某人难道不觉得,她已经冷落我很久了?"

原修的炽热气息喷打在她的脸庞耳际:"我只有这样,才能勾引她和我上床。"

直白的情话让她耳根子都火烧火燎起来，红得宛如樱桃。

陆蔓蔓真是哭笑不得："最近训练强度大，我是怕你……唔。"

他已经封住了她的唇，一顿暴风骤雨的啃噬和撩拨，吻得她心猿意马正欲要求更多，而他却缓缓挪开，平静地凝望她。

"我不相信。"

陆蔓蔓的目光避开他那让人血脉偾张的腹肌，不知该挪向何处。

"你说什……什么？"

"你还爱我，我一直这样告诉自己。"原修退回到床边，穿好了上衣，"即便你总是推三阻四，即便你不再主动拥抱和亲吻我，我依旧告诉自己，你还爱我。"

陆蔓蔓的心宛如被钢针给狠狠刺了一下。

"你还爱我，可能只是有点厌我了，也许保持距离会比较好，是不是？"

他声音有点哑，眼神还有点小受伤。

保持距离的确是她的初衷，但绝对不是因为厌倦他，她只是不希望他因为自己而失去现在拥有的一切。

"原修……"陆蔓蔓走近他，冰冰凉的手指尖，轻轻抚摸他的下颌，然后缓缓抬起他的脸。

她俯身，用自己的眉心与他紧贴。

"你不用这样。"她轻轻吻了吻他干燥苦涩的唇，"不用勾引什么的，我爱你啊。"

原修突然委屈起来，声音嘶哑："我昨天听到你和艾力克斯讲电话。"

陆蔓蔓的亲吻突然顿住，皱眉。

"你……听到了？"

"不是偷听。"原修解释，"你在阳台讲电话，我也在楼下的阳台抽烟，我想走，但是听到你说我的名字。"

陆蔓蔓："……"

"去曼哈顿比赛，女婿和岳父应该是要见面吧，我猜艾力克斯的意思，是希望我能去家里住，可是被你拒绝。"

"哎……"

昨天在电话里，艾力克斯的确提到，希望见见陆蔓蔓的朋友们，最好让未来女婿住到家里来，陆蔓蔓觉得这样非常不妥，外媒狗仔比中国娱记更加可怕，为了挖新闻那是使劲了浑身解数，陆蔓蔓不敢冒这个险。

所以随便诌了个借口打马虎眼过去，等等，她诌的什么借口来着，让她想想，对了……

她说的是："我和原修感情还没那么稳定，现在一切都不好说，这次就不要见面了,以后再说吧。"

陆蔓蔓:……

虽然说不是偷听,这本质上还是偷听嘛。

陆蔓蔓看着原修,内心忐忑,原修同样平静地凝望着她,似乎在等她的解释。

她讨好地用自己的鼻尖刮了刮原修脸颊的肌肤,柔声安抚:"我乱说的,你别多想。"

"我们在一起没多久,你有这种担心可以理解。"

原修这个时候又变得善解人意起来,带着某种置气又任性的调子:"和W在一起,是原修高攀。"

他坐在窗边,陆蔓蔓挤进他的大腿里,手搭在他肩膀上,居高临下地望着他,哑然失笑:"高攀?"

"一直都是我在单方面喜欢你,单方面追求你,你或许觉得我挺有趣,又或许已经习惯了我们的相处模式,觉得可以在一起试试。"

他低垂着眼睑,平静地说出这一番话来:"我现在什么都不知道,都不确信。"

爱情啊,真是让人卑微到尘埃里的东西,即便是骄傲如原修,竟然也会有这样茫然无措的时候。

陆蔓蔓突然咻咻地笑了起来,原修抬起眼皮,不解地看着她。

她弯下身,坐在了原修的大腿上:"这样,攀到女神姐姐了吗?"

……

微风撩动着窗帘,丝丝的凉意漫入房间,几番酣畅淋漓,原修几乎是用了浑身解数,按照泰迪教给他的方法,总之一定要伺候周全。

那天下午,直到确定了陆蔓蔓的告饶是真的已经快不行的那种,他才肯放过她。陆蔓蔓是真的被他弄哭了,抽抽泣泣指控他欺负人。

他心里还委屈呢,前段日子冷落他,现在他把自己打包成肉粽子千里送,这样才把她勾引到手,连日的压抑尽数释放,再多几次都没问题。

两个人在床上黏腻着,陆蔓蔓光着手臂哗啦啦晃着镣铐,蜷在他臂弯里笑个没完。

刚刚原修还挺大方,现在估摸着身体空了,也开始心虚害羞起来,抢过镣铐往被窝里藏着,不准她看。

"别笑了。"

陆蔓蔓还是在笑,原修这下子是真的脸红了,掰着她脑袋死命往自己后脑勺摁,陆蔓蔓靠着他坚实硬朗的胸部,笑个没完。

"看不出来你还有这么骚的一面。"

原修使出了最后的绝招,直接扒她裤子,这下子陆蔓蔓不敢笑了,强忍着,靠在他肩膀上。

"你以后别这样了。"

"你不喜欢?"他垂下眼睑看她。

"喜欢。"她在他胸前画着圈圈,"不过口味有点重。"

"……"

"现在可以告诉我,为什么冷我,嗯?"

陆蔓蔓抬起头,吻了吻他的下颌:"比赛是第一原因,还有……"

她想了想,终于说道:"没有啦,就是担心影响比赛,毕竟一年只有这一次。"

"是吗?"原修半信半疑。

"总之你不要多想,如果我厌倦或者不喜欢你了,我会直接跟你分手,不会冷着你或者吊着你。"

原修仔细想想,其实应该是这样,以陆蔓蔓雷厉风行的性格,如果真的不喜欢了,会干脆利落地分手。

原修现在餍足之后,大概心里也有点嫌弃自己多心,东想西想一点儿都不爷们,她是多重视这一次 S 系世界赛啊,这是她的翻身仗,只许胜不许败。

他居然还在娘娘唧唧跟她磨蹭这点子破事。

原修越想越觉得,自己真不爷们,非常不爷们,就像个黏人的小媳妇一样,黏着他女神。

不会被嫌弃吧?

为了在陆蔓蔓面前重新变回男人,原修趁她恍恍惚惚睡着之后,钻进被窝里做了点坏事。

然后,陆蔓蔓持续尖叫了半个小时。

"艾力克斯,还有两周我就要回来了,我会把原修带回来,你们见见面。"

"不是,不是之前关系不稳定现在又突然稳定了。"陆蔓蔓看着赤着上身优哉游哉倚在阳台喝咖啡的原修,想到刚刚被窝的惩罚,她哆嗦了一下子。

害怕,瑟瑟发抖。

"总之我会带他回来,没有没有,我没有劈腿,啊啊啊你们乱想什么?"

"不是!生活也很和谐!不要乱想,啊啊啊。"

陆蔓蔓赶紧挂掉电话望向原修,叹息一声:"我的家长们喜欢开玩笑。"

原修走过来将她兜进自己的身体里,环着她:"所以你要向他们好好解释,我们的生活到底和谐不和谐。"

"我已经解释了,说会带你回家。"陆蔓蔓的手软嗒嗒趴在他灼烫的胸膛

位置,"你就不要胡思乱想了,后面我们也不要这样,好不好,一切等比赛结束。"

比赛结束尘埃落定,未来……可期。

原修重重点头,抱紧了她。

漂亮的怪阿姨
第七章

晚上，原修躺在陆蔓蔓的粉色草莓蕾丝床上看书，顺便告诉她一个有点可怕的消息，母上大人想在世界赛之前，见见她。

陆蔓蔓正在打游戏，闻言立刻跳起来，捂着胸口连连后退，表示受到严重惊吓。

"是这样，我们中国人讲究礼尚往来。"原修放下书，一本正经告诉她，"去曼哈顿要见你爸爸，去之前，是不是应该先见见我妈妈？"

陆蔓蔓吓死了："完全、完全没有心理准备啊。"

"嗯，那你现在可以准备准备。对了，提前告知你，我妈妈她……"

原修欲言又止："算了，应该没事。"

陆蔓蔓见他犹豫，问道："有什么就说呀。"

原修想了想，说道："母上大人有时候不按常理出牌，不过你们第一次见面，应该不会太夸张，长辈还是得有长辈的样子……"

陆蔓蔓："……"

听他这样说，陆蔓蔓更害怕了，跳到床上横跨在他粗腰上，抱着他撒娇："修修，人家害怕，可不可以叫妈妈不要过来。"

原修面不改色心不跳，修长指尖翻动书页，平静说道："如果母上是这么听儿子话的女人，我就不用担心了。"

"那……那你就告诉她，说我……说我生病了，实在不行，提前去美国了也成。"

原修宽厚的大掌，撑住陆蔓蔓的肩膀："别怕，不是洪水猛兽，我妈妈温柔善良，就是有点……怪阿姨……应该没事，别担心。"

陆蔓蔓心头犯怵，她没有妈妈，更不知道该怎么和妈妈相处，她摸摸自己的脸："修修妈咪会不会不喜欢我啊。"

原修挑眉打量她："虽然胸小屁股小，脾气还挺冲，嗯……仔细看起来，好像眼睛还一个双一个单。"

"……"

牲畜市场挑驴子吗？

"修修妈妈如果不喜欢我，会不会直接甩几张卡在我身上，然后高贵冷艳让我离开你。"

原修说："你尽量保持日常状态，不用刻意注意什么。"

"真的吗？日常就好？"

"嗯，你的日常状态说不定会让她觉得这丫头模样儿还不错，就是脑子可能有点毛病，心一软几张卡就砸过来了，届时我们分赃。"

陆蔓蔓："……"

这时候能不能别损了！

因为不知道原妈妈什么时候会过来，必须时刻处于备战状态，于是第二天在搏击训练馆，队员们眼睁睁看着陆蔓蔓穿着一身前所未见的纯情阿依莲淑女小粉裙和细坡跟船鞋，头上扎着问夏天借的乖乖女款白丝带，把韩援翻来覆去一番吊打，虐了个爽。

顾折风吓得手上的西瓜都掉了。

陆蔓蔓在坚持淑女打扮就连说话调子都低了八拍的第三天，没有迎来原修妈妈，反而迎来了"大姨妈"。

果然有毒，按照日期应该还会推迟几天，难道是因为这几天矫揉造作地装样儿，连生理期都感应到她的女人味儿，急吼吼地上门拜访。

真是……难受。

队员们都去训练了，陆蔓蔓躺在自己软绵绵的小床上休息，感觉身下如浪潮一般波涛汹涌，她捂着肚子，肚子上贴着两片暖宝宝。

床头柜上放着保温杯，杯子里有原修临走之时给她泡的大枣枸杞水，喝了小半杯，感觉肚子没那么难受了。于是，她抱着保温杯，噘着嘴自拍了一张照片，美图美颜各种滤镜修饰之后，发了朋友圈。

"某人很贴心，感动。"

她的微信好友总共不超过十人，战队成员，夏天，老爸，还有杨经理。

半个小时之内，她陆陆续续收到评论和赞。

宇宙无敌可爱修：墙又裂了，傻瓜。

某韩援：哈哈哈哈求求你，别修图瘦脸了，被识破尴尬啊哈哈哈哈。

傻缺横：楼上……

一坨翔：某韩援又要挨打。

根正苗红顾折风：我姐就从来不修图。【鄙视】

大胸姐：认领楼上，抱歉打扰了。【揪耳朵】

班主任唠叨杨：看来最近训练强度不够，某些人还有时间刷朋友圈，哼，明天加负重环山跑。【暗中观察.jpg】

陆蔓蔓咯咯笑着，一一回复评论，还没回完，就接到老爸的视频消息，陆蔓蔓连忙点开。

画面中，艾力克斯穿着黑色背心刚刚从跑步机上下来，用白毛巾擦了擦汗。

"大宝贝蔓蔓。"

"艾力克斯老男人。"

"嘿，没大没小，看看你老爸新鲜出炉的肱二头肌。"

艾力克斯向陆蔓蔓展示自己健硕的肌肉。

之前他检查出脂肪肝，近段时间开始严格控制饮食并且坚持锻炼之后，身材又迅速恢复到年轻时候充实肌肉猛男状态，看上去完全不像年近五十的老男人，反而倒像刚刚三十岁的气质型男。

"哇……"

"厉害吧。"

"比我修厉害一点点。"

"嘿，那是肯定的。你老公看起来太瘦了，需要蛋白粉。"

陆蔓蔓撇撇嘴："我修穿衣显瘦脱衣有肉好吗，才不要练成健身房模特那种恐怖的爆炸肌肉，太可怕了。而且而且，那种肌肉都是催熟的，我修的身体是日积月累真枪实弹练出来的，如果真要杠起来，那些假肌肉完全不会是他的对手，分分钟被他撂倒。"

"行行行，你修最厉害，等他退役之后，老爸高薪聘请他来给你路易斯老爸当保镖。"

"嘻嘻，当保镖还需要聘请吗，只要小姐姐一句话，我修……等等，为什么路易斯老爸需要保镖？"

陆蔓蔓敏锐察觉到不对劲。

"啊……"艾力克斯也呆了一下子，然后说，"我开玩笑的啦，什么保镖，没有的事。"

陆蔓蔓皱起眉头来："现在几点了。"

"美国时间晚上9点。"

"路易斯还没有回来吗？"

"嗯，今晚有应酬，听说是日本来的几个生意人，需要陪着。"

"爸，是不是有人又骚扰你们了？"

"没有的事，别瞎想啊，曼哈顿很安全。喏，你老爸回来了，你看。"

画面镜头从阳台转过去，便看到路易斯的黑色劳斯莱斯幻影系列车从街道尽头驶来，打了个弯，缓缓驶入地下车库中。

陆蔓蔓皱起眉头，犹疑问："真的没事吗？如果有事一定要打911，知道吗？"

"知道啦，我还不知道打911吗，还要你这丫头教我？"

"哼，你这人，你和路易斯一样，就是宁愿死撑，打落牙齿和血吞也不会愿意报警。911本来就应该是为你们服务的，你们是纳税人，怕什么，而且同性婚姻关系前阵子不是都合法化了吗。"

陆蔓蔓挂掉电话，感觉肚子没那么难受了，她随手拿起原修的GRE练习册，坐在飘窗边，开始批改他的英语作文。

原修英文很棒，作文没什么大问题，文从字顺，就是有些词汇用的不大地道，改成俚语可能会更好，她用不同颜色的笔标注下来，然后写上修改意见。

几分钟后，她抬起头望望窗外，做沉思状，恍然发现有个漂亮大姐姐站在别墅外面，朝房子里探头探脑。

鬼鬼祟祟。

大姐姐穿着藏青色条纹阔腿裤和黑色单肩上衣，戴着墨镜和遮阳帽，DEREK LAM绑带高跟鞋踢出一身熟女时尚感。

陆蔓蔓不由得看呆了。

程遇已经是陆蔓蔓见过性感熟女风比较成功的典范，这位姐姐看上去，气质更加稳重而内敛，是由内而外的成熟优雅。

她一靠近院子，小甜心就激动起来，同时扬起了前脚掌让身体站起来，如果不是被绳索拴着，它就要朝她扑过去了。

她指尖竖在嘴边，冲小甜心"嘘"了声。

陆蔓蔓连忙出言提醒她："你不要靠近它噢，它对陌生人很凶的，当心被咬着。"

大姐姐发觉被发现了，索性大大方方地冲狗子吹了一声口哨，小甜心嗷嗷叫了两声，吐着舌头死命摇尾巴，尾巴都要摇断了。

呃……好吧，小甜心一贯喜欢漂亮姐姐。

大姐姐摘下墨镜望向陆蔓蔓，她趴在种满雏菊的窗台边，穿着卡通小睡裙，头发柔顺地别在耳后，一双幽黑的大眼睛眨巴眨巴，肤白胜雪，唇色嫣红莹润。

宛若瓷娃娃一般精致的女孩啊，难怪臭小子会把持不住。

不过，这女孩的模样，还有凝眉的神态，却让她想起一位遥远的故人。

应该……不至于吧。

陆蔓蔓趴在窗边，问她："你是粉丝吗？"

"不是。"她说，"我迷路了。"

"噢，这边是很绕的，你沿着前面这条路往前走到尽头右转，再左转，直走三百米，再右转就能看到出口了。"陆蔓蔓耐心地给对方指路。

"我知道怎么出去。"

"那……"

"我饿了。"

"……"

陆蔓蔓怀疑地说："如果姐姐是来 gank 基地的粉丝，现在不是时候噢，他们都训练去了。"

"你为什么不去训练呢？"

陆蔓蔓抿嘴笑笑："我今天休息。"

"噢。"

"姐姐你快回去吧。"

"我饿了。"

"……"

大姐姐笑眯眯地问陆蔓蔓："我能进屋坐坐吗？你帮我弄点吃的。"

"……"

陆蔓蔓踟蹰道："我家队长临走的时候说，不能放陌生人进屋。"

"你家队长。"大姐姐殷红的嘴角勾起一抹笑，"这么听他话啊，好乖的女孩。"

"唔。"

其实没有那么乖，大部分时候都是她把队长骑在身下痛虐，当然这种事不能让别人知道。

"你真的很饿吗？"

大姐姐捂着肚子连连点头，柳叶儿眉往中间聚拢，凝起小山丘："姐姐没吃午饭，好可怜。"

"那……你就站在院子外面，我去给你弄点吃的。"

"小姑娘人美心善，讨人喜欢。"

"嘻嘻。"

陆蔓蔓去厨房溜达一圈，冰箱里还有些水果和早上剩下来的全麦面包，可是都已经凉了，她索性打开火煮了一碗清水面条。

陆蔓蔓从不轻易下厨，不过不可否认，她手艺是相当不错的，艾力克斯和路易斯都不会做饭，不过陆蔓蔓的厨艺似乎天成，虽然她犯懒很少弄，不过艾力克斯总说，她的厨艺一定遗传自她的中国母亲。

都是虚无缥缈的事情，陆蔓蔓不会去深究。

香喷喷的面条端出来，陆蔓蔓锁好了房门之后，便请大姐姐到院子里的小木桌边坐下来，大姐姐取下遮阳帽和墨镜，陆蔓蔓这才近距离地看清她的容貌。

她眉眼间线条狭长，眉峰很高，却并不给人一种锐利的感觉。她神情柔和似水，眼角绽着不自觉上扬的微笑，极具亲和力。睫毛很长，扫下来能遮盖大片眼睑，这一点倒是和原修有几分神似。

这边没什么人，大姐姐也就放开了，她敞着腿呼噜呼噜吃面条，和陆蔓蔓一样，半点不讲淑女气质。

注意到陆蔓蔓盯着她看，她抬头笑问："看什么呢？"

"姐姐好漂亮啊。"

这话说进了施纯如心坎里，她最喜欢听人夸她漂亮，不仅如此，一声姐姐，更是叫得她心花怒放，对陆蔓蔓的好感度噌噌上涨。

"丫头，你和我的一位故人朋友长得很像，我见着你就觉得亲切。"

"咦？"

"是我大学同学，我们以前大学的时候，经常一块儿翻墙出去玩，趴在寝室阳台冲路过的男生吹口哨，还一块儿逃课……"

回忆起过往的青春岁月，施纯如脸色带了几分愁色："那个时候啊虽然喊口号，讲恋爱自由，但有时候自由过了头，其实也是作孽……"

施纯如突然顿住，眸间哀伤之色一闪而过。

陆蔓蔓看不懂她复杂的深情，只觉得那双榛色的眼眸中仿佛包蕴了万水千山。

施纯如吃完了面条，又看了看手表的时间，对陆蔓蔓说："丫头，手艺很好啊，姐姐吃得很开心，谢谢你啦。"

"不谢。"

"那我明天再来找你玩哦，我住得不远，一个人在家里实在太无聊了。"

"嗯。"

"明天我把我朋友的照片带你看看，你就知道自己和她多像了！"

"噢，好哇。"

看着她离开的情影，陆蔓蔓有点摸不准这位怪姐姐的底细，看起来好像不是粉丝，走到她家院子门口要了碗面条吃，吃了就走，这算什么呀，看姐姐的穿着又不像骗吃骗喝的乞丐……

晚上队员们回来，陆蔓蔓踟蹰了很久，还是决定不要把今天交到新朋友的事情讲出来，以她家队长的性子，肯定不会同意她和这样一位不知来历的怪姐姐交往。

关键是怪姐姐这样子和她掏心窝子讲话，追忆过往大学时光，一颦一笑，眉目真诚，就像朋友一样，实在很难让人怀疑她会有什么企图。

陆蔓蔓自觉自己的感觉还是挺准的，她应该真的只是无聊，所以在这边随意闲溜达。

陆蔓蔓窝在沙发里，肚子上放着原修灌的热水袋，正拿着手机和顾折风双排玩游戏。

任翔见状，不禁感叹："女人真好啊，每个月总有那么几天，可以理直气壮不用训练，还能让队长鞍前马后贴身伺候，几辈子的福气啊。"

陆蔓蔓望向厨房，隐约能见原修忙碌的身影。今天周阿姨家里有事请假，原修回来的路上去菜市场买了只老母鸡，现在正在厨房炖老鸡汤。

"我修真贤惠啊。"陆蔓蔓说着放下了手机，穿上拖鞋朝厨房走了过去。

顾折风气鼓鼓望向任翔，骂道："好好打游戏，提什么队长。"

任翔一脸无奈："怪我喽。"

陆蔓蔓走进厨房，顺脚一钩，关上了房间门，从后面抱住原修高大的身躯。男人腰身挺拔，脸贴在他的背上宛如贴着一块热乎乎的钢板。

男人正拿着锅铲搅动砂锅里的鸡肉，香喷喷的鲜美热雾腾在厨房上空。

"修修。"她撒娇似的喊了他一声。

原修盖上砂锅之后，洗了手，用毛巾擦干净手背，随即回过身来，将她整个抱起来。靠在灶台边，他像抱女儿一样，抱着她，低醇的嗓音淡淡地"嗯"了声。

生理期的女人雌性荷尔蒙散漫出来，味道总是不一样，黏黏糊糊，妩媚动人。原修感觉，陆蔓蔓此刻浑身上下那股子娇憨的女人味儿都要爆棚了。

她就窝在原修的颈项位置撒着娇，原修心跟着融化。

"现在别闹，不然待会儿可能会尴尬。"

"唔！"

陆蔓蔓立刻停止了动作，她大腿就夹在他腰上，当然知道所谓的"尴尬"是什么。

嘿，大家都在外面呢！

于是，她乖乖从他身上跳下来，踮起脚尖亲了亲他的脸颊："谢谢修修照顾我。"

看着小丫头撒欢儿跑出去的背影，原修摸了摸被她亲吻的脸颊，突然有了种过去照顾小甜心的感觉。

小甜心生下来，老母狗就病死了，它从小身体积弱，原修用奶瓶给它喂羊奶。小狗怕黑怕孤独，他便将窝挪到自己的房间，晚上睡觉，脚丫子从床上垂

下来,小狗便靠着他的脚安心睡去。

漫漫长夜的陪伴,都是没妈的孩子,特别黏人。

原修觉得自己有义务照顾好他们。

漂亮大姐姐每天下午三点准时造访,每次小甜心都激动得嗷呜嗷呜叫,大姐姐对小甜心喊出"sweet, sit"的口令,小甜心立刻听话地坐下来,舌头哈着热气,兴奋地看着她。

陆蔓蔓说:"真是条小色狗啊,看见美女姐姐就这么听话。"

美女姐姐笑而不语,在陆蔓蔓给她端出热腾腾的清水面条之后,她从包里摸出一张泛黄的老照片给陆蔓蔓看。

"喏,这就是我朋友,你看看,跟你很像吧。"

陆蔓蔓好奇地接过照片,发现这张照片还真是旧啊,黑白的,泛了黄,页面却没卷边,上面镀了一层薄膜,可见主人之爱护。

照片里,三位女孩站在樱花树下,一位女孩留着长而直的直筒长发和齐刘海,另外一位女孩留着短发。

然而最左边直发女孩的脸,却被人用钢笔生生划掉了,即便是现在看来,依旧能感受到那重重的划痕中蕴含着多大的怒意。

陆蔓蔓并没有多问那个被划掉脸的女孩的事,毕竟这是人家的私事。

她只是惊讶地看着照片里正中间的大姐姐,与现在居然别无二致。虽然隐隐约约能看出岁月的痕迹施加在她脸庞上的那一份从容淡定,然而除了眉眼间的风姿余韵,丝毫看不出老态,她脸上连一丝皱纹都没有!

可是陆蔓蔓又绝对能够确信,这张照片里的女孩的穿衣风格,至少要往前推三十年!照片里青涩的长直发女孩就是现在的漂亮大姐姐!

施纯如指着那个时尚的短发女孩,神态兴奋:"你看,她像不像你。"

短发女孩穿着高腰喇叭裤配一件白T恤,外搭牛仔外套,随意不羁,挺像八十年代香港地区女明星的穿着。

她眼里眉间和现在的陆蔓蔓,还真有几分神似的感觉。

"她叫仲清,是我最好的朋友。"

陆蔓蔓好奇地问:"那她现在在哪里?"

大姐姐神色沉了下来,略带一丝怀念:"她去世了。"

"对不起……"

"没事,已经很多年了。"

陆蔓蔓踟蹰地说:"姐姐,我能冒昧问问您的年龄吗?"

施纯如脸上立刻挂起了春风和煦的微笑,收了照片:"你猜呀。"

"我猜……"陆蔓蔓盯着她看了许久,"我猜你今年不过三十……"

"哎哟，妹妹真是好眼力啊。实不相瞒，小姐姐今年刚好三十。"

"哇，姐姐好年轻啊！可是那张照片……看起来……"

"照片都是骗人的啦，就像现在的美颜相机一样，信不得。"

"唔……"

有点道理，等等，还是觉得哪里不对。

"小妹，你煮的面条真好吃啊。"

"姐姐要是喜欢，以后可以经常来找我玩。"

"好啊，我现在工作下班很早，下班之后就来找你玩，咱们当姐妹，你煮面条给我吃。"

"如果我在的话，当然没问题。"

"那再叫声姐来听听。"

"姐。"

施纯如好像真的很喜欢听陆蔓蔓叫她姐，陆蔓蔓心里偷偷猜测，她绝对不止三十岁，即便看上去很年轻，但那张照片做不得假，除非是特意走二十世纪八十年代风格的艺术照，否则她实际年龄应该更大。

不过这种大姐姐就喜欢听人家说她年轻，这不，一定要陆蔓蔓给她当妹妹。

"偷偷告诉你，你当我妹妹呀，我还白送你一个儿子呢。"

陆蔓蔓惊讶："您有儿子啊。"

"是啊，我儿子蠢得跟条狗似的，整一傻大个儿，特逗特调皮，经常被他爸揍得嗷嗷哭，我下次带他出来让你玩。"

"好啊。"

陆蔓蔓猜测她那"跟条狗似的蠢儿子"一定生得唇红齿白，是个团子小正太，毕竟这个姐姐都这么漂亮。

"妈！"

男人熟悉的声音骤然响起，陆蔓蔓的手猛地哆嗦了一下子，抬眸，只见几位队员站在篱笆墙外，汗水滴滴答答，黏湿了身上的迷彩服。

今天回来特别早啊。

原修拧着眉头走进来，施纯如无奈地笑了下："哎呀，我们崽崽回来了啊，这可真是……真是尴尬啊。崽崽，快来见见妈咪的新朋友，叫陆阿姨。"

陆蔓蔓："……"

原修沉着脸对施纯如道："我跟你说了多少次，过来之前要打电话，你能不能听话一些，再这样我真的要生气……"

"崽崽别生气呀。"施纯如莹润的红唇俏皮地噘了噘，"我本来就想过来看一眼，悄悄的，看一眼就走，不惊动陆妹妹省得吓到她，可是……"

施纯如压低了声音，偷偷附在儿子耳畔说："她和你过世的仲清阿姨实在太像了，我没忍住……"

没忍住，不小心就当了姐妹。

"这位姐姐，就……就是修修妈咪……"陆蔓蔓还有点凌乱，手都禁不住抖了起来，"那个……姐姐，不是，妈咪……"

原修："……"

众人："……"

"妈咪，我叫陆……陆蔓蔓……"她背着自己之前反复修改准备的自我介绍稿，"今年二……二十岁，我大爸爸叫艾力克斯，我小爸爸叫路易斯，大爸爸是艺术家，小爸爸是华尔街银行家，他们都是好……好人。"

她磕磕巴巴继续背："很高兴认识您，欢迎您去我的家……家乡纽约玩耍。纽约是美国第一大城市，有迷人的自由女神，有百老汇……我……我愿意给您当导游……"

施纯如歪着眉毛看着陆蔓蔓断断续续背诵作文稿，也没有打扰她，直到她万分艰难地背完，施纯如才低声对原修道："这个陆妹妹，刚刚还好好的挺正常一女孩，现在脑子就'瓦特'啦？"

原修："……"

众人："……"

陆蔓蔓都要哭了，知道自己表现得特别不好，委屈巴巴又叫了声："妈咪，我脑子没'瓦特'。"

"哎哟，这可怜见儿。"这一声妈咪叫得施纯如心尖尖都软了，上前就要抱抱陆蔓蔓，结果让原修拦开了。

他略带怒意说："她本来就紧张，为着你要过来的事几天晚上都没睡好，我让你来之前说一声，别吓着人家，你倒省事，瞒着我跟我小姐姐当起姐妹，得，还陆阿姨……谁脑子'瓦特'。"

原修心疼地护着陆蔓蔓："今天的见面非常不OK，纯如女士快回家，不然当心我告诉老爸。"

"臭小子还拿老爸压我。"施纯如戳戳原修的脑门子，"我亲妹子都还没说什么呢，你就叽叽喳喳一大堆真是啰唆死啦。"

陆蔓蔓渐渐平复了心绪，拉开原修的手，对施纯如道："姐……不是，妈咪，我之前不知您是修修妈咪，没有请您进屋，您……您别生气，快请进屋坐。"

施纯如得意地望了望原修，跟着陆蔓蔓进了屋："还是妹妹疼人，你这臭小子，哎，早知道当年我就生个女儿多可爱啊。"

陆蔓蔓回房间化妆换衣服，施纯如拉着原修悄悄说："小丫头下面可好吃了！你吃过没，哇，那滋味，我从来没吃过这么好吃的面条。"

原修暂时不想理她，冷冷道："没吃过。"

她还没给他煮过面条呢。

"那你下次可以叫她给你煮啊。"

"哼。"

顾折风端着茶盏走过来，一不小心脚底一滑直接摔了个惨。

"小心点啊。"程遇端着果盘从厨房出来，把他牵起来，"走路都走不稳，你几岁啊。"

顾折风耳朵根子都红了。

施纯如继续对原修说："臭小子以后可有福气了，这么好的小姑娘哎，跟我们家仲清一模一样，连性格都这么像，哎，看到她，我就想到仲清……"

原修心头还是不爽，怼了老妈一句："我小姐姐还小，纯如女士能别总说她和仲清阿姨像吗？"

佳人早逝，终究晦气。

原修虽然不迷信，但是他受不了半点对她不好的说辞。

施纯如眸色间略有隐痛，直到陆蔓蔓穿着阿依莲淑女小粉裙从楼上下来，施纯如脸上才重新绽开笑意。

"哇，妹妹好可爱呀。"

原修冷声提醒："你儿媳妇永远是你儿媳妇，变不成妹妹。"

施纯如轻拍了拍原修的后脑勺，然后叫陆蔓蔓过来坐："妹妹啊，我告诉你一个小秘密哦。"

陆蔓蔓理了理自己乌黑头发上的粉色丝带，淑女地坐在施纯如身边："嗯？"

"我们家崽崽的屁屁后面有一个胎记，红色的，像一只鸟儿，你看到了吗？"

陆蔓蔓茫然地问："在哪儿啊？"

"就在屁墩子上啊，很明显的。"

"咦，没有注意哎。"

原修："……"

完蛋，又被套路了。

施纯如突然跳起来，将原修压在沙发上一顿暴打："啊啊啊，你这个坏小子！骨子里坏透了，妈妈怎么教育你，啊，叫你结婚之前不准祸害人家！万一出人命怎么办，万一人家丫头将来不要你怎么办，还有啊，人家两个老爸你惹得起吗？"

这一番转折惊变看得边上的程遇和顾折风目瞪口呆。

这……什么妈啊，套路一环扣一环，防不胜防。

他们纷纷朝沙发上被暴揍得嗷嗷叫的原修投去同情的目光。

那晚，施纯如挽着陆蔓蔓的手和她聊天，陆蔓蔓叫她妈咪，叫得她心里酥酥痒痒的，真是个招人疼的小姑娘。

尤其是当她得知陆蔓蔓的母亲已经不在人世的时候，完全就已经把她当成了自家闺女，晚上还想留宿，和陆蔓蔓睡一个被窝彻夜长谈，原修坚决没同意。

"看一眼就差不多了，将来有的是机会给你看。"原修像揣着宝贝似的，偏偏不让老妈得逞。

施纯如离开的时候，跟陆蔓蔓挥挥手："小宝贝，下次再来找你玩。"

"妈咪拜拜。"

施纯如眉眼绽了花，恋恋不舍地离开了别墅。踩着今晚清清寂寂的月光，原修步行送母亲出小区。

施纯如一言未发，跟在原修的身后，踩着他的影子走。

不知为什么，施纯如突然就感伤了起来，用袖子擦了擦眼角，她低低抽泣了几声。

原修真是很无奈，几十岁的人了，还跟小孩子似的，眼泪说来就来。他回头轻轻拥抱他老妈，一搭一搭拍着她的背，声音宛如今夜月色般温柔：

"逝者已逝。"

施纯如的眼泪彻底决堤，她靠在原修的肩膀上号啕大哭，彻彻底底将这么多年的积郁和压抑宣泄了出来。

半个小时之后，原修陪老妈坐在花园的小板凳边，施纯如拿出那张泛黄的旧照片："崽崽小时候总是问妈咪，为什么照片上的这个阿姨的脸被划掉了，现在妈咪告诉你，这个阿姨，曾经是妈咪和仲清阿姨最好的朋友，她叫嘉和，然而现在，她是妈咪的仇人。"

"嘉和……"

原修念着这个名字，突然觉得很熟悉，嘉和嘉和……

他恍然大悟，这不就是与原家几乎可以算得上齐头并进的寇氏集团旗下的嘉和日化，前两年研发了一套亲民护肤品而广受好评。

而原修也很清楚，寇氏集团 Boss 寇琛，曾经是老爸最好的朋友，他的妻子名叫嘉和，是上流圈子知名的书香美人，温婉柔美，寇氏集团旗下的嘉和日化，便是以妻子嘉和为名，传为佳话。

寇琛和嘉和是商界一对令人称羡的璧人，他们的婚事曾经名动京城。

没想到这位嘉和美人，居然就是妈妈和仲清阿姨合照里这个……被划掉了脸的女孩。

他现在也终于明白，为什么原氏这么多年都不和寇氏合作，明明是首都两大商业巨擘,如果能够进行合作,那影响力绝对是一加一大于二。

可是并没有,原氏集团拒绝了所有来自寇氏的合作并购案。

难道是因为母亲和嘉和的恩怨?

母亲憎恨嘉和,所以父亲拒绝掉所有来自寇氏集团的合作,甚至不惜和曾经的好友寇琛反目成仇。

这些都是原修的猜测,但是他唯一知道的,是自己的父亲对母亲的宠爱,天上地下独一份。

爷爷以前还说呢,原家的男人没别的好,唯有一点,疼老婆。

……

原修沉默地倾听施纯如絮絮叨叨的讲述,那也是原修第一次这般近距离地感受母亲那段几乎称得上是热血八十年代的青春岁月。

施纯如在大学时期,有两位最好的朋友,一位是来自小县城工薪家庭的女孩仲清,另一位是来自书香世家的名门淑女嘉和。

三个女孩住在同一个寝室,曾经被誉为是校花三姐妹。

那时候施纯如父亲下海创业,小有积蓄,暴发户之家。她性格嘛,完全是疯疯癫癫一丫头,按她自己今天说陆蔓蔓的话,就是脑子"瓦特"了,总是精分,喜欢演戏,即便是在生活中,也经常忽而间变成另外一个人,学校的话剧表演,常常会见到她的身影。

仲清来自底层,家庭条件不是很好,但也不算太差,父母工作忙,对她疏于管束,她在小县城宛如野草一般生长,性格泼辣而直爽,生性好动,还会跳时尚的踢踏舞。

而嘉和则完全不一样,来自书香世家,父母都是大学教授,对她管束严格,养成了她温婉的书香气质,在学校还是文学少女,经常在杂志上写点散文小诗,还会弹钢琴和绘画。

有才艺傍身,还生得美艳动人,三位女孩当初在学校可以说是风云人物,很多男孩追求。

施纯如古灵精怪像只孙猴子似的,经常做一些违反常规让人大跌眼镜的事情,有次翻墙出去玩,结果从墙上摔下来,砸中了原修那古板正经又严肃的金融系老爸原衍之。

孙猴子施纯如就这样被这位高冷严肃的学长收服了,一发不可收拾陷入热恋中。

而仲清爱上了当时张扬跋扈的坏男孩寇琛。

仲清胆子大,性格直爽,想追就直接追了。寇琛玩音乐玩摇滚,还组了个乐队,烫着爆炸头,是那种又帅又坏、张扬不羁的类型。

那时候流行"男人不坏女人不爱"这句话，学校里的女孩子们，也大都会被寇琛这样的坏男孩吸引。

当年仲清在寇琛演唱会之后，风风火火上台表白，表白之后，不等寇琛的反应，竟然还冲上去亲了他。

当时整个校园都轰动了，男孩们吹着口哨，女孩们尖叫着。要知道在八十年代，女孩们都还是修修涩涩含苞待放的模样，喜欢别人都不好意思讲出来。

像仲清这样，不仅大胆告白，甚至主动亲吻男孩，这简直前所未有！

出格的表白行动让仲清摘下了寇琛这朵盛开在悬崖边上的邪恶罂粟花。

全校每个人都知道，仲清喜欢寇琛，可是没有人知道，其实羞涩的嘉和，也喜欢坏男孩寇琛，甚至比仲清喜欢得更久，更深，是一见钟情的那种喜欢。

寇琛和仲清陷入疯狂的热恋中，她和他同样都来自底层，她很轻易便融入了他的摇滚圈子。

都是一群没人管的野孩子，放纵沉迷在所谓的摇滚梦想中，叛逆不羁，宛如野草，野蛮生长。

他们抽烟，打架，文身，甚至……上了床。

二十世纪八十年代不像现在，女孩子在结婚之前把自己交出去，绝对是出格之事，不容社会所接受。

可陷入热恋中的人不会管那么多，仲清和寇琛在窗户都生了霉，散发着陈腐气息的小出租屋内疯狂地索要对方。

梅雨季节，窗外淅淅沥沥的小雨绵延不绝，就像嘉和独自躲在厕所里断了线的眼泪一样。

毕业分配工作，嘉和因为良好的写作成了首都国企文秘，仲清成了城郊小学的语文老师。而纯如，好吧，纯如想当电影明星，压根没去分配的单位上班，而是跑到香港演艺圈鬼混了几年。据她自己说，还和哥哥张国荣拍过戏，当然她只是跑过哥哥的龙套而已。

摇滚少年寇琛也被分配到了国企，朝九晚五的职工生活让他感觉非常没劲，于是在 1992 年改革开放浪潮之下，他和当时最好的朋友原衍去了深圳，下海经商。

临走的那天晚上，他和仲清在小出租屋里，难分难舍。

他让仲清等他，等他回来便让她过上富贵好日子。仲清流着眼泪，说一定等他。

寇琛敢闯敢拼，那几年过的是刀口舔血的风云日子，码头扛包，天桥底下卖衣服，什么都干，风风火火一番闯荡，又有原衍之这位高智商金融才子时常为他指点一二，因此很快就发达了。

当寇琛成了万元户小老板回来，却发现小出租屋里早已空空荡荡，窗台上的藤萝依旧如初,却已经人去楼空,物是人非。

嘉和告诉寇琛,仲清出国了,她出国进修,并且在国外和别人好了。

寇琛发了疯一样寻找无果,他无法接受仲清的背叛,狠狠消沉过一段时间,而那段时间,是嘉和陪伴着他。

等到施纯如挺着大肚子从香港演艺圈败北而归,决定不再瞎折腾,安安心心跟着她牛哄哄的原衍之哥哥过少奶奶生活的时候,才发现,曾经最好的朋友仲清已经远赴重洋,不告而别了。

而仲清挚爱的男人寇琛,迎娶了她最好的朋友嘉和。

仲清的不告而别,嘉和与寇琛的结合……这一切都让施纯如疑窦丛生,尽管如此,她还是向好朋友表达了祝福。

然而,在嘉和与寇琛婚礼的第二天,施纯如接到一通来自美国的电话:仲清出了意外。

仲清是在躲避移民局追查的过程中,出了车祸而亡,虽然没有任何证据表明,仲清的出国与嘉和有关系。但施纯如还是把仲清的死,归咎在了嘉和的头上。

她们曾经是好到睡一张床的姐妹啊,她太了解嘉和了,这位心思深沉的"好姐妹",只要是对方想要的,会不惜一切代价得到手。

而仲清性格单纯,大大咧咧,从来不会算计别人。

这其间嘉和用了什么手腕,仲清又是为何出国,无人知晓,但是施纯如和嘉和却彻彻底底闹崩,姐妹反目。

连带着两个人的丈夫,原衍之和寇琛,曾经一起奋斗打拼的两兄弟,也渐渐地疏远了来往。

原修手里摩挲着那张泛黄的旧照片,照片里的三个女孩,母亲因为长年良好的保养和护肤,容颜与过往差别无二。

纯如和仲清勾肩搭背随意张扬地站着,而嘉和独自站在边上,手揾着裙子,温婉动人。

嘉和,原修记得小时候曾经见过这位阿姨,具体是在什么地方什么场景,他已经记不清楚了,模模糊糊的印象是,她说话声音很轻,很温柔。

虽然照片里嘉和的模样,已经被钢笔划花了,但是从她的姿势和身段来看,定是文静温柔的女人。

原修的目光,重新落到仲清阿姨的脸上,越看,倒真是觉得和陆蔓蔓眉眼间略有神似之处。

他突然抬头问母亲:"仲清阿姨是哪一年出国的?"

施纯如想了想:"1996年。"

"那妈妈知道,她出国之后,有过孩子吗?"

施纯如摇了摇头:"她出国之后,便和我们断了所有联系,我曾经托人去找过她,可是音信全无。"

不过她转而立刻道:"寇琛和嘉和是 1998 年结婚,而那一年,也是仲清出事的时间。其实我之前也想过,那小丫头会不会是仲清的遗珠。可是转念一想,仲清那样深爱寇琛,你无法想象,那种疯狂而炽热的爱情,就像飞蛾扑火,她甚至可以为寇琛豁出性命,我不相信她出国以后会结婚生孩子,绝对不信,一定是嘉和胡说的。"

原修无法去质疑母亲的判断,至于寇琛嘉和,那也是上一代的恩怨,他无心去评判什么。但是心里怀疑的种子却渐渐埋下了。

"对了,寇琛叔叔有孩子吗?"

"有啊。"施纯如冷哼一声,"今年高二,挺不省心的小破孩,听说因为打架还留级了两年,有钱有势在学校里当老大,跟当年的寇琛那是一个模子刻出来,叫什么玩意儿来着……噢,寇响。"

原修又漫不经心问母亲:"仲清阿姨姓什么?"

"她总让我们叫她仲清,不要叫她的姓氏,说自己和家里关系不好,才不要用家里人的姓氏,不过……"施纯如想了想,"好像姓陆。"

原修:"……"

她回来了
第八章

盛夏最燥热的中午时光，树梢间蝉鸣喧闹不已，扰得人心烦意乱。

几分钟后，女孩背着黑皮小书包从寝室楼里出来，步履轻快，模样乖巧。不远处的树荫道旁，任翔斜倚在车旁，没有了花里胡哨的潮牌服装和破洞牛仔裤，此刻的他穿着洁白的衬衫，褪去铅华倒是显出几分清爽，有点像青春偶像剧里干净的白衬衫男主角模样。

这是他按照夏天的要求，换了穿衣打扮的风格。

他揽着夏天进了宝马的车后座，空调开着，凉飕飕的冷气驱散了盛夏的炎热，夏天用湿巾纸擦了擦脸上的汗珠，然后从黑皮书包里翻出大堆物件。

"走的时候别忘了带上身份证护照，驾照，保险单。"夏天叮嘱他，"别丢三落四。"

"知道了。"任翔揽着她的肩膀，心猿意马地回应。

"这是几条新内裤。"夏天从书包里抽出两个大口袋，"我都给你洗好了，记得每天换洗，不准每天换一条扔一条，得洗，我每天晚上视频检查你。"

"啊咧！"任翔大喊，"你翔哥是那种内裤穿一条扔一条的懒汉吗？啊，居然这样说我，我要生气了！"

夏天笑了声，讨好地吻了吻他的下颌，顺手拉开他的皮带，往里面看了看，鄙夷说："新内裤吧。"

"哪……哪有。"

"反正我都数着，你的内裤有九条，条纹的两条，CK 纯色两条，还有卡通内裤三条，丁字裤两条，加上我买的这几条，一共十二条，少了一条我拿你是问。"

任翔惊悚:"你记这种东西干啥?"

夏天:"我见过一次的都不会忘啊。"

任翔:"……"

论拥有一个过目不忘天才女朋友是一种什么感受。

夏天继续叮嘱他:"内裤和袜子不准放在同一个盆子里洗,一定要分开噢,别懒,我会闻的,闻得出来噢。"

"……"

"知道啦,知道啦。"

"还有……唔……"

任翔堵住了她的嘴,低声絮语。

"我就中午这会儿时间溜出来,你还叽叽喳喳没完,咱们就没法办正事了。"

说话间,任翔已经将她抱在了自己腿上,迫不及待地要扒她衣服。

夏天推开任翔:"啊,大白天的,不要在车上。"

"车窗都关着,别人看不见,而且这时候暑假呢,学校鬼影都见不着一个。"

"不行,不行,不能这样……"

在这样局促的环境里,夏天很放不开,只好抱着他的脖子,安抚他:"不要这样,求你了。"

"哎……"

任翔受不了夏天的苦苦哀求,他脑袋往后一仰,闭上眼睛开始慢慢熄火。

"你真是……"

该拿你怎么办。

夏天重新整理了自己的衣领,又顺了顺头发,然后和他并排坐在车后座,牵起了他的手:"比赛打多久呀?"

"淘汰早就小半个月,如果能一直打进决赛的话,两个月整是少不了的。"

"噢。"夏天点点头,埋进任翔怀里,"那我是希望你们打久一点儿呢,还是希望你们打到最后呢。"

任翔叹息一声,一手握住了她的纤纤细腰,轻轻摩挲:"舍不得我夏天小宝贝。"

夏天吊着他的脖颈。

"不过这一次。"

任翔望向她,一本正经地说:"我有信心,我们一定会打出好成绩,去年止步于前八,今年……我们要拿世界总冠军。"

夏天惊呼:"可以吗?"

"可以。"任翔鲜少露出这般笃定而又认真的神色,"我会拼尽全力,这是我的梦想,是阿横、折风我们所有人的梦想,也是原修……"

也是原修最后的机会。

为着梦想而努力奋斗的时候,其实每个人都在熠熠发光,夏天眼中的任翔,此时此刻便光芒四射,那是她所可望而不可即的某种力量,她深爱他,同时也羡慕着他,羡慕他的洒脱和无所畏惧。

车里,两人没做别的事,抱在一起聊了很多,任翔口袋里几个杜蕾斯算是白买了,不过没关系,比起性事,他同样愿意和夏天聊天,两个人在一起,身体的交流很重要,当然心灵的交流同等重要。

两个小时的时光一溜而逝,夏天从车上下来,和任翔拥抱亲吻以道别。

"亲爱的好好打比赛噢,每一场我都会看。"

"别看啦,不是要考 GRE 吗,好好准备吧。"

"我要看!"夏天很固执地说,"你比 GRE 重要。"

任翔听着心里真舒坦,自己能在夏天心中的排位超过学习,那简直是莫大的殊荣啊。他将夏天狠狠往怀里砸了砸,然后毫不犹豫上车,生怕一回头又腻着舍不得了。

"走了,拜。"

午后温暖静谧的阳光中,夏天看着扬尘而去的车,沉沉叹息一声,背着小书包准备去图书馆。然而一转身,便看到不远处的树荫之下,母亲方成淑踩着黑高跟,穿着小西装和一字裙,面无表情地望着她。

方成淑小高跟踩得身形挺立而笔直,却不知在这炎热的夏日里,站了多久。

夏天在那一瞬,忽然觉得阳光无比刺目。

十多个小时的飞机,终于在次日的清晨,降落在了肯尼迪国际机场。

陆蔓蔓的老爸们早已经提前两个小时等候在了航站楼出口。

原修替陆蔓蔓拎着她的米色大拉杆箱,陆蔓蔓跟鸟儿似的飞在最前面,满心都想要早一些见到老爸,连厕所都来不及去上。

"啊啊啊!艾力克斯!"

"啊啊啊,蔓蔓大宝贝!"

陆蔓蔓冲破人群,朝着出口处的艾力克斯飞奔而去。

艾力克斯穿着休闲的白色印花 T 恤,身畔的路易斯则穿着规整的黑色阿玛尼西装,接完了女儿他还得去上班,虽然极度不情愿但也只请到上午的假。

陆蔓蔓直接将背上的小书包砸进路易斯手里,然后一跃而起扑进艾力克斯怀中,跟树袋熊一样吊着他颈项抱住了他。

艾力克斯被她撞得跟跄地后退两步,连连感叹:"哎哟,蔓蔓又重了,这一

天得吃八顿饭吧。"

"没有没有！最多五顿饭！"

路易斯在边上，拎着陆蔓蔓的屎黄色双肩包，有点吃醋："不是她重了，是你这家伙老了！"

陆蔓蔓脑袋拱进艾力克斯硬邦邦的胸膛里，使劲儿蹭，蹭着蹭着就蹭出眼泪来了："艾力克斯，想死你了。"

艾力克斯竟然也忍不住抹眼泪："老爸也想宝贝啊。"

路易斯在边上简直吃醋要吃大发了："你俩，差不多得了，这么多人看着呢，哭哭啼啼像什么样子。"

陆蔓蔓从艾力克斯身上下来，又走到路易斯身边，抬起头对她说："路易斯，我也想你。"

路易斯叹息一声，总感觉不对味，感觉自己好像被冷落了，完全没有对她艾力克斯老爹那么亲热啊，难道是因为自己过去对她要求太严苛的缘故？还是因为工作忙疏于陪伴孩子？

因为搞金融方面的工作，导致路易斯为人严谨，不苟言笑，看起来似乎还很高冷和不近人情。而艾力克斯是艺术家，平时就要洒脱亲和得多了，陪孩子的时间也要多得多。

在家里，他和艾力克斯对孩子的教育，他唱白脸，艾力克斯唱红脸。陆蔓蔓犯了错，总是他板着脸教训她，而艾力克斯就像个超级溺爱孩子的母亲一样，总是要护着她，甚至有时候还没有原则地跟着陆蔓蔓一起使坏，当她坚定不移的同盟者。

路易斯扎心啊，难道他对孩子的严肃教育，导致孩子都不敢跟他亲近了吗？

不过陆蔓蔓经常写信回来，收件人总是他，有时候遇到小困惑和迷茫，也会向路易斯寻求意见，路易斯总能开导她。

唉，他还是希望和孩子能在生活上多亲近亲近，而不是成为她严肃的人生导师。

"宝贝，和你路易斯老爸抱抱。"艾力克斯提醒陆蔓蔓。

于是，陆蔓蔓张开双臂，用力地拥抱了路易斯："路易斯，抱抱。"

拥抱只是转瞬即逝，还没等路易斯回过味来，陆蔓蔓已经松开了他。

他心里还是有点小失落，果然孩子还是怕他的啊，怎么办，必须要改变了，这样下去孩子总是不亲他，他晚景凄凉啊。

"路易斯，你是不是还要去上班？"陆蔓蔓察觉到他穿着那件最昂贵的阿玛尼西服，应该是要去见重要的客户。

"你快去吧，别耽搁了，有艾力克斯接我就可以啦。"陆蔓蔓体贴地说。

路易斯立刻决断："我不上班,我特意来接你们的。"

艾力克斯说："不是有日本来的客户,今天要签合同吗？"

路易斯烦躁地说："都谈了这么久了,让他们等两天又怎样,今天蔓蔓回家,我说什么也不能就这么走了。"

艾力克斯担忧地皱皱眉,欲言又止,终究还是什么也没说,回头便见陆蔓蔓的朋友们从行李传送带方向过来,他赶紧迎了上去："哇,这位宇宙第一丑的小伙子就是原修吧。"

艾力克斯迎上了穿深紫铅笔裤、骚气冲天的任翔,用力拍了拍他的肩膀,语重心长道："不会打扮没关系,身体好就行！"

陆蔓蔓："……"

任翔："爸爸好。"

艾力克斯："女婿好。"

艾力克斯又转向身边一言不发的顾折风,上下打量一眼："这位就是一身假潮牌的狗翔？"

"？？？"

因为要出国太兴奋的缘故,顾折风今天难得穿了他最得意的一件潮牌爆款长衫配闪闪亮的耐克运动鞋,虽然程遇叫他不要穿。

居然被当成翔狗,他气哭了。

艾力克斯转向程遇："这位是……"

程遇立刻道："我是夏天。"

"哈哈哈,程丫头真会开玩笑,看你这魔鬼身材怎么可能是跟陆蔓蔓一样的飞机场夏天？"

任翔要炸了！

艾力克斯转向阿横："不说话默默给大家伙提行李的,绝对就是红领巾小同志。"

"……"阿横更加不想说话了。

最后,艾力克斯才望向原修,还不等他开口,原修直言说："我是保镖。"

陆蔓蔓："……"

事实证明,艾力克斯只是在跟大家闹着玩,他早就看过大家打比赛的视频,能够非常准确地对应每位队员的长相和名字,尤其是原修,他是亲女儿的未来老公,他亲女婿,还能认错吗？

不过老爸的风趣幽默也很快就拉近了和队员们的距离,一路插科打诨,宛如一家人似的。

在机场停车场,任翔傻在了路易斯的劳斯莱斯幻影系车前。

他抚摸着车前身,痴迷地说道："曾经老爸答应我,等我高考考到年级前五十名就给我买的劳斯莱斯幻影,等我真的考到前五十名之后,却发现原来这只是我做的一场梦。"

他趴在车上神情悲怆:"我老爸就永远买不起的劳斯莱斯幻影。"

顾折风拍了拍他的肩膀,安慰道:"买得起,梦里就买得起了。"

任翔:"……"

路易斯拧着眉毛,见陆蔓蔓的朋友哭得这么惨,这么喜欢他的车,于是很大度地表示,可以让他试开一下。

于是,任翔兴奋地搓着手上了车,顾折风、阿横几个同样对车感兴趣的小子坐在后排,而程遇他们则上艾力克斯的奔驰车。

启动之前,顾折风再三提醒任翔:"可千万小心啊,你要是把人家这车给刮了,把你和你家夏天卖了都赔不起啊。"

"不存在。"任翔说,"我赔不起,我家夏天宝贝绝对赔得起,而且开车这种事嘛,主要讲的就是一个不要尿,不要觉得这是豪车你就小心翼翼害怕被刮,越是这样,你就越容易出事,我学车的时候教练总说,油门踩到底,胆子大起来……"

一脚油门踩下去,"哐啷"一声。

任翔猛踩刹车,众人身形前倾,稳住之后赫然发现,劳斯莱斯撞上了前面的车尾巴,虽然撞得不深,但也凹了下去。

傻了,追尾。

人没事,车伤了。

"妈呀……"

任翔握方向盘的手开始抖,声音都变了:"刚……刚刚发生了啥,我……我在做梦吧。对对,一定是我在做梦,都是假的都是假的,呵呵呵,我就说,哪来的劳斯莱斯幻影给我开啊,我想了这么多年都没见过,快醒来,妈呀,快醒过来啊。"

任翔坚决不肯承认现实,顾折风提醒他:"你开着陆蔓蔓大爸爸的劳斯莱斯,撞了她小爸爸的奔驰,你好自为之。"

从前面那辆奔驰车上气势汹汹下来的人,正是一脸阴郁的陆蔓蔓。

任翔开着路易斯的豪车撞了艾力克斯的豪车,这一撞,把保险公司撞哭了。

即便有倒霉催的保险公司加持,任翔还是得赔一小部分钱,这一小部分钱只是对于豪车总价来说,是一小部分。但是对于任翔而言,无疑是一笔巨款,他打职业这么多年虽然赚得多,但是花钱如流水也没什么储蓄,这一撞,倾家荡产。

虽然路易斯很大方地表示，算了不用赔，不要影响比赛的心情，任翔还是拿出了自己全部积蓄，赔给路易斯。

回酒店入住之后，任翔哭哭啼啼地给夏天打电话，宛如做错事的孩子，让夏天在电话里训话半个小时。

程遇忍不住对陆蔓蔓感叹，以前总以为夏天会 hold 不住任翔这款浪子，完全没想到，任翔竟然让夏天治得服服帖帖，俨然成了"妻管严"。

夏天凶巴巴地教训完任翔，让他以后多长点心，少做不靠谱的事情。

随后，她就给他打了一笔巨款过来，任翔数着银行短信里那一连串的零，惊掉了下巴，连忙问夏天你是哪来这么多钱，夏天漫不经心地说是每年收到的压岁钱一直存着没用，准备攒着当老公本。

任翔感动得眼泪都要掉下来了："你还有老公本啊？"

夏天说："有啊，以后老公是要嫁到我家来的，当然得有老公本。"

任翔愣了愣："嫁到你家？"

"嗯，我是独生女，虽然不用和父母住在一起，但是翔翔你得嫁到我家来，听我的话。以后家里我做主。"

夏天说这话其实也是半开玩笑的语气，想逗逗他，也让他多长点心，没想到任翔竟然当了真。

挂掉电话之后，任翔坐在阳台小板凳上，点了根烟，望着车水马龙的大道，内心久久不能平静。

"入赘"两个字，沉甸甸压在他的心头。

他是家里的幺儿子，上面还有两个钢铁直男军人大哥，虽然两位大哥一言不合就暴揍他，父母好像也没有多把他当幺儿子宠着疼着，但是他也从来没有想过有朝一日，要入赘到老婆家里去啊！

任翔看着手机里那一串串零的夏天的老公本，突然觉得，今天要手贱开这车，真是翻了他的漫漫人生路，男人的尊严都给全撞没了。

S 系夏季赛拉开帷幕，全世界各个国家的种子战队齐聚纽约，开始了抽签分小组初赛。

赛制其实很简单，一共举办五场由职业战队和业余战队共同参加的小组初赛，每组 20 个战队，每队五人。这五场小组初赛晋级积分最高的前二十强进入总决赛，最终诞生世界冠军。

去年的 queen 当之无愧拿下了总冠军，但是在 W 离开的一年时间里，由乔星野担任队长，queen 实实在在走了下坡路。在几个月前的洲际赛上被欧洲战队一番吊打，更是丢脸丢到姥姥家了。

如今的 queen 还能不能重现当年的辉煌，还是继续滑铁卢，这也是这场世界赛的一大悬念。

在小组混合团战的比赛中，陆蔓蔓表现出了令人惊叹的高超绝杀水平，带领 X & W 战队，拿下了几乎五分之二的人头数量。

X & W 战队以积分最高强势晋级，毫无悬念进入了总决赛。

而这场比赛 X & W 战队表现可圈可点之处，被网友剪辑成了视频放在了优兔网上。

点击量最高的那段视频长度只有两分钟，是陆蔓蔓骑着摩托车空中杂技顺便三连杀，原修伏地魔近战配合，直接爬到对方潜藏的堡垒之后，两枪以端掉了美联排行前十的黑鹰战队。

团战全程不超过五分钟，X & W 战队仅用五分钟时间灭掉了美联队这几年的新起之秀——黑鹰队！

随着比赛渐渐拉开帷幕，每一场里陆蔓蔓震撼人心的表现，让 M4 这个陌生的名字进入了美联的视线中。

美联再度感受到某种惶惶不安的恐惧，某种曾经一度被某个字母所支配的恐惧。战队内部很多研究员断言，这位新晋崛起不到一年的天才少女 M4，很可能成为 W 第二；当然对于这个说法，部分网友和 W 粉丝是不认同的，说她比不上 W 的水平。

当然，网络上甚有人做出大胆猜测，其实这个来自中国的 M4，就是人间蒸发一年的 W！

分析贴说得有理有据，把陆蔓蔓这一年来所有的比赛视频中，出彩的画面片段，全部做成动态图贴出来，再将过去 W 比赛视频里类似场景的画面进行剪辑对比，居然……真的让这位神秘的分析家找出了两个人相似之处。

不管比赛战况如何千变万化，但是人在遇到危机情况的时候，总有本能自发的应激反应，而 W 和 M4 在躲避子弹和开枪射击时候的小动作，被这位分析家指了出来，证明两个人其实就是同一个人。

小组赛打完的那个晚上，陆蔓蔓端着电脑坐在原修的房间里，心惊肉跳看完了那位神秘分析家的所有细节对比，愣愣地回头看向原修。

原修坐在床上，戴着耳机正在看 queen 过去的比赛视频。

进入总决赛，势必会和 queen 狭路相逢，他必须沉着应对，绝对要帮她打完这漂亮的复仇之战！所以即便 queen 已经走了下坡路，实力或许不复从前，但他不能掉以轻心。

"修修。"

原修没理陆蔓蔓。陆蔓蔓爬上床，摘掉了他的耳机，这时候他才恍然抬起头来，茫然问："想要？"

想要你个头啊！

男人脑子里除了那档子能不能装点别的了！

"修修，我好像掉马了。"

陆蔓蔓将电脑摆他面前，指着那个分析贴说："这个叫'我爱我姐'的博主在论坛上把我扒得皮都不剩了。"

"我爱我姐？"原修拧了拧眉毛，"这个 ID，有点一言难尽……"

"这不是重点，重点是你看这个帖子，把我就是 W 的所有细节都扒了出来。"

原修大概浏览了帖子一眼，陆蔓蔓已经抱着他的腰娇滴滴道："怎么办，蔓蔓掉马了。"

原修垂眸，看见某人一个劲儿往他腹肌里面蹭，看起来完全不像是真的因为害怕掉马而忧心忡忡的模样，反倒是要借机和他撒娇发嗲。

根本就是勾引他耍流氓。

原修把她弄躺平了，翻身压下："那来吧。"

陆蔓蔓用膝盖顶开了他："莫非想死？"

原修撇撇嘴，知道他小姐姐只负责撩不负责灭火的德行，索性重新坐直身体，端起电脑看了看："没几个人跟帖，热度起不来，别担心，很快就会沉下去。"

"那……万一火了怎么办？"陆蔓蔓还是有点担忧。

"火了，你就顺势站出来宣布身份。"原修说，"我连口罩都带来了，就等你回来公布身份帅一波，我好把美联那帮傻子跌破眼镜吓死的样子录下来，以后输了比赛就拿出来放几遍以泄愤。"

"噢，对了。"他补充，"我还想看看自由女神怎么为你流眼泪。"

陆蔓蔓："……"

陆蔓蔓很久以前其实预想过，要在赢了 queen，赢了世界赛之后，宣布她就是 W 的身份，可是一步一步走到如今，其实宣不宣布她就是 W 的身份，已经不那么重要了，顶多如原修所说，就帅那么一波。

她的目标可不是这个，她要带队打赢世界赛，带领那群梦想拿下世界赛的小子们和她的大胸姐一起走上世界冠军的领奖台，这才是她如今的初衷。

"哎呀，不管了！"陆蔓蔓将脸砸进枕头中，"不管了，不管了，掉马就掉马吧！"

酒店的家庭套房，陆蔓蔓隔壁程遇的房间，顾折风靠在床边噼里啪啦敲击着键盘，程遇凑过来问道："你在干吗？"

顾折风满眼兴奋："我在扒马！"

"扒谁的马？"

顾折风将电脑推到程遇面前，激动得一张脸都在冒光："我扒 M4 就是 W 的马。"

程遇："……"

某人眼神里露出了狼光："其实早就怀疑了，今天下午我把两人以前的比赛视频慢镜头对比，发现她们在比赛的时候某些小动作还真像，比如挠屁股或者脱鞋倒沙子什么的。"

程遇："……"

"然后我剪辑了两个人的镜头，放在一起对比，你猜怎么样，重合度竟然高达百分之九十八。"

程遇拧眉："你这样，不怕你家队长的倚天屠龙剑……"

顾折风愣愣抬头："队长如果知道 M4 就是 W，应该也会很兴奋吧，毕竟以前他的房间贴满了 W 的海报……"

程遇："……"

你真是太低估你家队长的痴汉水平，会看不出来这种事，还等你的分析贴，女神都被他弄上床了好吗！

懒得管他，程遇走到阳台边，倚着窗台吹冷风。

今夜的月色明透，程遇清晰地看到对面河边的桥上站着一个男人，孤零零的路灯将他身影拉得分外修长，他微微颔首，脸庞隐没在路灯的阴影中。

他似乎在凝望江面，又似乎在凝望他们的酒店。

程遇对顾折风招了招手："狗儿，来看这人，我怎么瞅着这么眼熟呢。"

顾折风从床上蹦起来跑到程遇身边，朝那人望去。倏地，他拿出手机，拉近镜头冲着那人咔嚓咔嚓拍了两张照片。

程遇皱眉："好端端的，你拍人家干吗？"

顾折风将照片放大，兴奋不已："这下稳了，彻底稳了。"

"稳什么稳？"

"那个人叫乔星野，queen 的现任队长，W 的绯闻前男友，你说他干吗大半夜不睡觉跑到桥上看风景，真的是看风景吗？"

当然是怀念前女友啊！

顾折风一边说一边将照片导入电脑："这一拨强势证据，稳了，我的帖要火了。"

程遇走过来，将他的手机数据线抽下来，严肃地说："不准八卦我的小姐姐，帖删了。"

"……"

"删不删？"

顾折风还有点舍不得。

"不删,我回房间了噢。"程遇正欲出门,恍然想起,这就是她的房间,她转过身来,"你走。"

"删了,删了!"顾折风万分不舍地删掉了帖子,"删了!"

"乖。"

乔星野在桥上给陆蔓蔓打了电话,陆蔓蔓捂着电话回头问原修:"我死对头约见面,我要搭理他吗?"

原修看似漫不经心看着书,喃喃道:"死对头也是旧情人。"

陆蔓蔓:"……"

"人家想见面,你扭扭捏捏避而不见,反而让人怀疑你还放不下。"

"那我就……"

"除非你是真的放不下。"他抬眸睨着她,神情寡淡,调子却有些吃味。

陆蔓蔓:"……"

大敌当前瞎吃什么飞醋!

陆蔓蔓还是去见了乔星野。

原修非得要守在桥下面,远远盯着,省得前男友情感太到位要跟她追忆往昔把他女朋友撬走,他得提着他的五十米大刀站在这里威胁警示。

虽然原修对自己绝对有信心,不过他对陆蔓蔓可没有信心啊,小姐姐不会轻易喜欢什么人,要是喜欢并且还在一起了,用网络上著名的段子来说,那就是真的"爱过"。

"爱过"不一定不会再"爱上"第二次,原修打量着前面的男人,乔星野有一半亚裔血统一半美国血统,眸子是黑的,但是轮廓却像美国人,眼窝凹陷,眉目深邃,看向她的时候,一股子柔情绰态。

这人长得真好看。

原修摸了摸自己的脸,其实自己也不差。

不得不承认,他的 W 小姐姐还是很外貌协会,虽然她指天发誓喜欢的是原修的内在,但是每当陆蔓蔓摸着他的腹肌,痴迷地看着他的脸庞时,他怎么就那么不信呢!

还是得靠脸。

明月千里,河畔波光粼粼。

面前的乔星野盯着她看,看得她极不自在,陆蔓蔓情不自禁垂眸望桥下河畔的原修,真希望他能再靠近一点儿,这样可能会比较安心。

"这么晚了,找我什么事?"

"你回来这么久,一直没机会见见面,比赛抽签我们也没机会交手。"乔星野抬眸望着她,似怀念感叹,"都一年了啊。"

陆蔓蔓:"……"

所以那副深情款款的模样,是想干啥!

"如果你是来跟我放狠话示威什么的,那我就要告诉你,这次我回来,你们就完蛋了!"

突然底气不足。

乔星野低头嗤笑一声:"你还是这样,半点没变,难道我大半夜不睡觉跑到这里来,就是为了给你这丫头放狠话示威?"

陆蔓蔓:"……"

不妙不妙,非常不妙啊。

"我想你啊。"他毫不掩饰自己内心的感觉。

"你别说这种话!"陆蔓蔓捂着胸口连连后退,指着桥下的原修,"你看到了,那是我男朋友,我亲男朋友!他很凶,会揍人的噢!"

乔星野似乎早有预料,居高临下睨了原修一眼,嘴角淡淡咧了咧,噙着嘲意。

"先不说这个,我这次过来,是有正事要和你商量。"

"什么事?"

"跟我和好,回来我身边。"

"……"

这算什么正事!还说得这么郑重其事。

"queen 的队长我也可以不要当,只要你回来,我什么都可以给你。"

陆蔓蔓望着他,他深邃的眉眼凝望着她,透出些许期盼之色。

乔星野为人素来骄傲,能让他这样子低三下四恳求她回来,莫非这是战队经理人的意思?

陆蔓蔓冷冷道:"他们让你来的吗?"

"不是,是我自己过来的,经理和队员都不知道。"

"你说话能作数?"

"一定作数。"

"……"

"你知道 queen 这一年遭遇了大的滑铁卢,有好几位队员都被别的战队挖墙脚,如果再这样下去,恐怕 queen 会四分五裂。"

"queen 四分五裂,和我有什么关系?"

"我不相信你真的无动于衷。"乔星野盯着陆蔓蔓的眼睛,丫头心思浅,他一眼就能看穿,"你和 queen 是一起成长起来的,这么多年的心血和付出,那么多并肩作战的队友,你真的忍心?"

他的态度很诚恳了,就连原修都忍不住望向了陆蔓蔓,陆蔓蔓对 queen 的感情即便不说他也知道,那毕竟是她待了多年的战队。

朝夕相处,并肩作战。

陆蔓蔓侧睇望了望原修,又望了望河边的酒店,她的伙伴们全部聚集到了阳台,穿睡衣的穿拖鞋的还有赤着上身的,全部趴在窗台边偷偷摸摸盯她,见她望过来,手忙脚乱全蹲下阳台,藏起来。

一群八卦的家伙。

可是这帮家伙,他们才是她的伙伴啊。在她一无所有的时候,他们重新点燃了她的希望,重新让她相信这个世界上,还有可以无条件信任,可以交付真心和后背的人。

陆蔓蔓眉心终于平坦下来,望向乔星野,沉静地说:"我拒绝。"

"W……你就不考虑考虑……"

"不需要考虑,我现在已经有了新的队友,我不会抛弃他们。就像你们当初抛弃我一样,我不会做这样的事。"

乔星野知道她心志难夺,无力回天。

他望望 X 的队员们,冷哼道:"那样的家伙,你带他们打世界赛?真是自甘堕落。"

"……"

她冷淡的态度让乔星野恼羞成怒,他望了望原修:"你加入中国的战队就足够让美联嘲上一年半,没想到还找了个不入流的中国小子当男朋友,半个世纪的笑料都有了,所以 W,你脑子里到底在想什么?"

话音一落,乔星野嘴角吃了陆蔓蔓一记毫不留情的拳头,看得桥下原修的心都不由得抖了抖。

妈耶,真·野蛮女友,以前看她揍韩援没多大感觉,现在拳头落到前男友身上,原修才感觉到畏惧。

乔星野这边算是自作孽不可活了,其实陆蔓蔓很护短的,以前两人还在一起的时候,惹过乔星野的家伙都吃过陆蔓蔓的拳头,但是她不会欺负自己的男朋友,更不会动手。

所以乔星野和陆蔓蔓的相处,一直都很无所顾忌,说话也总是损她,现在仔细想来,他其实一直在欺负她。

乔星野回想当初,即便是出轨,陆蔓蔓也没有真的责怪他什么,更没有揍他,只是一个人躲着伤心,他本来以为有机会复合,只要他多哄哄她。

陆蔓蔓很好哄的,一块黑森林蛋糕一块巧克力,或者一句贴心的小情话,都能把她哄回来。然而……

那一次她果断和他分了手并且远走他乡。

这次回来，乔星野本来铆足了劲要和她复合，再请她重新回归queen，即便自己不当queen的队长都没关系，如意算盘都打好了，不承想她竟然为了原修发这么大的火，还揍他。

乔星野是真的有点吃醋了，他捂着自己的嘴，吼了声："陆蔓蔓！"

"乔星野！"

陆蔓蔓不甘示弱吼回去："你是什么东西敢说我男朋友不入流！"

"他什么东西值得你这样！"乔星野很不甘心，"他有什么好，比赛他赢不了我，长得不如我，没我有钱没我身体好，他算什么？"

原修："？？？"

美国人自我感觉都这么良好？

陆蔓蔓恶狠狠地瞪着他："就算他什么都不如你又怎样，他是我陆蔓蔓的人，就这样一点，他就什么都比你强！"

原修："……"

果然美国人自我感觉就是这么良好，服气了。

乔星野来气了，手在嘴角边擦了擦，气急败坏指着陆蔓蔓威胁："你看着，等决赛我把他打成狗的时候，我会让你知道你的选择是错误的，他永远比不上我。"

"那我还真是很期待，等我修把你打成狗的时候，就知道谁对谁错。"

原修无奈地喊了声："差不多得了，你们两个还是小朋友吗？"

真是幼稚啊，和第一次见面的时候一样幼稚，看得他尴尬极了。

乔星野怒气冲冲瞪着原修，眼神里充盈着不屑、愤怒和嫉妒的火焰。

真是恨不得把他碎尸万段啊。

陆蔓蔓跑回去拉起原修的手，对乔星野说："我修就算什么都不好，但是他不会背叛我，不会和别的女人乱搞！就这一点，他就比你强一万倍！"

原修嘴角咧了咧，这要求还真低。

说到那件事，乔星野火焰顷刻间湮灭了，那件事的确是他做得不对，没话可说，虽然事后有后悔，想要找她复合，但她眼中不揉沙子，回天乏术。

乔星野放了狠话决赛见，讪讪离开。

原修看着怒气冲冲的陆蔓蔓，这家伙，气得鼻子不是鼻子，眼睛不是眼睛。

这么生气啊。

"气他背叛你？"

"我气他看不起你。"她将脸埋进原修的衣服里，闷声说，"我修这么好，他凭什么看不起。"

还是个小丫头啊。

原修感觉自己有点像老父亲，慈爱地摸了摸她的头："凭拳头和武力是换不来尊重的。"

陆蔓蔓抬起头，盈盈秋水的大眼睛盯着他，本来以为他会说出什么要以德服人的心灵鸡汤大道理，却不想这家伙话锋一转："只好打死他。"

陆蔓蔓："……"

二十进十的晋级赛，战队派上了一直没来得及上场的李银赫，李银赫跃跃欲试，扬言要拳打美联，脚踢欧盟。

如果不是陆蔓蔓按着，说不定他就要冲着那帮白人扮鬼脸吐口水了。

上场前，陆蔓蔓再三威胁："任何带脏字的话都不准讲！你要是敢拉低我们团队素质，我就痛扁那个小朋友。"

陆蔓蔓指尖所指的小朋友顾折风：？？？

韩援："哈哈哈，请随便痛扁他。"

任翔忍不住在韩援耳边小声提醒："接下来顾折风会每天早上中午下午在你耳边像蚊子似的叨叨一整年你好自为之。"

李银赫打了个哆嗦，坚决保证自己绝对不会说脏话，绝对保证素质，不给大部队丢脸。

然而……面对奔放的美联战队赛前挑衅和各种肢体 diss，在 X 战队成员纷纷高贵冷艳不予理会的情况下，陆蔓蔓第一个没忍住冲他们竖了中指，差点就要冲上去，结果让原修像抱狗子一样给拦腰抱回了我方战营。

说好的不准暴走呢！

果然都是美联出来的一丘之貉，这样看起来应该是没有什么礼貌和风度可讲了。

二十强晋级赛越往后打，队员们也明显感觉到了吃力，以目前的情况来看，能够拼杀到现在的战队，谁身上没个两把刷子，想要拿人头，也越渐变得难了起来。

程遇和陆蔓蔓一直配合打初赛，打得还算默契，陆蔓蔓带着她，比顾折风带她稳，虽然顾折风很吃醋但也无可奈何，毕竟 M4 可是 W 啊！

对，程遇严肃警告过他，绝对不能让别人知道这件事，只要她小姐姐没公开，他就必须严守秘密。

现在他装了太多秘密，感觉心好累。

后期的比赛，韩援换下了程遇，李银赫的水平还是相当不错，虽然被陆蔓蔓吊打过，但是也仅仅只是被陆蔓蔓一个人吊打，毕竟他也是这么多场比赛积累下来的经验和素质，否则俱乐部不会高薪聘请他入队，再加上这段时间地狱式的训练，他自身水平几乎可以说是质的飞跃。

那场比赛，李银赫全程摩托，表演惊险刺激的飞车杀人技巧，引得屏幕前围观群众连声惊呼和尖叫。

而在丛林中，李银赫放慢了速度，森林侧面陆蔓蔓突然从灌木林中一跃而起，宛如麋鹿一般矫健。

李银赫顺手一拉，将她拉到自己车后座。

而陆蔓蔓身后跟了好几名选手，密集的子弹铺天盖向他们射来。

"轰隆"一声响，李银赫的摩托车如梭子般飞出去，漂亮的甩尾，避开了子弹攻击，而与此同时，他配合陆蔓蔓一个弯道漂移，陆蔓蔓冲锋枪里子弹连发，一枪一个，横排扫射，身后那帮难缠的家伙一溜儿倒。

又是一顿强势团灭，战队顺利自二十强脱颖而出，进入十强。

而这场世界赛最大的爆点，当属战队中表现强势的 M4。

网络上对 M4 的讨论声势浩大愈演愈烈。

【这个中国女孩究竟何许人也，有没有人出来深扒啊！】

【好像是去年才冒头的新人吧。】

【怎么可能是新人，你看她枪法意识，绝对不会是新人的程度。】

【不止哦，这种弹无虚发枪枪命中的家伙……我只能想到一个人。】

【楼上想到的那个人，不会就是我想的那个人吧。】

【其实我也想到了那个人……】

……

顾折风疯狂地刷着网友们的评论，简直要憋疯了，他要多么努力才能抑制住体内爆发的那股子洪荒之力，不去网上疯狂喷射他通过观察对比得出来 M4 就是 W 的结论。

"queen 的队长那晚找我们 M4 干啥，不会是想挖墙脚吧？"阿横一脸担忧地询问队长，"咱们要不要跟杨哥汇报啊？对了，他开价多少？"

原修报了一个数字让阿横打越洋电话去向杨沉汇报，然而得到的经理人回应却是：

"能不能把心思用在比赛上，不要总是变着花样给我说要涨薪资，水平上去了身价自然就涨了，像你们这样三天两头说谁谁谁要挖你们来吓唬我，以为我有被害妄想症吗！阿横，本来我以为你是我们队里唯一一个沉得下心来打比赛的队员，原来我看错了！原来你是这样的阿横！"

阿横挂掉电话的时候都要哭了。

原修耸耸肩，表示这还真不关我的事。

陆蔓蔓在比赛中精彩的表现，宛如一颗天外飞来的陨石砸向了美联原本平静的海面，掀起了滔天巨浪，原本美联最大的担心是欧洲联队 KING，却没想到现在横空杀出一支 X & W 战队，成了夺冠大热门。

真是……内忧外患啊。

而在网络上，M4 关注度持续不减，就连超高人气的狙击手劳伦斯，都在自己的脸书上提到了 M4，说上次中国一战印象深刻，希望这次有机会能再度交手。

这条信息引爆网络，要知道劳伦斯平时高冷，几乎从来不发什么脸书消息，他仅有的一条消息，是脸书建立的时候发的："Hi，我是劳伦斯。"

第二条就是他夸赞 M4 的信息。

这下子就不得了了，连元老级别的狙击手劳伦斯都出来为陆蔓蔓声援打气，这么多年，劳伦斯可从来没有对任何同行的选手表示出任何的赞评，名副其实的高冷男神。

劳伦斯的出面让 M4 这个名字，更笼上了一层神秘和传奇的色彩。

街转角咖啡厅。

篱笆墙边盛开着一簇簇繁茂的巴西鸢尾，枝叶迎风招展。墨绿色的遮阳大伞下，黑人男孩阿科正在和原修抵桌掰手腕。

两个男人一动不动宛如雕塑，只有一黑一黄两条紧握交缠的粗健手臂，隐隐约约能够察觉轻微的战栗感。

阿科身高接近一米九，高大健硕，手臂肌肉厚实充盈，而相比之下，原修看上去就要细瘦精悍许多，即便手臂轮廓来看，原也要差了阿科许多。

阿科紧绷着脸，额间渗出细细密密的汗珠，太阳穴处还有青筋凸了起来，紧紧咬着下唇，唇肉都让他咬得发白了，手臂爆了几根经络突显在皮肤之上。

而原修依旧是一脸云淡风轻的神情，眼角噙着一丝若有似无的笑意，脸红都没红一下，看起来很轻松。

但是陆蔓蔓并不觉得他很轻松，他只是在耍帅而已，因为周围已经有不少女孩围观，并且拿出手机咔嚓咔嚓拍照。

终于，阿科还是比不过原修的耐力和爆发力，让他重重按倒在了桌面。

周围爆发出一阵女孩们的尖叫和鼓掌。

陆蔓蔓待人群稍微散去，她才捧着奶茶坐到原修身边，悉心体贴地给他插上了吸管。

阿科有点吃醋，这才不过一年时间，他就从陆蔓蔓最好的朋友名单里下滑了好几位，现在都要排到他们战队的顾折风后面，可能仅仅只排在没眼色的韩援之前。

真是太扎心了，女人都是这样喜新厌旧。

他把自己的奶茶也递到陆蔓蔓的手边，要她帮他插吸管。不过原修毫不犹豫地接过了阿科手里的吸管作势要插，被阿科一把抢过来："算了，我……我自

己来。"

原修清清淡淡笑了声:"随意。"

陆蔓蔓说:"你们都认识了,这是我以前最好的朋友,阿科。"

阿科:"以前……"

好怨念,说好的兄弟一辈子呢?

"这是我现在最好最好的亲男朋友,原修。"

最好最好,还亲男朋友……阿科嫉妒的小眼神都快要燃火了,他小声在陆蔓蔓耳畔叨叨:"这男人看上去弱,没想到掰手腕这么厉害。"

"才不弱!"陆蔓蔓替原修辩解,"我修是钢铁猛男!"

"钢铁猛男?"阿科震惊,望他的眼神带了和刚刚完全不一样的敬意和崇拜。

原修发现,阿科这黑人兄弟,脑子跟陆蔓蔓是一个回路,都是那种看问题角度非常之"独特"的货色,譬如一杯奶茶,陆蔓蔓说好喝,阿科说好难喝,于是两个人便为着这杯奶茶到底难喝还是好喝,整整争执了两个小时不算,最后撸起袖子干了一架。

阿科没干过陆蔓蔓,被她逼迫喝完了八杯所谓"难喝"的奶茶,阿科最后抱着人家咖啡厅招牌狂吐不止,陆蔓蔓蹲在地上笑得不行。

原修歪着眉毛无奈地对店员表示,自己真的不认识这两个蠢货。

那天晚上,阿科和陆蔓蔓去他们以前的据点"老巢"地下酒吧打桌球,原修本来说明天要比赛,最好早点回去休息,奈何陆蔓蔓兴致还很高涨,他拗不过只好舍命陪君子。

陆蔓蔓还给程遇几人打了电话叫过来一起玩。

地下酒吧光线昏暗,鱼龙混杂,各色人种在这里聚集,跳舞,打牌,抱在一起肢体交缠的都有。

原修皱着眉头四下里扫了一眼,然后望向正在戳桌球,姿势非常不标准然而神态相当之认真的陆蔓蔓。

虽然球技实在太烂没眼看,戳了这么几杆子才进一颗球,还是误打误撞,不过她的对手似乎更菜鸟,一颗球没有进反而还把球给戳出了球桌,落在地上滚了几圈。

不过,两人玩得还很开心嘛。

看她笑这么开心,原修嘴角也跟着不自觉上扬。

这才是她从小到大生活的地方,她交往的朋友,她的娱乐方式……种种,原修都想要了解,想要融入,抛开W夺目的光环,她只是一个普普通通的女孩,穿破洞背带牛仔和白衬衣,没事和朋友蹲在街边闲聊这赌,坐在阶梯边看看夕阳,冲路过的帅哥吹吹口哨,或者到地下酒吧玩桌球、打牌,开心的时候哈哈大笑全然不顾形象,也不是淑女,但她真实,积极并且快乐。

原修想要了解关于她所有的一切。

这时候阿科冲原修挥了挥手:"陆蔓蔓太垃圾了,兄弟过来一起玩啊。"

陆蔓蔓:"我垃圾,你这手下败将居然敢说我垃圾?"

"我这是遇强则强,遇弱更弱。"

"就不要为你的无能找借口了,这么多年就这一句,以前打比赛也是,我都替你尴尬噢!"

"哼!等我虐翻你男朋友你就知道我尴不尴尬了!"

原修无奈说:"你们玩吧,我不大会。"

然而就在这时,不知道从哪里钻出来的乔星野,拿着杆子走到台球桌边,淡淡道:"斯诺克都不会的男人,能叫男人?"

陆蔓蔓翻着白眼淡淡望向乔星野:"怎么哪儿哪儿都有你啊?"

不仅乔星野过来了,queen战队的成员起码来了一小半,安东尼、尤金,还有朱蒂……

几人跟在乔星野身后,来到陆蔓蔓邻桌的桌球台边。

陆蔓蔓眼神凌厉地望向阿科,阿科立刻摆摆手表示:"我真的不知道他们会过来,我永远站在你这边。我是W的迷弟,也是你留在queen的头号卧底。"

乔星野随便附身打了一杆子,便有两颗球入了网,他冲原修扬扬下颌,挑衅道:"我们家队长很喜欢打斯诺克,你连这么简单的游戏都不会玩,怎么陪她?"

"我们家队长"这个称呼,明显让原修脸色垮了下去,他缓缓起身走到台球桌边,拎着陆蔓蔓后衣领,直接将她圈到自己身后,抬头迎向乔星野,冷声道:"说清楚,谁家?"

"我……"

乔星野眼角肌肉颤了颤,不知道为什么气势就弱下来了。面前这个男人浑身散发的压迫性气场太强,生生把他后面的话堵在喉咙里。

"争什么争啊。"朱蒂抱着手斜倚在台球桌边,狭长的眉眼间涂抹着淡紫色的眼影,她目光很是不屑,"也不知道有什么好,一个瘸子,有什么好争的。"

"瘸子"这两个字着实刺痛了原修的耳膜,他脸色冷冻至冰点,凌厉地望向朱蒂:"有种再说一遍。"

朱蒂被他盯得心头发毛,他眼神太锐利,就像刀子一样能割破皮肤,直插心脏。

"怎么,你还要打女人吗?"她声音没什么底气。

"我不打女人。"原修冷声说,"对我女人出言不逊的家伙,在我眼里没有性别之分。"

我女人……

哎哟哟，陆蔓蔓捂了捂脸。

原修朝着朱蒂走了过去。

朱蒂连连后退："你敢，你敢动手！这里是我的地盘……"

queen的队员安东尼和尤金，两个健壮生猛的白人男孩果断站到了朱蒂身前，而与此同时，外面还进来了几个类似保镖打扮的男人。

"臭小子，劝你今天尾巴夹着些。真要闹起来，我们人多，随随便便欺负死你。"乔星野摊开手，笑着说，"到时候你可别跑到记者那儿去哭我们人多欺负人少。"

queen战队自乔星野接管以来，真的是无所顾忌，到处惹事不在少数，已经是圈子里名副其实的流氓战队。

就在这时，门外传来男人熟悉的声音："哇，这么热闹啊，出来玩不叫我们真是太不够意思了。"

声音辨识度太高，陆蔓蔓一下子便听出是任翔来了。

果不其然，帘子被撩开，任翔第一个进来，随后顾折风、李银赫、阿横和程遇都跟着陆陆续续走了进来，走到原修身边。几个男孩虽然身高体格要差了白人男孩一截，不过气势上却完全不输给他们。

比赛能够打到现在这个阶段，留下来的都不是任人拿捏的软柿子。

这下子，原修这边声势瞬间壮大了许多，尤其是有李银赫这种非常能来事的家伙在这里言语肢体挑衅，一张嘴还能说会道还会骂人还会用歇后语，堵得那边几位队员几乎没有还口余地。

程遇走到朱蒂跟前，朱蒂一米七的个子，而程遇有一米七三，还穿了细长高跟鞋，朱蒂在她面前瞬间矮三分；再加上她今天的妆容极有攻击性，比平时都要锐气许多，标准的夜店御姐范儿。

"你看什么看。"朱蒂心虚气短，伸手就要推开程遇，却被程遇一把握住了手腕，一时间竟然挣脱不得。

"嘴巴真脏。"程遇冷冷道，"踩人痛处很爽很过瘾，你爸妈有没有教过你该怎么做人？"

"你又是哪里冒出来的奇怪家伙！"

朱蒂挣扎用力过猛，以至于程遇突然松手，她便跟跄着后仰了几步，险些摔倒，幸而安东尼扶住了她。

"你得知道，过去我小姐姐一个人，你欺负她，她不跟你计较，但今时不同往日，你再欺负她试试。"

朱蒂喘息着气呼呼看向众人，他们站在陆蔓蔓身后，以原修为首，俨然就成了她的靠山。朱蒂丝毫不怀疑这帮家伙，只要她多说一句，他们真的会冲上来打她。

现在的 W，有男友有闺密，还有一帮出生入死的好兄弟，她还真不敢像过去那样随意 diss 对方，过去是因为把 W 赶出了 queen，朱蒂沾沾自喜想要用她来为自己炒名气。然而这一年，自己在 queen 似乎并没有打出什么特别优秀的战绩，尤其是 queen 走了下坡路之后，她的处境越发艰难。

朱蒂讪讪地不再说话。

倒是乔星野，刚刚听原修自己说不怎么会打桌球，便跃跃欲试要挑战他："都是出来玩的别这么重的戾气，桌上见真招，来一局？"

他打得一手如意好算盘，这男人不会玩斯诺克，正好一顿狂虐，为明天的比赛杀杀对方的锐气。

"不想和你玩。"陆蔓蔓拉着原修要走。

乔星野拖长调子："不是吧，这么尿？"

原修生长环境优渥，豪门嫡子，遗传了老爸原衍之的聪慧脑瓜子，与生俱来的骄矜自持，便从来不知道"尿"这个字怎么写。

他走过去随手拎起一根球杆，将巧粉涂在球杆杆头，周围几位 queen 的队员吹起了口哨，要知道乔星野有一个称号，美其名曰：被竞技圈耽误的斯诺克王子。

他的球技可以说不亚于一位专业的斯诺克球员，中国来的臭小子怎么可能是他的对手。

就连陆蔓蔓都不禁有些担忧，伸手拉拉原修的衣角，让他不要硬碰硬。

而原修似乎不在意，疼爱地捏了捏她的耳垂，以示安心。

临近午夜，地下酒吧的气氛被兴奋的男女越渐推向高涨。

原修俯身击球，衣领便往下随意敞开着，露出了一侧的锁骨边，比之于周遭一众的肌肉壮汉，他身形偏瘦，脖颈修长，喉结突出，生出落拓不羁的质感。

衬衫衣袖挽至肘部，露出矫健有力的麦色小臂，小臂隐见分明的脉络。

他鹰隼般的目光紧扣着正前方的主球，长杆推拉的力度保持在最克制而适宜的状态，不急不缓，沉稳淡定。

一杆击出，主球将彩球撞出不同的弧线轨迹，粉黑两球双双入袋，如探囊取物一般轻松。

又是一局高分球！

原修站起身，幽深的眼眸宛如星垂平野，淡淡地睨着乔星野。

在遭遇了惨不忍睹的三局连败以后，乔星野的脸色开始变得有点难看，气息忽而粗重起来。

斯诺克王子的滑铁卢，惨不忍睹。

这男人不是不会打吗？谁能告诉他，这家伙真的不是亨得利附身，怎么突然一下子这么牛！

其他桌打扮光鲜新潮的时尚男女，被这边的精彩比赛吸引了过来，每到这位英俊帅气的小伙有球落袋，人群中便会爆发出一阵阵的惊呼。

原修虽然努力保持着克制，但眼神里已经有了那种无法抑制的野性气质，摄人心魄。

陆蔓蔓看了看周围的女孩们，她们的目光无一不是紧随他而流动，痴迷又崇拜。

这家伙，年少尚且如此张扬夺目，要真到了能收放自如的年龄，且不知会掠夺多少女子情窦芳心。

陆蔓蔓在看了原修第一杆推出之后，便知道这家伙球技绝对在乔星野之上。

开玩笑，能有不会玩斯诺克的富家公子？

刚刚他推说不会玩，不过是顾全阿科的面子，掰手腕虐了人家，斯诺克还吊打人家，这就很不好意思了。他们曾是陆蔓蔓最好的朋友，多少给个面子。

不得不说，原修为人处世方面挺有自己的原则。

而乔星野越来越不淡定，就连拿杆子的手都开始抑制不住颤抖了起来。斯诺克需要冷静的头脑与平和的心境，乔星野做不到这点，一杆子推出去却进不了球，又被原修收走了所有的分数。

最后一局结束，乔星野泄气地扔掉了球杆，非常没风度地离开了。

临走的时候，他对原修比了割喉的动作，在即将到来的比赛中，两队势必要狭路相逢，届时，他要将原修狠狠打趴下。

原修平静地望着乔星野，面不改色。而在乔星野离开之后，他嘴角扬起一抹轻薄的笑意。

无论是斯诺克还是正式的比赛，他都不会谦让，这是 W 的复仇行动，也是他的背水一战。

只许胜，不许败！

在 queen 队员们离开之后，阿横不解地问原修："你们怎么惹上这帮人了？"

"不知道。"原修淡漠回答。

陆蔓蔓望向原修，平静且一本正经地说："是他长得太帅了。"

众人："……"

知道了，知道了，你男朋友帅得全世界都要追杀他。

大概他们还不知道 M4 就是 W，顾折风又蠢蠢欲动躁了起来，结果让程遇凌厉的眼神一扫，他赶紧屏息，不能说，不能说，守住秘密。

三天之后的十进五决赛，陆蔓蔓终于有了和 queen 对战的机会。

这场比赛战队一直打得很吃力，不仅仅是因为对手有 queen，还有几支与 queen 实力相当甚至更胜一筹的战队。比赛中，每位队员的神经都绷得很紧。

能杀进十强，已经大大超乎了国内粉丝观众的意料，他们从 X & W 身上，似乎隐隐约约看到了中国队拿世界冠军的希望。

如果这次真的可以拿下世界冠军，这将是有史以来中国队拿下的第一个真人竞技国际冠军奖项，势必成为举国欢庆的一场盛事！

粉丝们摩拳擦掌欢呼雀跃，而队员们压力则更大了，毕竟从来没有闯荡至现在的局面，好像胜利就在眼前，但是好像心里又很没底。

作为队长的原修一直说的是，目光不要放眼太远，只要盯着射程以内就行。

虽然如是安抚队员们紧张的心绪，不过陆蔓蔓在和原修简短的眼神交流中，感受到他心里头那簇蠢蠢欲动的火焰。

什么盯着射程内，他可是有拿下世界冠军的野心。

在一段激烈的枪战之后，queen 的成员们分散开来，各自为营，准备从四面八方突袭进入决战圈。

当然陆蔓蔓绝对不会让他们得逞，防御堡垒后，她喘息着对原修说："你搞定乔星野，我去追朱蒂。"

"把前男友留给我？"原修嘴角扬了扬，"要我帮你复仇？"

陆蔓蔓关掉语音之后，娇俏一笑："我和乔星野没仇啊，你和他才有仇，毕竟是女朋友的初恋哦。"

原修使劲儿捏她脸："这么说来，还真是深仇大恨。"

陆蔓蔓眉山微蹙，龇牙咧嘴："疼，疼啊！"

"爱你才疼你啊。"他笑得邪恶。

"再见！"

陆蔓蔓转身离开，嘴角忽而沉寂了下来。

面对原修，她可以无所顾忌地打闹，然而当她一个人独自面对这场战役的时候，心绪却无法平静和淡定。

终于要来了。

似乎感受到了她不安的情绪，临走的时候，原修狠狠捏了捏手心肉，同时塞给了她一样东西。

陆蔓蔓盯着那件东西看了很久，她的目光中倏地有了光。

销声匿迹一整年，她东山再起，定要让全世界都看到——

W 从未离开。

陆蔓蔓和队员们先后分散,而原修紧随乔星野之后,两个人在丛林坡地展开一场激战。

前任和现任的生死对决,总是充满了戏剧性。

两个人在相距不过五米的距离之内,同时抬枪射击,原修的枪突然发脾气,一声空响,居然没有子弹了!

他来不及拆换弹匣,抬起头来,乔星野用手里的一柄冲锋指着他,冷笑着,对他做了个"bye"的口型。

虽然原修奋力闪躲,但总快不过电光石火的子弹。

本以为即将结束的战局,乔星野的枪发出一声熟悉的空响,居然也没子弹了!

这一幕看得屏幕前观众心都跟着揪紧,这一波三折的剧情,堪比动作大片啊。

乔星野立刻从腰间取下弹夹,快速装填子弹,然而他的速度比之于原修,还是慢了半拍。在他装好枪还未抬手之际,原修那黑乎乎的枪口已经对准了他。

乔星野眼角肌肉跟着颤了颤,在原修即将扣下扳机之际,他突然咧嘴笑了起来。

乔星野的五官格外张扬,极具侵略气质,即便现在被原修用枪指着,也丝毫没有怯懦,反而一脸泰然和自信,让人捉摸不透。

这是被 W 喜欢过的男人。

原修心里突然烦躁,正要开枪迅速解决掉乔星野,乔星野却突然开口:

"来决斗啊。"

原修手中的枪在指尖熟练地飞速转了一圈,冷冷道:"现在你有什么资格跟我决斗。"

"刚刚是你运气好,不算真的赢了我。"

原修嘴角扬了扬,不发一言。

乔星野掐掉了语音耳麦,然后对原修轻蔑道:"来一场男人间公平的决斗,赢了我,心服口服;赢不了我,你也没资格得到她。"

虽然可能会被他小姐姐骂成狗,不过那种时刻没有更多考虑的空间,原修出于男人的自尊心作祟,还是回应了乔星野的挑战。

的确,如果就这样赢了,赢得侥幸,不算漂亮。他要把某人的前男友打到心服口服才算满意。

毕竟只有如此优秀的自己,才足以和她相配。

他沉声问:"怎么决斗?"

乔星野耸耸肩:"很简单,每个人枪里只装一颗子弹,各自背过身走十秒,走完十秒回头开枪,谁先死,算谁输。"

这种决斗方式,可以算得上君子之战。

双方必须要保持足够的诚信,同时还必须有绝对的射击准头,因为只有一颗子弹,所以必须一枪爆头,如果准头不够,很可能无法淘汰掉对手,反而给了对手反击的机会。

屏幕前的观众看到原修放下了枪,不明所以,为什么要放弃这么好的射杀机会。

直到原修和乔星野各自取出弹夹,只填充了一颗子弹。

通过大屏幕无人机拍摄画面,现场观战的粉丝们沸腾了起来。

竟然是决斗!他们要开始决斗了!

现在的竞技赛,已经很少能够看到这样紧张又刺激的一幕。毕竟绝大多数时候,选手们会愿意为了胜利不择手段,不会选择这种君子决斗的方式来定胜负。

现在两个男人各自转身,迈着沉重而稳健步伐朝前走,观众随着他们的步履,心都提到了嗓子眼。

这种十秒以内的绝杀,考验的不仅仅是枪法意识,还有人的心理素质,转身的瞬间腕表自动计算时间,如果在十秒之内回头射击,便算输。

当然,十秒之后动作最迅速的人能够抢占射杀的先机。

分毫之差,决胜千里。

原修在步履移动的同时,缓缓闭上了眼睛,耳畔只能听到风和叶子的回应。

细微、琐碎,却又那样清晰。

他不禁回想起过去无数次,陆蔓蔓用黑布蒙住了他的眼睛,温柔而略带淡哑的声音在他耳畔回响。除此之外,便再无其他,整个世界,只有她的气息。

"你过去从来没有经受过这方面的训练,十秒的君子决斗,这在国内比赛很少会见到,但是这在比赛中是被允许的,只要双方达成一致。"

"乔星野不轻易用这招,除非是他特别在意的对手。"

"十秒之内的决斗,是他的必杀绝技,很少有人能从他的枪下逃出生天。"

"因为……"

原修感受着她细嫩的指尖轻柔拂过他紧闭的双眸,为他戴上黑色的细带,湿热的气息拍打在他的耳畔。

"因为这是我教他的。"

这一招,是陆蔓蔓手把手教会乔星野的必杀绝技,她笃定了乔星野会在决赛中,用这一招制敌于原修。

"当然,短时间之内要训练你的身法、意识和反应力,达到乔星野的程度以

至于足以和他对垒,似乎不大可能,不过我可以教你另外一招。"

原修闭上眼,有暖软的微风拂面,细碎的刘海轻撩他的眉心,微痒。

她在他的身后,无数次询问:"听到了什么?"

听到风拂树叶的低声细语,听到虫鸣,听到自己的心跳……

他听到了很多很多,可是从来没有听到她希望他听到的声音。

所以几乎有整三个月的时间,在所有训练结束以后。夜色之中,月光之下,陆蔓蔓会蒙上原修的眼睛,锻炼他的听力。

从一开始的纷繁嘈杂的世界,听到很多的声音,直到后来,风吹草动声,飞鸟啼鸣声,自己的心跳和呼吸声……

直到……万籁俱静。

所有的声音都从他的耳朵里隐退了,而那之后,他才听到她想让他听到的声音。

那是脚下枯枝碎叶的磋磨声,是……对手的声音!

是的,十秒之内,只要他能听见对方的声音,他就能够掌握对方的一举一动,脚步停顿,取枪,抬手,扣动保险栓,按下扳机……

"能够掌握对手的一举一动,他的脚步声,甚至呼吸、心跳……克敌制胜,抢占先机便轻而易举。"

无数次,原修蒙着眼睛倾听着陆蔓蔓的脚步声,这种脚步声不是空旷房屋内的咚咚声,而是飞鸿踏雪泥的轻微碎屑响动。在碎屑声中,辨别脚步迟疑、停顿,然后回身按压保险栓的咔嚓声。

即便闭着眼睛,周遭所有的一切,只要他想,他都能够听得到!

整整三个月,夜深人静,黑暗处的听觉训练卓有成效,他的听力的确提升到了一个前所未有的敏锐档位。

乔星野的脚步声比之与陆蔓蔓那轻如鸿毛落地的声音而言,要滞重许多。

脚下摩擦枯枝碎叶,清晰可闻。

十秒的时间,原修几乎可以不用计算,只要听着他的步履,感受他变化的心境,他便知道何时应该出击。

"叮!"

腕表同时提醒十秒倒计时的结束,而就在乔星野猛然回身的刹那间,原修已经抬枪。

0.01秒的误差,失之毫厘,差之千里。

乔星野速度再快,怎么可能快得过声音!

那一枪稳稳命中了他的眉心,散射出红色的粉尘痕迹弥漫在空气中,渐渐弥漫开……

乔星野依旧没有反应过来,他甚至都还没有来得及开枪。

怎么可能……那小子怎么可能比他还快！

他自觉自己的身法敏捷度在全美联数二便没人敢称第一，这是 W 教他的致命绝杀，怎么可能会轻易让这个家伙破解！

直到眼前红色粉尘散尽，他恍然发现。尘埃中那个逆着光面向他挺拔而立的男人，他闭着眼睛，从容不迫，宛如从日影光晕中走出来的神祇。

突然明白了。

当初陆蔓蔓曾经警告过乔星野："虽然你的速度够快，但是快不过声音。"

她想用丝带蒙住他的眼睛，对他进行听觉训练，却被乔星野断然拒绝："我绝对不会让自己失去双眼而暴露在危险的环境中。"

开玩笑，如果连目标都看不见，怎么可能命中，声音真的有那么大的魔力，他绝对不相信。

无论陆蔓蔓怎样苦口婆心地劝说他进行声音训练，而他总说的一句话是："没关系，我已经很厉害了，没有人能从我的枪下逃出生天，亲爱的 W，你得信任我，我是全世界最强的。"

他骄傲而自负，不相信陆蔓蔓的话，更不愿意承认自己比她弱。

那些他绝对不愿意相信和承认的事实，最终却在面前这个男人的身上得到了印证，他一败涂地。

或许，他输的不是实力水平，他输给原修的只是一份更显诚意的爱情。

精诚所至，金石为开。

乔星野败了。

朱蒂一直纠缠着陆蔓蔓。

距离安全区的收缩，最后不过几分钟的时间了，而她和朱蒂还在百米之外的林地缠斗。

陆蔓蔓越来越怀疑，朱蒂根本不是想赢，而是想拖着她同归于尽！

不能让朱蒂得逞，陆蔓蔓必须速战速决。在她思忖的片刻间隙，连着几枪打在她身旁的草地上，枝叶横飞。

不得不承认，朱蒂虽然嘴皮子贱了点，枪法歪了点，但她的速度堪比短跑运动员，高中的时候还拿过全州短跑田径赛的冠军。

当年 queen 之所以挖她墙脚，把她招进了战队，就是为了弥补陆蔓蔓的缺失。

陆蔓蔓在腿部肌腱受伤之前，速度是全美联的 No.1，然而她受伤之后，速度大幅度消减，即便是伤好之后，也不敢再往上提。

这个时候，速度敏捷的朱蒂便进入了战队经理人的视线。

朱蒂现在便是用自己最引以为豪的优势，和陆蔓蔓打速度战。即便她的

枪法不够准确,但是速度够快,身形够敏捷,一时间陆蔓蔓也奈何她不得。甚至有好几次,陆蔓蔓都想放弃这家伙直接跑安全区,但是身后埋这么个定时炸弹,很容易遭遇暗算,满盘皆输。

所以陆蔓蔓和朱蒂的战役陷入了胶着状态,朱蒂用火力逼迫陆蔓蔓进行长短交替跑,一次又一次地挑战陆蔓蔓速度和耐力的极限。

朱蒂一早便是有备而来,陆蔓蔓被引入陷阱之中,显得异常被动。奔跑就不是陆蔓蔓的长项,而朱蒂是要将她的短板全部暴露,攻而克之。

现在两个人距离安全区有百米的距离,时间也在一分一秒地流逝,待会儿安全区收缩之后,两人即便不是互相残杀而死,也会因为无法及时进入决战圈而被淘汰。

朱蒂站在距离她约莫十米远的一棵树下,冲她笑得那叫一个浓桃艳李,意气高昂。看样子这女人是铁了心,即便不拿冠军,也要拖着她一起死,同归于尽!

刚刚和朱蒂的对战,陆蔓蔓耗尽了枪里的大部分弹药,现在子弹已经所剩无几,她不能再这样和朱蒂打消耗战,她必须速战速决。

她抬起枪,瞄准了朱蒂。

朱蒂宛如一只在丛林中穿梭的灵活麋鹿,几步一个跳跃,跨过林中枯木败枝的障碍物,凭借自己的速度和敏捷身法,躲过了她的攻击。

queen 招揽她入麾下还是有自己的考量和道理,凭借这样的速度和身手,朱蒂几乎可以在战场之上如鱼得水。

她兜了个圈儿,朝着决战圈跑了过去,还有最后一分钟的时间。一分钟后如果她们不能进入决战圈,必然是双双淘汰的命运。

陆蔓蔓不会允许自己在这里就被淘汰,她收了枪,随着朱蒂的步伐,朝着决战圈跑了过去。

最后的决战圈确定在不远处的废弃工地四周,两个人一前一后,宛如两道穿梭的追光,朝着废弃工地飞奔而去。

朱蒂回头冲陆蔓蔓竖了个异常挑衅的中指。论速度,陆蔓蔓不会是她的对手,只要陆蔓蔓速度提不上来,绝对无法在安全区收缩的最后那几秒时间里跑入决战圈。

而朱蒂,还有十几米,她就要跑进去了。

陆蔓蔓看着她渐渐远去的背影,握枪的手紧了紧,果断扔下了全部的背包负重和手上的步枪,顺手从腰间取下狙击。

屏幕前紧捏一把汗的观众这时候心都提到了嗓子眼。

这种千钧一发的时刻,陆蔓蔓居然要用狙?

朱蒂已经快要跨进决战圈,现在也只有枪中之王——狙,才能够跨越如此遥远的射程，命中目标。

陆蔓蔓迅速架好了枪，瞄准了飞速狂奔的朱蒂。

因为即将入圈，胜利近在咫尺，朱蒂回头已经看不到陆蔓蔓的身影，显然是被她远远甩在了身后。于是，她也就顾不得跑什么S路线，奋力朝着决战圈发起最后的冲刺。

然而在她满心以为能够以速度胜过W，拿下这场比赛的胜利的时候，却想不到W的枪已经瞄准了她，子弹从弹道猛弹而出，带着凛冽的疾风直直射向了她的后脑勺。

在她前脚埋入决战圈的刹那间，却被陆蔓蔓一枪爆了头。近在咫尺的胜利，也随着这一枪而无情地飘走了。

现场屏幕前观战的粉丝们爆发出一阵雀跃的欢呼，这一枪打得很漂亮，硬生生扭转了最后的结局，M4是将朱蒂从胜利的高台之上毫不留情地拽了下来啊！

朱蒂本以为可以凭借这一场战役，彻彻底底将W踩在脚下，让那些一次又一次对她流露失望目光的董事看看清楚，她不会比W差！

然而当后脑勺清晰的痛觉传来的时候，朱蒂都被打蒙了，脚已经踩进了决战圈，她即将赢得胜利，为什么，为什么还是不行……

她泄气地一脚踹开了脚下的石头，发泄一般低沉嘶吼，转身冲遥远的陆蔓蔓大喊："时间不够了，你根本不可能跑过来，你还是输了，输给我！"

输吗？

W的世界里可从来没有"输"这个字，过去没有，现在更加不会有。

陆蔓蔓起身，从容不迫地收好了狙击背在身后。从无人机拍摄的角度，隐隐约约可见她逆光的轮廓，她站在坡地上，迎着风，眼神坚硬似铁，有蕴着一份难得的淡定。

这眼神，竟是那样熟悉！

那个深深镌刻在每一位竞技粉心中的神圣字母，几乎已经呼之欲出，他们按捺着内心的疯狂躁动，目不转睛地盯着屏幕，不忍遗漏任何一丝一毫的细节。

他们宛如一个个拿着放大镜的名侦探，在她的每一个细微神态的变化中，寻找着蛛丝马迹的细节加以佐证。

不会吧，不会是她吧。

可好像……又是她。

直到陆蔓蔓将额前一缕微润的刘海揽到耳后，然后从包里摸出了刚刚原修递给她的……

黑色口罩。

棉绒质地的口罩上用红线绣着一个血红的W字母，宛若一抹邪恶的微笑。

当她平平整整将W的口罩重新戴起来，当那张曾经让无数选手恐惧、让无数粉丝尖叫的熟悉面容……再度出现在镜头前！

无人机飞到她的正前方，抓拍定格了一个完完整整的特写镜头。

整个赛区的观众席彻底癫狂了，他们再也抑不制住兴奋的情绪，纷纷站起身，尖叫呼喊，快掀翻了整个屋顶，以至于就连丛林赛区最边缘的地带都能听到粉丝们热情的呐喊声。

全世界每一个角落，无论是坐在嘈杂喧闹网吧看直播的网友，还是混乱街区的水泥圆筒柱上，拿着手机和朋友们看比赛的男男女女，甚至就连夏天晚自习的图书馆角落里用笔记本电脑看比赛的同学……他们的嘴里同时不可置信念出了那个字母：

W！

她回来了。

在销声匿迹一整年，在日新月异新人辈出的竞技圈，在人们都快要将她遗忘的时候，她竟然会以这样令人咋舌的方式，猝不及防地出现在众人视线之中。

意料之外，但又好像就在情理之中。

M4就是W，对啊，除了她，还能有谁！

她依旧以一贯的胜利者姿势，向全世界证明——W的时代没有过去，就是现在。

场外观众疯狂尖叫着，一浪又一浪呼喊着那个神圣的字母。

决战圈内，原修从废墟掩体之后站直了身体。放眼望去，只见南北正十点钟方向，女孩宛如敏捷的豹子，朝着他所在的方向猛冲而来。

场外尖叫声此起彼伏，原修抬起枪，一枪一个，为她干掉前路所有碍眼的对手，扫清障碍。

狂奔的陆蔓蔓已经看到原修，他抬枪换弹夹的间隙，还冲她吹了声口哨。

非常皮。

陆蔓蔓眸子里渐渐有了光，她朝着原修所在的方向奔跑过去。在决战圈最后收缩的十秒时间里，猛冲进了圈子里，而周围一直潜藏埋伏的选手突然出现，所有的火力同时朝着戴口罩的陆蔓蔓聚集。

众矢之的——W！

在初始的震惊过后，选手们重新开始振奋精神，无论是美联还是欧盟的队员，他们无一不想拿下W的人头，这可是逆袭女神的最好时机。

因此决战圈内幸存队员的火力输出都不约而同地聚集在了陆蔓蔓身上。

陆蔓蔓枪里弹药已然所剩无几，是无法应付决战圈的火力攻击，不过她并没有退却，她目光紧扣原修，朝着他飞奔而来。

原修从掩体之下冲出来，用身体护住陆蔓蔓的同时，顾折风、阿横、李银赫几人同时从各自躲避的掩体后一跃而出，对着四面隐藏的选手一顿狂轰滥炸，将他们打得抱头鼠窜。

她回头望向他们，她的队友们啊。

李银赫脸上同时挂着狂妄又邪恶的微笑，骂她："你想吓死老子啊。"

任翔回头冲陆蔓蔓竖起了大拇指，同时抬枪干掉了两个企图从她背后偷袭的家伙。

顾折风一边射击一边大喊："你们看到了吧！看到了吧！我就知道一定是！啊啊啊！憋死我了！"

……

队员们一个都没有死，陆蔓蔓用尽子弹的最后时刻，他们冲了出来，为她挡下了全部的火力，保护她赢得最后的胜利！

所以直到最后一位敌人倒下，巨大屏幕上显示最终胜利的队伍是来自中国的 X ＆ W 战队，粉丝们才真正明白——

原来微笑 W 从未离开，她一直都在，只是他们险些忘了她而已。

每个人心中都堵着那么点不是滋味，有点愧疚，即便竞技圈新人辈出，今天他们粉了这个高颜值新晋选手，明天又粉那个小鲜肉……可是他们的微笑W，她是永恒的经典啊。

原修揽着"经典"小姐姐走出营区大门。

好奇的记者们早已经按捺不住躁动的好奇心，一拥而上，太多太多的疑问铺天盖地朝着陆蔓蔓涌来，闪光灯咔嚓咔嚓，镜头前的她英姿飒爽，神采奕奕。

无论记者问多少遍，她的回答永远只有一个：今晚的胜利属于我的战队。

无论是在人群中为他们默默喝彩的程遇和阿横，还是遥远的故乡，在几百块一节的 GRE 辅导课上缩在桌子下面，戴着耳机偷偷摸摸看比赛的夏天，还是此刻与她同袍而战的原修、顾折风、李银赫和任翔。

W 今日的荣耀，永远属于曾经支撑她走到现在的每位伙伴。

在镜头前，陆蔓蔓用流畅的英语，把她的队员们，挨个介绍了一遍，无论是生活趣事还是比赛走位，经典的美式幽默，时不时地插科打诨，引得现场哈哈大笑。

不过记者会并没有进行太长时间，队员们早早回了酒店修整，迎接三天之后的世界总决赛。

总决赛上有曾经打败过 queen 的欧盟 KING 队，这支战队和 X 战队一样，是两年内快速崛起的新晋战队，能够打败老牌的 queen，实力绝对不容小觑。

队员们必须稳住心绪沉着应战。

然而某些人着实淡定不起来，客厅里，陆蔓蔓紧挨着原修，死死抱着他的手臂。

除了顾折风和程遇两位知道真相的吃瓜群众以外，每位队员脸上都挂着咬牙切齿要把陆蔓蔓生吞活剥的狰狞表情。

尤其是李银赫，噢，现在已经被顾折风连着叫了三天"李小璐"的李银赫，他之前曾经跟顾折风打赌，如果 M4 是 W，那他就是成龙，就是霍元甲，就是李小璐。

任翔冲陆蔓蔓气急败坏地说："你真是……真是太让我失望了，你到底有没有把我们当队友，说好的交付真心和后背呢，噢，你把后背交给我们，真心就交给你家队长。哼，我看透你了！"

陆蔓蔓拉下口罩，露出了嘟嘟的嘴唇，脑袋越渐往她家队长的胳肢窝里钻，直接被队长夹着颈子拎出来，温柔的声音自头顶传来："好好接受人民群众的批评。"

陆蔓蔓听话地"噢"了声，坐直身体，态度虔诚认真。

李银赫骂骂咧咧说："我就知道，能把老子打败的女人，绝对是非一般的女人。哼，微笑 W，哼哼。"

"哼什么哼。"陆蔓蔓凶他，"别不服气，你师傅永远是你师傅。"

她一凶，韩援秒怂，脱口而出的脏话又被自己吃了进去："是，我师傅永远是我师傅，给师傅递茶。"

向队员们解释清楚了前因后果，已经夜深，在队员们洗漱之后，陆蔓蔓偷偷钻进了原修的房间。

原修穿着十分居家的一套浅色系睡衣，倚在床边看英语书，柔和的壁灯在他鼻峰以下投射阴影，修长的睫毛也在眼睑位置埋下一片狭长倒影，他的轮廓因之柔和了许多，不复以往的锐利。

陆蔓蔓抱着她的毛茸茸小被子，爬上了原修的床。

原修将书放回床柜边，关了灯，顺势躺下来，将她揽过来。陆蔓蔓抱紧了他的手腕，顺势蜷进了他的怀里："修修拿下世界赛之后，就要退役吗？"

"会。"原修说，"我答应过老头子，说到就要做到。"

男人嘛，承诺如山，说到做到。

"那……拿下世界冠军之后，就没有遗憾了吗？如果以后还想打比赛，怎么办？"

原修凝望着黑暗的天花板："怎么说呢，其实走到现在，为你打赢了复仇的一战，我已经没有任何遗憾了，世界冠军对于我而言，只是锦上添花。"

"你这么没出息，会被队员们痛扁的吧。"

"我有这么厉害的老婆，怕什么痛扁。"他低头吻了吻她的额头，"就像你很久以前说的,比赛的意义只在于和自己的爱人亲人、交付真心的队友们,共同打完这一场游戏,仅此而已。"

陆蔓蔓点点头:"打这个游戏最快乐的一次,还是很多年前的生日,艾力克斯路易斯老爸们带我去玩的第一场真人 CS,虽然那个时候我们还没有进决赛就被淘汰了,路易斯更是被打得像个花孔雀一样,五颜六色,过去经历了很多场比赛,可那场比赛,我能记一辈子。"

几分钟后,原修的手开始不老实,陆蔓蔓声音已经带了睡意:"不可以哦。"

"哦。"

某人的手继续不老实。

"原修。"

"嗯?"

他已经开始撩她睡裙边角了。

……

突然,房间里传来一声男人隐忍的闷哼,出门喝水的顾折风好奇地凑近原修房间门口,敲敲:"队长,没事吧?"

"没……没事。"男人的声音略带了一丝丝抽气。

顾折风耸耸肩,打了个呵欠回房间。

陆蔓蔓松开原修那垂头丧气的小兄弟,然后拱进他怀里,闭上眼柔声说:"听话,乖乖睡觉,比赛结束蔓蔓给你大奖励。"

原修终于不敢再闹腾,他想着陆蔓蔓的大奖励,一整夜。

生而同袍，荣辱与共
· 第九章 ·

  每年的 S 系世界赛都备受关注，尤其今年又有消失已久的微笑 W 化身新晋中国人气选手 M4，强势归来。
  因此全世界各大平台早在开赛前十二个小时，讨论区流量就已经开始持续飙升，中国这边的网络流量几乎快达到有史以来的巅峰值。
  【天哪，女神不愧是女神，五强赛那一拨碾压太可怕了。】
  【queen 的经理人可以被辞退吧。（点蜡）】
  【当初你对我爱搭不理，现在让你高攀不起。】
  【难道没有人关注我 W 女神居然会来中国！居然会加入 X！】
  【不仅仅加入了 X，还和你们老公打得火热。】
  【之前我就看出来了，M4 和原修之间妥妥有猫腻，就说原修怎么可能突然对一个名不见经传的新人这么友好，他什么时候点过别人的赞！】
  【所以原修不是要扶持新人，原修是要抱女神大腿 2333！】
  【去年世界赛不是还让她叫老公吗，这下子是要变成真老公了吧！】
  【哈哈哈去年我还觉得咱老公配不上 W 女神，看了他和 M4 配合得如此 666，我居然有点真情实感想站两人的 CP 了。】
  【真是一对深水 CP 啊，从线上到线下。】
  【讲真的，是 M4 我可能接受不了她和我老公在一起，但如果是 W，我会觉得我老公踩狗屎捡到宝贝了，哈哈哈。】
  【排楼上 2333，这一拨大腿直接上手，女神姐姐如果真的肯让老公攀下来，普天同庆，我下个月初一就去月老庙上三炷高香，保佑女神不要把我老公踹了。】

……

对于 M4 就是 W 的事情，网络上议论什么的都有，不过更多的关注点，还是放在她加入了俱乐部的事情，难怪这次战队能够一路杀进世界赛前三强，只要有 W 在，战队甚至极可能直接拿下世界冠军！

Boss 李在 W 掉马的第一时间就发来了作为大老板的亲切问候。电话中，他不卑不亢地表达了作为长辈的殷切期望，希望陆蔓蔓再接再厉，但同时不要骄傲，保持谦逊和严谨的优良作风。

可不只是 Boss 李，这一拨让世界哗然尖叫的爆马操作，甚至连大洋彼岸的原修老爹都惊动了，亲自打电话过来，问原修是不是惹了什么不得了的大人物，他们集团的股价昨天开始上蹿跟疯了似的，涨幅高达百分之七。

当然原修没告诉他，是因为他有了个特牛的儿媳妇，老爹这种保守派，他想象不出来让老爹知道了会怎么样。

现在陆蔓蔓只要一露脸，不管戴着口罩还是没戴口罩，都会被记者认出来。感觉现在的自己已经无所遁形了，索性她就不怎么出门，待在酒店养精蓄锐，为后面的总决赛做准备。

客厅里，队员们正围坐在一块儿看欧盟 KING 队的比赛视频，陆蔓蔓手机响起来，是艾力克斯打来的，她随手便接了："艾力克斯大宝贝，这边正忙着呢，有什么事待会儿说啊。"

随即，她沉默了几秒，然后起身去了阳台。

原修抬头看了她一眼，又被任翔扯着问别的事情。

阳台边种着几株藤萝绿植，长得茂盛葱郁，垂挂在窗台边，不远处朝阳正冉冉而升。

陆蔓蔓的手握紧了电话，迫切地问："艾力克斯，你别急慢慢说，怎么回事，路易斯怎么了？"

"路易斯他……他从昨晚就没有回来，手机无法接通，我等了一夜。今早去公司，那边说他已经回家了，可他没有……没有回家，没回来啊！"

电话里的艾力克斯整个人精神都崩溃了，陆蔓蔓从来没有听过他那样子说话的声音，调子里带着哭腔，宛如千年的枯木摧枯拉朽。

天都塌了。

她听完艾力克斯的陈述，一颗心猛然缩紧："报警了吗？"

"报了，警察说不够 24 小时，说他可能是和朋友出去玩了让我耐心等等。可是我知道啊，这是不可能的，他从来不会不告诉我就跑出去玩，蔓蔓，他不接电话，一定是出事了……"

陆蔓蔓挂掉电话之后，便匆匆出门。

原修迅速起身询问："要出去？"

陆蔓蔓几乎是用尽了全身的力气，才抑制着没有马上哭出来。她回头对他轻松笑了笑："没事儿啊，艾力克斯叫我回家吃饭呢。"

"这边过去有段距离，明天比赛……"

陆蔓蔓知道原修的担心："今晚我可能就住在家里，明天下午的比赛，上午肯定能赶回来的。"

原修微微蹙眉，略显迟疑："不要最后再看看KING的比赛视频吗？"

比赛前夕就这么跑掉，这很不像陆蔓蔓的作风。

"没关系。"陆蔓蔓艰难地憋出一丝笑意，"KING队之前也有关注过，能拿得下来。"

她素来自信，原修虽然心下很是疑虑，但还是按下不表，只问道："老爸没叫我一块儿回去吃饭？"

"怕你太紧张影响比赛啦，那我先走了。"

"我送你下去。"

"不用不用，不用送的。"

陆蔓蔓说完赶紧穿上鞋，匆匆离开，走出家庭套房的时候手都抑制不住地颤抖，踩在松软地毯上，感觉头重脚轻宛如走在云端。

她匆匆赶回曼哈顿的家中，社区警察受理了路易斯的失踪案，正在向艾力克斯搜集笔录信息。

"我问了马修和艾登，他们说他上了一辆出租车之后，便叫他们回家了。"

马修和艾登是路易斯高薪聘请的贴身保镖，他们说路易斯今天应酬了日本方面的客户之后已经非常晚了，车因为返厂维修，他便坐出租车回家，上车以后告诉保镖不用跟着，因为太晚了，他很善良地让他们早点回家休息。

艾力克斯眼角发红，思绪已经完全混乱，无法冷静，做笔录的时候前言不搭后语，费了很大劲才把事情讲清楚。

陆蔓蔓按住艾力克斯的肩膀，低声安慰他。

艾力克斯见到陆蔓蔓回来，一直紧绷的心弦骤然绷断。他抱着陆蔓蔓痛哭失声："路易斯他不见了，他如果出什么事，我、我该怎么办……"

陆蔓蔓抽了纸巾擦掉艾力克斯的眼泪，满心酸涩："不会有事，警察马上就会找到他。"

和警察沟通，去警局笔录，调取监控……

办理这所有的事情，陆蔓蔓都一直稳着没哭，虽然心里的担忧丝毫不会亚于艾力克斯，但是她知道，自己必须稳着，艾力克斯已经六神无主，临近崩溃的边缘，要是她再表现得像个孩子一样，这个家会垮掉。

艾力克斯和路易斯年少便相识,彼此陪伴走过大半的漫漫人生路,后来家里添了陆蔓蔓小宝贝,像所有完整而幸福的家庭一样,路易斯是家里的经济支撑,也是大家长,所有大事都是由他来决定,包括对陆蔓蔓的教育。

艾力克斯过得要轻松许多,平时画画、养花、健身,和陆蔓蔓狼狈为奸地使坏……两个人还时不时会同仇敌忾一起"反抗"路易斯的家长权威。

总而言之,两个老爸都是陆蔓蔓最爱的老爸,少了谁,这个家都不会完整。

很快警方就调取了路易斯从公司出来的监控视频,深夜的画面里,他上了一辆出租车,可是出租车的车牌有两位数字被什么东西遮挡了。车驶离了华尔街之后,又通过其他街道的监控,捕捉到出租车出现在几个街区,但随后因为监控的缺失,出租车便消失了。

车牌号被遮挡,专业技术人员只能将出租车的完整细节呈现,同时警方快速布控,在出租车出现过的和最后出现的街区寻找目击证人。

陆蔓蔓忙完这一切的时候已经是深夜,警察让他们回去休息,说一旦有任何消息会马上通知他们。但是路易斯失踪生死未卜,他们怎么可能还睡得着,索性就在警局的休息室排椅上坐着,等消息。

过去发生天大的事情,总有两个老爸撑着,陆蔓蔓感觉自己也许永远不用长大。现在天塌了一半,艾力克斯那一半似乎也摇摇欲坠。

陆蔓蔓抱着泪流满面的艾力克斯,让他靠着她小小的肩膀休息,轻声在他耳边安抚,告诉他不会有事,路易斯是好人,好人一定不会有事。

此刻她宛如小大人一般,承担起了照顾老爸的责任。

第二天早上,原修给她去了一个电话:"蔓蔓你什么时候回来?"

听到原修的声音,陆蔓蔓心里的酸涩这个时候开始喷涌而出,涌到喉咙间,被她克制地咽下去,她尽可能让自己声音保持平静。

"原修,这场比赛我想让程遇上。"

电话那端,原修沉默了很久很久,他突然问:"家里出事了?"

"嘿,你想多啦。"陆蔓蔓强颜欢笑,眼泪却含在眼眶里疯狂打转,"我是觉得啊,世界赛机会好难得,我以前拿过那么多次冠军了,程姐是第一次,她那么努力,我想让她站上去,多好啊。"

"真的?"原修显然还在犹疑,"真的是因为这个原因?"

"是啊,昨天晚上我一直在考虑,然后也问过艾力克斯和路易斯,他们都很支持我。之前我也跟你说过啊,这场比赛,重要的不是输赢,而是和队友们一起打比赛的快乐啊,所以我想让我小姐姐也有上场的机会。"

原修还是有些不确信,闷声说:"不是说好带我们拿下世界冠军吗?"

"哈哈,修修是怕没有我,搞不定冠军奖杯?"

"当然不是。"原修倨傲地说,"我一样能打下来。"

"嗯,我和路易斯连红酒香槟都准备好了,我们要在家里看比赛,一家人一起看比赛,等你们胜利的好消息!"

一家人一起看比赛,她说出这句话的时候险些呛着,连忙用手捂住了嘴。

"会赢的。"原修向她保证,"一定会赢。"

上午警方实地走访找到了几位目击者,却没有实质性的进展。陆蔓蔓抱着头坐在警局走廊的排椅上,数着时间一分一秒地过去。

安德警官端着咖啡和几位同事笑呵呵地从办公室出来,艾力克斯连忙迎上去,追切问道:"路易斯的事情,有进展吗?"

安德警官差点让他吓一跳,端着咖啡后退两步,眉头皱了起来:"这种事,急也急不来的啊。"

艾力克斯看着他手里的咖啡和面包,情绪一瞬间被点燃:"急不来,你们就赶快去找啊!路易斯已经失踪一天加一整晚,你们还有心情在这里聊天喝咖啡,你们到底有没有把这件事放在心上……"

安德警官气定神闲地说:"你知不知道每天纽约有多少人口失踪,多少人第二天被人发现躺在下水道里,缺胳膊少腿……我们每天要忙的事情还有很多,可不只是你这一件事,现在已经出动警力去找,你们安心等着就行了,别在这里影响我们工作。"

陆蔓蔓连忙跑过来,拉住激动的艾力克斯,安德警官和朋友笑着离开走廊的时候还轻蔑地说了声:"事儿真多。"

艾力克斯或许没有听见,而陆蔓蔓却敏锐地抬起了头。

她让艾力克斯少安毋躁,她再去和安德警官聊聊。

转过走廊拐角,安德警官正倚在回廊边教训一个犯了错的黑人男孩,用警棍很不客气地戳他的胸部,把他戳得踉跄倒地。

陆蔓蔓走过去一把揪住了安德警官的衣领,安德猝不及防被她按在墙上。虽然他身高比陆蔓蔓高出了一个脑袋,身形也要健壮许多,但是陆蔓蔓手头力量大得惊人,他一时间竟然也挣脱不得。

"死丫头,你想干什么,快放开我!"

"你算什么警察。"

她脸色低沉如黑云压顶,声音压抑,好似暴风骤雨来临前夕的海潮。

在安德警官那边放了一通狠话,陆蔓蔓头重脚轻走回来,这时候休息厅的电视里正在播放午间新闻,艾力克斯见她神情呆滞,不明所以:"蔓蔓……"

"爸,我要联系记者。"

艾力克斯愣了愣:"记者?"

"我不相信这帮警察,我要联系记者,他们会帮忙的……"

W算得上是这段时间媒体竞相报道炙手可热的人物,好多新闻电台和杂志想要她的独家专访,却因为比赛的缘故,根本不可能约到。

现在W主动召开新闻发布会,各大媒体倾巢出动,全部围堵在警局外面,闪光灯咔嚓咔嚓此起彼伏。

"这是我爸,他叫路易斯。"陆蔓蔓红肿着眼睛,形容疲倦,手里拿着一张放大的一家三口在公园的合影照片,"昨天晚上他上了一辆出租车,然后在莱辛顿大道附近失踪,如果有人曾经见过他,请立刻与警方取得联系。"

她又将监控拍到的出租车照片拿出来:"这是他失踪之前上的出租车,丰田普锐斯,这辆车的车牌号被遮挡,但是车身左侧有磨刮的痕迹,车前端有卡通玩偶的吊坠……"

记者们凑近那张照片,摄像镜头对准了出租车照片不停地拍摄,陆蔓蔓尽可能让自己情绪平静下来,向所有人展示出租车的各方面细节。

"如果昨晚10点24分到11点18分这一段时间,有人刚好出现在以下几个街区并且看到了这辆出租车,请立刻与警方取得联系,谢谢。"

她对着镜头深深鞠躬。

记者们争相提问:

"W,今天有你的比赛,现在距离比赛开赛还有不到十分钟,恐怕是赶不过去了吧。"

"这场比赛是你重返美联东山再起的最后一役,就这样放弃不会觉得可惜吗?"

咔嚓咔嚓的闪光灯刺得陆蔓蔓双眸生疼,看着那一个个黑乎乎的镜头,她不禁握紧了身边艾力克斯的手。

"我的队友们正在为我战斗,W所有的荣耀属于他们,而同样,他们的荣耀也属于我。"

生而同袍,荣辱与共。

记者会召开之后的两个小时,W父亲失踪的事情在网络上引爆了一波寻人狂潮,曼哈顿几乎所有竞技粉自发来到陆蔓蔓所提及的那几个街区,四处打听,张贴寻人启事。网络上路易斯和出租车的照片迅速传播开来,经由媒体的发酵,原本应该是警方的寻人工作,线上联合线下,可以说是全民出动。

安德警官完全没有想到,这起普通无奇的人口失踪案竟然会演变成现在这种局面,社会影响力如此之大以至于他的顶头上司都连番打电话过来催促,让他迅速侦破案情,一分钟都不能耽搁。

安德警官真是焦头烂额,这个时候才恍然明白陆蔓蔓说的话,如果路易斯因为他的消极怠工出了什么事,让他下半辈子不得安生。

她不是危言耸听,她玩真的。

这起失踪案的新闻报道和 X & W 战队夺得世界冠军的消息同时在网络上蔓延开来,在国内所有粉丝为中国队取得世界赛冠军荣耀而欢呼沸腾的同时,也为陆蔓蔓的父亲路易斯的失踪牵挂不已。

战队成员在下场的第一时间得知了这件事之后,颁奖典礼几人集体缺席,曾经疯狂追逐的世界赛奖杯,那个接受全世界呐喊欢呼和崇拜的星光领奖台,被他们毫不留情地抛诸脑后。

比起灿灿的全金奖杯,比起众人的艳羡,比起加身的荣耀,他们的每一位队友,那才是他们需要去守护的珍贵。

没有任何犹豫,几人在得知意外发生的第一时间,毅然决绝地走下了领奖台,退场离开。

坐在警局没有任何帮助,陆蔓蔓索性和艾力克斯一起上街张贴寻人启事,在人来人往的莱辛顿大道周围街区,拿着照片四处询问。

从昨晚到今天几十个小时里,她一直紧绷心绪,没一刻放松下来,因为一旦松懈,她怕自己会撑不住,撑不住在艾力克斯面前露出脆弱的一面。她的爸爸鬓间都有了白发,眼角也有了尾纹,爸爸老了啊。

从前他们就像两棵参天大树,呵护着她这朵没妈的小娇花,矜矜贵贵地养着,宠着……而现在暴风雨来临,应该是她变强大起来的时候,她要用自己的力量保护他们。

从下午到晚上,她问过不下百人。

"请问您见过他吗?他叫路易斯,他失踪了,如果有看到他,请您联系我好吗,背后有我的联系方式。"

"这辆车请问您见过吗?能不能麻烦您仔细看看呢。"

……

直到后来,说出来的话已经无法过脑过心,她像个机器人一样,茫茫然走在大街上,任由涌动的人流擦过她的肩膀。

脑子空空荡荡。

陆蔓蔓蹲在人来人往的街道边,周围人声嘈杂,她双手握成了拳头,大拇指紧按着食指,按出了发白的指肉,她紧紧闭着眼睛。

大口大口地喘息着,以缓解心中剧烈的疼痛,她的心都碎了,天也塌了。

这时候,温厚的手掌落在她的背上,一下又一下,轻轻地安抚着。

陆蔓蔓抬起头,看到原修眉心微蹙,写满担忧的脸庞,她紧绷的神经骤然松懈,开始克制不住地抽泣起来。

原修扶住她,让她靠在自己身边,拍她的背,缓缓顺气:"我们会找到他,你靠着我休息会儿,我们一起去找。"

陆蔓蔓紧紧闭上眼睛,阻止眼泪继续流出来,她不能哭,路易斯还等着她,她不能哭也不能放弃。

已经快接近午夜,原修想让陆蔓蔓回去休息会儿,现在的她全靠一口气支撑着,无论会出现什么后果,她都必须有足够的精神来面对。

无论结果是好,是坏……

陆蔓蔓坚持不肯回去休息,原修索性便蹲了下来,让她趴在他的背上,他背着她:"我们继续找,但你得在我肩膀上睡会儿。"

陆蔓蔓紧紧攥着他肩上单薄的衣衫:"我得找,路易斯等着我,他等着她的小英雄蔓蔓救他逃离大魔王的魔窟。"

说着说着,不争气的眼泪又掉了下来,她抽抽气,颤声说:"刚来家里的时候,晚上睡觉会怕黑,不敢关灯,想妈妈,做噩梦还会吓哭。艾力克斯睡得很沉,可是路易斯神经衰弱,睡眠不好,他听到我的哭声,于是来我的房间给我讲故事,说大魔王抓走了公主,英勇的骑士打败大魔王,救回小公主,从此幸福地生活在一起。"

陆蔓蔓低声呜咽,啜泣着:"路易斯说,我就是挥舞着英雄宝剑的骑士,路易斯是小公主,如果将来他被大魔王抓走了,勇敢的陆蔓蔓一定会刀山火海披荆斩棘,把他从大魔王的魔窟救出来,所以,我一定要勇敢,骑士才不会怕黑,更不会哭。"

"路易斯在等着我,我要找到他。"

她温热的眼泪濡湿了原修的肩膀,背上湿漉漉一大片,也浸湿了他的心。

正对面街道上 queen 战队几名队员,乔星野、朱蒂,还有阿科他们,他们同样拿着路易斯的照片,正向路人四下打探消息。

那是曾经并肩作战的队友们,虽然之后反目成仇,战场之上相互厮杀,不过这个时候……

他们还是来了。

原修背着陆蔓蔓,和他们隔着一个车水马龙的人行道,遥遥相望。

陆蔓蔓脸色红润,眼睛肿胀,泪水还没有擦干净,润着眼睫毛耷拉在眼睑周围,狼狈不堪。

看到陆蔓蔓,乔星野脸色有些不大自然,背过身去,同样朱蒂轻哼一声,也没讲话,他们去了另外的街区。阿科担忧地看了陆蔓蔓一眼,对她做出口型,示意她不要太担心了,一定会没事。

陆蔓蔓点了点头,不再掉眼泪了,她从原修身上下来,牵起了他的手。

下半夜凌晨四点,终于警方那边有消息传来,说路易斯找到了,现在正在曼哈顿医疗中心接受治疗。

陆蔓蔓第一时间赶到医院，警方正在对发现他并及时送医的一对黑人情侣做笔录。

"当时我们从酒吧出来，看到外面的垃圾站里好像有人在叫唤，一开始以为是猫咪。后来越听越不对劲，鲍勃赶紧打了手电筒，爬上垃圾站的铁栏杆，翻进去才发现这家伙……这家伙满身是血，瘫在垃圾堆里，又脏又臭。"

女孩打了个寒噤。

黑人鲍勃连忙道："他身上的衣服都被扒光了，好像伤得很严重的，我让我女朋友打电话叫救护车，然后我去酒吧叫来我的几个兄弟，一起把他从垃圾站里弄出来。"

艾力克斯早已经守在急救手术室门外，陆蔓蔓再三向这对发现路易斯并且及时送医的黑人情侣道谢之后，跑过去安抚艾力克斯。

战队的队员们一夜没睡，听闻消息，也赶紧来到医院，原修没让他们打扰陆蔓蔓，把大概的情况说了一遍。

窗外夜色渐渐明亮，灰色黎明的天空上闪烁着几颗稀松的星。原修将自己的队服外套脱下来，搭在陆蔓蔓的身上，低声在她身畔耳语安抚。

这时候医生从手术室走出来，一群人赶紧迎了上去，医生见人太多，显出些许为难之色。

"到我的办公室来说吧。"

陆蔓蔓和艾力克斯随医生进了办公室，而原修却立在原处没有动，他已经猜到或许是有什么难言之语，医生不好当着这么多外人讲出来。

陆蔓蔓见原修没有跟上，她踟蹰了一下子，然后闷声说："修修也一起。"

她声音已经全然嘶哑，能听出此刻的虚弱。

原修立刻跟上去，伸手揽住她的肩膀，这个时候，她需要他陪在身边。

不是外人，是亲人。

原修握紧了她的手。

办公室窗户打开，清晨的寒气宛如箭一般射入陆蔓蔓的心脾，在她听到医生说出路易斯伤势的情况时，她双腿发软险些站不稳，幸而原修扶着她。

从医生的口中得知路易斯身上有几处刀割的外伤，头上有钝器击打的伤害，但都不至于有生命危险。

最严重的可能是……病患的精神状态。

路易斯出现了些许精神恍惚的症状，具体情况还需要等病人清醒之后，神经科的医生过来详细诊断。

警方那边得出的结论，路易斯应该是被恐怖分子绑架了，没想要他的命，只不过对他进行了一番凌虐和侮辱，却没想到这起绑架事件会惊动这么多人。他们害怕真的有目击证人站出来，而警方又循着蛛丝马迹找到他们；所以在第二天凌晨就把路易斯扔进了垃圾站里。路易斯身上没有找到任何指纹，应该也是让他们刻意清理过。

这个结论在艾力克斯那里也得到了证实，这一年来持续不断有几拨恐怖分子对他们表现出不善，甚至带有肢体的恐吓和威胁，所以路易斯才会请贴身的私人保镖来保护自己上下班。不料这一次，还是防不胜防。

陆蔓蔓在医院一直陪伴着路易斯，路易斯身体上没有遭受特别严重的伤害，精神上的打击，却几乎摧毁了他。

他整个人近乎处于呆滞状态，无论陆蔓蔓和艾力克斯怎样和他聊天和他说话，他都不发一言，甚至都不看他们。

难以想象，在这一天一夜里，他到底经历了怎样严酷的炼狱。

这个时候的陆蔓蔓根本无暇关心警方抓捕嫌犯的进程，她和艾力克斯两人全天陪伴着路易斯，照顾他，安抚他。

原修会经常过去探望，但是他也在盯警方这边的进展。警方这边其实也没什么头绪，因为事情发生的时间是在黑夜，路上行人很少，出事地点又在监控死角的位置，要想找出真凶并非一朝一夕之事。

而因为 W 的事情，原本世界赛之后主办方会展开一场全部选手共同参与的游戏局，也因为大家参与的兴致不高而被搁置了下来。

微笑 W 象征的是整个职业竞技圈的荣耀，她的家人出了事，无论是选手还是粉丝，心里都不好过。

在警方努力追查真凶的同时，原修和队员们几人也没闲着，溜达在曼哈顿的大街小巷，寻找那辆牌照作假的出租车。

毫无头绪之际，乔星野给原修去了一个电话。电话里，他虽然依旧不带什么善意，但好歹语气缓和了不少。

"听说你在追查凶手。"

原修倚在路边的广告牌下，望了望不远处盯着他看的几个黑人，点了根烟："嗯。"

"我朋友告诉我曼哈顿有几家地下酒吧，是几伙反同分子常去的据点。你如果有时间，叫上你的朋友们，分散开，几个酒吧蹲一下，说不定会有线索。"

原修按灭了手里的烟头，挂掉电话，在路边拦了一辆出租。

接下来小半月，两大战队的队员们，每两人一伙儿，乔装打扮，流连在乔星野所提及的多个酒吧里。

虽然这是个笨方法，但比起大海捞针似的满大街寻找一辆出租车，要便捷多了。而且出租车还被改装过，只要重新喷漆，凭借监控拍下来的照片，很难再寻到蛛丝马迹。

程遇和朱蒂两人冤家路窄，又撞一块儿去了。因为 X 的成员们对曼哈顿不熟悉，所以一般而言是和 queen 的小伙伴们共同组队。

两个女孩个子都挺高，也会打扮，夜店装的风格全然一致，烟熏的大浓妆，吊带背心热辣短裤，要不是一个亚洲面孔一个欧美面孔，那就真跟两姐妹似的了。

两人站在一起，鼻子不是鼻子眼睛不是眼睛，反正就是哪儿哪儿都不对头，即便目光偶尔撞到一起，也是迅速高贵冷艳地挪开。

当然，更免不了斗嘴互损的时候。

"拜托，小姐，你是来夜店玩，不是来当服务员，杵在那儿傻了吧唧站着，当柱子呢？"程遇忍不住吐槽朱蒂，"去池子里跳舞啊，跟人聊天，打听打听情况。"

朱蒂并不常来酒吧玩，大多数时候她都要训练，别看她打扮得挺夜店风，不过这完全是为了不让程遇比下去，她的夜生活其实蛮单调。

朱蒂不服气："你怎么不去？"

程遇端着酒杯理所当然道："英文不好，六级没过，听力全选 C，人家语速太快小姐姐听不懂。"

朱蒂才不相信英文说得这么溜的女人会听不懂人家的话。但是她懒得和她争辩，扭着婀娜动人的水蛇腰肢，来到池子里，跟男人跳起了贴面舞。

程遇坐在吧台边，问调酒师要了一杯柠檬水。这时候立刻便有男人坐到她身边，非常殷勤地为她点了一杯鸡尾酒。

男人嘴似乎没什么把门的，程遇跟他喝了几杯之后，索性直接问："前段时间，听说这附近发生的一起绑架事件。"

"你说最近上新闻的绑架案？"

"对，什么情况你知道吗？"

"小姑娘怎么好奇这个。"男人笑了起来，故意说，"不会是警察卧底吧？"

程遇也跟着笑了笑："哇，大哥好厉害，这都能看出来。"

那男人当然不信她会是警察，只是跟她幽默一下："其实这个事，应该就是这附近的街区帮派的家伙干的，他们经常搞事情，在酒吧给那些有钱人下药，让人出丑，或者把人弄晕了拖出去揍一顿。"

程遇深吸气，稳住情绪："你知道是哪些人吗？"

男人摇了摇头，笑道："姐姐你真是警察啊？"

她眼角微挑："你看我像警察吗？"

男人色眯眯地上下把她打量一遍："姐姐不像警察，但是可以扮成警察，一定刺激。"

程遇轻轻咳嗽一声："我不是警察，不过听个热闹，回去跟姐姐妹们八卦八卦。"

男人为了取悦她，当然也是知无不言，把事情收尾前后都讲了一遍，但不过都是目前已经知道的线索，关于帮派分子的具体身份，始终问不出来，其实男人自己也不知道，都是道听途说。

程遇决定不再跟他多耗费时间，转身欲走，却不承想这男人拉住了她的手腕，轻轻摩挲了一下子："姐姐不再多玩会儿？"

"不了，我还有点事，下次有机会再聊。"

男人没有松开程遇，程遇挣了挣："放开我。"

男人脸上露出粗鄙庸俗的笑，嘴里念着污言秽语，想占程遇的便宜。不承想身后有人按住他的肩膀，将他猛地后拉。

男人重心不稳，摔了个四脚朝天。朱蒂走过来抓起程遇的手腕："走。"

男人当然不甘示弱，被女人这样轻松地弄翻在地，他面子很过不去。于是，他起身朝朱蒂扑过来，嘴里大叫着脏话，而朱蒂长腿一抬，直接踹在男人的脑袋上，再度把他弄趴下。

临走的时候，程遇狠狠踹了男人一脚，骂了声："臭流氓。"

走出酒吧，来到大街上。夜风微凉，程遇将自己的发丝绾到耳后，虽然不大乐意，但她还是向朱蒂道了谢。

朱蒂极不自然地别过脸去，教训道："你以为还在自己的地盘上吗，人家都玩真的，你喝了人家的酒，还聊得这么开心，不和人家上床人家当然不高兴了。"

程遇无所谓地耸耸肩："那我还不是为了打听情况。"

"什么啊，不是说自己英语不好吗，我已经在打听了，你在边上待着就行了啊，不懂规矩就别乱跟人搭讪。"

程遇见朱蒂这副别扭的模样，心说还真是傲娇的家伙。她索性大大方方地揽住了朱蒂的肩膀，和朱蒂一起走在街头："行了行了，我知道了。"

朱蒂不大适应这种突如其来的亲密，她挣脱程遇，不爽道："喂，松开啊，我们关系没这么好，快松开，不然我要骂人了。"

"你这家伙以前是没朋友吧？"程遇歪着眉斜眼看她，"脾气这么臭。"

朱蒂不服气，争辩说："我当然有朋友！我朋友很多的！"

"是吗。"程遇不相信，"你这种既幼稚又讨厌的家伙会有朋友吗？"

朱蒂哼哼了一声："连W那种骄傲又自大的家伙都会有你们这种朋友，我怎么就不能有朋友。"

"骄傲又自大？"程遇笑出了声，"我们认识的怕不是同一个W！"

"哼。"

"我认识的W，其实就是一个叫陆蔓蔓的普通小丫头，生活中经常犯迷糊，有点懒，撒娇黏人偷吃零食，对比赛这件事很执着，很努力要做到最好，不喜欢被人诟病，对比赛一腔热忱，无论是职业比赛还是业余比赛，她都会专心去打……总之绝不是你说的骄傲自大。"

朱蒂沉默地听着程遇的话，她才发现，其实自己并不了解W这人，只是因她被神一般的光环所笼罩,是自己的头号竞争对手,她本能地就把 W 认为是自己所讨厌的那种人了,其实自己根本不了解她吧。

"她真的这么好?你们为了她,连冠军奖杯都不要了,还这样辛苦地帮她找嫌疑人。"朱蒂闷声说,"我不能理解。"

"倒不是好不好,只是换个角度来想,不管是我还是战队里任何人出了这样的事,陆蔓蔓也会做出和我们同样的选择。"

"你这么确信?"

"当然。"

午夜,star 酒吧。

乔星野在舞池里和妹子们花飞蝶舞,衣香鬓影,开心得不得了。原修独自一人倚在吧台边,浅酌,背影仿似沉默的山脉。

他的身上有一种淡淡的气场,仿佛冷而不可近,但浑身上下那股子男人气息,却又总是吸引着周遭的莺蝶想要靠近他,就像飞蛾扑火。

有不少女孩举着酒杯走过去与他攀谈,而他礼貌地保持距离,聊上几句,也只是围绕那次绑架事件。

乔星野跳了舞回来,赶走了原修身边的两个金发长腿女孩,拎了凳子坐到他身边,抢走了他的水杯一饮而尽:"拜托,叫你来不是当模特,是让你打听情况,杵这儿一动不动,耍帅勾引妹子,当心我给 W 告状噢!"

原修将烟头按灭在缸里,淡淡睨他一眼:"你又打听出什么了?"

乔星野轻咳一声:"那个……大部分家伙都是不明真相跟着吃瓜的群众,说出来的我们都知道了,没什么进展。"

原修这时候才缓缓道:"是有帮人经常来这个酒吧,为首的叫史蒂文·安德森,脖子上有蝎文身,是个极端帮派分子,之前把一个人揍进医院,抓局子里关了几天,才放出来没多久,他有嫌疑,可以注意些。"

乔星野目瞪口呆:"刚刚你和一帮妹子喝了两杯,就知道这么多?"

"嗯。"原修面无表情,"妹子们心地善良。"

乔星野指着他粗声大喊:"我要告诉 W,你一定用了美人计!"

这时候原修的电话响了起来,他看看手机屏幕,淡淡道:"不好意思,我女朋友电话。"

原修转身去了安静的洗手间,乔星野又嫉妒又生气,吹胡子瞪眼冲他大喊:"有女朋友了不起啊!没我当初能有你现在吗!嘚瑟什么,等着,她早晚有厌倦你的一天!"

洗手间的灯光分外暗沉,墙壁瓷砖暗黄,窗栏边悬着蛛网,味道不怎么好,不过胜在安静。

隔壁间传来冲水的声音,原修站在窗边,一缕清风迎面,吹散了难闻的气息,他接听了陆蔓蔓的电话。

"路易斯好些了吗?"

电话里,陆蔓蔓叹气道:"明天出院。身上的伤口结痂了,没有大碍,但还是不肯和我们讲话,艾力克斯千方百计逗他开心,他都不笑,看着我们也好像不认识似的。"

"会好起来的,别太担心,现在这样的结果已经是最好了。"

陆蔓蔓低声回应:"嗯。"

的确,现在已经是最好的结果了,路易斯没有生命危险,伤势也不算特别严重。

"这段时间你在忙什么啊。"陆蔓蔓调子里有了点撒娇的意思,"晚上我都见不到你。"

原修知道丫头是想他了。他柔声道:"白天不是见过了吗,整天待在一起,不嫌我烦?"

"说什么呀,以前我们不也整天待在一起吗,我什么时候嫌你烦过,虽然吧……有时候是挺讨打的。"

原修看了看手表的时间:"听话,现在乖乖上床睡觉,明天早上我来看你。"

"为什么不能是晚上呢?"

原修嘴角上扬:"想晚上和我玩?"

"才没有。"陆蔓蔓闷闷说,"我现在没有那个心情。"

原修轻笑:"我还没说玩什么,你就怎么没'那个'心情了。"

"那我也还没说我没'哪个'心情呢,你脑子里装什么。"

"啊。"

陆蔓蔓不服气:"不扯这个,我就是好奇,你每天晚上都出去,还有顾折风任翔,你们到底搞什么呢?"

"我们去夜店你信不信。"原修半开玩笑说,"罪恶都市不夜城,难得见识,能不玩个痛快?"

"你说任翔、李银赫去夜店我信,顾折风我就不信。"

"那我呢,你信吗?"

"你啊。"陆蔓蔓吃吃地笑了起来,调子揶揄又婉转,"你这么坏……"

原修身边有人打开了水龙头,哗啦啦的水流声响了起来,那人洗了手,又捧水抹脸,水龙头的水流不给力,时不时停顿一下,他暴戾地踹了踹水管。

原修注意到那人下拉衣领的时候,露出了脖颈部位的一只黑色蝎子,蝎子挥舞着硕大的巨螯,在他脖子上张扬横行。

蝎子。

史蒂文·安德森。

原修快速结束和陆蔓蔓的聊天:"亲爱的我还有点事,先挂了。"

一声亲爱的,敲得陆蔓蔓晕晕乎乎,只说道:"那你小心,别乱惹事噢。"

原修"嗯"了声,快速挂掉电话,尾随史蒂文走出了洗手间。

史蒂文有几个朋友坐在酒吧角落的沙发上,招呼着史蒂文。

史蒂文走过去的时候不小心带翻了一根椅子,他怒气填胸,暴躁地将那挡路的椅子踹得更远。

原修扶起椅子,慢条斯理在他邻桌的沙发落座。

乔星野见原修出来,正欲走过来,而原修看似漫不经心地点烟,朝他投来一瞥,摇摇头,目光移向了史蒂文。

乔星野立刻会意,知道他是有什么发现了,顺着他的目光,看清了史蒂文脖颈上的蝎子文身。

乔星野按捺着性子,斜倚在吧台边,和原修一起盯着那几人。

几人一边喝酒,还一边和身边衣不蔽体浓香暖软的女人开低俗玩笑,不过没有听到他们提及任何关于路易斯的事情。

约莫蹲了快半个小时了,史蒂文起身欲走,原修随即跟上,在酒吧门外记下了他的车牌号。

乔星野跟出来,拍拍原修的肩膀:"真怀疑他啊?"

原修看着消失在潮湿街道转角的汽车,皱眉道:"他没有提及任何关于路易斯的事情。"

乔星野摊手:"就正好说明这件事跟他没关系嘛。"

原修收回目光,望向乔星野,摇了摇头:"恰恰相反,他越是避之不及,嫌疑越大。"

乔星野不明所以:"为啥?"

"之前路易斯绑架案这么出名,还涉及W,几乎闹得全美尽人皆知,如果这件事跟他没有任何关系,他大可以拿出来和朋友们高谈阔论,可是他一个字都没有提,这才是让我感觉奇怪的地方。"

乔星野难以置信地望着原修:"心机啊。"

原修懒得理他,迈着稳健的步伐,转身离开。

乔星野跟屁虫似的追着他:"讲真的,你到底是用了什么招数才把我的W骗到手,我觉得你这个人很不简单,满肚子坏水和阴谋诡计!"

原修脚步猛顿,回头,目光如刃,语调低沉轻缓:"谁的W?"

乔星野被他身上的低气压震慑住,连忙后退几步,保持安全距离,不服气道:"你的W,你的W行了吧!"

通过原修记下的车牌号,乔星野托家里交管局的亲戚,轻而易举调查出了车主的确系史蒂文·安德森没有错。

史蒂文不是帮派组织的成员,他的工作是在海鲜市场做水产搬运,只不过工作闲暇的时候经常和他的几个兄弟聚在一起,要搞事情。听说前段时间曾经把一个人给揍了,因为这家伙力气大,挺能打,没人敢招惹他。

这段时间原修时常流连在散发着生鲜腥臭的生鲜市场,市场上各色人种鱼龙混杂,有摆着新鲜鱼肉叫卖的,也有推着小车运载刚刚捞上来的龙虾……原修作为亚裔面孔倒也没有引起特别的注意。

如他所料,史蒂文闲暇的时候喜欢倚在墙边,点根烟然后和朋友们吹嘘自己过往的种种,又或者聊起时政,聊起国家的法律,什么都聊,却唯独避开了那起绑架事件。朋友们时不时谈起那件事,他便沉默不开口或者直接掉头离开。

这更加坚定了原修心头的怀疑。

乔星野嫌弃市场太脏,不肯和原修一起蹲点。鲜有的几次,他穿着干净的名牌衬衣,和原修一起溜达在市场里,小心翼翼生怕被人弄脏了衣服。

"哎哎,看着点儿路。"

"当心当心,别碰着我。"

"喂!水溅到我身上了,衣服很贵的。"

原修说:"你可不可以滚?"

乔星野:"……"

两人来到僻静的角落里,乔星野对他说:"我听安德警官说起过,这种案子,其实大部分时候都成了悬案,就像之前有个什么命案,警方同样毫无头绪,拖了好几年都没有线索。还是有一次,在跨了好几个州的酒吧里,有个喝醉了酒的小子和朋友聊天,夸海口吹嘘自己过去的光荣事迹,说到过去在某某地方杀了人,这才侥幸破了案。"

原修点了根烟,眯起眼睛望向正在搬运货物的史蒂文。对方穿着深蓝色背心短袖,胳膊肌肉矫健狰狞,肘部还有横亘的刀疤。

"我们运气可能不会这样好,能等到他亲口说出来的那天。这家伙嘴巴比城墙还严实。"

乔星野漫不经心将他手里燃了一半的烟头拿过来,塞进自己嘴里。原修侧眸看他,皱起了眉头:"恶心不?"

"我还没嫌你呢,你就嫌弃我了。"他毫不在意地咂巴咂巴烟头,"我和W谈了那么久我都没亲过她,现在抽你的烟,我就相当于跟她间接……"

一个"吻"字还没说出来,乔星野就让原修给重重摆倒在地,干净的衬衣也沾湿了污泥水渍。

"间接什么,嗯?"

"哎哟哎哟,没什么,办正事要紧!快放开我,脏死了!"

原修松开乔星野,冷哼一声:"少跟我犯恶心。"

乔星野拍打着自己的裤脚,十分不服气哼哼说:"粗暴的男人,不知道她看上你什么。"

"自己问她去。"

两个人还没吵完,阿科急匆匆跑过来,找到两人,上气不接下气:"有线索了。"

乔星野连忙问:"有什么线索?"

原修道:"别急,慢慢说。"

阿科喘匀了呼吸,对两人介绍身边的另一个黑人男孩:"这是我朋友马库斯。"

马库斯个子不高,身形细长跟竹竿子似的,看上去像是没发育的小孩,皮肤黝黑。

"马库斯的朋友,其中有一个认识史蒂夫的朋友,无意中听那家伙说走了嘴,说那天晚上史蒂夫和他的朋友们的的确确是绑架了一个男人,带回家里虐待戏弄了一整晚,本来想把男人直接扔河里淹死掉,后来不知道为什么,电视里报纸上全部在说这件事,街上也有不少人在自发帮忙找人,他们吓坏了,不敢闹出人命来,又怕被人发现,所以就连夜放走了男人。"

"这是史蒂夫的朋友说的?"

马库斯道:"不止,我估计应该是同谋者,一起做了这件事,他知道很多细节。"

"怎么找到他?"

马库斯连忙道:"我带你去。"

当天下午,马库斯带着原修几人找到了史蒂夫的朋友,都不需要"严刑逼供",两个战队以韩援为首的肌肉猛男往那儿一杵,浑身散发着流氓作风,拍着那人的脸蛋一顿威逼利诱,吓得那人忙不迭交代了情况。

当然,那人并不是主犯,只是帮忙开车,接到货之后转交给史蒂夫,至于后面发生了什么事,他就全然不知情了,只知道史蒂夫和几个朋友把路易斯掠回了史蒂夫的家。

于是当天晚上,原修叩响了史蒂夫的家门。

狭长阴暗的楼道里仍然能嗅到生鲜的腥臭味,时不时有衣着暴露的女人拎着包,醉醺醺说着呓语,路过楼道的时候不住朝他们投来好奇的目光。

"谁啊?"门里传来男人不耐烦的声音。

"外卖。"原修平静道。

"没点外卖,滚。"

原修依旧敲门，频率急促。

这下子可把史蒂夫惹怒了："找死啊！"

他拉开房门正欲发作，却不承想好几个男人直接冲进房间，逼得他连连后退："你们是谁？想干什么？"

乔星野一个擒拿手将他撂翻在地，怒声问道："路易斯是不是你绑架的？"

"你们在说什么，什么绑架，我什么都不知道！"

就在这时，门外传来了脚步声，好几个人高马大的男人冲进来："史蒂夫，出了什么事？"

"这帮家伙突然闯进来，弄死他们！"

任翔和李银赫反应最快，率先干翻了离他们最近的两个男人，剩下的家伙虽然能打，但是绝对不如队员们能打，而且人数上也不占优势，分分钟地上横七竖八倒了好几个。

原修和顾折风两人在房间里四处搜寻，房间是典型的单身汉公寓，桌上有凌乱倒着的空啤酒瓶，地上也随意散乱着旧衣服和杂物。

"队长，找到了！"

顾折风在史蒂夫的衣柜里找到了满是陈旧血迹的粗麻绳，绳上的血，如无意外应该是路易斯的血，证据确凿。

他继续在衣柜里翻找，同时找出了许多让人心惊胆战的"刑具"。

原修拿着麻绳走到客厅，脸色冷得仿佛结了冰。乔星野看到那些玩意儿，简直头皮发麻，揪起史蒂夫的衣领，将他往墙上狠狠砸过去："老子弄死你。"

原修立刻按住了乔星野的肩膀，示意他冷静。

不承想，原修拉开了乔星野之后居然自己上，拳打脚踢，几番下来把史蒂文打得跪在地上支不起身体，看得乔星野目瞪口呆。

说好的冷静呢！

任翔问原修："队长，这家伙怎么处理？"

"报警吧。"

原修转过身，然而让所有人都意想不到的是，史蒂芬突然暴跳起来，冲到厨房的橱柜边，从里面拿出一柄黑乎乎的东西，对准了原修。

真枪。

"去死吧。"他嘴角咧起恶魔般邪恶的微笑，"去死吧。"

原修从来没有想过，前半生玩遍了各种型号的假枪的他，会真的有一天与子弹这般近距离地接触。

枪声骤响，子弹弹出弹道的一刹那，离史蒂文最近的任翔想也没想，飞起来就是一脚踹在史蒂文的膝盖上，将史蒂文踹飞了出去。

原修被人扑倒,所幸闪躲及时,仅仅只是手臂的臂膀被子弹轻擦而过,没有生命危险。李银赫和顾折风一起合力制伏了史蒂文,将他手上的枪卸下来。

李银赫将枪踢开,心有余悸骂骂咧咧:"妈耶,老子这辈子还没见过真枪呢。"

警车很快鸣着笛呼啦呼啦地赶到,警察将史蒂文捉拿归案,家里的刑具和那条沾满路易斯血迹的麻绳,以及几位同伙的供认不讳,这些人证物证足以将他送进监狱。

陆蔓蔓急匆匆跑到医院,一口气没停跑上了四楼,见到坐在走廊边玩手机的原修。他垂着脑袋,斜刘海松垮垮遮住眼睛,左边手臂上还缠着白色纱布。

这家伙,正单手跟顾折风玩游戏呢。

"啊啊啊!输了!"顾折风泄气地放下手机。

原修淡淡一笑:"说了单手赢你。"

陆蔓蔓气冲冲跑过去,摘下书包便往原修身上砸:"浑蛋!原修你浑蛋!"

顾折风见势头不对,拔腿就跑。

原修一边闪躲,一边抓住顾折风,用他来当挡箭牌。陆蔓蔓的暴力殴打全部落在顾折风身上,疼得他哇哇大叫。

"哎哎,别动手啊。"程遇刚去楼下药房拿了药回来,见顾折风挨打,赶紧跑过来拉住陆蔓蔓,急声劝说,"小姐姐看准了再打,别伤及无辜,放过我们家小孩。"

她将顾折风拉走了。

原修和陆蔓蔓隔着一个医院过道,面面相觑了许久,陆蔓蔓紧咬着下唇,跟看仇人一样死盯着原修,呼吸急促。

原修坐在走廊的椅子上,双腿打开迎着她。

两个人对峙几分钟,原修才稍稍皱眉,摸着手上的手,喃了声:"痛噢。"

陆蔓蔓抽了几声气,他连忙打住她:"不准哭。"

在眼眶里打着转儿的泪,又被他的呵斥给生生堵了回去,小丫头看上去委屈巴巴,真可怜。

原修伸手把她拉到自己身边,用大腿圈着她,手捧着她的腰,轻轻拍了拍,柔声说:"这不是没事儿吗?"

陆蔓蔓终于泄下气来,手指尖轻轻扫过他吊着纱布的手臂,虽是埋怨,但调子好歹软了下来:"这能叫没事吗?你比赛打多昏头了,难不成以为子弹打在身上只会扑粉,那是要命的啊。"

要命的,他还能不知道吗。

"我蔓蔓宝贝大媳妇儿没给我生小子,我能舍得就这么死了?"

陆蔓蔓给了原修脑袋顶一个栗暴:"你下次再敢瞒着我做这种危险的事,

就没有儿子,也没有媳妇儿啦!"

"哪还敢有下次?"原修下颌抵在她软软绵绵的胸部,服软道,"这次是碰巧,刚好乔星野那边有线索,顺藤摸瓜,就摸到史蒂文这条线。如果提早报警,难免打草惊蛇,不如自己亲自上。"

陆蔓蔓往后退了退,避开他下颌的摩挲,奈何他右手紧扣她的腰身,将她桎梏着。

"真蠢,以为还在国内吗?敢做出绑架的事情来的亡命之徒,家里肯定会有枪!"陆蔓蔓气呼呼地教训他,"你就这样闯过去……唔……"

敏感的地方被他找准,陆蔓蔓剩下的话语堵在喉咙里,脸色渐渐泛起了潮红。这里是医院,这家伙莫不是疯了吧。

"啪!"某人脑侧挨了一记清脆的巴掌,立刻老实下来,暗搓搓移开了脑袋,不敢再弄她。

这时候乔星野刚好拎着盒饭上楼,陆蔓蔓一看见乔星野便要朝他扑过去:"臭小子自己送上门了,我修要是有个三长两短,我饶不了你!"

乔星野浑身一耸,盒饭落地,背靠着墙脚都软了。

原修大腿紧扣着陆蔓蔓,拦腰抱住她,没让她上前痛扁乔星野。

"喂,快走吧,当心今天第二轮的血光之灾。"原修扬着调子提醒他。

"噢!"乔星野拔腿开溜,仓皇离开。

等到他跑远了,陆蔓蔓才消停下来,不解地问:"你帮他干什么?"

原修眉毛动了动:"他人还不错。"

"你居然和乔星野站同一阵线了!"陆蔓蔓难以置信,"不吃醋了?"

原修十分不屑,挑眉道:"我什么时候吃过他的醋。"

"没有吗?"陆蔓蔓不信,恍然想起来,"对了,刚刚你说什么……他第二轮血光之灾,第一轮是什么。"

"噢,史蒂文开枪的时候,是乔星野扑过来把我撞倒。幸好任翔反应迅速,踹翻了史蒂文,不然我俩真可能有一个被一枪爆头了。"

陆蔓蔓心惊胆战地沉默了。

原修呼吸渐重了许多,这么惊心动魄的场面,本来不想告诉她,不想让她太过担心,但是他总觉得,应该得说。

"那家伙刚刚告诉我,有过一次追悔莫及,他就不想让你再哭第二次,所以他扑向我,想帮我挡枪。"

……

"如果我死了,你会哭吧。"

你才是我的梦想
第 十 章

从曼哈顿回来的那天,已经是晚上十点,队员们疲倦不堪,打着呵欠准备要回家休息了。

任翔和夏天约好机场见面,他精神头十足,在取行李的间隙,还特意去洗手间换了身帅气的衣服行头,喷了男士香水,香喷喷地走出来。

顾折风歪着衣领,换了一副死鱼表情,鄙夷地盯着他:"任翔又要开始浪了。"

李银赫提着自己的行李箱,猛扇周围的空气:"实力心疼冬天妹子。"

顾折风回头,同样鄙夷地看向他:"夏天。"

李银赫分辨着冬天和夏天的中文,摆摆手:"都一样,主要我想表达的意思就是,能和这人一起走在大街上接受人民群众的眼神质疑,需要比城墙还厚的脸皮,夏天妹子实乃将才。"

任翔心情好,压根不想理会这两人,冷哼一声:"单身狗自己边上玩去,今天你们翔哥要大鹏展翅,和夏天妹妹大战三百回合。"

李银赫:"……"

顾折风果断和韩援划清界限:"他的妹子已经被他作没了,凭实力单身,我们不是同类生物。"

说完,他屁颠屁颠跑去给他亲爱的提行李去了。

李银赫哼哼唧唧:"有本事你就把你亲爱的弄上床,别扯那些有的没的,高中生谈恋爱也没你这么纯洁的。"

出了机场大楼,任翔没有和队员们一起回去,他得在这儿等着夏天,之前说好了夏天会过来接他。

晚上，顾折风出门上厕所，客厅里似乎传来响动，还有打火机点烟的声音。顾折风吓了一跳，连忙噤声，蹑手蹑脚走到楼梯口，蹲下身，暗中观察。

任翔正坐在沙发边，茶几上摆着几个空啤酒瓶子，黑暗中，他身影轮廓宛如浑重的山脉，看不清脸色，只能见漆黑中有烟头火光。

咦，这家伙什么时候回来了？

顾折风猫着身子准备悄悄离开，却听任翔沉着调子说："折风狗，过来陪你翔哥坐坐。"

顾折风深吸气，艰难地挪到沙发边，窝进角落里，用抱枕盖住下身。

任翔睨他一眼，漫不经心的语气："当男人了？"

顾折风小脸炸红："说……说什么呢。"

任翔伸了个懒腰，长叹一声："连顾折风都当男人了，这世道啊。"

顾折风："……"

"对了，你怎么这个时候回来，夏天呢？"

任翔杵灭了手里的烟头："你翔哥可能要失恋了。"

"咦？"

任翔性格一贯乐天派，很少见他这样子失魂落魄，看样子夏天是没有过来。等等，他还喝了酒，顾折风嗅到空气中弥漫的淡淡酒精气息。

要不要这么颓啊，不就是没等到姑娘吗，这出息劲儿，很不任翔啊。

顾折风是自己吃饱了，当然就假惺惺关心关心他的同类生物的终身大事："既然约好了，她不是会失约的人，你要不要给她打电话问问。"

任翔说："你以为我没打吗，电话都快打没电了，可是人家不接，有什么办法。"

"可能有事耽误了吧。"

任翔拿出手机，递到顾折风面前："你翔哥这次真的凉凉了。"

顾折风看到手机里有一条来自夏天的短信："任翔，我仔细考虑过了，我们不合适。从我们过去的经历来看，完全是两个世界的人。而我，将来也要出国念书。我不想耽搁你。所以，任翔我们分手吧。短信不用回，祝好。"

顾折风："……"

任翔又拎起桌上的啤酒瓶子，猛灌下，咕噜咕噜，性感的喉结上下翻滚。

借着月光，依稀能看见他发红的眼角，没跑了，这家伙哭过。

从顾折风认识狗翔以来，就从没见他颓成这样过。

真伤着了啊。

顾折风拿着任翔的手机，把那条分手短信仔仔细细，一字一句地看了一遍，最后得出结论：

"据福尔摩斯·折风的初步判定，这条短信……嗯，应该不是夏天发的。"

任翔才没管他故弄玄虚，只一个劲儿喝酒，啤酒瓶底指了指他："别安慰我了，我自己的事自己清楚，她对我们的未来本就没抱信心，在一起也只是图一时的快乐。我早就料到了，分手是迟早的事，她是聪明的女孩，就单纯白嫖我，没想负责……"

顾折风眉头都拧成小山丘了："我认识的夏天不是你说的那样。"

"你还能比我更了解她？"任翔将脸埋进膝盖里，抱着头，满心苦涩，"夏天啊，她真就把我当一条狗，开心的时候逗逗，不开心的时候都不搭理人。"

顾折风体贴地拍了拍任翔的背，以示安慰："别说气话。"

"她说自己家教严格，父母看得紧，怕她行差踏错，OK，我都理解，那就少见面吧，反正只要两个人还在一起，我什么都不怕，我能等她。"任翔又猛抽了一口烟，声音嘶哑，"突然分手算怎么一回事，玩我吗。"

顾折风说："分手了也好，你挺配不上她的。"

任翔："……"

顾折风继续道："她智商高，学习好，家里巨有钱，将来还要出国念书。你呢，普通大学生，虽然够聪明，但都是小聪明跟她没法比，这么多年打比赛积累了一点儿粉丝吧，还个个都想睡你，除了长得好看，身材好一点儿，你还真是一无是处。"

任翔："……"

顾折风一脸无辜："我说实在话。"

好了你不用说了洗洗睡吧。

任翔起身要走，而顾折风继续道："就你这破样儿，夏天都能看上你，还不计较你过去那一堆子破事，你还有什么好抱怨的。"

任翔脚步顿住，黑暗中，他背影低垂如山隘。

一声深长的叹息，轻不可闻。

顾折风继续道："我就说了，那短信不是夏天发的，信不信随你便。"

任翔赶紧跑回来，跳沙发上，催促道："福尔摩斯·折风，怎么看出来，快给你亲哥分析分析，怎么就不是她发的了。"

顾折风清清嗓子，故作深沉地说："你看这条短信的标点符号，是不是很多点点点。"

任翔说："嘁，我早就注意到了，这是她发短信的习惯，每一句都是句号。"

为了证明，任翔翻出夏天以前的短信给他看："喏。"

顾折风把夏天和任翔的短信大概翻了一遍，都是一些腻得让人呕吐的肉麻情话。正如任翔所说，夏天的确很喜欢在每句话后面用句号。

顾折风摇摇头："哼，天真。"

任翔连忙爬起来:"福尔摩斯·折风有何高见。"

顾折风拿出自己的手机,翻出夏天的短信,内容是:"折风同学,molESKine家的Asia官网手账七折,仅限今天一天,全国免邮,快快入手,机不可失!"

顾折风回她:哦!

他又连着翻出了夏天好几条短信给任翔看。

"发现了吗?你家夏天的短信习惯是,正经的内容,规范使用标点符号;轻松的内容,随意的标点符号。"

为了印证自己的话,顾折风又翻出了几条任翔手机里夏天的短信。果不其然,日常轻松随意的小情话,标点符号大多数是点点点,然而在遇到严肃事情的时候,或者和任翔讲道理的时候,标点符号统一规范,逗号、句号、感叹号。

最后,福尔摩斯·折风做出总结:"编写这条短信的人,应该是看过了你们日常聊天的短信内容,再模仿夏天的用语习惯,给你发送了这条分手短信。虽然对方非常仔细,可以说是机关算尽太聪明,连标点符号都算计进去了,但还是忽略了这个小细节。"

任翔目瞪口呆地看着顾折风,情不自禁地鼓了鼓掌:"厉害了我的折风。"

顾折风说:"现在可以安心睡觉了。"

任翔:"现在只有一个问题。"

"嗯?"

任翔坐近他,不轻不重拍拍他的背:"为什么你们最近一个月短信聊天的数量,比我和她一整年加起来都多,嗯?"

顾折风:"……"

我们是好朋友!

翡翠台最大的别墅庄园依山傍水而建,周围翠绿环抱,环境清幽宜人,花园中有修缮别致的动物形状绿植,石板小径的草地上还有颜色艳丽的小矮人泥塑。

这里是夏天的家。

在家中唯一的独生小女儿来到这个世界上以后,夏天的父亲便让人把整座后花园重新修整,在里面养了咩咩叫的绵羊,养了金毛狗,还养了鹦鹉和矮种马,为他的小公主创造了一个古典的童话世界。

方成淑女士对此不屑一顾,她可不想把女儿培养成小公主,而是要让她成为世界顶尖的那一类人,能够创造历史的精英。

为了实现这个目标,方成淑愿意倾其所有,给她最好的物质生活以及教育,每天忙完了工作以后,回到家中,她还要亲自监督和辅导她的课业学习。

女儿成长的方方面面，她都必须插手其中，包括女儿的思想，甚至女儿情绪的小波动，她都必须要加以严格管理。

方成淑不允许夏天追星，但是给了她两位可以追逐的偶像，于是夏天房间床头是比尔·盖茨的沉思，书桌前就是扎克伯格的微笑。

夏天曾经把这两张海报发给任翔，告诉他这是我两位男神大叔，于是任翔回敬了她一张自己的肌肉裸照。

夏天的父亲夏至深在孩子教育的问题上，和妻子方成淑产生了巨大的分歧，本来夏天还曾经希冀，父亲能够为了她，和母亲拼死一战，为她争取些许权益，然而……

像所有幸福和不幸的家庭一样，一个强势的妻子背后，势必有一个软弱丈夫。

夏至深先生可不敢和方成淑女士正面刚，所以只能在方女士眼皮子底下，搞点小动作，帮夏天减轻负担。

譬如说在方成淑出差不在家的时候，偷偷放夏天出去和朋友吃饭看电影之类的。

而这一次，方成淑把夏天抓回来关在房间里，收走了她的手机，断掉了家里的 Wifi，不允许她和外界取得任何联系的极端行为。夏至深看在眼里，疼在心里，依旧不好说什么。

夜深人静，夏天将房间里最后一本课业书从二楼阳台扔出去，花瓶碎了满地，同时扎克伯格的海报也被她撕成两半扔了出去，半张脸耷在榕树上。

后花园成了整个庄园最危险的地方，帮佣都知道路过后花园得绕道走，因为阁楼上住着一位脾气暴躁的"莴苣姑娘"。

夏至深无数次劝方成淑女士，放女儿出来，和她好好聊聊，没什么事情是不能通过心平气和协商解决的，毕竟女儿已经成年了，难道还要关她一辈子？

方成淑女士淡定地表示，不会关她一辈子，但是在通过 GRE 考试之前，必须得关着她，否则她又会跑去找那个小流氓。

是的，任翔就是方成淑女士口中的小流氓。

在方成淑女士调查完任翔过去所有经历以后，天知道她气成了什么模样，她再也无法像过去对付周衍一样心平气和，甚至绕过夏天直接找上门，一番威胁利诱。

对任翔这个花花公子，她做不到！

这家伙已经突破了她对男人最低最低的容忍底线，她现在只恨不得拿把刀搁在他脖子上，逼他离开自己的女儿，否则她真的有可能，杀了他！

夏至深在见识了妻子一整夜后花园"磨刀霍霍"的阴森模样之后，庆幸这个叫任翔的家伙现在在国外打比赛,逃过一劫,否则性命堪忧。

夏至深对任翔倒是挺好奇,小女儿会爱上怎样的男人,在他看完任翔的所有比赛和采访视频之后,对这个男人有了一个大致轮廓的认识。

首先,小伙子长得帅,毋庸置疑,模样是绝对的加分项;其次,他风趣又幽默,都说好看的皮囊千篇一律,有趣的灵魂万里挑一,小伙子有好看的皮囊又有风趣的灵魂,这一点也很加分。

最后,任翔看上去很阳光也乐观,这种满身散发着阳光麦粒能量的大男孩,一定是吸引夏天的,毕竟她的成长实在太过压抑,方成淑把自己变成了如来佛的五指山,压着夏天小猴子。所以她本能地会愿意寻找任翔这种洒脱又放肆的大男孩,陪伴自己的青春岁月甚至未来余生。

这叫缺什么补什么。

至于小伙子过去的那些经历,的确让人难以接受,但是夏至深作为一个这辈子只睡过一位女人的男性同胞,不能接受但能够理解,甚至还有点小羡慕。

夜深了,夏至深猜测夏天还没有睡觉,他出卖色相安抚了妻子入眠之后,偷偷溜出房间,来到夏天的房门边,轻轻敲了敲。

"滚!"

迎接他的是乖巧小女儿的暴躁尖叫。

这辈子还没见小夏天这样狂躁过,看来方成淑这次是真的逼急了她。

"宝贝,是爸爸啊。"

几分钟后,房间门豁开一条小缝,夏至深从门缝望进去——

夏天蓬头散发,眼角挂着厚重的黑眼圈,跟个小疯子似的,房间七零八乱,地上散乱着书、饰品、模型玩具、桌椅板凳,还有一台电脑显示屏,屏幕已经碎了……

"爸爸。"

夏天吸吸气,都要哭了,拉开门伸手要抱抱。

夏至深心疼不已,抱了抱她,然后进房间,帮他收拾了地上的残局。倏地又拿来梳子,像小时候一样,给她梳了个小辫儿。

"爸爸,我想出去,爸爸你放我出去好不好。"夏天拉着他的手苦苦哀求,声音都嘶哑了,"我男朋友回国快一周了,他联系不到我肯定要急疯了,你能不能让我见见他啊。"

夏至深也很无奈,摸摸她的头:"你妈妈会杀了我的。你乖乖听话,别怄气,妈妈也是为了你好。"

"如果是过来当说客,那你就不要假惺惺对我好了。"夏天赌气地坐在床边,"你们都是一丘之貉。"

夏至深叹息一声:"夏天啊,那个男孩……你喜欢他什么啊,你知道你妈妈都要气疯了,要是换其他任何男孩,她都不会这样生气,你知道原因吧。"

夏天当然知道,这次方成淑对她采取极端措施,就是因为得知了任翔过去混乱的私生活,她无法接受这样的男孩"祸害"她的女儿。

"爸,他都改好了,他再也不会那样了。"夏天拉着他的手苦苦哀求,"你能不能帮帮我。"

夏至深无奈地说:"你要我怎么帮你呢。"

"你把手机借我就行,我给他打个电话,妈妈一定不会知道。"

"呵呵,天真。"夏至深慈爱地摸着她的头,"难道你不知道,你妈妈会查我每月的通话记录吗?"

夏天:"……"

夏至深说:"不过,我可以先见见那个男孩,至于要不要帮你,还得等我见过了他之后再决定,这样,同意吗?"

夏天知道老爹是想考察考察任翔,无论如何,只要老爹同意帮忙,那就有希望。夏天对任翔绝对有信心:"可以,爸爸可以去见他,但是不可以玩得太离谱。"

"放心。"夏至深起身,看了看房间周围,"那就这样说定了,你不可以再闹脾气不吃饭,也不可以乱扔东西,昨天差点把李婶养的狸花猫砸伤。"

"嗯。"

"乖乖吃饭,就待在房间看会儿书,GRE 考试还是要好好准备,在你妈面前多多表现。"

说到 GRE,夏天一脸丧气,嘟哝说:"我不想考试,我也不想出国。"

夏至深摸了摸夏天的小脑袋:"宝贝儿,孙子兵法里老爹常教你的那一句,嗯,给老爹回忆回忆。"

夏天本来满心颓丧,听到老爹说《孙子兵法》,看着老爹离开的时候一脸狡黠的笑意,她眼神中倏地有了光,赶快爬上书桌翻开《孙子兵法》,入眼的第一句,是被父亲用红笔重点勾勒——

"投之亡地然后存,陷之死地然后生。"

这段时间真是着了魔怔。

任翔只要有空就会往学校跑,在夏天以前上自习的教室门外瞅瞅看看,见有面熟的同学经过,向他们询问夏天的去向。

同学告诉他,快一周没见夏天了,可能是去实习了吧,谁知道呢。

一无所获的任翔来到学校的小湖畔,随手捡起一块石头扔进湖面,低吼着发泄胸中的郁闷。

肯定是出事了。

可是他连她家住哪里都不知道,就这样漫无目的地守株待兔,未免太被动。

这时候,身边一位穿黄色polo衫的钓鱼大叔突然开口:"小伙子,你把我的鱼都吓跑了。"

任翔蹲在湖边,点了根烟,心情无比烦闷,很不客气地回道:"要不要我去菜市场买条鱼赔你啊?"

大叔重新上饵,抛出鱼线,悠悠地说:"年轻人,别这么大火气。"

任翔可能也察觉到自己语气不大好,虽然对方是陌生人,但好歹是和父亲一样年龄的长辈了。

"抱歉啊大叔,我心情不大好。"

大叔毫不在意地笑了笑:"小伙子失恋了?"

任翔蹲下来,叼了根狗尾巴草,望着平静的湖面,怅然若失:"我女朋友不见了,怎么找都找不到。"

大叔故作高深:"女人啊,一旦她想玩失踪,你是永远不可能找到她,即使找到了她,也改变不了什么,女人的心,有时候可比石头还硬。"

任翔歪着眉毛说:"不会啊,我女朋友心很软,只要我多求求她,她什么都会答应我。"

"但前提是她还喜欢你,对不?"

"她到底喜不喜欢我,我得找到她问清楚哇。"任翔低着头扯着脚边的野草,郁闷道,"我连她人都找不着了。"

这时候大叔接了个电话,回来对任翔说:"小兄弟,你帮我看着鱼竿,还有这包,我得去办点事,马上回来。"

"成,你去吧。"任翔爽快答应,"别太晚,待会儿下课,我还得再去问问。"

大叔离开了,任翔帮他守着鱼竿,风吹草动,一个小时过去了,他还钓上来几尾鱼。

又是一个小时过去了,夕阳暮沉,火烧云映红了半边天。任翔有点坐不住,东张西望,到处找寻那一抹黄色的身影。

大叔一去不复返,见不着人了。

时间一分一秒过去,任翔坐了又站,站了又蹲,直到晚上十点的样子,周围教学楼灯光都渐渐熄灭,大叔还没回来。

任翔烦闷不已,心说这段时间他可真够倒霉的,不仅女朋友销声匿迹,随便遇着一个陌生人都放他鸽子。

他待不住了,转身欲走,然而走了两步,回头望见小板凳边那个厚重的公文包,猜测里面不会有什么贵重物品吧,他就这么走了,万一包丢了可怎么办。

任翔又重新折回来,蹲下身拎了拎那包:"呵,还真够重的。"

包里好像装着砖头似的，鼓鼓囊囊的，他摸了摸包的边缘，还能摸出方形棱角。

他有点好奇了，虽然知道随便翻人家包不好，但是现在都快十点了大叔还没回来，说不定包里会有大叔的名片，还能联系到他。

这个理由说服了任翔，于是他义无反顾地打开了皮包。

"妈呀！"

在任翔看清了皮包里的东西之后，一把将包扔了出去。

"神经病啊！"

空旷的湖岸边，任翔破口大骂："老子今天是不是撞鬼了！"

皮包被扔出去，里面有一沓厚厚的钞票露出了红色的一角。

那包里叠着密密麻麻的纸币，足有两块砖头的厚度！

任翔心跳疯狂加速，虽然他家不差钱，但也不算很有钱，毕竟他那两袖清风的老爹这么多年还身体力行操持着艰苦朴素的作风。

反正他是没见过这么多这么多的现金！

任翔大口喘息着，望望空旷无人的湖岸畔，跑过去将露出来的钱全部重新塞进了包里，然后用力拉好皮包拉链，重新放回到小板凳边，宛如扔掉烫手山芋似的。

走也不是，留下来更不是，他被那沓钱弄得六神无主。

对了对了，给小神探折风打个电话，他这么聪明，肯定有办法。

任翔踩着月光，在静谧的湖畔踱着步子，拿手机的手都抑制不住地颤抖着。

"快接电话，快接电话啊！"

小神探顾折风现在正变身小狼狗顾折风，手机直接让他给扔角落了。

任翔坐在湖边吹了四十分钟的冷风，终于拨通了顾折风的电话。

电话那头，顾折风声音带着餍足之后的懒懒洋洋："找你折风爸爸有何贵干？"

任翔："……"

妈的，当了回男人你就要上天了是吧。

"折风啊，我现在……遇到点儿麻烦事。"

顾折风去阳台站了会儿，仔细听完了任翔前言不搭后语的描述以后，他立刻说："哥，你可千万稳住了，别动那钱，不不，那包，你都别动了。"

"我当然不会动啊，这太吓人了吧！这会不会是碰瓷啥的？老子心里头好虚啊！"

顾折风沉思片刻，问他："那包里的钱，真的假的？"

"我当时都吓死了谁还管真的假的啊！"

"那你现在去瞅瞅,瞅瞅真的假的,就知道是不是诈骗了。"

任翔重新靠近那包,打开翻了翻:"是真钱啊!"

谁用这么多真钱来诈骗啊!

"是真钱,你就更不能动那钱了,因为这很有可能是有钱人破财消灾。"

任翔:"啥叫破财消灾啊?"

顾折风继续说:"有钱人破财消灾,找人做法事,把灾难全部引到钱上,然后再想办法把钱转出去,谁拿了这钱,灾难就落到谁头上,我以前在奇闻怪谈网站上看到过这种操作。"

"那……那我现在咋办,我报警行不行?"

顾折风继续说:"让我想想,让我好好想想,破财消灾只是猜测,如果猜错了,对方只是想考验你,那报警就麻烦了。"

"神经病啊,谁用这么多钱来考验我!"任翔破口大骂,"吃饱了撑的啊!"

突然,两个人同时沉默。

两个人同时想到了一种可能性。

"谁能拿得出这么多钱来,仅仅只是为了考验一个傻男人。"顾折风缓缓道,"除了你那个拎全球限量爱马仕,开八百万豪车的丈母娘大人,谁能这么玩。"

任翔艰难地咽下唾沫:"不,不是吧,那男人穿得就像个包工头似的,怎么可能是我那豪华高配版丈母娘大人的手下。"

顾折风故作老成:"大隐隐于市,人都是不可貌相的啊。你还年轻,不知这城市套路有多深。"

任翔俨然已经把顾折风当成了军师:"狗子,你说我该怎么办,我全听你的!"

"要我说,你就守那儿,那位包工头大叔不是让你等着吗,你就等着,当一个拾金不昧诚实守信好青年,他让你等多久,你就等多久,咱们来唱一出苦肉计,媳妇儿说不定就到手了。"

有道理。

任翔决定相信顾折风。

于是,他抱着手臂在湖岸边吹了一夜的凉风,第二天非常给力地红了鼻子,感冒了。

这苦肉计来得相当逼真,大叔第二天早上赶到的时候,满心歉意连声道谢,说昨天自己真的是遇到事情了,没来得及赶回来什么的,总之万分感谢任翔替他守着鱼竿和包,还帮他钓了几十条鱼来着。

任翔义正词严地说这是自己应该做的,对于大叔的金钱感谢,任翔坚决不要,朗声说金钱是对他人格的侮辱!

直到他看到大叔眼眸中充盈的感动和欣赏之色，他知道，他的天才少年折风军师，这把真的猜对了。

当天晚上，顾折风搬着电脑来到任翔面前，指着网页上的那个穿阿玛尼西装，正和几位外国客户握手的中年男人问任翔："来看看，这个男人是不是你遇到的包工头大叔？"

"哎哟我去！"任翔盯着照片里的男人看了又看，"改头换面都差点儿认不出来了，这可不就是昨晚坑我的那个包工头吗？穿西装还真挺人模狗样啊！话说，这货是谁啊？"

顾折风倒吸一口凉气，淡淡地望向任翔："这货，就是当今世界五百强企业排前二十的盛夏集团董事长，夏至深，也是你未来的岳父大人。"

任翔吓得一屁股跌倒在地，拉都拉不起来。

现在任翔站在学校门口，突然感觉有点慌，那晚猝不及防和夏至深搭上以后，他就再也没在学校见过夏至深。任翔甚至想着要不要去盛夏集团的公司总部堵一堵，看能不能见到他亲岳父大人，问问夏天的情况。

他真的只是想知道夏天的近况，知道他过得好，他才能放心。

不过仔细想想，就这么冒昧地跑过去，实在太过唐突。而且盛夏集团的大Boss，即便是商务上的合作伙伴，也需要提前半个月预约才能见到，更何况是他这样一个闲散小子。

之前老丈人给他留了一包钱让他守一夜的用意，顾折风斩钉截铁说是为了考验他对金钱的定力，如果他把钱拿走，估摸着这笔钱就成了他和夏天的分手费了。

任翔真是心惊胆战啊！那笔砖头重的钱可不是一笔小数目，可也正是因为不是小数目，而任翔胆子又小，说白了就是怂，才没敢动这笔钱。如果是换了艺高人胆大的男人，说不定还真就把钱给拿走了，神不知鬼不觉，一笔巨款落入囊中。

当然，任翔很自信自己是通过了考验，可是为什么通过考验以后，老丈人就没音信了呢？

就在他百思不得其解的时候，有两个打扮清新靓丽的学生妹子来到任翔身边，盯着他看了许久，看样子应该是粉丝。

今天任翔没有戴口罩，主要是怕万一遇到自己老丈人，怕老丈人认不出他。

粉丝在远处指指点点交头接耳几分钟后，卷发长腿的女孩来到他身边，不确定地问："你是狗翔？"

任翔："……"

狗翔这个战队内部昵称被顾折风在微博上叫火了以后，现在连粉丝们都开始叫他"狗翔"了。

"嗯。"

他淡淡应了声，看向那女孩，现在还没到夏天呢，女孩就已经穿上了丝袜短裙和一片式的抹胸，身材惹火。

女孩拿出了马克笔，希冀地望着他："狗翔，能不能帮我签个名呢？"

反正现在没什么事，任翔耸耸肩，爽快地答应："行啊。"

他接过了笔，等着女孩拿本子给他，却不承想，女孩直接将长发撩开，抹胸扯下来一片，露出胸襟白皙的皮肤："狗翔，签这里啊。"

任翔愣了愣，本能地后退两步，移开目光："喂，搞什么啊。"

女孩眉心微蹙，叠成了小山丘："你以前不是挺喜欢在女孩胸部签名的吗？"

任翔回想过去，好像是有这么做过，他还因此被粉丝们取了个外号叫"波波翔"。

唉，都是年少轻狂犯的错，不能提的黑历史啊！

"我现在不会这样签了。"任翔轻咳一声，不再看她，"要么给我本子，要么就不签了。"

现在他可是有女朋友的人，就连女粉丝都要避免单独接触，更何况是在女粉丝胸部签字，让他夏天小宝贝知道了，怕是要让他跪钢琴吧。

卷发女孩终于将抹胸撩上去，毫不在意地从包里摸出笔记本："那就签这上面呗。"

任翔大笔一挥，快速签了名。

而女孩接过笔记本的同时，又往他手里塞了个小纸团："那狗翔，拜拜喽，期待和你下次偶遇。"

女孩笑得一脸阳光，待她离开以后，任翔打开手里的纸团，上面写的是酒店名和房间号，一行小字：今晚十点不见不散。

外加一个口红印。

任翔凌乱。

这都……什么事儿啊，这难道不是以前他和粉丝约会的时候，粉丝们的惯常套路吗？

他不会主动约妹子，一般都是妹子主动约他，而他选择去，或者不去。

已经很久没有接过粉丝的小条儿了，他自己也早就在微博上说过自己要开始"修身养性"，这四个字的言外之意很明显，就是不约，禁欲了。

没想到这么久以后，居然还会有妹子这样套路他。

任翔觉得颇为荒唐，那张散发着女人香的字条仿佛在提醒他过去年少轻狂

犯下的错。

而这些错，甚至可以毁掉他和夏天的将来。

虽然追悔莫及，然而后悔是最没有用的一种情绪。任翔长叹一声，扔掉了字条，转身离开了。

盛夏集团总裁办公室里，卷发女孩将笔记本递到夏至深面前，上面写着"任翔"两个大字，龙飞凤舞。

"小姨父，这下子你可以放心了，昨晚酒店前台说房间空了一夜，没人去过。"陆雪南笑眯眯说，"虽然这家伙过去是挺浪的，不过看起来他对夏天还是很专情呢，我这段时间在学校见着他，到处找夏天，跟神经病似的。"

夏至深手中握着一支钢笔，漫不经心地杵了杵笔记本，平静地问："你觉得他配得上你夏天小妹？"

"般不般配这个说不好。"陆雪南耸耸肩，"反正我不支持也不反对，这男人过去有污点，我不洗白他；当然如果小夏天真的十万分坚持要和他在一起，我这个当姐的，还是得站在她身边。"

"哼，说这么多，还是护着你妹子。"

陆雪南嘻嘻一笑："我不护着夏天，难不成还站在你们这帮老古董长辈这边吗，让小夏天一个人孤立无援，多可怜啊。再说了，小姨父您机关算尽唱这一出'四圣试禅心'的大戏，先是金钱诱惑，再来美女诱惑，一环扣一环，也难为那小子都能hold得住。"

"想娶我们家夏天宝贝，哪有那么容易的。"夏至深说，"金钱，美色，权力……面对这些最容易让年轻人迷失的东西，如果不能把持住，将来就可能走歪路。"

"也对，毕竟娶了小夏天，不就相当于娶了整个盛夏集团吗！夏家的女婿好做，但盛夏的继承人可不好当啊。"陆雪南笑嘻嘻地说，"小姨父，那小子算是经受住考验了吗？"

"经受考验？"夏至深笑了笑，"这才到哪儿啊，九九八十一难，最后严酷的一关还没来呢。"

陆雪南扶了扶额："Oh my god，我突然开始同情那家伙了。"

夏至深点了根烟，缓缓说道："行了，再去给我带个信儿，让这小子明天傍晚在风姿茶餐厅等我。"

陆雪南嘟哝："小姨父干吗还亲自去见他啊，直接让他来公司见您不就得了。"

"要是让你小姨知道我和他私下见面，小姨父跟你夏天小妹，都得玩完。"

老丈人约见面，任翔打扮得人模狗样，精神头十足，早早地候在了约定见面的茶餐厅。

港式茶餐厅格调高雅，环境幽谧，即便是晚餐时间，客人也不算太多，的确是适合聊天说话的好地方。

夏至深下班以后直接去了餐厅，穿着规整合体的灰色高档西服，气质卓然，落座以后直接让服务员点餐，没有多余的废话或寒暄，俨然雷厉风行的Boss做派。

任翔这会子紧张得手足无措，结结巴巴地说："夏老板……夏、夏总……夏先生好。"

入耳的隐形耳麦里传来顾折风叹气的声音："傻狗，叫夏叔叔。"

"夏叔叔好。"任翔笨手笨脚险些将桌上的咖啡杯碰倒。

"不用紧张，放轻松，今天约你出来吃个便饭，随便聊聊。"

"噢。"

任翔用刀叉搅动着自己盘子里的牛肉饭，抬眸打量夏至深。

真是人靠衣装啊，之前他穿那件屎黄色的中年人衬衣，就跟包工头没啥两样，今天穿了高档西装，看上去就是成功商务人士的样子，完全变了个样。

"小伙子，叔叔跟你道个歉，之前摆局试探你，挺不礼貌。"

知道不礼貌还干，这道歉说了跟没说一样。

"噢，没关系。"任翔乖乖道。

"咱们先吃饭，有什么话，吃完饭再说。"

这顿饭任翔吃得食不知味，宛如等待临刑的囚犯，紧张万分，心里跑过了无数种设想，每一种都不是什么好结果，但是他内心又期许着那一点儿萤火般的希望。

"叔叔，夏天还好吗？"百般挣扎之后，他终于忍不住开口询问，"我……我联系不到她。"

"她回家了，回家专心准备两个月以后的 GRE 考试。"

"噢，没事就好。"任翔松了一口气。

"小伙子，我就不跟你拐弯抹角了。"夏至深放下手里的刀叉，抬头看向任翔，"我们的家庭，还有夏天的妈妈，是不可能接受你作为我们家的女婿，这个你知道的吧。"

任翔："……"

他无言以对，耳麦里顾折风也不知道如何应答，只说："不动声色，静观其变。"

任翔还真是静不下来啊。

"夏叔叔，我……"

— 219 —

"不用解释,先听我说。"夏至深摆摆手,"过去的事情先不提了,我们家夏天从小被她母亲严格管束着,性子里向往自由,想要挣脱束缚。和你在一起,我相信她是真的感觉到快乐。"

任翔脖颈间喉结滚了滚,如坐针毡。

"那天晚上,夏天哭着哀求我让你们见一面。"夏至深端起杯子喝了口柠檬水,"我这个当父亲的,最舍不得我小女儿哭了,可是有什么办法,有时候为人父母,一旦心软,孩子的前途就很有可能被耽搁。"

"叔叔……"

"我过来不是和你谈生意,也不是和你讲条件。"夏至深放下水杯,对任翔道,"你通过了之前的种种考验,我可以让你和夏天见一面。"

任翔眼眸中突然有了光:"谢……谢谢叔叔!"

"但是……"

果然还有但是……

"你必须答应我,见了这一面之后,从此你要和她一刀两断,再不联系。"

任翔手中刀叉突然落下,打在陶瓷盘里,清脆作响。

"分手的事,必须由你来提出,总之务必让她死心。"

任翔的心一片麻木,脑子嗡嗡作响:"如……如果我拒绝呢?"

"拒绝吗?"夏至深说,"夏天现在非常排斥 GRE,这个考试她已经准备了大半年,以她的成绩,稳妥了能进常春藤盟校,现在她拒绝看书复习,满心想的是怎么逃出家门和你私会,如果你不能按灭她这个念头,让她彻底死心,她是不会乖乖看书,乖乖去考试的。"

耳麦里,顾折风的声音传来:"妈耶,不愧是生意人,脸皮真够厚的,这么无理的请求居然能让他说得如此理直气壮。"

任翔双手开始战栗起来,舌头都大了:"她本来就不……不想出国念书,她……"

"我知道。"夏至深平静地说,"她不想做的事情还有很多,可是当家长的,能由着她的性子来吗?难不成她想跟你私奔,我们也由着她?"

任翔:"……"

"你想看着她前途毁于一旦,将来当一个庸庸碌碌的普通人,和你结婚,在激情消磨殆尽的时候,两个人为着生活的琐事,吵吵嚷嚷过一辈子,还是希望看到她成为第二个扎克伯格,为人类的进步略尽绵力,甚至有可能青史留名。"

耳麦里传来顾折风魔性的笑声:"传销啊我去,太会洗脑了吧,还有……扎克伯格什么鬼,哈哈哈,对不起我不该笑。"

任翔心里烦躁,一把将耳麦扯了出来,他抱着头,痛苦不已。

临走的时候,夏至深递给任翔一张名片:"好好考虑,想通了联系我。"

整整一周的时间，任翔彻底陷入了纸醉金迷的酒精世界里，把自己麻痹起来，缓解内心的痛苦。

也幸而这段时间刚刚结束掉世界赛，整个战队处于休假的状态，原修回学校专心准备考试，否则就任翔这走不了三步就倒的局面，还不让他家队长拎到俱乐部总部，脱了衣服挂起来鞭刑示众。

太颓了吧。

晚上，任翔喝醉了，哭着闹着非得拉上李银赫和顾折风，陪他一块儿喝酒。

三个大男人坐在后院儿小花园里，推杯换盏，小甜心蹲在狗屋边，歪头看他们，发出呜呜的声响。

"折风，你说，这世上有没有后悔药。"任翔满脸醉酒的红晕，瘫在椅子边，"我是真后悔，真的后悔……如果以前我没有做那么多荒唐事，混账事，我丈母娘，我老岳丈大人，还会嫌弃我吗？多好一小伙儿啊，他们会嫌弃我吗？"

顾折风和李银赫同时点了点头："不是兄弟寒碜你啊，你别太高看自己了，就算没过去那些破事儿，你也配不上人夏天妹子。"

"怎么就配不上了，怎么配不上了！谁规定了天才就一定要找天才配对啊。豪门，豪门了不起啊，那我们家……我爸还是首长呢，我和她在一起，我们就是……"

顾折风一把捂住他的嘴："我的妈，不要乱说话！"

任翔家里有背景大家都知道，但他从来没有拿自己家里说过事儿，甚至提都不曾提过，虽然平时看起来大大咧咧，但实际上心思还是挺沉的，为人也相当低调，以至于其实很多人对他的家世并不了解。

越是背景复杂的小孩，看起来越是普通，在首都这地界，还真不敢随意低看了什么人。

李银赫抱着手臂，跟看猴戏一样，优哉游哉看着任翔哭天抢地。

"所以你到底考虑好了没有，要不要分手啊？"

"分个屁，我才不去说呢。"任翔丧着脸，"我要是提分手了，我们家夏天宝贝指不定得哭成什么样，想想我的心都疼……"

他拎起酒瓶子仰头喝了大半，气喘吁吁："我答应过她，我这辈子都对她好，我这辈子都爱她，不会像夏至深说的那样，那样可怕的婚姻生活，我会让她每天都过得像个小公主。"

"天真又可爱。"顾折风摇头叹息，"夏天可不是小公主啊。"

夏天不是小公主，夏天是女王大人，她不需要任翔奉献爱心，她只需要任翔乖乖听话，当一个貌美如花的贤内助。

可惜这蠢货就是看不明白，顾折风都替他着急。

"哎,之前不是说,你那包工头老丈人在考验你吗?"李银赫突然开口,"会不会这也是一个考验?"

顾折风思忖片刻,看向李银赫:"你智商突然在线了。"

被夸奖的李银赫一脸嫌弃:"老子智商一直很高好不好。"

任翔擦了擦眼角,问道:"什……什么考验?"

李银赫凑近了他:"你想啊,如果真的要逼迫你和夏天分手,他干吗还要费尽心机设计前面的局,来试探你的人品。"

有点道理。

任翔点点头:"然后呢,我该怎么办?"

"这道难题,应该就是考验你能不能以大局为重,为了夏天的未来,抛弃自己的儿女情长,那首诗,叫什么来着?"

顾折风接茬:"两情若是久长时,又岂在朝朝暮暮。"

"没错!岂在朝朝暮暮!"李银赫大腿一拍,"他要你分你就分!先过了老丈人这最后一关,指不定你俩还能熬出一个渺茫的未来。"

任翔被唬得一愣一愣的:"那……那我就……分了?"

"分!"顾折风说,"必须分!"

"好,那就分!"

再次见到心上人,是在两天以后的黄昏。

方成淑出国谈生意,夏至深冒着生命危险给小丫头开了后门,让她去跟任翔见一面。

当然,任翔答应他,见了面和夏天好好说清楚,快刀斩乱麻结束这段感情,对两个人都好。

夏天浅施脂粉,但仍然掩不住憔悴的脸色。任翔也给自己好好拾掇了一番,在家里换了两个小时的衣服,但那些花里胡哨的衣服,现在怎么看,怎么不顺眼。最终,他只是穿了一件简单的浅粉色衬衣配黑裤,简简单单前来赴约。

咖啡厅藤萝绿枝,幽香静谧,两个人面对面坐着,几月不见,仿佛隔了好几个世纪般遥远。一时间,竟然都不知道说什么才好。

夏天捧着温热咖啡瓷杯的手,缓缓伸过去,拉了拉任翔的食指。

任翔抬起苦涩的脑袋,便迎上她漆黑的眼眸。

"任翔哥哥,那天你在机场等了我多久?"

她又叫回了任翔哥哥,恍如隔世的称呼啊。任翔强忍住心头的酸涩,安慰说:"没等多久,猜到你肯定来不了,所以站了会儿就回家了。"

咖啡厅外的街角,顾折风摘下耳机对李银赫低声说:"他缩在路边,等了一整夜,最后哭着回来跟个犀利哥似的。"

咖啡厅是很压抑的环境,而夏天也知道,父亲肯定派了人观望着她,她温软的小肉手握紧了任翔粗平的食指,用了很大的劲儿。

这个小动作将她对他满心的思念传达给任翔,胜过拥抱,胜过接吻。

"任翔哥哥,你想我吗?"她声音嘶哑。

还用说吗,任翔想得都快肝肠寸断了,可是看着她幽怯怯的眸子,过去张口即来的小情话,此刻却如鲠在喉。

他心里压着沉重的负担,他什么都说不出来。

夏天低声对任翔说:"我妈妈肯定给你发了短信,用我的手机,不管她发什么,你得知道那不是我,我不会和你分手的,就算天塌下来,我也不会和你分手。"

她温热柔软的小手紧紧攥着他粗粗的指头。

就算天塌下来,我也不会和你分手。

任翔的心被煎熬着,每一次呼吸都在撕裂,疼啊。

"夏天,你听我说……"

听他说,说什么呢,说分手,为了你好,我们不合适,还是……我不爱你了?

他什么都说不出来。

顾折风和李银赫一人分享一个耳机,专心致志倾听着耳麦里传来的声音。

"讲真的,你觉得任翔会不会提?"李银赫问顾折风。

顾折风想了想:"不会。"

"我觉得会。"李银赫从包里摸出钞票,"来打个赌,赌两百块。"

"有没有良心,那可是我亲兄弟。"

"玩玩嘛。"

顾折风摸出十张百元大钞,压低声音:"既然这么刺激,来个大的!"

李银赫:"……"

亲兄弟呢?

"夏天啊。"任翔喉咙里像灌了铅似的,"我们……"

"任翔哥哥,待会儿我先去洗手间,然后从后门离开,你坐一会儿,也赶紧跟上,咱们溜掉。"

任翔看了看窗外的黑色奥迪车,他知道夏至深的眼线就坐在那辆车里。

"溜掉?"

"嗯!"夏天点点头,凑近了他耳畔,略带一丝疑惑,低声说,"哥哥不想我吗,可是我很想哥哥,今晚,我要和你在一起。"

任翔头皮炸了炸,就在夏天起身离开的时候,他突然拉住了她纤细的手

腕,声音嘶哑难耐:"夏天,我们分手吧。"

转角处,李银赫兴奋地对顾折风大喊:"哈哈哈,给钱!给钱!"

顾折风极不情愿地掏了钱,嘟哝:"人家要跟你上床,你要跟人家分手,脑子什么毛病。"

"这才是铁血真男人。"李银赫笑呵呵说,"别磨蹭,快给钱。"

顾折风不置可否,不过真的没有反转吗?不科学,任翔在比赛中最喜欢搞的一招就是出其不意,攻其不备,难不成这次,他真要主动放弃?

顾折风再度戴上耳机,准备听听后续。

"夏天,我们分手吧。"

就跟狗血言情偶像剧似的,在任翔说完这句话的下一秒,小姑娘眼圈跟着就红了一周,暴风骤雨的眼泪已经酝酿在了眼眶里。

"我不!我不分!"她断断续续说着这两个字,"我不!"

任翔受不住了,顺手一把将她揉进怀里,连声安抚:"哎哎,翔哥乱讲话,不分不分!别哭啊!千万别哭。"

夏天把眼泪抽回去,然后使劲抱住他的腰,用力掐了掐:"你以后再讲这两个字,我会很生气。"

"不讲了,再也不讲了。"

夏天没哭,任翔快哭了。

怕老婆的男人千篇一律,怕成这样的男人也是万中无一了。

咖啡厅外,顾折风欢天喜地:"给钱给钱给钱!"

李银赫撇撇嘴,极不情愿地掏了钱。

几分钟后,任翔牵着夏天的手跑出了咖啡厅,朝他们跑过来,李银赫立刻迎上去,拉开了路边那辆宝马车车门。

"老子真是找虐,单身狗来操心人家情侣的事情。"李银赫启动了引擎,很不爽地说,"去哪家酒店啊?"

"狗翔说了算。"后座夏天抱着任翔的腰不肯松手,腻在他怀里撒娇,开心极了。

任翔沉默了很久,突然说道:"去机场。"

李银赫:"机场?"

夏天:"机场?"

只有顾折风,露出了会心一笑。

果然,任翔还有最后一招绝地反转。

李银赫不解地问:"去机场干啥?"

任翔没有回答他,只问夏天:"身份证带了吗?"

夏天从口袋包里摸出身份证:"带了,本来以为要和你睡觉觉。"

李银赫:"咳咳!"

顾折风:"咳咳!"

"呛了就喝水。"任翔果断拿出手机开始订机票,"夏天想去哪里?"

夏天脸上露出欣喜之色:"狗翔要带我去旅游吗?"

"算是旅游吧。"任翔看向她,"你想什么时候回来,我们就什么时候回来,不想回来,就不回来。"

这下子夏天眼神里兴奋得都快冒火花了:"真的吗?我们真的要跑掉吗?你真的不是在和我开愚人节玩笑?"

顾折风看着夏天这激动的模样,心说这丫头还真是被压抑太久突然释放那就什么都不管不顾了,私奔这种事情,还能让她当游戏一样玩,完全不走脑的吗?

"喂,狗翔,你脑子是不是塌陷了。"顾折风禁不住出言提醒,"你要拐带夏天私奔,我一百个不同意,当小孩子过家家吗,夏天GRE不考了?毕业证不要了?"

她可是他的好朋友呢。

"不考了,不要了!"夏天生怕眉头紧皱的任翔反悔,她抱紧了他的胳膊,"我什么都不要了,你带我走,我想出去看看,我想和你在一起!"

顾折风还想出言阻止,任翔却说:"我不是一时冲动,昨晚想了很久,她父母不可能接受我,她的家庭也不会接受我,现在摆在我面前的只有两个选择,要么分手,要么带她走。"

当然,任翔选择了后者。

"傻翔。"

顾折风完全不想和他说任何话了,真是蠢货,之前还觉得他是战队除了喜欢装样儿的队长以外第二冷静的男人,看来真是吃别人的瓜不嫌事儿大,轮到自己了,居然这么不理智。

"你们能不能先别吵。"李银赫一边开车一边看后视镜,"后面有车在追我们啊。"

几人连忙回头,果不其然,那辆黑色奥迪车紧随其后,在环城路上追着他们,怎么都甩不掉。

"那是我爸爸的手下。"夏天慌忙说,"他们追上来了。"

"韩援,能甩掉吗?"

李银赫目光紧扣正前方,冷冷一笑:"开玩笑,你李欧巴以前在韩国号称是被竞技圈耽搁的赛车手。"

顾折风:"你又给自己脸上贴金,如果真有这种称号,早就被你拿出来说了不下百遍了。"

李银赫："臭小子，方向盘在我手里，能不能别这么没眼色，我帮的是你兄弟，你 diss 我？"

顾折风哼哼几声不讲话。

"坐好了各位！"李银赫一脚踩下油门，车身猛然前倾，开始在空旷的绕城路上狂飙。

从后视镜可以看出，奥迪车显然也已经开始加速追赶。

李银赫冷哼一声，直接将车驶上了另外一条车辆较多的高架桥上。

因为超车道被其他车辆占据的缘故，这下子奥迪车很难立刻跟上宝马，分分钟就被甩出了一大截。

李银赫在前方路口左转，将车掉了个头驶入左边的单行道，在路过那辆被堵在高架桥上的奥迪车的时候，他非常挑衅地按下车窗，冲奥迪车司机比了个倒拇指，笑得一脸张扬不羁。

任翔说："喂，客气点。"

李银赫回头："不是吧，媳妇儿都要没了，你还帮他讲话？"

顾折风说："他老丈人永远是他老丈人。"

李银赫减缓了速度，不确定地问："所以我们真去机场啊？"

夏天拿起手机扬了扬："我的票都已经买好了，四个小时后，直飞丽江，我早就想去丽江看看了，任翔哥哥，我们就去丽江好吗？"

任翔豪爽答应："行，那就去丽江，住他个十天半月，就当提前度蜜月！"

顾折风："……"

真是一帮头脑发热的家伙，所以他到底是跟着做什么。

登机之前，顾折风再三拉住任翔手里的机票："现在把夏天送回去，哭着跪求你老丈人的原谅，说不定还会有转机。你这一走，就真绝后路了，到时候人家报警说你拐骗少女，考虑过后果吗？有这种黑历史加身，你还想不想打比赛了。"

说到比赛，任翔原本高涨的兴致突然蔫了下来。是啊，他真要这样一走了之，职业生涯也就算走到尽头了吧，那可是从年少时便坚持的梦想，是黑暗中追逐的黎明的光。

面前的伙伴们，都是他并肩的战友，即便到现在，他们都依旧站在他这边。

真的……都不要了吗？

温温软软的小手握住了他的食指，任翔低头，面前的少女抬眸望向他，幽深的目光里带了那么些忐忑不安，害怕他突然改变主意。

他过去都那样了，夏天还是毅然决然地跟了他，世上没有后悔药，追悔莫及的事情也永远无法改变。

别人不给他任翔悔改的机会,可是夏天给了他机会。

唯一重生的机会。

任翔牵起了夏天的手,前所未有的认真和郑重:"从今天开始,你才是我的梦想。"

他紧握着她的手,转身毅然决然走进了安检口。

机场外,夏至深和夏天的小表姐陆雪南从奥迪车上下来。

"小姨父,你这司机车技也太差了吧,这样都能把人跟丢了。"

如果不是她冰雪聪明,猜到任翔那臭小子为了媳妇不要脸更不要命,很可能这就要拐着夏天跑路了,这才忙不迭追来了机场,否则真就要出大事了。

陆雪南看向夏至深:"小姨父,咱们现在现身把小夏天抓回来吗?"

航站楼边,透过落地窗玻璃,夏至深看着任翔,这小子脸上写满了纠结,似乎还拿不定主意要不要离开。

"再等等。"夏至深说,"不忙进去。"

"再等,他们真进了安检口,就不好抓人了。"陆雪南有些着急,然而夏至深看上去倒是一派淡定。

陆雪南皱了眉:"小姨父,这不会就是你那'九九八十一难'的最后一关吧?"

夏至深没有讲话,他看着自己的小女儿,小女儿此刻痴迷地望着身边的男人,眉宇间还带了些许焦虑之色。

是铁了心要跟这个男人走,不要妈妈,也不要爸爸了吗?

夏至深自顾自地摇了摇头,还是她觉得,不管闯下什么大祸,都有老爸帮她兜着,所以才敢这般肆无忌惮任性妄为。

"小姨父,他们进安检了!"陆雪南急切道,"真要走了,咱们追不追啊。"

夏至深沉声道:"追得回你夏天妹妹的人,能把她的心追回来吗?难不成还要捆着绑着带回去,关上一辈子?"

陆雪南神色颇为费解:"小姨父的意思是……"

夏至深凝望着两人牵手,决然离开的背影,喃喃道:"九九八十一难,现在才刚刚开始呢。"

好爸爸
第十一章

原修收到了陆蔓蔓寄来的明信片和照片。

明信片里是被漫山樱花簇拥的富士山。而那张照片中,大簇的浅粉樱花树下,有一家三口的合照。

女孩穿着藕色连帽卫衣,鬓间已有斑白但身体依旧健壮的艾力克斯将她高高举在肩膀上,他的另一只手牵着神情略显茫然的路易斯。

背后大片粉色樱花打底,一家三口的幸福感不需要任何言语组织,隔着照片也能深深感受到。

陆蔓蔓每去到一个地方,都会给原修写信,同时附寄明信片,这俨然已经成了一种习惯。

原修数着自己收到的明信片,普吉岛的澄蓝海滩,埃及狮身人面像,还有爱丁堡那满是石楠花盛开的荒原高地……

在没有她的那一年,首都的冬季似乎格外漫长,春风姗姗来迟。原修收到她信笺的那一天,满城春桃尽数绽放。

他坐在学校安静的图书室中,桌上摊开 GRE 的阅读书,纸面有红笔勾画的痕迹,他修长的指尖衔着那张来自日本的明信片,从窗边漫不经心向外眺望。

春雨过后,校园的街道湿漉漉泛着光泽,有细碎的花瓣零落,被路过车胎碾压而过。此时尚早,街边行人寥寥无几,只有考研的学生抱着书,匆匆而过,步履踩踏在落花上,溅起春水。

胸中酝起一股子思念的情愁。

他深长地呼吸着,只希望今年春的脚步快一点儿,再快一点儿,入了夏,也许能够尽快见到他心爱的姑娘。

他的手边有一封长信，总是情不自禁拿起来，一遍又一遍地摩挲翻阅，信是中文写成，语法错误的地方，让原修用红笔修改过，等她回来，要与她纠正。

他的姑娘容颜依旧啊。

中午，原修背着学院派的双肩背包，路过计算机系古旧的建筑旁，停下了脚步。

学院内古树参天，灰墙黑瓦爬满了翠绿的藤蔓，油油的一大片，雨后格外青翠欲滴，全欧式的学院风范，却因为这点古旧的保留而显得越发富有中世纪格调。

计算机系应该是整个大学最年轻的系所了吧，原修情不自禁地走进去，坐在参天的古树之下，翻阅陆蔓蔓的信笺。

信中的陆蔓蔓仿佛活灵活现就在他身边，挽着他的手臂，叽叽喳喳宛如麻雀般向他诉说旅途中的见闻，小话痨精的外号不是白取的。

她说起在泰国骑了大象很刺激，在南非险些被人摸了包，苏格兰的石楠花很臭很难闻，艾力克斯昨晚抱怨自己头上这半年来白发偏多，想去染烫……

原修放下信笺，让胸腔里郁结的思念稍稍被野风吹散了些许，才起身离开。

应该很快就能见面了吧。

之前原修听陆蔓蔓讲过，路易斯安慰小时候爱哭着找妈妈的陆蔓蔓，说自己是小公主，有一天被大魔王抓到魔窟，陆蔓蔓是英勇的骑士，会挥舞着宝剑，刀山火海披荆斩棘，将他救出魔窟。

陆蔓蔓在信中告诉原修，路易斯还在魔窟中苦苦挣扎，还没有找到出来的路，勇敢的陆蔓蔓骑士一定要想办法去到他身边，救他逃离心灵的迷宫。

她还在信中叮嘱原修，降温了注意保暖，别操持风度在女孩跟前扮酷耍帅；还有，别以为自己英语不错就不认真看 GRE 的书，她还等着将来有个 Ivy league（常春藤）的高才生男朋友让她出去炫一下。

这个年龄的小丫头虚荣心挺强的，希望自己男朋友特别牛，能拿得出手跟闺密朋友炫耀，于是原修给自己定了个小目标——

就先上哈佛吧。

那场 S 系世界赛结束于盛夏的尾声，而战队回国已经是九月末了。

一来路易斯的伤势让人放心不下，二来离别的愁绪萦绕在每个人的心头，挥之不去。

虽说天下无不散之筵席，但是谁能想到，那一场意外会让分别来得如此猝不及防。

陆蔓蔓不能跟着战队一起回国了，她得陪在自己的家人身边，陪伴路易斯，度过这一段精神雾霾时期。

路易斯自那件事后，几乎没有怎么笑过，也不与家人交流，就像一个自闭症患者，将自己困守于自我的心灵世界。

医生说这是一种面对危机的应激反应，那一晚发生的事情，让他的心灵遭受了严重创伤，他将自己的心灵与身体割裂开来，免受磨难。

医生还说，也许有一天他会突然走出来，回归正常，也许……永远走不出来。

陆蔓蔓得陪在路易斯身边，一家人在一起，就什么都不用怕，所有困难都会迎刃而解。

路易斯平时工作很忙，很少有时间能陪伴在家人身边，大多数时候，家里都是艾力克斯和陆蔓蔓两人一块儿吃晚饭，一块儿看电视玩游戏。

艾力克斯说，别看路易斯平时话很少，也不怎么表露情绪。其实他特别羡慕艾力克斯，特别想能多有时间陪在陆蔓蔓的身边，他可不想当一个晚上回来检查作业，发现错误太多，着急上火就把女儿训哭的"坏"老爸。

其实啊，他更愿意能和陆蔓蔓在一起打打小霸王游戏机，或者一家人窝在沙发里看肥皂剧恐怖片……

嘿，多幸福哇。

可是生活哪能只见快乐不见眼泪呢，家里总得有人承担起经济的大梁，总得有人要多牺牲陪伴的时间，给予家人最优渥的生活，总要有一个凶巴巴的家长，带着哭丧脸的小孩，走在最正确的道路上。

哪怕小孩将来不和他亲，他也得扮演这样一个"坏爸爸"的角色，作为她未来人生的指路明灯。

路易斯毅然决然选择了承担这份重任，他深爱着自己的家人。因此，甘之如饴。

直到陆蔓蔓返回中国，离开两位父亲身边，每每夜阑人静，路易斯也会向睡得迷迷蒙蒙的艾力克斯倾诉，说自己以前管孩子太严苛，孩子不会怪他吧。

艾力克斯呓语："不会吧，陆蔓蔓还是很爱你。"

路易斯总是担心，陆蔓蔓到中国，有朝一日找到亲生父亲，亲生父亲又帅又有钱还温柔，这可怎么办，他这么凶，万一蔓蔓嫌弃他不要他怎么办。

那个时候艾力克斯已经陷入了深沉的睡眠中，路易斯长夜难眠忧心思虑。

艾力克斯知道，自陆蔓蔓回国后，路易斯就有了一个梦想，能一家人出去旅游，去哪儿都行，环游世界也行，反正只要一家人在一起。他一定要"改过自新"，不要当"坏爸爸"，当个温柔耐心又帅气的好爸爸。

然而这一次旅游，反而是陆蔓蔓，成了温柔耐心的好女儿，一路悉心照顾着路易斯，给他和艾力克斯拍照，把自己在中国遇到的人和事儿，全部编成段子讲给两位老爸听,逗他们开心。

可是路易斯始终也不笑,这让陆蔓蔓感觉很丧,她觉得自己挺有幽默感的呀,虽然艾力克斯绝大多数时候笑得也挺勉强。

在日本富士山樱花树下,艾力克斯对陆蔓蔓讲述了路易斯小时候的事情。

艾力克斯家庭完整且幸福,从小在田纳西的大牧场奔跑着成长,天性乐观积极。而路易斯父母很早离异,他跟了爱酗酒的父亲,父亲喝高了经常动手打人,对孩子关心很少,这造成了路易斯孤僻的性格。

艾力克斯搬进城念书以后,在学校里经常看到被同学孤立和欺负的路易斯独自一人躲在小花园里,抱着膝盖,紧绷着身体,瑟瑟发抖,但就是不哭,宛如一块绷到极致的弹簧。

刚刚认识的那段时间,路易斯也是不讲话的,一个人独来独往,把自己封闭在坚固的内心堡垒中,从不与人交往。

他们念的是同一所公立学校,学校里,路易斯的成绩永远名列前茅,他闷头学习,不问其他,聪明的脑瓜子让他经常获得各项竞赛的一等奖。

但他没有朋友。

艾力克斯是他第一个朋友,因为心大无眼,积极乐观,即便路易斯经常不搭理他,表现出天才应有的高冷姿态,但是艾力克斯不在乎。

他每天放学揽着路易斯的肩膀,跟路易斯混个假熟,甚至尿尿的时候还要和他比谁更远……

终于有一次这二货把路易斯给逗笑了,高冷人设崩塌,路易斯也就不再如弹簧一般紧绷着,面对大大咧咧的艾力克斯,他终于将自己的心扉袒露。

当然两个人就在一起生活了,像亲兄弟一样。

"路易斯其实性格很软的,有点像女孩子,不爱与人争执,又很坚持原则,做事认真态度严谨,但是谦逊柔和。我答应过他,这辈子绝对不让他被别人欺负,可我还是没能做到……"

"艾力克斯,你不要自责。"陆蔓蔓安慰他,"这件事谁也想不到。"

艾力克斯对路易斯,好到没话说,亲兄弟的情意,虽然很多时候看上去他总在使坏欺负沉默寡言的路易斯,但是大部分时候,他都是不动声色地让着他,顾着他。

不远处的樱花树下,路易斯乖乖坐在野餐布上,随手捡起了一枚花瓣,放到眼前。他眯起左眼,透过那枚小小的浅粉色花瓣,望向这个世界。

这个曾经带给他无数暴力和伤害的世界,让他宁可封闭自己的世界。

纷纷扬扬的樱花雨树下,鬓间斑白而俊朗如初的男人温柔地拂过了女孩的发梢,将她肩膀上的细碎花瓣拂落。

陆蔓蔓身高刚刚到他胸膛的位置,最萌身高差不过如此。

她抬头冲艾力克斯微微笑。

然而，趁着她猝不及防之际，艾力克斯把她拎过来就是一个过肩摔，她狼狈栽地，男人指着她哈哈大笑，前俯后仰。

画风陡变。

陆蔓蔓才发现自己被艾力克斯这老家伙暗算了，她从草地上爬起来，拍了拍屁股，嗷嗷大叫着扑向艾力克斯，猛地跳起来爬到他背上，用力捶他。

"艾力克斯你这家伙真是太坏啦，太坏啦！"

"臭丫头，没大没小，快下来！哎哟哎哟，疼死啦！"

"谁没大没小，啊？谁没大没小，你能不能有点当爹的样子，别总是暗算我偷袭我！人家的爹都把女儿当宝贝，你把我当傻子啊！"

"臭丫头，说什么呢，我能把你当傻子吗，最多把你当狗。"

"啊啊啊！"

路易斯透过花瓣，仿佛看到了全世界，樱花树下的男人和女孩，那是他的全世界。

指尖的樱花瓣倏地凋落，路易斯的嘴角忽而扬了起来，而上翘的嘴角边，有一滴眼泪蜿蜒而下。

艾力克斯和陆蔓蔓表演完摔跤，又开始互殴，累得没劲儿了回来，才发现路易斯哭了。

陆蔓蔓连忙扑过去，心疼地抱住路易斯的脖颈，抽抽气，低声说："路易斯别哭，蔓蔓错了，蔓蔓再也不打艾力克斯了，别哭。"

她用自己白蕾丝边的袖子，擦拭路易斯的眼泪，一边擦，一边自己也跟着啜泣："路易斯别哭。"

路易斯抬眸望了望正前方呆站着的艾力克斯，缓缓伸出手，抱住了陆蔓蔓的背，紧紧拥她入怀。

"艾力克斯，好久不见。"

他抱着陆蔓蔓，深深凝望着艾力克斯，在消声沉默了将近半年之后，他说出了第一句话。

好久不见。

三月，首都的高中、大学陆陆续续迎来开学季，高中生们穿着整齐划一的大麻袋蓝白校服走进校门。

原修的九分牛仔裤配一件早春的纯色卫衣，比之于任翔那种刻意的潮流装扮，他总是简单随性，也不失为一种风格。

神清骨秀的气质，让他所到之处总能吸引女学生惊艳的目光。

他还戴着口罩呢，不至于发生骚乱。

不得不说，W还真是挺聪明，大号的口罩能遮掉脸庞的三分之二，配合几缕斜刘海将眼神阻隔了，这样的伪装完全OK，不会有人在意路边戴口罩的家伙会不会是某某明星或者网红。

即便猜测，也终归不好叨扰。

一个口罩分割职业与生活，以前他不理解W为什么比赛总戴口罩，而现实中反倒坦坦荡荡。现在懂了，比赛终究是小部分时间。

最真实的一面，要留给生活，留给朋友和爱人啊。

难怪她从来不喜欢别人日常叫她W！

原修的思绪被场上打篮球的少年们打断，一颗球朝他旋转飞来，他扬手接过，扔给了一个身材瘦高的眼镜男孩。

男孩盯着他的背影看了许久，直到他离开操场。

原修在学校没有找到他想找的那位少年，也向许多同学打听了。让他未曾料到的是，同学们一听到那个名字，无一不是缄口沉默，抑或者顾左右而言他，只道不知。

奇怪。

原修只知道有一个家伙，拥有令人谈之色变而不能提及的名字——

伏地魔。

却不想他要找的那位少年，居然也让人如此畏怕。

就在原修无果而终，准备要离开的时候，刚刚不小心差点用篮球砸中他，然后盯着他痴汉看了不下两分钟的眼镜男孩，气喘吁吁地跑过来，追上他。

"我知道你要找的人在哪儿！"

原修回头："你知道？"

"嗯！"眼镜男孩连连点头，满脸红光，"那个地方一定能找到他。"

他说完从包里摸出笔记本和马克笔，原修以为他要写地址，却不想他直接将本子递到原修手边："我认出你了，男神修！求签名！我是你的super粉丝，我超爱超爱你，我们能合照吗，能摸摸你的手吗？"

原修："……"

还想怎样，要不要亲亲抱抱举高高啊？

早春的寒气还未能尽散，河面倒映着对岸新城暮色。

桥上有城际轨道列车轰隆隆疾驰而过，震颤不已。不远处有几个堆成三角状的废弃水泥圆筒柱。

容颜介于青涩和成熟间隙的几位男女坐在筒柱之上，见原修靠近，他们纷纷防备起身。

有男孩不客气地问："你是谁啊？"

原修目光渐次扫过几人，淡淡道："谁是寇响？"

空气凝固了几秒，没人开口。

原修心里冷嘲，还真是不能提的名字吗。

"你……你找他什么事？"

"没事。"原修无所谓地耸耸肩，"看看而已。"

他来找寇响的本意，也仅仅只是想看看对方，看一眼，他大概心里就能有谱，老妈讲的那个故事，那个鱼翔浅底蛟龙出海的二十世纪八十年代，故事的男主人公寇琛有个儿子，名叫寇响。

仲清阿姨是在寇琛下海不久便出国了，出国的时间和陆蔓蔓的年龄基本吻合。如果陆蔓蔓真的是仲清阿姨的女儿，那么……她极有可能也是寇琛的女儿。

不过这一切都只是他的推导和猜测。他今天来找寇响，不是为了证实什么，只是好奇心驱使，想看看对方。

当然，直觉告诉原修，面前那几个小子，都不是寇响，虽然他没有见过寇响，但是他能感觉到，都不是。

随着一阵夜风起。

咔嚓，咔嚓。

打火机盖的声音从河岸畔传来。

原修回头，便见岸边层叠的阶梯之上，站着一个男孩，居高临下地望着他。背后的天际，有大片大片滚烫的火烧红云，宛若油彩渐染。

他逆着光，迎着他。

黑色铅笔裤，黑T恤，宛如从黑夜中走来的英俊少年。

他手里随意把玩着一个钢制打火机，步态轻盈，跳下阶梯。

他给原修的第一感觉便是瘦削，没什么精神，左脸有一道浅浅的疤痕，蜿蜒在眼下，很淡很淡，却为他整个人增添了某种狠绝气质。

寇响。

在对方与原修擦身而过的时候，原修回头叫了他一声。

而他步履稍稍停顿，手揣兜里，没有回头。

"寇响。"他又叫了一声，这一声比之前更加低沉且有力量。

男孩停下了脚步。

这个时期的男孩，从身高体格来看，已经有了与他比肩的态势，只是因为疏于对身体的管理，寇响之于原修而言，终究更像野蛮生长的草，茁壮而荒僻。

对方回头淡淡睨他一眼，眼神如刀，能割人心骨。

"滚。"

这一个字的音，咬得很重。

威胁，疏远，冷漠。青春期的叛逆男孩与整个世界较着劲儿，压抑克制着歇斯底里的暴走，全在这一个字里。

他已经离开了。

原修不再阻拦他，目的已经达到了，倒不是真被他威胁，而是没必要和他发生冲突。

原修又不是来打架的，如果杨沉明早醒来摸出手机看到的新闻头条就是某竞技圈扛鼎大神和高中生发生肢体冲突，只怕会气得先吐血三吨。

他只是来看看。

然而这一眼便已经笃定了他心底的猜测。

虽然寇响和陆蔓蔓两个人性格截然不同，甚至可以说天差地别，但是眼神里有同样的一股子劲儿，跑不掉了。

亲姐弟。

陆蔓蔓和老爹们的旅行来到了北海道，因为路易斯大病初愈，他们决定在北海道的休闲疗养会所小住一段时间，当然医生也建旅程不要太赶，等到路易斯的精神状态慢慢恢复。

日式和风的疗养会所，风格偏复古，当然古典中又必不可少带了现代的装饰。

艾力克斯去前台办理入住登记，陆蔓蔓和路易斯站在花厅等待。

路易斯本能地要伸手去接陆蔓蔓的双肩背包，陆蔓蔓当然没有给他。

"又不重。"

"以前不是总让老爸背书包吗，"路易斯说，"现在客气什么。"

陆蔓蔓伸手捶了捶路易斯的肩膀："你看看你，等你锻炼成艾力克斯那样的，不只要你背书包，蔓蔓也要你背啊。"

路易斯表示非常不屑一顾："老爸现在也能背得动蔓蔓。"

陆蔓蔓不信："呵，你就逞强吧。"

"你还不信了是吧？"

路易斯走过来直接将陆蔓蔓扛肩膀上，不过起身的时候，明显有点吃力，陆蔓蔓能真切地感受到，老爸的身体大不如前了。

"路易斯，放我下来啊。"

"哼哼，这下子信了吧。"

"信了信了，你放我下来。"

艾力克斯那边已经办理了入住登记，路易斯直接扛着陆蔓蔓，随艾力克斯一起朝着电梯口走过去。

艾力克斯挑挑眉，对倒吊的陆蔓蔓说："你又怎么招你爹了？"

路易斯平静道:"她质疑我的能力。"

陆蔓蔓像钟摆似的东倒西歪,对艾力克斯道:"艾力克斯,你让他放我下来,我一天吃八顿饭,真不是闹着玩的,闪着腰怎么办。"

这样一说,路易斯更不乐意放陆蔓蔓下来,这时候电梯"叮"的一声响,打开。

里面有几位男士迎面而出。

等他们走出去之后,艾力克斯才进电梯,陆蔓蔓捶着路易斯的背:"老男人,我要生气了!我真的生气了!"

路易斯放下陆蔓蔓,气喘吁吁。

陆蔓蔓理了理自己的衣服和凌乱发丝,哼哼说:"让你逞强。"

她刚一抬头,电梯门阖上,她看到刚刚走出去的一位男士回身,朝她投来清浅而意味深长的一瞥。

她耸耸肩,没有在意,继续板着脸教训路易斯。

大厅门口的轿车边,男人穿着一身浅灰色西装,四十来岁的样子,不显老态,眉宇间丰神俊朗,能见年轻时候的狂野模样。

"寇总,您看起来似乎有心事,别是出来太久,想家了吧?"

都是跟了他多年的老心腹,老刘说话也没有忌讳。

寇琛坐上车,面无表情地望向车窗外,淡淡道:"老刘,你看到刚刚进电梯那两男一女,男的外国人,女孩亚裔面孔。"

"看到了,怎么?"

"不奇怪吗,他们关系很亲密。"寇琛皱眉说,"不是亲生父亲的两个男人,带着年纪轻轻的女孩来这种高端疗养会所,能有什么好事。"

老刘笑了笑:"寇总,什么时候你也像女人一样八卦起来了,外国人怎么玩,关我们什么事。"

见寇琛迟迟不再讲话,沉默了下来,老刘难以置信说:"不是吧,你还在想啊?准备英雄救美,从猥琐大叔手里挽救失足少女?别了吧,咱们这次是来和日本人谈生意的,可别节外生枝。"

隔了很久,寇琛才轻不可闻地叹了声:"那女孩,长得像我的一位故人。"

"什么啊,我还觉得她眼睛长得挺像你呢。"老刘挑挑眉,"难不成,寇总还想吃把嫩草?"

"少开玩笑。"寇琛调子冷了下来。

北海道的天空湛蓝澄澈,微风中夹带着腥咸的海的味道。

今天的阳光很暖和,路易斯独自躺在泳池边的阳伞下,穿着陆蔓蔓给他买的夏威夷西瓜凤梨四角裤，显得十分俏皮。

半年养病，路易斯倒是把身材养丰腴了许多，作为一个对自己身体管理极其严格的男人，路易斯不能容忍自己身材发福，如果不是陆蔓蔓一定要拉他来这恒温泳池边游泳，他根本不愿意穿成这样出房间门。

陆蔓蔓穿着那件圆点小学生泳衣，坐在泳池边缘，用脚丫子拍水，艾力克斯宛如鱼儿似的在水中蝶泳。

"路易斯，下来玩啊。"她远远冲他喊道。

"不了。"路易斯摘下墨镜，"你们玩吧。"

他摸了摸自己的肚子，然后将浅色的浴巾摊开，遮盖住自己并不明显的小肚腩。

有点惆怅。

寇琛穿着拖鞋经过，稍微停顿了一下，然后转向路易斯，坐到他身边的躺椅上。

路易斯察觉到身边人朝他投来了目光，他有点敏感，不大喜欢别人盯着他看，于是重新戴上了墨镜。

陆蔓蔓跟艾力克斯一起使了个坏，说两人走到路易斯身边，趁他不设防，把他抬起来扔进水里。

艾力克斯立刻同意了陆蔓蔓的计划，两人蹑手蹑脚来到路易斯的身边，准备阴他一下。

不承想路易斯翻身而起，就跟说好了似的，和艾力克斯两人一起，一人抬手臂一人抬脚，直接将陆蔓蔓抬起来朝着泳池走去。

"喂！不带这样的！"陆蔓蔓猝不及防，居然让这两人给暗算了。

"艾力克斯，你犯规了！说好一起整路易斯，你犯规！"

艾力克斯笑呵呵地说："我可不敢整路易斯。"

"别别，放我下来，爸爸，我亲爸，放我下来行不，会呛水啊！"

路易斯说："刚刚整我的时候，怎么没想我是你亲爸，嗯？"

"我错了，我真的错了。呜呜，再也不敢了。"

两个男人没管陆蔓蔓的苦苦哀求告饶，数着一二三，要把她往水里扔。

然而这时，身后传来男人低醇而冷硬的嗓音："放下她。"

艾力克斯和路易斯同时扭头朝那人望去。

男人将柠檬水杯放在小桌边，站起身朝两人走来。

寇琛今年四十有三，身材却丝毫未显老态，长期的锻炼让他身上没有一处垮皮或者赘肉，比之于同龄人而言，他还保持着非常完美的身材。

这个年龄，正是男人最容易散发魅力的时候，比之与轻狂少年，则更添了一份厚重的底蕴和成熟的气质。

举手投足间，男人味儿就出来了。

艾力克斯和路易斯对视了一眼，然后"哐啷"一声，把陆蔓蔓扔进了水里。

陆蔓蔓："……"

两位父亲同时直起身，脸上露出不解之色。

路易斯礼貌地问："先生，您有事吗？"

"她。"寇琛的指尖扬了扬，指向从泳池里狼狈爬出来的落汤鸡陆蔓蔓，"她和你们，什么关系？"

艾力克斯解释道："她是我们的养女。"

陆蔓蔓跳起来，偏着头把耳朵里的水倒出去，咬牙切齿说："对，养女，不是亲生的。"

亲生的就不会这样对她了，哼！

寇琛又问："成年了？"

"成年了。"

他凝视着陆蔓蔓，榛色的眸子内有波澜涌动："是……中国人？"

寇琛的行为和询问已经超出了陌生人应有的礼貌范畴，但是路易斯猜测对方应该也是出于男人天生的保护欲和责任感。所以，他依旧耐心地解释："她是我们合法领养的华裔女孩，母亲意外去世，现在她是美利坚国籍，先生您还有什么问题吗？"

"母亲过世了……"寇琛念叨着，抬起头来，眼神里带了几分不善，"你说是合法领养？"

"没错，是合法的。"

合法，寇琛心里冷笑。在他看来，女孩和他们的相处太过亲密，即便是关系如亲生父女，但终究没有血缘关系，就这样无所顾忌地相处，这已经大大挑战了他的底线。

他是经历过饥荒和苦难的一代人，同样，在新思想与旧观念碰撞的大时代里，他也曾肆意挥洒过自己的热血青春，他从不认为自己是老古板，比之与真正的老古板原衍之来说，他可要开明很多。开玩笑，他以前玩摇滚呢。

但不知道为什么，这件事突然便触了他的逆鳞。

他觉得非常非常之荒唐。

寇琛自认为，自己不是喜欢多管闲事的人，若是换了别的人，或许能够做到视而不见，但偏偏这女孩……

和学生时代的她那样相似，那秋水般的眸子，柳叶儿的眉山，莹润的樱桃唇……几乎就是一刀一刀仿刻而来，一刀一刀，刻在他的心头。

他突然愤怒了。

"我不知道你们美国法律是怎么回事！两个大男人领养一个小女孩，居然还能合法，难以想象，荒唐！"

艾力克斯微微皱眉，克制着怒意，礼貌地应对："先生，您如果质疑我们的法律，可以通过其他途径申诉，但是现在能不能请你让开。"

寇琛没有动，他看着陆蔓蔓，越看，她眼里眉间那种气韵，让他越心颤。

"先生。"路易斯发现寇琛一直盯着陆蔓蔓看，他将毛巾搭在她身上，将她严严实实包裹起来，然后把她拉回到自己身后。

"先生，请您注意……"

然而路易斯话音未落，嘴角就结结实实挨了寇琛一记猛拳。

突然的变故让人猝不及防，路易斯整个人踉跄后仰，幸而身后陆蔓蔓扶住了他。

陆蔓蔓爆出一句粗口，同时朝着寇琛猛冲过来，一把将他推开。

寇琛没料到这小女孩居然会有这样巨大的力量，他竟然被她给推了出去，差点摔泳池里。

当然，艾力克斯也气得红了脸，这男人居然敢当着他的面碰路易斯，这已经触及他的底线了，他撸起袖子就要上前干架。

外面几位酒店安保火速赶来，拉开了几人。

路易斯用手肘擦了擦嘴角的血迹，拦住艾力克斯："冷静点。"

艾力克斯喘着粗气，恶狠狠地瞪着寇琛，还算能够保持理智，但是陆蔓蔓完全疯了似的，抓起寇琛的手肘一口咬下去，发狠用劲。

路易斯刚刚走出精神阴霾，又遇上这疯子不分青红皂白动手打人，陆蔓蔓无法忍受，她得替路易斯讨回公道！

寇琛的手，让她狠狠咬出了血。他低沉隐忍地抽气，却并没有对她做什么。

还是艾力克斯拉开了狂躁的陆蔓蔓。

寇琛手腕被咬破了皮，有殷红的鲜血渗出。

陆蔓蔓擦掉嘴角的血迹，恶狠狠地瞪寇琛，然而寇琛对陆蔓蔓却没有半分敌意，即便被她狠咬了一口，他望她的目光依旧柔和，又浓烈。

"有话好说。"寇琛的心腹老刘也闻讯赶来，协调几人的矛盾，"别动手，有什么事坐下来好好谈，好好谈。"

陆蔓蔓指着寇琛，凶巴巴地说："一上来不分青红皂白就打人，他流氓吗？"

嘿，年轻的时候，还真是。

寇琛嘴角竟然还扬起一抹微笑的弧度，带了那么点儿意味。

艾力克斯受不了那家伙看陆蔓蔓的眼神，一把将她揽回自己身后，阻隔他幽深的视线，这下子寇琛眼神便冷了几分。

"你们两个男人领养一个小女孩，朝夕相处，亲密无间，我真是接受无能。"寇琛一边用纸巾按着自己流血的手腕伤口，挑眉问陆蔓蔓，"你亲生父母呢？"

"跟你有什么关系！"陆蔓蔓对他才没有好脸色，"我吃你家米饭了管这么宽？"

陆蔓蔓甚至包括艾力克斯，都没能听出寇琛的弦外之音，但是路易斯听出来了，所以他脸色顷刻沉了下去。

如此肮脏的思想，却被外人这样轻易道出，他无法接受……

"先生，我叫路易斯，这位是我的伴侣艾力克斯，蔓蔓是我们共同的女儿。"路易斯站出来，平静而礼貌地说，"首先谢谢您对我女儿的关心。我们家蔓蔓也是经由合法手续收养，每个月社区教会和收养机构都会派专人过来考核，同时向街坊四邻调查走访，记录她的生活资料以存档。

"所以您可以完全放心，我们之间没有任何超越父女的其他关系存在，亲密举动也是在亲情范畴以内。最后，希望您不要再继续误解我们的关系，因为这种无礼的指控，会对我们造成困扰和伤害。"

路易斯不卑不亢说完这番话，拉着艾力克斯和情绪激动的陆蔓蔓离开。陆蔓蔓还不想轻易放过他，却让路易斯生拉硬拽给拽走了。

和风套房中，陆蔓蔓趴在松软的榻榻米上，滚来滚去，闷闷不乐。

艾力克斯问前台借用了医疗箱，沾着药水替路易斯擦拭嘴角的瘀青伤口。

"嘶……"

艾力克斯心疼地说："你这家伙，怎么人人都想伤害你啊，你真是受虐体质吗？"

路易斯无奈笑了笑："我怎么知道。"

"唉，以后我得好好看着你，寸步不离。"

"那我就成你的囚犯了。"路易斯轻松地开着玩笑，试图缓解艾力克斯的心情。

"哼，不是说日本人都很有礼貌吗，刚刚那个家伙是怎么回事。"艾力克斯气呼呼地说，"像疯狗一样随便咬人，真该报警，让警察把他抓起来。"

陆蔓蔓躺平了，侧头对艾力克斯说："不是日本人，那家伙是中国人。"

"你怎么知道？"

"刚刚他朋友跑过来，我听到他低声对他说了一句中文，好像是叫'寇总不要冲动'什么的。"

"不管是哪国的，打人就是他不对。"

还不等陆蔓蔓讲话，路易斯突然开口："蔓蔓，你有没有想过回国找找亲人？"

此言一出，陆蔓蔓和艾力克斯同时惊讶："你说什么？"

刚刚那男人的话，艾力克斯和陆蔓蔓没有多想，但是路易斯心里头却一直在琢磨，宛如阴霾般挥之不去。

他叹息一声："就是……蔓蔓的母亲在美国出了意外，可是在中国肯定有别的亲人，只要顺着她母亲这条线索回溯调查，找到亲人其实并不难。"

陆蔓蔓不知道说什么才好，艾力克斯脑子也有些蒙："怎……怎么突然说要找亲人？"

"女儿现在长大了，我们不可能永远陪在她身边，她应该要知道自己的亲人，说不定还有兄弟姐妹，将来我们不在以后，总不至于孤苦无依。"

"找到之后那蔓蔓……蔓蔓就要离开我们吗？"

陆蔓蔓冲过来一把抱住路易斯的腰，固执地说："我不要找什么亲人，你们就是我的亲人！"

路易斯无奈地拍了拍她的背："找到自己的亲人，也不意味着就要离开老爸们啊，不过是在这个世界上多一段血缘联系，多一些关心你的人。"

艾力克斯拧着眉毛看着路易斯，想说什么，但终究没开口。路易斯句句在理，他无从反驳，可是从情感上来讲，他真不希望陆蔓蔓找到自己的亲生父母，他可舍不得自家女儿跟了别的家庭，陆蔓蔓和路易斯，是他生活的全部啊。

另一边的豪华总统套房里，寇琛坐在松软的米白色沙发里，有专人医护为他包扎了手腕的伤口。

回想小丫头刚刚冲过来的样子，活像发了狂的小豹子似的，一口咬住他的手腕，死不松口，眼神里充满了憎恨。

细品来，她的眉目和当年的仲清……还真有几分神似。不过小丫头性子似乎比仲清更烈，那股子桀骜不驯的劲儿，存在于天性中。

他现在真是老了，老天要跟他开玩笑，让他在这个年纪里，居然会遇到年少时候的仲清。

正对面沙发上的老刘，盯着沉默的寇琛看了很久，难以置信道："你今天怎么这么冲动？"

"她和我的一位故人，太像了。"寇琛深邃的眼眸中涌动着难以抑制的波澜，"太像了。"

李泽皱起了眉头："别说是你的初恋情人。"

寇琛没讲话，点了根烟。

"不是吧……真的就是那位……"李泽难以置信，"讲真的，寇总，您在圈子里可是出了名的顾家好男人，这辈子什么莺莺燕燕能近得了您的身，可别在

这把年纪阴沟翻船栽小姑娘手里啊！"

"胡说八道什么。"寇琛淡淡道，"也就是长得像而已，她不可能是她。"

"当然不可能啊。"老刘拍腿，"那小丫头最多不过二十出头的样子，就算真有什么关系，那也只可能是你那位初恋情人的孩子，不可能是本人！"

寇琛指尖的烟头猛然一顿。

晚上，陆蔓蔓在手机视频里跟原修讲了今天这件糟心的事情，愤愤不平，说不要再让她遇见那家伙，否则不会轻易放过他。

原修沉默地听着，又问了路易斯的情况。陆蔓蔓便将路易斯希望她回国寻找亲人的事情告诉了原修。

突然聊到这个话题，原修愣了愣，随即问她："你自己呢，也想找回自己的亲人？"

"唔，这个……"

陆蔓蔓自己也说不好："肯定会有点好奇，不过路易斯刚刚病愈，虽然他们说希望我能找到亲人，但是心里肯定会舍不得，所以……"她再度确定了自己的想法，"我不想找什么亲人，我想和老爹们在一起，他们就是我的亲人。"

原修若有所思地点点头："嗯，来日方长，这种事不急于一时。"

"路易斯说，我可能还会有兄弟姐妹，想想其实挺难办的。"

"怎么说？"原修放下手里的书，看向手机镜头。

画面里，陆蔓蔓摘下面膜随手扔垃圾桶，然后在床上滚了一圈："我爸爸现在肯定有了自己的家庭，有温柔的妻子和可爱的孩子，我的出现对于他和他的家庭而言，也许不会是什么好消息吧。"

原修眉头皱了起来，上齿轻咬薄唇，只有在拿捏不定的时候，他才会下意识地这样做。

陆蔓蔓问他："你觉得呢？"

"我觉得……"

从母亲只言片语的描述中，原修隐约能够感受到，当年的寇琛是何等深爱着仲清，得知她不告而别出国之后，几乎有一整年的时间，寇琛完全把自己放纵于酒精的世界，耽于失去至爱的痛苦之中不可自拔。

那个时候可不像现在交通和通讯这么发达，再加上外交局势不稳定，要想寻找一个远离故土且音信全无的人，难如登天。

原修觉得，即便是现在的寇琛叔叔，如若知道仲清为他留下一个女儿，即便不是欣喜若狂，也一定会非常非常疼爱陆蔓蔓。

可难就难在，以寇琛的性格，如果得知陆蔓蔓的存在，肯定会想方设法将她留在身边，填补这多年亲情的空白，那路易斯和艾力克斯怎么办。

一对养父将女儿抚养长大，原修换位思考，即便是自己那保守但还算讲理的老爹，都不一定能接受这种事，更何况是寇琛叔叔那种霸道蛮横的野路子。

"修修？"陆蔓蔓打断了他的沉思，"你在想什么呢？"

"没什么。"

"那……我应该要找回亲人吗？"

"我觉得这件事，得等路易斯彻底好起来以后，再作打算。"原修坐在飘窗之上，有夜风温柔地撩开他单薄的衣襟，"现在暂时不用考虑太多，乖乖等着我，有我在你身边的时候，不需要担心任何事。"

陆蔓蔓重重点头："时间不早了，你快休息吧，挂了噢。"

"等等。"

"嗯？"

原修扯了扯衣领："还有没有要和我说的？"

"没有了。"

"真没有了？"

手机屏幕里，壁灯的光线略显暗沉，映衬着原修的轮廓也柔和了许多，他自然而然地斜倚在飘窗边，拿手机的角度是从下往上，他轻挑着下颌，修长的脖颈有流畅的脉络，喉结凸出。

衬衣领碎碎地奄着，隐约能见他漂亮的锁骨。

他凝望着她，眼角微勾。

陆蔓蔓："……"

这是在蓄意勾引？

"原修，你把衣服扣好。"

原修嘴角抿出笑意，指尖落到纽扣位置，不仅没有扣上开端的纽扣，反而又解开了几颗。他将手机拉远，性感的胸膛便呈现在她眼前。

陆蔓蔓："……"

口干舌燥。

"来玩个游戏。"原修的声音极有诱惑的磁性。

陆蔓蔓心跳开始疯狂加速："玩……玩什么游戏？"

"脱了。"

陆蔓蔓：……

这家伙自从开始向任翔取经之后，真是花样百出，已经完全不是过去那个急吼吼快进快出的野汉子了。

陆蔓蔓知道他是憋得不行了，看他面颊的酡红就知道，火已经烧起来。

陆蔓蔓对自己男朋友一贯是往天上宠，疼得没边儿，那方面的事更是予取予求。

她将灯光调暗之后，坐在床上，红着脸拂下了自己的碎花裙的吊带，白皙的胸襟顷刻展露，她单手护着胸，另一只手拿手机，让他能看清楚。

原修呼吸急促了很多，凝望她的眼眸里，有深渊暗流。

这男人，真是太可怕了，一个眼神就能要她的命。

陆蔓蔓低声问原修："看够了吗？"

原修的手已经顺着腹肌，顺着人鱼线，摸了下去。

陆蔓蔓呼吸一窒，恍然明白了他要做什么。

……

过程不可描述。

丫头这个时候就像听话的提线娃娃，任由魔术师操纵着，让她做什么，便随了他的心意。

原修还没能缓过来，门外突然传来一阵敲门声。

他有气无力地闷哼一声。

施纯如的声音传来："崽崽，出来吃凤梨噢，妈妈刚刚削好的。"

原修："……"

"崽崽在做什么？"

"看书！"

"那妈妈进来了噢。"

"不准进来！"原修抓起自己的裤子匆匆忙忙穿上，"别进来。"

"啊，我知道了。"门外施纯如就像看破一切的老司机，"崽崽在干坏事啊。"

原修："……"

施纯如："崽崽晚安。"

陆蔓蔓已经穿好了衣服，低头笑："刺激吗？"

原修很没面子，冷声说："笑个大头鬼啊。"

"论有个看破一切的老妈是一种怎样的体验。"

"不久的将来，这个看破一切的老妈也会成为你的老妈，咱们是好队友，一生一起走，有罪也得一起受。"

陆蔓蔓不服气地哼哼一声，挂掉了电话。

她回味着刚刚的片段，带着某些思念的愁绪，缓缓入眠。

日本之旅是一家人环球旅行的最后一站，艾力克斯接到田纳西父母的电话，说牧场出了问题，索性一家人就直接从东京直飞了美国中部的田纳西州，艾力克斯的父母在那里经营了一个316英亩的大型农牧场，他们去那边小住几日。

送给我此生的挚爱
第十二章

田纳西高地牧场产权属于艾力克斯的父母,这里有大片繁茂的草场,蓄养着牛羊,由非常专业而训练有素的德国牧羊犬看管着,同时牧场还有百来名员工。

乔纳森夫妻年事已高,就在这风景怡人的大牧场颐养天年。

每年夏天是他们最开心的时候,因为艾力克斯会带他们最爱的小孙女来牧场度假。每到这个时候,他们会宰杀牛羊招待陆蔓蔓,还会在晚上星辰满布的牧场上举办湖畔晚会,邀请牧场的员工和周围县镇的年轻姑娘小伙儿过来玩。

对了,他们饲养的小矮马也成年了,这匹小矮马是他们特意为陆蔓蔓养的,等她回来的时候可以骑马兜风。

小矮马体量小,性格温顺,跑得也不快,所以不用担心会有什么危险。

陆蔓蔓骑着小马,咯噔咯噔咯咯噔,驰骋在广袤无垠的牧场草原上,远方天空澄澈湛蓝,有起伏的山脉绵延不跌,羊群东一簇西一团,宛如草场上镶嵌的棉白色的地衣。

陆蔓蔓回头,见艾力克斯和路易斯骑着枣红色的骏马,缓步溜达在花海湖畔。

两人低声说着什么话呢。

她哼哼一声,策马离开。

见她跑远了,艾力克斯连忙招呼:"慢些,别摔了。"

"哼!"

陆蔓蔓驱策着棕色小矮马,跑上了一段绵延的小山坡,忽而发现不远处的公路上有辆黑色轿车正徐徐驶来。

陆蔓蔓回头,见艾力克斯和路易斯已经远得只剩了一个小圆点。

她的心情突然雀跃了起来,策马跑下了山坡,朝着那黑色轿车跑去。

原修说近段时间会来田纳西大牧场看望她,不过具体时间不定,要给她一个小惊喜。

所以陆蔓蔓只要一看见有外来车辆,就兴奋不已。

她冲那辆轿车拼命挥手,轿车也跟着停了下来。

然而,不是原修。

陆蔓蔓环着轿车跑了两圈,失落地问:"这里是私人牧场,请问你们有事吗?"

轿车上下来的男人居然是亚裔的面孔,这让回国快半年的陆蔓蔓倍感亲切。

"小姐,您好。"西装笔挺的亚裔男士操持着纯正的美式发音,"这里环境很好,我们先生想要在这边度假,已经联系过牧场主乔纳森先生,获得了他的首肯。"

"度假啊。"陆蔓蔓想了想,"那你们可来得真是时候了,这几天我们这边有 color fight 的比赛,晚上还有湖畔晚会,会非常热闹噢。"

"color fight 是什么?"

"就是大逃杀的衍生游戏,一帮人的彩弹大混战,很好玩的。"

"那真是很期待。"

陆蔓蔓非常热情地要给他们引路:"你们住在山腰红房子还是湖畔别墅?认得路吗?我可以带你们过去。"

"我们住在山腰的红房子。"

于是男人开着车,以极慢的速度跟上了陆蔓蔓的咔哒咔哒的小矮马。

陆蔓蔓在前面引路,轿车保持同样的速度走在路边。她突然打了个响指,侧头微笑说:"你们真够眼光,虽然红房子比别墅小,不过环境更幽静,是苏格兰的情调风格,站在山坡上,能一览整个牧场全貌。不过大部分过来度假的人都会选择湖畔别墅,因为别墅大,家具设备都比较现代。不过悄悄告诉你哦,其实红房子才是最理想的居所,我是这样觉得啦!"

陆蔓蔓叽叽喳喳起来,像只小麻雀,真就没完没了了。

不过那位先生倒也很有耐心,坐在车里,并没有打断她。

隔着深灰色的车窗玻璃,陆蔓蔓看不清他的脸庞,只能隐隐约约看到一个男人的轮廓。但她确定,那个男人应该也在看她。

陆蔓蔓带着他们来到山下,指着一路延伸通往山坡的青石步道:"车不能开上去,你们就步行吧,大概走五分钟就到红房子了。"

"谢谢小姐。"

"没事儿,话说你们是中国人,还是日本人,还是韩国人哪?"

还没等那位穿西装的男人讲话,她又立刻笑着接茬:"都没关系啦,我刚从日本回来,有个愚蠢的韩国徒弟,不过我男朋友是中国人哦!总之我会多多关照你们的。"

西装男人无奈道:"呃,谢谢你。"

小丫头还真是自来熟啊,半点陌生人的隔阂都没有,很让人亲切。

这时,车门打开,车里的男人正要走出来,恰逢陆蔓蔓手机响,她摸出手机,对两人道:"我老爹叫我回家啦,拜拜。"

陆蔓蔓说完便回勒缰绳,骑着马儿嘚嘚嘚离开了。

她走远之后,寇琛才缓缓从车上下来,凝望着她远去的背影,心绪难平。

季宁是寇琛多年的心腹手下了,这次对陆小姐的调查也是他前往纽约一手操持,在移民局轻而易举就能查出,陆蔓蔓的母亲确系早年意外身亡的陆仲清。而现在,只差一纸亲子鉴定,就可以知道这个女孩的父亲,究竟是不是寇琛。

其实亲子鉴定只是为了稳妥起见,但刚刚季宁在亲眼见到陆蔓蔓的那一刻,几乎不用任何技术性的证明,就一眼确证了这丫头……这丫头一定是寇琛的亲生女儿。

眼里眉间一个模子刻出来的相似容貌,恐怕就连寇家唯一的大少爷寇响都没她这么像的。

大少爷阴鸷的性格像寇总,容貌却更像夫人嘉和多一点儿。

但是这位陆小姐,模样是真的像寇总。

至于性格嘛,他是没机会接触那位被寇总珍藏在心底的仲清小姐,不过偶尔听公司里那些曾和寇总一起创业的老董事八卦闲聊时说起过,仲清小姐很爱笑啊,笑起来的样子,仿似即融的春雪,连枝头的花儿都会开呢。

这位陆蔓蔓小姐,看样子性格也挺开朗热情,总是笑嘻嘻,让人一眼便心生好感。

"寇总,您可是一夜没睡,得知小姐在田纳西便连夜赶了过来,刚刚为什么不下车跟她打个招呼,说说话呢。"

寇琛走上山坡步道,步道周围的坡地草场盛开着不知名的白色野花,野花细碎,分布散漫而广袤,时而有翩跹的蝴蝶被风送来,又远了去。

寇琛心下其实挺忐忑,也向自己的心腹季宁说了实话:"之前在北海道的初次见面,闹了不愉快,我家丫头性格爽直泼辣,可能……"

可能会不怎么待见他。

季宁回想起之前寇琛得知自己的亲生女儿居然是由两个养父抚养长大的时候,简直暴跳如雷,在办公室砸掉了好几个名贵古董花瓶。

这么多年来,寇总修身养性,性格已经好转了很多,很少再像年轻时候那样暴躁易怒,但是那天实在没忍住暴走,公司里大部分员工都撞了他的枪口,被批得狼狈不堪。

寇琛熬了一整夜,将搜集到的厚厚一沓资料从头到尾看了一遍,资料是陆蔓蔓被领养之后,孤儿院每个月的家访记录。

— 247 —

记录里，详细地记载了陆小姐从童年至今的大小事件，甚至包括她的生活流水账，每一个朋友，每学期的考核成绩等等，事无巨细。

美国人的资料档案整理和保存得相当严谨，可信度很高，花了一整夜看完之后，寇琛的火气才渐渐消弭了下来。

虽然收养陆蔓蔓的是两个养父，不过手续合法，他派人调查了他们，没有什么滥交和酗酒的不良行为。恰恰相反，两人的事业相当成功，尤其是路易斯，在华尔街金融投行身担要职，是金融界有头有脸的人物。

最重要的是，他们对陆蔓蔓的成长而言，积极影响远远大过消极影响，对她的关爱和疼惜丝毫不输给亲生父母。小丫头身心健康，性格开朗，还交了男朋友，这一点让寇琛重重松了口气。

寇琛这一次赶到田纳西，就是为了把女儿接回自己身边抚养，真是一分钟都不想耽搁，火急火燎地要和她相认。

然而……在刚刚重逢的时候，看着心心念念的小丫头骑着马咯噔咯噔从山坡上跑下来，首都商界大名鼎鼎叱咤半生风云的寇琛，居然怂了。

是的，趴在车里都不敢出来，甚至不敢出声，好几次直接无视掉季宁递过来的——让他出来打招呼的眼神。

即便是鏖战两三月，针锋相对寸土必争的商业谈判，寇琛都是游刃有余，将一身土匪流氓习气发挥到极致，这辈子就没怕过什么。

现在居然怕了一个乳臭未干的小丫头。

这个时候的寇琛，心里头百感交集，终于体会到那句"近乡情更怯"的古话是什么滋味。

他现在是真不敢和陆蔓蔓碰面，也不敢轻易与她相认，如果她不喜欢自己这个亲生老爸怎么办，如果她赶他走怎么办。

寇琛心里头真难受，早知道会是这样的结果，当初在北海道，他就不应该那样冲动，还把她的养父给揍了。

真是……作死啊。

道歉会有用吗？

该死，他可不会和人道歉，从来不会。

陆蔓蔓和艾力克斯他们一块儿回了家，乔纳森夫人正好顿了玉米浓汤，招呼陆蔓蔓快过来趁热喝。

乔纳森夫人是艾力克斯的母亲，今年快八十了，白发苍苍，却是精神矍铄。她总是穿着一件奶白色的袄子，系着灰色围裙，在牧场里驱赶羊群，或者坐在回廊边织毛衣。

陆蔓蔓跑过去，抱了抱奶奶，她身上总有像皂粉一样的淡淡的老人味，这让陆蔓蔓觉得很安心，每次回家都要抱一抱奶奶。

乔纳森夫人疼这个小孙女，那是疼到心眼子里去了。陆蔓蔓喜欢玩喜欢闹，所以只要陆蔓蔓回来，她就会四处奔走，邀请镇上的小伙子小姑娘一块儿来牧场举办露天 party 还有各种好玩的活动，譬如这次的 color fight 和湖畔晚会。

每年陆蔓蔓回来的盛夏，小镇的少年少女就会像过节一样，欢天喜地来到高地牧场，热闹一番。

午后，乔纳森太太将烤好的新鲜出炉的几个纸杯蛋糕放在托盘里，递给陆蔓蔓。

"给红房子的客人送过去。"

陆蔓蔓伸手要偷吃，让乔纳森夫人给拍了回去："别动，这是客人的，送完回来之后再吃，奶奶给你做了草莓芝士蛋糕。"

"好嘞！"

陆蔓蔓接过托盘出了门，朝着半山腰的红房子走去。院子里的一条苏格兰牧羊犬闻到蛋糕香味，一蹦一跳地跑过来，跟在陆蔓蔓的身后，耷拉着舌头，摇着尾巴。

"皮皮，别跟着我啦，这是客人的，没你的份。"

苏牧还是环着她跑，欢天喜地。

苏牧憨不拉几的模样，不由得让陆蔓蔓想到了小甜心，然后又想到了小甜心的主人。

突然有点惆怅啊。

他说考完试会一刻都不耽搁，立刻飞过来。陆蔓蔓掐指一算，应该就是这几天吧，希望能赶上 color fight，这么久没打比赛，他一定手痒痒了。

真是好想念啊。

对了，应该让他把小甜心也带上，还能让皮皮交个新朋友。

不知不觉走到了红房子，欧式苏格兰风情的红房子，就像电影《霍比特人》里的矮人屋，别具风情。不过客人看上去好像很严肃，尤其是那位一直没有露面的神秘先生，不知道神秘先生喜欢不喜欢这种童话风格的小房子。

陆蔓蔓叩响了紧闭的房门。

"先生，您在吗？我是刚刚给您引路的女孩，乔纳森夫人做了小蛋糕请您品尝。"

她敲了许久的房门，都没有人回应。

而房间里，刚刚洗完澡出来的寇琛听到门外自家丫头的声音，吓得魂飞魄散，东躲西藏，都往柜子里钻了。

突然想起来，门关着她进不来啊。

寇琛松了口气，这才从柜子里爬出来。

一出来,便迎上了季宁惊悚的目光,季宁手里拿着半块哈密瓜,难以置信地看着自己平日里手腕强势杀伐决断的大Boss,居然赤着上半身从柜子里爬出来。

这……

寇琛火速穿好上衣,清了清嗓子,淡定地威胁:"不准说出去。"

季宁将嘴里嚼了一半的哈密瓜咽下去,心里还暗搓搓地想,不说出去就怪了。

寇琛:"对了,你这个月的奖金还没领,先扣押三个月。"

"……"

陆蔓蔓进了屋,四下里望了望,然后将香喷喷的纸杯蛋糕放在茶几上,问季宁:"与您同行的那位先生呢?"

"我们家先生在卫生间方便,最近肠胃不大好,可能是水土不服,一路上肚子咕噜咕噜的。"

躲在阳台边趴门偷听的寇琛简直想把季宁按在地上暴揍三百遍,能不能别在他姑娘跟前说有损自己形象的话!

陆蔓蔓同情地说:"那饮食上须得注意一些。我会告诉乔纳森夫人,让她做些清淡易消化的食物,给你们送过来。"

"完全没关系。"季宁笑呵呵地说,"我们家先生这是心态闹的,跟食物没啥关系。"

"那你让他放宽心,出来玩就不要总想着工作什么的,开开心心最重要,要是缺什么就告诉我。对了,这是家里的电话,我们的房子就在山下,离这里不远,打电话很快就送过来了。"

"真是个贴心的丫头啊。"

陆蔓蔓告了辞,退出房间却发现苏牧皮皮不见了,她怕狗子到处乱跑冲撞了红房子这边的客人,于是赶紧四下寻找。

循着狗叫声,陆蔓蔓跑到红房子的后院,却看见一个男人坐在后院的白色木椅边,正在抽烟。

男人见着她,显然有些措手不及,手里的烟头都掉了。

陆蔓蔓当然一眼就认出了他——在北海道对两位父亲出言不逊,还动手打了路易斯的家伙。

她目光下移,见男人不小心掉落的烟头把桌布都烫了个黑洞,这更是让她气不打一处来,这块桌布可是乔纳森夫人最喜欢的桌布。

"喂!你这家伙!"

寇琛手足无措地站起来,赶紧拍掉烟头,退后几步:"那个……姑娘,丫……丫头。"

"你怎么会在这里！你是来找我老爹麻烦的吗？"

"不是啊，我……"

寇琛有苦难言，无法解释他怎么会在北海道和他们发生冲突之后又在相距千里的田纳西牧场与她相遇，总不能说我就是来找你的吧。

"你就是刚刚和季先生一起的那位先生吧。"

"呃……"寇琛脖颈间喉结滚了滚，发不出声音。

陆蔓蔓鼓着腮帮子气呼呼说："你打了路易斯，我还没和你算账，你自己送上门了！这里是我的地盘，你最好小心一点儿，不然有你好看！"

其实陆蔓蔓并没有想要和他动手的意思，毕竟他年长她这么多岁，算是和老爹一样的长辈了，她不可能和他真的动手，太没有礼貌了。虽然他莫名其妙打过路易斯，但她当时也咬回来了，算是扯平。

寇琛可能也是见了亲女儿脑子塌陷，不知道怎么面对她，居然转身就跑。

他这一跑，苏牧就暴躁起来了。狗子本来挺有灵性，听陆蔓蔓的口气就知道自家小姐姐生了气，面前这男人又做贼心虚地跑掉。

于是，皮皮"嗷"地狂吠起来，立刻追了上去。

苏牧并不像金毛或者拉布拉多那么温顺，苏牧是牧羊犬种，在山地大牧场守护羊群免遭野狼伤害，具有很强的攻击性，甚至有时候狼都不一定是它们的对手。

所以，当皮皮"嗖"地冲出去追逐寇琛时，陆蔓蔓被吓了一跳，连忙大喊："皮皮回来，不要追他！"

寇琛一路狂奔，结果在坡地上被石头绊倒，摔了一跤，苏牧凶巴巴地冲上来，冲他狂吠。

"皮皮！"陆蔓蔓冲过去拉住了苏牧脖颈上的项圈，"停下！"

狗子听了陆蔓蔓的口令，这才渐渐安静下来。闻讯赶来的季宁连忙扶起了寇琛："哎呀妈呀，寇总您没事吧，摔着没，被咬到了吗，得打狂犬疫苗吧？"

"没事。"寇琛拍了拍自己的裤腿，就是摔了一下，没被咬也没受伤。

季宁吓得不轻，对陆蔓蔓很不客气地说："你这姑娘怎么回事？怎么放狗咬人？你知道他是谁吗，你这得遭雷劈吧！"

"季宁！"

寇琛立刻喝止了季宁，他自己都舍不得说一句重话的宝贝闺女，还能让季宁这样子乱吼乱叫。

陆蔓蔓弓着身子拉着狗项圈，也感觉很歉疚，没好气地说："你到底有没有受伤，别硬撑啊，咬着了要去打针的。"

"没事。"

这个时候的寇琛还真想受点伤，可惜的确没伤着哪里。

"那我把狗带回去了。"她嘟哝着,"你……你不会跟我奶奶告状吧?"

要是让乔纳森奶奶知道了,可能不会责怪她,但是皮皮可就免不了受罚,关禁闭或者饿个一两顿什么的。

"我不会说。"寇琛平静道,"你放心吧。"

陆蔓蔓转身离开,不知道为什么,看着这男人突然变温柔的眼神,她心里感觉怪怪的,有种说不出道不明的意味,他不小心摔跤,她莫名还有点难受。

黄昏时分,季宁洗完澡出来,见院子里的寇琛居然将手腕放在篱笆墙的荆棘藤条上磋磨。

季宁都惊呆了。

手腕生生被荆棘磋出了几条血淋淋的伤口,寇琛回头,眼神里涌动着兴奋之色:"快,给我姑娘打电话,让她拿药上来!"

季宁愣了几秒,回房间拿电话,心说寇总为了认这个女儿,都疯魔了吧!

二十分钟后,陆蔓蔓提着医疗箱急匆匆跑上来。

夕阳垂在远处山隘间,云蒸霞蔚,微风轻拂着荆棘上的蔷薇花,枝叶沙沙响。

陆蔓蔓坐在后院白漆的桌椅边,拿着纱布棉签蘸了药,小心翼翼地替寇琛手腕上的伤口消毒。

"奇怪,不是说没有受伤吗?"

"噢,刚刚没有发现。"

寇琛低头看向小丫头,她神情专注,一边为他消毒,怕他疼还一边轻轻吹拂。丝丝的凉风拂过伤口,寇琛突然觉得,再来一百次他也甘之如饴。

季宁抱着手臂,咧嘴看着院子里的寇总,翻了个大白眼,心说为了和女儿共享天伦,他还真是够拼的。不过这男人,当年如果没这股子拼劲儿下海闯荡,估摸着也没有今天的寇氏集团。

他转身离开了,给这对父女一点儿独处时间,毕竟寇总为了争取这段宝贵的时间,可是付出了血淋淋的代价。

陆蔓蔓给寇琛的手腕上了药,然后用纱布包裹妥当。

"记得伤口别沾水,如果发炎了就一定要去医院。"

"嗯。"寇琛温柔地回应,"那个,桌上有零食,旺旺雪饼,还有巧克力,我从中国带过来的,你吃。"

陆蔓蔓瞥了之前被烧破了洞洞的桌面,上面摆放着各种各样的零食。

两个大男人,出来玩带这么多零食?

好像是为了特意招待她似的。

"我不吃。"

她气还没消呢,路易斯被打的仇,她还记着,怎么能被这些糖衣炮弹收买。

"那你喜欢什么，我可以马上叫人邮寄过来。嗯，你喜欢穿裙子吗，还是喜欢包包，还是首饰？我都不知道像你这个年龄的女孩喜欢什么，所以两手空空没带礼物，怕唐突冒昧。"

"喂，大叔，你到底有何居心啊！"陆蔓蔓怪异地看着他，"从北海道跑到田纳西，还想收买我，你是不是对我……"

寇琛的心紧了紧，心说别是被猜到了吧。

"你是不是想追求我啊？"

寇琛："……"

"老牛吃嫩草啊。"陆蔓蔓立刻坐得远了些，"你不是我喜欢的款，而且我有男朋友的，我男朋友又帅又能打，你讲话小心点。"

"我知道。"

原衍之的儿子嘛，没想到那个老古董教出来的好儿子，居然把他女儿拱走了，这手段可比当年的金融系高冷男神学长强多了。

"你知道？"

"我是说，你这么漂亮，肯定有男朋友。"

"那你还想追求我？"

"……"

谁想追求你啊！

美国女孩说话果然都是这么大胆，换了在中国，即便女孩子们心里有猜疑，也不会这样大胆地戳破窗户纸。

"别胡思乱想，我年龄都够当你爹了。"

"那你还要给我买裙子买包包！"陆蔓蔓皱眉，"你还打了我爹，难道不是因为误会我爹和我的关系吗，这还不是喜欢我？"

寇琛："……"

小丫头心思明澈细腻，弯弯肠子也挺多，不像表面这般天真无邪，看来不亮身份牌，是不行了。

"我是来这边找我女儿的。"

陆蔓蔓微微一惊："女儿？"

"她和我失散多年，我想找到她，带她回家。"

寇琛深深凝望着她，希冀着她能从他的眼神中明白什么。

然而，陆蔓蔓重新坐回他身边："那大叔你找到了吗？"

"找到了。"

陆蔓蔓连忙问："她在哪里呀？"

"她在……"

她就坐在我身边，虽然近在咫尺，又好似远在天涯。

寇琛叹息了一声："她现在过得很幸福，有疼爱她的养父，所以我不知道应不应该打扰她平静的生活。"

"这样噢。"陆蔓蔓缓缓低下头，看着自己的棕色圆头小鞋，"那还真是很纠结。"

"我……我想让她知道我很想她。"寇琛望着陆蔓蔓，"可我怕她不喜欢我，或者因为养父的缘故，感觉到为难。"

"所以大叔，你带这么多零食，还说什么买包包买裙子，都是要买给自己的女儿吗？"

"嗯。"她给他捎了个台阶，他顺路就下来了，"你和她年龄相仿，我就问问你，现在的小女孩喜欢什么。"

"这个要看性格了。"陆蔓蔓耸耸肩，"不过你都不告诉她，这些礼物当然也都送不出去。"

她站起身，拍了拍寇琛的肩膀："我也不知道该怎么办才好，大叔你自己慢慢考虑呗。不过如果是我的话，设身处地地想，我肯定不会愿意离开我的艾力克斯和路易斯，不管我亲生老爸有多厉害，我都不会离开他们的。"

"这样啊……"

寇琛眸中有失望之色一闪而过。倏地，他又抬起头，问她："那你觉得我……我怎么样，我女儿她会喜欢我吗？"

陆蔓蔓无奈地挑了挑眉："别问我噢，你对路易斯动过手，我对你可没好感。"

"噢。"

陆蔓蔓转身离开，走了两步，回头望他。

天色渐暗，他颓然的身影躬成了一座沉默的晚山。

小姑娘心地终究善良，她于心不忍地开口："大叔，你人挺好的，又帅又温柔，你女儿会喜欢你的，别太难过，加油噢。"

她对他比了个合拳加油的手势。

寇琛嘴角扬了扬，沉沉地"嗯"了声。

陆蔓蔓接到原修的电话，他已经抵达美国，程遇和顾折风也来了，不过因为近来天气缘故，几人可能要在纽约耽搁几天。

原本以为这两天就可以见到心心念念的恋人，却不承想还得耽搁，陆蔓蔓有点失落。

新闻里说这几天有飓风天气吧，不知道什么时候才会过去啊，人都到家门口了还见不着，心欠欠，抓耳挠腮的难受。

晚上，乔纳森夫人特意邀请了镇上的男孩女孩来牧场，参加湖畔晚会。

湖岸畔树上挂着流光般的霓虹彩灯，桌上放着新鲜出炉的甜香小蛋糕和比萨,还有各种水果酒和鸡尾酒。宽敞的草坪上有男孩和女孩随着音乐跳舞,热情的踢踏舞之后,和缓的音乐响起来,又是一曲浪漫的华尔兹。

寇琛端着酒杯,独自倚在白色花翎石柱边,寡淡的眸子里泛着流光溢彩。

路易斯来到陆蔓蔓身边,看着寇琛努努嘴:"他怎么会在这儿?"

陆蔓蔓闷闷不乐:"是乔纳森夫人的客人,说是来这边度假。"

"度假?现在可不是好时候,飓风快来了。"

"谁知道呢。"

见陆蔓蔓闷闷不乐,路易斯放下手里的鸡尾酒杯:"美丽的蔓蔓小姐,能不能赏光跟老爸跳一支华尔兹?"

陆蔓蔓没有跳舞的心情,只不过路易斯的邀请她当然也不会驳回,要知道路易斯可不会轻易跳舞,这些年来他拒绝过的名媛淑女围起来可以绕牧场一圈。

陆蔓蔓搭上了他的手,与他一起进入了舞池。

她穿的是乔纳森夫人特意为她准备的泡裙晚礼服,裙身有星空晕染,衬得她楚楚动人。

路易斯虽然身高不比艾力克斯,身材也没有他健壮,显得有些纤瘦,不过他的身上总是漫着淡淡书卷气息,气质卓然,成熟优雅,即便已过天命之年,他依旧散发着无与伦比的致命吸引力,好些个年轻姑娘目光驻留在他身上,艳羡地看着陆蔓蔓。

陆蔓蔓和路易斯的浪漫舞蹈吸引了所有人的目光,他们停下了各自的攀谈与活动,凝望着舞池中的男人和少女,虽然年龄差了一轮,可是毫无违和感,两人翩跹的步履宛如飞蝶。

艾力克斯端着酒杯,微笑地看着他们,不过随后,越过灯火霓虹的舞池,却看到了不远处的寇琛。

那个男人,他目光紧扣着陆蔓蔓,幽深的黑眸子里涌动着不可言说的波澜。

艾力克斯是艺术家,他敏锐地体察到那个男人眼神中的那股子强烈情绪,非同寻常。这让艾力克斯突然感觉,似乎现在幸福的生活宛如飓风来临时前夜的平静。

心生不安。

一曲华尔兹结束以后,舞池传来热烈的掌声,路易斯伸手摸了摸陆蔓蔓的脑门顶,眼里眉间都是宠爱和疼惜。

"别难过,好事多磨,人都到家门口了,不急在这一刻。"

真是聪明啊,这样都看出了她极力掩饰的小心思。

陆蔓蔓点点头,端起一杯苏打水浅浅抿了一口。

又有好几位英俊帅气的男孩来邀约陆蔓蔓共舞,陆蔓蔓回头便望见了寇琛。

她站在热闹中,而他与孤独的夜色融为一体,转身离开,背影孤零零。

陆蔓蔓的心突然像是豁了道口子,有股刺疼感。

就在这时,周围的彩灯闪了闪,突然灭了,浓郁的黑暗顷刻涌入人群中。

众人讶异出声,不知道怎么回事。

"可能是保险丝烧坏了,我去看看。"陆蔓蔓对众人说,"大家不要胡乱走动。"

她捞起裙子,来到边上的小电屋边,打开铁门,密集的电路中,她发现电源总闸被人按了下来。

"有谁在搞恶作剧吗?"

陆蔓蔓说着将总闸打开,周围树梢间的彩灯闪了闪,亮了。

突然入目的光线让陆蔓蔓眼睛晃了晃,然而就在她转身的刹那,身后突然多了好几张熟悉的面孔,甚至她都还没来得及看清楚,只听几人齐声大喊:"Surprise!"

陆蔓蔓吓了一跳,等着适应了刺目的灯光,她赫然发现,程遇和顾折风,还有阿横、李银赫,几人宛如天降神兵,突然出现在她面前。

"你们……你们是从任意门出来的吗?"陆蔓蔓惊讶地捂着胸口,难以置信。

"你就当我们是从哆啦A梦的任意门里出来的好啦。"

程遇笑吟吟走过来,想要抱抱这丫头,却不料,陆蔓蔓突然兴奋地说:"那……那原修也来了!"

顾折风说:"嗯……谁知道他穿越到哪儿去了。"

陆蔓蔓环顾四周,不见男人熟悉的身影。她转身跑出去,兴奋又激动:"原修,你在哪儿啊?"

程遇准备拥抱陆蔓蔓的手尴尬地放了下来,这丫头,真是太重色轻友了,这么久不见,满脑子想的都是原修,过分!真过分!

回头,顾折风盯着她,想笑,忍着。

程遇轻咳了声,凶巴巴:"看什么看!"

李银赫拍了拍顾折风的肩膀:"塑料姐妹了解一下。"

远离了喧闹的party舞会,有凉风荡过湖面,带着微潮的气息,拍打着她的面庞。

岸畔,男人熟悉的身影挺健而修长,他特意穿了束身的小西装,湖面的粼粼波光在他身上映着斑驳的水影。

身边蹲了一条大狗。

男人手里拿着一束山坡上摘来的白色小野花,端正了自己脖颈的小领结,然后又理理衣领。

陆蔓蔓"扑哧"一声笑出来,冲他大喊:"已经很帅啦。"

听到女孩的声音,原修这才回头,全然没有被抓包的窘迫,他大大方方地迎着她,淡淡道:"是吗,有多帅?"

"帅得我都……"

眼红鼻子酸了。

陆蔓蔓提起裙子,狂奔向他。

看到陆蔓蔓,小甜心高兴坏了,欢欣鼓舞迎向她。结果,陆蔓蔓直接错开了狗子,带着一股子小香风,她扑进了原修的怀中。

小甜心回头看了她一眼,并没有意识到自己真的是条被人无视的狗,它依旧吐着舌头,屁颠屁颠围着两人打转。

原修顺手便将她抱了起来,让她不用费劲儿地吊着他的脖子。

陆蔓蔓脑袋搁在他脖颈间,吸吸气,然后轻轻啜了一口。

"真是好久好久好久不见啊。"

短短几月,仿佛过了几个世纪般漫长。

原修捧着她的小屁股,用鼻尖刮了刮她的脸颊:"很想我?"

"也没有很想啦。"陆蔓蔓娇怯怯看他一眼,"一般般。"

"噢,我以为某人因为飓风的讯息,夜不能寐,茶饭不思,连湖畔晚会都不开心。"

陆蔓蔓嘻嘻一笑:"就算没有你,我也很开心噢。"

"那我真是孔雀开屏,以为某人真的思念成疾,听到因为飓风可能会耽搁的电话都快哭了。"

所以他挂掉电话,连觉都不睡了,订下凌晨的机票便直飞田纳西。赶在飓风来临之前,先见到他心爱的姑娘。

"不能相信,就像在做梦一样,飘着。"

陆蔓蔓轻轻吻了吻他干燥的唇,原修扣着她的后脑勺,舌尖探入,撬开了她的齿,加深了这个湿漉漉的吻。

陆蔓蔓的唇都被他吻得快要麻木了,他才松开了她,以牙齿的轻咬作为尾声:"这样,还飘吗?"

陆蔓蔓晕乎乎地说:"飘得更厉害了。"

脑袋都要晕了。

原修笑了笑,放下她,调子微扬:"虽然有点老套,不过……"

他将手里的一束别致的小野花递给她。

陆蔓蔓惊呼一声:"你在哪里摘的?"

"路边,怎么了?"

陆蔓蔓眉头紧了紧,声音都战栗了:"这是……路易斯花了十几万美金移栽回来的兰花,作为乔纳森先生八十大寿贺礼。"

原修："……"

陆蔓蔓："你可能会被赶出去。"

原修："……"

陆蔓蔓拉拉他的手："别怕，我罩你。"

于是当天晚上月黑风高夜深人静之时，陆蔓蔓和原修猫着腰鬼鬼祟祟来到湖畔别墅外面的小花园，用强力胶将那株蔫不耷拉的兰花又给重新粘了回去。

原修觉得挺不好意思："乔纳森先生知道了，会不高兴吧？"

"当然。"陆蔓蔓压低了声音，"我爷爷很喜欢这几株兰花，精心照管了小半年才盼着它们开了花。"

"……"

原修握住了陆蔓蔓拿胶水的手："算了，别粘了。"

"唔……"

第二天，原修拿着那束已经完全枯萎的兰花，到乔纳森先生面前诚恳道歉。

乔纳森先生坐在桌前，表情冷淡，脸上已有不少皱纹，宛如未经雕琢的陈木。

他沉着脸，鹰爪一般干枯而瘦长，看起来却十分有力的指尖，有一搭没一搭，敲击着桌面，手边摆放着那株枯萎的兰花。

艾力克斯替他女婿捏了把汗："那什么……一些花儿而已，没啥大不了，我让路易斯再去给您弄一盆来。"

"我再去弄一盆，您别生气。"路易斯连忙走过来，把原修拉到自己身后，"看把人孩子给吓的，都面瘫了。"

原修："……"

陆蔓蔓："他就长这样。"

原修对乔纳森爷爷深深鞠了一躬："先生，真的很抱歉。"

"抱歉，哼，一句抱歉我这株兰花能活过来吗？"乔纳森板着面孔，"老头子这辈子没别的爱好，就喜欢弄弄花草，跟我孩子似的，你现在把我孩子脑袋掰了，道歉管用？"

原修再度抱歉地鞠躬："真的对不起。"

陆蔓蔓可劲儿心疼她男朋友了，连忙站出来护犊子："爷爷，什么脑袋掰了呀，您孩子不好端端在这儿吗。"

她给艾力克斯使了个眼色。

艾力克斯会意，立刻捂着脖子哎哟哎哟几声："爸，您可别乱说啊，哎哟脖子疼。"

"还真把这小子当成宝了是吧，一个两个三个都护着，哼，我这把老骨头没用了讨人嫌，花被人摘了也没人疼。"

系着围裙的乔纳森夫人手里端着现成烘烤的小蛋糕，香喷喷地从厨房出来，把原修拉到桌边："好孩子，来尝尝奶奶的小蛋糕，甭理他，倔驴脾气。"

"哼，我倔驴脾气，你们一个两个三个都欺负我！"

原修不安地坐下又站了起来："乔纳森先生，我愿意原价赔偿。"

"这是钱的事吗？"

"那……乔纳森先生您说怎么办，都可以。"

原修反正是要把乖乖好女婿的模样做足了，连陆蔓蔓都歪头看他，就没见他有这样温顺听话的时候！

"真的什么都可以？"

"嗯，是我做错了事，应该要付出代价。"

陆蔓蔓无语地抓起小蛋糕，轻松地咬了一口。

行，你装，继续装。

乔纳森先生放下了烟斗："既然如此，就留在我的牧场帮工吧，每天去山上放放羊，晚上回来陪我下棋，等我心情好了，再放你走。"

原修还没说话，陆蔓蔓先尖叫起来："这怎么行！原修还得念书呢！"

乔纳森先生气呼呼地说："他得念书，那……那我的兰花就这么白白被掰了脑袋啊。"

原修沉默了片刻，终于说道："这件事，我需要与我的父亲商量，因为我之前和他有过约定，所以须得征求他的同意。如果获得首肯，我愿意留下来，为我的行为付出代价。"

陆蔓蔓见原修真的拿起手机，才知道他没开玩笑，也不是装乖，他真的出去打电话了。

陆蔓蔓急了，正欲追出去，乔纳森夫人却拉住了她："蔓蔓，跟我来后花园。"

乔纳森夫人拉着陆蔓蔓走到没人的花园，陆蔓蔓急切地道："不行啊奶奶，原修刚通过考试，他得去念书，下什么棋呀，您刚刚不是还帮他呢，您劝劝爷爷啊。"

谁知乔纳森夫人叹息一声："你爷爷没说让他帮工多久，他刀子嘴豆腐心，也就这两天的事儿，磋磨磋磨这小子的性子，考验他呢。"

陆蔓蔓松了一口气，不过转而又道："那……万一呢，万一爷爷扣他一辈子呢？"

乔纳森夫人知道，这丫头是打心眼的喜欢那男孩，处处都要为他着想。不过她随即便叹息了一声："没什么一辈子啦，咱们牧场很快可能就要转出去了，所以不要担心，不会耽搁那孩子的学业。"

"转……转出去？"陆蔓蔓张大了嘴，要知道这牧场可是乔纳森夫妇一辈

子的心血呢。

乔纳森夫人告诉陆蔓蔓，最近牧场遇到一些麻烦事，资金周转出了问题，所以必须想办法多赚点外快，缓解危机。

因为当地的财阀企业看上了牧场怡人的风光，想要收购牧场用以修建高档休闲会所和高尔夫球场。

乔纳森夫妻当然不愿意自己苦心经营一辈子的牧场就这样转手于人，更何况百来名工人都指望着这个牧场养家糊口呢。

可是无奈财阀集团在乔纳森夫妇这些年银行贷款和财务亏空上做文章，联合银行逼迫他们将牧场抵押转手。

路易斯这次回来，主要也是为了帮着父母解决财务上的危机，看有没有办法挽救牧场。不过在他看过文件之后，也实言希望很是渺茫。如果没有办法的话，只能转卖牧场，然后将艾力克斯的父母接回曼哈顿一起生活，安度晚年。

得知原委的陆蔓蔓，本应为原修松一口气，可是现在无论如何都高兴不起来。

这里可是艾力克斯从小长大的牧场，是乔纳森夫妇一辈子的心血，也是小镇上的居民最喜欢的放松休闲场所。陆蔓蔓不希望这里将来修建什么高尔夫球场或者高端会所。

而毫无疑问，原修在电话里被自家老爹给狠狠训斥了一顿，说他这么大的人了还整天到处闯祸惹事儿，半点不能让他放心。

对于老爹的怒斥，原修全盘接受，出乎意外地没有顶嘴。

虽然电话里，原衍之让他自己好生反省，这几天好好表现，争取主人家的谅解。不过挂掉电话以后，他还是立刻叫来了助理，开始调查牧场的事情。

留下来帮工没什么大问题，百分之九十是亲家要考验自家儿子，不可能真的耽搁他的学业，不过原衍之既然掌握了对方的信息，趁这个机会，查查亲家的来历也好。

原修那家伙只告诉他，自己有女朋友了，这次得出国见见女孩的家长，然后半句话不肯再多透露，防爹跟防贼似的。

原衍之心里头好奇得简直像有只猫儿挠着，奈何高冷形象已经竖起来了，他绝对不能崩人设，只能憋着，好不容易自家儿子说漏了嘴，他岂能放过。

做生意，还得知己知彼，更何况是他儿子的终身大事。

原修的房间是陆蔓蔓特意为他保留的湖畔别墅，透过主卧的落地窗，能一眼望尽湖面风光。

她在晨间醒来，披了原修的外套来到落地窗边，不远处暗沉沉的天空已经蓄了大片的阴霾，风涌云动。

暴风雨要来临了。

身后男人感觉到怀中空落落，很快转醒，见她独自倚在窗边，他坐起身，下意识伸手去床头摸烟盒。

陆蔓蔓柔声道："我给你藏起来了。"

原修挑挑眉："噢。"

"以前在我面前，你不抽烟的。"她转身，怨怼地看着他，"没盯着你，又犯老毛病。"

原修无伤大雅地笑了笑："所以你得盯着我。"

陆蔓蔓哼了声，没再说话，知道他以前打比赛，压力很大的时候会抽烟，而现在突然没有了压力……不能适应吧。

"原修，你和爸爸聊得怎么样？"

"他让我好好向乔纳森先生道歉，鞍前马后勤快着点，挣个好表现，争取把媳妇儿挣回去。"原修下床来到陆蔓蔓身边从后面环住她，与她一起望向那阴沉沉的天空。

"我不是说这个，我是说比赛，你还想打比赛吗？"

原修没有正面回答，而是道："如果游戏就不需要规则，而是仅凭选手随心所欲，会好玩吗？"

"唔……"

答案当然是否定。

原修淡淡道："这个世界也需要规则。父母和孩子不是天生的对头，但父母制定规则，孩子遵守规则。"

"可是叛逆的小孩也许内心总有一片柔软的自留地，而有些听话的孩子，也总有叛逆和抗争的那一天。"

成长就是一场拉锯战啊。

"所以原修，这样的选择，你觉得快乐吗？"她回头问他。

原修当然没办法骗她，只好道："这世界上几时有绝对快乐的成年人。"

每个人都有这样的开心和那样的遗憾。

陆蔓蔓叹息一声："可是我现在觉得自己每天都很快乐，如果能分多一些给修修就好了。"

原修宠溺地摸了摸她的脑袋："所以陆蔓蔓要永远十二岁啊。"

陆蔓蔓握住他的手："可是人都会长大啊。"

"有些人就可以永远不长大。"

"胡说，你见过永远十二岁的人吗？"

原修从身后抱紧了她："还真见过。"

不仅见过，而且每日朝夕共处——被自家老爹宠得就差搭梯上天攀月亮摘

— 261 —

星星的施纯如女士就是一只十二岁的活体"智障"没跑了。

　　为了弥补原修的遗憾，陆蔓蔓精心为原修策划了一场 color fight，也是大逃杀的比赛形式，不过更加类似于游戏局。陆蔓蔓曾经说过，比赛之于她的意义，就是能和最爱的亲人，和最铁的朋友们一起，打出一场漂亮的比赛，胜负并不重要，最重要的是和大家一起玩游戏的过程。

　　不过暴风雨天气即将来临，color fight 估摸着得等到天气重新转晴才进行。

　　早上乔纳森先生接了一通电话之后忧心忡忡，告诉陆蔓蔓 color fight 的彩弹在约翰叔叔的小木屋里，小木屋位于半山腰位置，年久失修，如果今天不能全部搬运回来，有可能被雨水润潮。

　　这批彩弹是乔纳森先生提前在网络上预订的，各项安全检查便耗费了小半月的时间，昨天刚刚空运转送过来，如果被雨水润潮就没有办法使用，重新预订又不知道需要多久时间。

　　陆蔓蔓取来了车钥匙，对乔纳森先生说："我去约翰叔叔的小屋把彩弹取回来。"

　　乔纳森先生连忙阻止她："暴风雨要来了。"

　　然而，陆蔓蔓已经飞奔了出去，将汽车从车库里开了出来："我会在暴风雨来临之前赶回来的，爷爷别担心！"

　　乔纳森看了看表，天气预报说下午暴风中心才会到高低牧场，现在时间还早，应该能够赶得及。

　　"小心点，快去快回！"

　　然而乔纳森先生和夫人忧心忡忡等到中午，还没能等到陆蔓蔓回来，开始有些坐立难安。

　　路易斯和艾力克斯去了西边的马棚看马。

　　中午，原修带着小甜心和苏牧皮皮，把羊群全部赶回圈笼。

　　看到乔纳森先生急匆匆地要出门，他连忙询问，方才得知陆蔓蔓去取彩弹压根没回来。

　　龙卷风即将来临，如果在龙卷风中心抵达之前没能赶回家，将会非常危险。

　　恰逢寇琛这时候过来送还乔纳森夫人的蛋糕托盘，与冲出门的原修撞了个正着，两人对视一眼，寇琛"嘿"了声臭小子，然而原修压根顾不得搭理他，径直朝着车库跑去。

　　寇琛不明所以，看向满脸担忧的乔纳森夫人："这是怎么回事？"

　　"我们家蔓蔓去山上取彩弹还没回来，龙卷风就要来了。"她埋怨乔纳森先生，"都是你，干什么暴风雨还让她出门，多危险啊！"

　　"那我能拦住她吗！"乔纳森先生也是眉心紧锁，忧心忡忡，"那丫头的脾气你又不是不知道,说一定要取回彩弹,color fight 不能耽搁。"

然而话音未落,只听"砰"的一声,托盘落地,寇琛猛地转身,追着原修的背影狂奔而去。

"哎,寇先生!"乔纳森夫人急切地喊,"您快回来,别去!"

寇琛压根听不见身后乔纳森夫人的呐喊,他跟疯了似的,一把将原修从驾驶座的位置上拽下来,自己坐了进去,系好安全带。

原修被他拉扯着险些摔地上,骂了声。

回头看见拉他的人是寇琛,后半截粗口又被他生生咽了回去,他翻身而起,跑到副驾驶拉开车门坐进去。

寇琛脸色铁青,整个人绷得很紧,车一开出去便直接将油门踩到120迈,朝着远处阴沉沉的山坡驶去。

暴风雨的前奏已经打响了,狂风卷起了碎石猛烈拍打着车窗玻璃,沙沙沙。

天空越发暗沉了下来,远处风涌云动,灰暗的浓云层叠交织,闪电闷雷在厚重的云层中嘶吼。

陆蔓蔓的车却停在了半山腰,寸步难行。

该死,好像车胎坏掉了。

约翰叔叔的仓库就在对面的山头,隐隐约约能看见青灰色的木房子。陆蔓蔓打开车门,呼啸的狂风猛然灌入,风中夹杂的细碎草砾拍着她的脸,有些疼。

陆蔓蔓从后备厢取出备用胎和起重器,准备置换车胎。

一滴雨点砸在了她的脸上,她伸手摸了摸,冰冰凉。

再抬头,却见不远处,龙卷风的风暴中心已经形成了,空旷的天地间旋起了恐怖的黑色卷柱漩涡。

要来了!

陆蔓蔓紧咬着牙,立刻扔下了扳手,朝着前方山坡上的小木屋狂奔而去。

无论如何,必须把彩弹给抢救回来,这场比赛一定要如期进行!因为这可能是原修去念书前的最后一场比赛。

没有遗憾,怎么可能没有遗憾。

他那样深爱的竞技游戏,那是他的梦想啊。

耳边风声呼啸,仿佛有凶猛巨兽隐藏在浓云深处嘶吼着,坡地上的树叶东倒西歪,沙沙作响,远处的风暴中心正向这边席卷而来。

陆蔓蔓的身体都像是纸片人一般,要被风给吹了起来,她艰难地跑进了小屋,从花坛边的第三个花盆下取了木屋钥匙。然而还没等她打开门,身后男人一把将她拉了回来。

陆蔓蔓回头,迎上原修担忧的脸庞,他凝望着远处吞噬一切的龙卷柱:"快回去,龙卷风要来了!"

他们的车就停在不远处，寇琛竟然也从车上下来，朝她狂奔而至。

"没事，没事就好！"他似乎重重松了口气，拉着陆蔓蔓的手要带她离开。

陆蔓蔓不住回头："不行，彩弹还没拿，得带着！"

"这个时候，管什么鬼东西啊，龙卷风就要来了！"寇琛见陆蔓蔓不肯挪动步子，突然就怒了，扯大了嗓门喊道，"跟我走！听话！"

"我不！"陆蔓蔓固执起来没有人能劝服她，正如当年的他一样。

她回身朝着小屋跑过去："我得拿到彩弹。"

寇琛无奈，只好追上去对原修道："你带他上车，我去拿！"

大风在耳畔呼啸着，风卷砂石，雨点倾盆而下。

原修拽住狂奔的陆蔓蔓的衣袖："我去拿，你和寇叔上车。"

"不，你们上车等我。"

"陆蔓蔓，听话！"

"原修，你得听我话！"

然而在原修和陆蔓蔓纠缠之际，寇琛却已经率先朝着前方空地的小木屋跑了过去，钥匙在陆蔓蔓手上，他索性三两脚便粗暴地踹开了屋门。

龙卷风已经近在咫尺，原修当机立断，扛起陆蔓蔓直接扔进了吉普车，关了车门快速启动引擎。

陆蔓蔓被他反锁在车中，倾盆大雨顺着车窗玻璃哗啦啦地落下来，寇琛还没有从屋里出来。

原修坐在驾驶座上，焦急地盯着小木屋。

而背后，声势浩大的龙卷风势如破竹，朝着他们所在的方向席卷而来，沿途间有老树被拔地而起，卷入风暴中心。

转眼间已经旋到了小屋背后，这时候屋门打开，寇琛扛着半身高的木箱子冲出来。孤独的身影奔跑于天地间，背后，龙卷风宛如巨兽，呼啸着朝他袭来。

陆蔓蔓的心被猛然揪紧，她拼命拉扯车门，急切喊道："开门！原修，开门放我出去！得去帮帮他！"

原修的手紧握着方向盘，神情凝重焦灼，任由陆蔓蔓哭闹，他没有打开车门。

然而就在这时，天上不知哪里飞来的木桶，直直撞在寇琛的腰间，他整个人都被打飞了出去，彩弹箱子也滚出了很远。

陆蔓蔓突然惊声尖叫："爸！"

原修听到那一句声嘶力竭的"爸"，他还没明白是怎么回事，但是此刻已经来不及多想，跑了出去，迎着狂风奔到寇琛身边，将寇琛扶了起来，带着寇琛朝吉普车跑来。

狂风几乎要把两个男人给卷得东倒西歪，原修支撑着寇琛，尽可能让自己保持住平衡。

"箱子……"

寇琛固执地要带上箱子，原修只能先放下他，跑过去扛起木箱，然后和寇琛一块儿上了吉普车。

一脚油门踩下去，吉普车呼啸而走，飞速逃离龙卷风的风暴中心。

骤雨密集地拍打着吉普车的车顶，哗啦呼啦，倾盆的雨水顺着车窗蔓延而下。

坐在后位的寇琛回头看了看，小木屋已经被龙卷风给整个吞噬了。他惊魂甫定地抚了抚胸口，自顾自啨了声："好险。"

"寇琛叔叔有没有受伤？"原修透过后视镜看向他。

寇琛摸了摸自己的腰："好像有点闪着了。唉，年龄大了，要是换年轻的时候，摔一跤算什么，当年老子还被人拿刀捅过呢。"

或许是因为劫后余生，他的话也格外多了起来。

"以前只在电视里面看到过的龙卷风，没想到今天还能亲眼看到，还差点被卷走，回去讲都没人信。"

"是啊。"原修边开车边有一搭没一搭回应着他。

身边的陆蔓蔓一直沉默着，他偏头看她，却发现丫头一直在掉眼泪，泪花顺着眼角一颗一颗滚出来。可是她死死咬着下唇，压抑着自己，竟然没有发出一点儿声音。

自责，愧疚，担忧……所有的情绪吞噬了她。

刚刚那一声"爸"，是原修始料未及，而寇琛却根本没有机会听到。

他深长地叹了声，调整了后视镜的角度，没让寇琛注意到泪流满面的陆蔓蔓。

然后，他伸手摸向陆蔓蔓的头，轻拍，以作安慰。

那天晚上，所有人在乔纳森先生牧场的地下室里凑合着睡了一夜。次日飓风过后，牧场狼藉一片，有小树苗已经被连根拔起，东倒西歪，不少木制的桌椅板凳也被卷走了。

不过好在没有人受伤，牧场的牲畜也全部安全。陆蔓蔓和原修帮着牧场的员工们收拾了残局，并且重新加固房屋。

原修这家伙真是干活的一把好手，马棚里，撩起袖子倒马草，拿水管冲洗地面，丝毫不嫌脏不嫌累。

很难想象啊，富贵人家温厚水土里养出来的大少爷，拿起扫帚干起粗重活来，竟然没有半句怨言。

陆蔓蔓正要夸奖夸奖他，不过话还没出口，原修将扫帚一搁，左右活动了颈部筋骨，抱怨地骂了声："堂堂原氏集团唯一指定继承人，最近这两年也不知道冲撞了谁，水星逆行，手上干的都是什么事啊。"

陆蔓蔓："……"

果然一切都是错觉。

她走过去跳起来拍了拍原修的后脑勺，使唤道："帮我把小矮马洗干净。"

原修顺手将她揽入怀中，柔声问："有没有奖励？"

"要什么奖励。"

"譬如……"

他的手抚上了她。

然后陆蔓蔓的膝盖顶在了不可言说的位置，原修的手立刻弹簧般抽离："我去洗马了。"

陆蔓蔓笑了笑，将小矮马牵出马棚，来到草地边。

此刻阳光明媚，晴空无比湛蓝。

小矮马的马蹄叩着地面，咔哒咔哒，陆蔓蔓将青青嫩草递到小马的嘴边。

阳光投射在她白皙柔嫩的脸颊上，原修凝望着她，恍然发现他心爱的姑娘变得温柔了，应该是从女孩，渐渐变成了女人。

也可能是今天阳光太好，产生了幻觉。

他拿了水管出来，哗啦啦的水流冲淋马身，使了个坏，将水流喷洒在陆蔓蔓身上。

陆蔓蔓尖叫一声，回头迎上原修微笑的眼神。

哼，她懒得和这臭小子计较。

终于在原修第三次"不小心"把水流射在陆蔓蔓身上的时候，陆蔓蔓忍无可忍冲过去将原修扑倒在草地上，两人顺着山坡滚了好几圈。她拍拍他的脸蛋，喘息着说："臭小孩找死吗？"

"叫我什么？"

"臭小孩！"

原修顺势横坐在她身上，很不客气地拍了拍她的脸蛋："叫声老公来听听。"

"哼。"陆蔓蔓将他推开，随手捡起一根枯草叼在嘴里，朝着山坡走了过去。

"哎。"原修唤住她，"寇叔叔说他明天的飞机，得回去了。"

陆蔓蔓的脚步突然顿住。她背对着他，看不见表情，但原修猜测，听到这个消息，她心情应该不会太好。

缓了良久，陆蔓蔓才侧头望向他，淡淡道："这就走了吗？"

原修起身拍了拍裤脚的碎草，追上去："蔓蔓……"

"这几天你总是欲言又止，应该是很好奇飓风那天的事。"

危险发生，千钧一发之际，那一声脱口而出的"爸"。

原修陪着她，漫步在阳光温暖的翠绿青草坡地上。

陆蔓蔓向原修缓缓讲述道："我记得曾跟你讲过，第一次见面的时候我和他发生了不愉快的冲突，皮皮还追着他跑了半山。那天晚上我去给他包扎手腕伤口，他真当我傻吗，会看不出来荆棘刺伤和摔倒的时候划破的伤口是不一样的。"

她可是野外真人竞技圈的第一人，这么多年受过大伤小伤无数，当然不可能分辨不出来，摔倒时磋破伤口和故意弄出来的伤口的区别。

"后来他告诉我，他是过来找女儿的，还说什么失散多年，想要带她回家，又怕她不喜欢自己。"

陆蔓蔓闷声道："我又不是傻子，坏脾气的怪大叔从北海道追到田纳西，说找什么女儿又不好好去找，每天围在我身边打转，给我拎水桶送午饭还帮我牵马，如果不是想泡我，那就是来找我的喽……"

原修看着她如此这般平静地讲述，心说这丫头细腻的心思……还真别小看了她。

"后来我就诈季宁啊，说我什么都知道了。嘿，那傻子……他叫我大小姐，还翻出一沓文件给我看，包括移民局的证明。后来知道我诈他的真相，他眼泪掉下来啊，不过我答应他不会告诉寇琛。"

原修咧咧嘴……这真是 W 式简单粗暴流氓风格。

"所以……是都知道了吗？"

"虽然没有做血缘鉴定，但是那个怪大叔……"陆蔓蔓也不知道怎么说，"这几天他对我很好啊，还说回去以后要给我寄好多漂亮的裙子什么的，可能他觉得，女孩子就喜欢裙子包包什么的。真蠢，可是我梦里的老爸也是这样蠢的啊。"

她吸吸气，缓了缓心情："不然的话，怎么会把妈妈弄丢呢。"

原修揽着她肩膀的手抚到她的侧脸，扯了扯她的耳垂："想知道过去的事情吗？"

陆蔓蔓死命摇头："不想，一点儿都不想。"

害怕知道以后会难过，也害怕会动摇自己的决心，总之，就不想知道。

"路易斯他们……"

陆蔓蔓连忙说："他们现在不知情，我也不会告诉他们，永远不会说。"

原修知道，陆蔓蔓之所以将这件事深埋于心，就是害怕两位养父知道，不是不喜欢寇琛。

她不想让自己身边的两位至亲难过，一点儿都不想，她要永远陪伴在他们身边。

这层窗户纸，就最好不要戳破，永远……

那天晚上，陆蔓蔓独自一人去了红房子。房间里季宁和寇琛正在收拾行李，见陆蔓蔓过来，季宁非常懂眼色地说自己回房拿东西，离开了。

陆蔓蔓望向寇琛的银色行李箱，闷声咕哝："真是可惜啊，过两天color fight呢。"

寇琛穿着一件居家的深色V领polo，不解地问她："那是什么？"

陆蔓蔓伸手比枪，瞄准他："咻咻，大逃杀知道吗？"

寇琛茫然地摇了摇头："什么大逃杀？"

陆蔓蔓坐到沙发边，替他将胡乱塞进行李箱的衬衣拿出来，重新规规整整地叠好，柔声说："真是老头子，我们之间隔着比深渊还深的代沟。"

寇琛想了想，也坐到陆蔓蔓身边，折叠着衣物："那……你和你的两位父亲，有深渊一样的代沟吗？"

"当然没有。"陆蔓蔓理所应当地说，"他们是我的爸爸，还是我最好的朋友，我什么都会告诉他们。"

唔，上次差点把第一次的事情都告诉老爸，硬让原修给按着不准说。

"是吗，你和他们还是朋友。"寇琛很是不解，"怎么做到的？"

"我在中国待过一段时间。"陆蔓蔓手里端着小奶杯，热乎乎烤着手，缓缓说，"我的朋友们，她们和父母之间好像总是有很深的隔阂，什么事都不愿意告诉父母。当然啦，因为父母知道了一定会指责她们，就像我最好的朋友夏天，她就不敢把自己谈恋爱的事情告诉妈妈，因为妈妈一定会拆散她和狗翔，她妈妈要她出国念书，不能分心啦。"

"如果这件事换成是艾力克斯和路易斯，会怎么处理？"寇琛好奇地问她，"当学业和恋情发生冲突的时候，他们会让你有所取舍吗？"

"唔……"陆蔓蔓想了想，"路易斯的话，他可能会给我讲很多道理，试图说服我，当然艾力克斯也会劝我啦，如果他们觉得那个男孩不合适我或者根本就是坏男孩，不过最终怎么取舍，一定是要尊重我的意愿。就像我前男友乔星野的事情，一开始路易斯就警告过我，那男孩没能通过他的专业风险评估，可能会半路脱轨，我还是没有听他的话，后来我就尝到苦头啦。"

寇琛笑了笑："你看，小孩还是得听父母的话才行，不听老人言，吃亏在眼前，懂不懂？"

陆蔓蔓望向寇琛："可是如果一开始就能预见不好的结果而放弃，那么后面的很多事情就不会发生了啊，我不会遇到原修，不会来中国，甚至很可能走上另一种人生，而另一种人生谁能保证比现在的人生，更幸福呢？"

"这……"

寇琛居然无言以对，是啊，如果一开始就能预见将来，当年的他，还会选择离开吗，遗憾还会发生吗？

寇琛真的不知道。

陆蔓蔓拍了拍寇琛的背："所以呀大叔，很多事情还是要自己去经历去体验啊。我的家长们还是很民主的，不会强迫我做不喜欢的事情，这样我才能和他们当好朋友啊。"

寇琛若有所思，随即又摇了摇头："我有个儿子，比你小几岁，特别叛逆不听话，到处给我惹是生非，很难管，比我年轻的时候更桀骜不驯，像你说的……和他当朋友，恐怕永远不可能做到。"

陆蔓蔓突然好奇："我还有……不是，你还有儿子啊。"

"我像是没有孩子的空巢老人吗？"寇琛带了点调皮的调子反问她，"觉得我这么惨啊。"

"呃，不是，就是有点……"陆蔓蔓不知道怎么说，她可没想到自己还会有弟弟。

真是神奇。

"寇先生什么时候离开呢？"

"后天下午的飞机。"

"噢，那明天晚上再开一个 party 吧。"陆蔓蔓说，"给寇先生开一个欢送的 party。"

寇琛受宠若惊："给我开 party？"

陆蔓蔓已经起身准备出门，"嗯"了一声："以后的话，应该也不会再见面了吧。"

寇琛嘴唇动了动，似乎想说什么，但终究还是什么也没说。

次日夜间的 party，依旧在湖畔举行，这一次就没有请很多小镇上的居民过来参加，而是家里人。陆蔓蔓的朋友和牧场的员工们，他们在湖边升腾起了一簇猎猎的篝火，烧红了半边夜空。

漫天繁星闪烁，今晚的夜色格外浓稠。

"寇先生来了。"

"寇先生今晚很帅哦。"

"寇先生上次谢谢您带回我们家蔓蔓，您真是热心肠。"

"寇先生吃羊排吗？"

……

寇琛还有些适应不了大家的热情，毕竟从来没有参加过这种专门为他举办的 party，过去生意场上的名流舞会倒是参加过不少，但他不觉得这种虚与委蛇的交际有什么意思。

今晚的 party 是陆蔓蔓为他举办的，他还特意精心打扮过呢，穿上了自认为最帅的一件高档定制西服，头发抹了啫喱，就连以前见重要客户都没有这般郑重过。他很不喜欢西服的束缚感，平时穿着从来随意。

而不远处的青草坪舞池边，在原修无数次笨拙地踩了陆蔓蔓的脚以后，她终于一把推开了这男人，生气地说："蠢货！"

原修摊开手，表示自己真的很无辜啊，他会玩枪会玩斯诺克还会国际象棋但就是不会……跳舞。

施纯如举办的那些个社交舞会，他从来不参与，觉得蠢爆了。

现在他自己才是真的蠢爆了。

路易斯走过来拍了拍小伙子的肩膀："我们家蔓蔓小宝贝从小就喜欢跳舞，踢踏爵士华尔兹……以后可够你学的。"

"我不学。"

原修觉得自己还是得有点男人的尊严，不能总围着老婆转，跳舞什么的，简直不要太羞耻，他绝对不会学跳舞，绝对！

"哼，这个蠢货今天踩了我二十次，我暂时不想理他。"

路易斯只好让陆蔓蔓挽住了自己的手，侧头，却看见寇琛站在不远处的自助餐桌前，沉默而略带歆羡地看着他们。

路易斯对寇琛其实心怀感激，得知那天飓风天气是他和原修帮忙将陆蔓蔓接了回来，路易斯便不再计较北海道发生的不愉快事件，他向他表达了诚挚的谢意。

"蔓蔓，这是你为寇先生举办的送别 party，去和他跳个舞吧。"路易斯拍了拍陆蔓蔓的肩膀。

听老爹这样说，陆蔓蔓望向寇琛。寇琛立刻站直了身体，放下酒杯的时候险些弄洒，有些笨拙和不知所措。

陆蔓蔓朝他走了过去，紧着一颗心问道："寇先生会跳舞吗？"

"跳舞……"

二十世纪八十年代的大学生最常见的两种娱乐活动，一个是去录像厅看香港电影，另一个就是去歌舞厅跳舞。

开玩笑，寇琛当年在学校里可是自己组建了摇滚乐队，怎么可能不会跳舞。

然而……这都多少年了啊，自从仲清离开以后，他就再也没有跳过舞，甚至那台陪伴他一整个青春岁月的电吉他，也被扔进了地下室，不见天日。

他的青春，早就已经随她而逝了。

面对陆蔓蔓的邀约，他踟蹰着："我……不太会。"

"噢，那真遗憾了。"陆蔓蔓也有些不大好意思真的和他跳舞。面前这个男人，她本应与他多多亲近，但是不知道为什么，感觉怪怪的。

陆蔓蔓离开的时候，寇琛眸子里划过一丝黯然，嘴唇喃了喃，却不知道说什么好。

原修看着寇琛欲言又止的模样，突然开口："寇叔叔唱歌很好听啊。"

"嗯？"

原修接过乐队小哥手里一柄蓝色吉他，朝着寇琛扬了扬："寇叔叔，要试试吗？"

看到那柄吉他，寇琛眼中翻涌起了深沉的暗流，那是被他尘封搁置的青春岁月，那是他的不可言说，是他内心最深的隐痛。

陆蔓蔓回头，惊讶地望向寇琛："叔叔还会弹吉他啊？"

原修笑了笑："你寇叔叔不仅会弹吉他，当年还出过碟呢，有很多粉丝和崇拜者。"

陆蔓蔓惊叫起来："好棒，那寇叔叔今天肯定逃不了了。"

寇琛突然有些不好意思，他本来想拒绝，但是看着陆蔓蔓期待的眼神，不知道为什么，他鬼使神差地接过了原修手里的吉他。

所有人都坐了过来，在草地上聚成了一个小圈，将寇琛围在中间。

寇琛调了调音，望向陆蔓蔓，陆蔓蔓倚靠在原修的身边，他伸手揽着她。

她看着寇琛，眸子里满是期待。

寇琛眼角突然热了热，内心翻涌着难以抑制的波澜，他努力保持平静，清了清酸痒的嗓子："《此情可待》，送给我……"

送给我此生的挚爱。

- 正文完 -

认识你，真是一种庆幸
· 番 外 一 ·

寇琛离开的那天，是原修开车送他去的机场。乔纳森夫人还说："既然寇先生过来这边度假，怎么不多待上一段时间，前两天飓风天气，都没能好好玩玩，这时候正好放晴，牧场还会举办 color fight。"

寇琛无奈地解释："公司事务已经堆积如山了，没办法再耽搁。"

路易斯和原修送寇琛到机场，临进安检口的时候，寇琛回头望了好几眼，虽然明明知道不可能，但心里总是会抱有某种侥幸和希冀。

她会来吗？

应该是不会吧，她什么都不知道，看上去还挺厌烦他，以为他想老牛吃嫩草泡她呢。

嘿，这小姑娘……

这小姑娘是他的女儿啊，仲清留给他唯一的孩子。可他最终还是没有勇气向陆蔓蔓坦白，应该会被拒绝吧，肯定会啊。

一开始得知这件事时，他真是疯了一样恨不得立刻飞到美国把她给带回来，带回自己身边，不管她愿意不愿意，至少从血缘和法律上来讲，他是她的亲生父亲。

他甚至都在脑中幻想过无数次对簿公堂的场景，他会请全世界最优秀的律师来为他打赢这场抚养权官司。他什么都不在乎，什么都不管不顾了，他一定要把他的宝贝女儿夺回自己身边。

哪怕被她怨恨，变成一个坏爸爸。

然而在田纳西牧场的这段时间，看着她在这里骑着小马儿蹦跶，每天赶着羊群去往半山坡，嘴里叼着草像个小痞子，穿着牛仔背带裤，哼着乡间民谣小曲儿……她有自己的生活,有自己的朋友圈子和幸福的家庭。

如果要强取豪夺,将她夺回自己的身边,恐怕她不会快乐。

算了吧,只要知道她现在过得很好,这就够了,永远不要让她知道自己这个亲生父亲的存在,或许对所有人都好。

原修和路易斯站在麦田小径边,远远望着驶离地面的飞机跃向云空。

路易斯拍了拍原修的肩膀,喃喃道:"走吧。"

原修回头看向路易斯,他微蹙的眉心和平静的眼神,看起来仿佛知道点什么,但又好像什么都不知道。

"路易斯……"

"那个男人,是蔓蔓的亲生父亲。"

果然……

寇琛和陆蔓蔓都自以为能瞒过彼此,却不承想父母和孩子之间是真的会有心灵感应啊。他们共同深埋着秘密,都是为了保护自己最爱的人不受伤害。

"从北海道回来,我就查过这个男人。"路易斯缓缓道,"后来他出现在田纳西牧场,更加坚定了我的猜测,他是蔓蔓的亲生父亲没错。这件事我没有告诉艾力克斯,也没有告诉任何人,我想知道他会怎么选择,但是我没有料到……他会选择离开。"

以沉默,不打扰,安静离开。

"昨天晚上寇先生给蔓蔓唱了一首《此情可待》,我看到蔓蔓偷偷抹了几次眼泪,那时候我就知道,女儿这么聪明,怎么可能会被蒙在鼓里,她什么都知道啊。"

原修点了点头,认同路易斯的话。

路易斯点燃了一根烟:"她却选择什么都不说,应该是考虑到我和艾力克斯的感受,不想让我们为难,也不想自己为难。"

寇琛做出了选择,同样,陆蔓蔓也做出了选择。

回去之后,原修找了很久,在半山坡间找到了陆蔓蔓。

日头已经西垂,悬挂在山隘间,将落未落,白色的绵羊群在山头吃草。牧羊犬皮皮安静地坐在她身边,跟她一起看着夕阳日落,而小甜心则耷拉着舌头,兴奋地追着羊群,追得它们惊慌四窜,咩咩地叫唤着。

察觉身边有人坐了下来,陆蔓蔓没有回头,却说道:"他走了吗?"

"走了。"

"有说什么吗?"

原修伸了个懒腰,长吟一声:"嗯,没有。"

"噢。"

"某人好像有点小失望。"

"喊,我有什么好失望的。"

"没有就好。"

这样的结果,也许是最好的了。

原修招呼来了小甜心,捏着他长长的嘴壳,一本正经教训道:"不准胡闹,不准欺负小羊羔,不准骚扰皮皮虾。"

小甜心一个劲儿用前爪拨原修的手,发出呜呜的叫声。

"人家叫皮皮,不叫皮皮虾。"陆蔓蔓嘟哝,"还有,干吗给它立这么多规矩。"

小甜心好不容易挣脱了原修的魔爪,赶紧跑到陆蔓蔓身后,委屈兮兮地用脑袋拱着她。

陆蔓蔓摸了摸它的头:"让它玩呗。"

"还是你妈对你好。"原修笑了笑,对小甜心说,"以后多陪着你妈妈。"

"谁是它妈呀。"

"它是我儿子,你说谁是它妈。"

陆蔓蔓脑袋转了个弯,"喊"了声,不再讲话了。

皮皮见陆蔓蔓一直撸小甜心,就开始吃醋了,冲小甜心凶巴巴嗷嗷叫了几声。

小甜心平时总被皮皮吓唬,现在有两个主人在边上,它才不尿,它可是德国黑背,天生的侦缉警犬,你皮皮虾再厉害也不过是放羊的,跟它完全不是一个档次。

于是它鼓起勇气,冲皮皮"嗷"了声,竖起尾巴,作势凶巴巴。

虽然皮皮就是个放羊的,不过它可是曾经和兄弟们围过狼群的凶猛牧羊犬,哪能是小甜心这种半宠物狗能比的。它猛冲上去,将小甜心压在身下,撕咬它。

小甜心嗷呜嗷呜叫唤了几声,它一个劲儿往陆蔓蔓身后缩,却发现两个主人正在缠绵亲吻,压根不关照它。

于是,小甜心只能趴在地上,翻过白色的肚皮来,委委屈屈地向皮皮认了尿。

color fight 终于在一个阳光明媚的午后,于红房子附近半山坡的小森林拉开了帷幕,参赛六十多人,都是附近牧场和小镇的男孩女孩,陆蔓蔓的朋友们,还有艾力克斯和路易斯,甚至就连宝刀未老的乔纳森先生都过来参赛了。

这场比赛从中午一直持续到晚上,两人一组,原修很想和陆蔓蔓组个花式虐狗局,不过大家都不同意他俩组一队,这俩强手组一对就太不公平了吧。无奈之下,陆蔓蔓只好和最可怜的单身狗李银赫组队,而原修和乔纳森先生组队。

乔纳森先生今年都年逾八十了,身子骨还算健朗,这一路走下来竟然气都没喘息一声,他拿枪的姿势,完全是老猎人的模样,非常熟练。

"爷爷挺厉害啊。"原修恰到好处地拍马屁,"比年轻人还行。"

乔纳森先生哼了声:"臭小子,花的事,还没完呢。"

原修低头抱歉地笑了笑:"是。"

"给我换子弹。"

他麻溜地给老爷子装好弹夹,鞍前马后地伺候着。乔纳森先生每每干掉一个家伙,他就在边上叫声好,人头也全让出,殷勤至极。

放下枪,乔纳森先生看着他:"臭小子,听说你在竞技圈子里也算是数一数二的人物,伺候我这个老头子,不嫌憋屈?"

"那不能,您是蔓蔓的爷爷,也是我爷爷。"

"小子油嘴滑舌,会骗女孩子。"

原修淡淡笑了笑:"祖传的手艺。"

整场比赛,原修都顾着老爷子,妥帖周到,终于在比赛临近尾声的时候,老爷子用枪杆敲了敲原修的肩膀:"花的事就不和你计较了。"

原修讶异抬头,却听他道:"你摘了花也是为了送给我们家小孙女,我其实不生气。就看看你这小伙子够不够担当。花草是小事,但不要以为是小事就不作为,肩膀能担大事,也要会担小事,这才是男子汉。"

原修沉默地倾听着,郑重地点了点头。

"还什么用强力胶粘,哼,你要是真跟着陆蔓蔓胡闹,把我这花给粘回去,我就真得把你赶出我的牧场了。"

原修不好意思地挠挠后脑勺:"那是我的坏主意。"

"不用帮那丫头打掩护,我看着她长大呢,一肚子古灵精怪,除了她还有谁能想出这种损招儿。"

花的事,总算是过去了。原修也总算松了一口气,和老爷子一块儿朝着决战圈跑去。

那场比赛打到最后,胜利者居然会是乔纳森老头子,不只是胜利者,还收了最多的人头。这是让所有人都没想到的,大伙儿咕咕哝哝抱怨,这老家伙绝对是开了外挂器——要么就是他孙女故意让他,要么就是他孙女婿辅助漂亮。

当然乔纳森老头可不会管这帮人怎么想,哼,赢了就是赢了,不服气啊,忍着!

黄昏时候,一家人迎着夕阳往回走,原修这下子在陆蔓蔓面前可长脸了,这是他赢 W 的第一场比赛,他非常耀武扬威地表示,今天只是个开始,她的噩梦还在后面呢,有第一场就会有第二场第三场和第一千零一场……

— 275 —

陆蔓蔓咧咧嘴，无语至极，一句话都不想多说。讲真的，这傻子不会真看不出来，她最后那一枪是故意打偏的吧，开玩笑，她能拿枪指着她八十高龄的爷爷？

"嘚瑟什么。"陆蔓蔓推了推他，"就拿了两个人头的家伙，你还真牛了啊？"

原修握住她的手腕将她往自己身边拉了拉："人头不算什么，这比赛，活到最后才是王道。"

"胡说，人头更重要。"

关于吃鸡和人头谁更重要的话题，两个人争执了一路都没有结果。

快到家门口，远远地看到好几辆黑色轿车停在自家牧场篱笆外面的院子里，乔纳森夫人忧心忡忡走出来，对乔纳森先生道："他们来了，沃尔夫那边的，过来谈牧场的事。"

乔纳森先生摘下帽子，匆匆进了屋，而路易斯和艾力克斯当然也随他一道。

陆蔓蔓和原修几人回了自己的房间，直到晚上九点，路易斯送走了那些人，一家人重新聚在一起吃晚饭。

乔纳森先生说刚刚的客人就是想要用牧场修建高端会所和高尔夫球场的沃尔夫集团的人，过来和他谈判牧场收购的计划，希望他们能尽快在收购案上签字并且搬离牧场，因为改建计划已经纳入了沃尔夫集团的日程。

陆蔓蔓询问路易斯，路易斯也很无奈地摇了摇头，表示事到如今无能为力，牧场近两年的收支状况并不是很好，已经拖欠银行大笔的债务，如今除非更加强势的资本介入，否则牧场势必成为沃尔夫集团的囊中之物。

而那几天因为乔纳森夫人心情不大好，陆蔓蔓跟着也很失落。

这几天不断有牧场员工登门拜访乔纳森先生，当然还是希望乔纳森先生尽可能保住牧场，毕竟牧场有百来名员工都要吃饭，如果真的被收购了，几百人会同时面临失业的惨况。

乔纳森先生最近压力很大，这个一辈子心血都付出在这片土地之上的男人，这一次真的感觉到自己可能是老了。

路易斯已经订了半月之后回曼哈顿的机票，五张，乔纳森夫妇得跟着他们一起回去，尽管他们并不是很愿意。

而事情的转机，发生在原修和原衍之最近一通电话。电话里原衍之向原修坦白调查过乔纳森家的牧场，的确发现了银行债务和沃尔夫集团的收购问题。

在爱妻施纯如枕边风的煽动下，这位精明的生意人老爸还是决定以超出沃尔夫集团收购价的数目向银行买下牧场，就当送未来亲家一份见面礼。

然而就在公司策划准备收购牧场的同时，项目经理告诉原衍之，收购成本可能会增加，因为同时还有另外一家公司也在竞购牧场。

不是别人，正是寇琛的寇氏集团。

两个月后，原修拿到了哈佛商学院的 offer，并且自 X 战队光荣退役。

在波士顿大学城，拿着书，戴着眼镜的学者行色匆匆，而学生们三五成群，聚坐在阳光明媚翠绿青青的草地上，讨论这新一赛季 S 系全球赛夺冠大热门。

他坐在树荫底下的白色秋千上，戴着黑色的 W 口罩，慢悠悠晃着秋千。

不过没有人注意到他，因为微笑 W 的口罩现在已经成了大逃杀畅销周边，W 的粉丝们几乎人手一个。

不远处有牛仔 T 恤女孩逆着光朝他走来，笑容璀璨夺目。

陆蔓蔓坐到他身边，递给他一张宣传海报："S 系新赛季，要不要和女神姐姐双排走一波？"

原修摘下一半口罩，耷拉在耳朵上面。

"业余选手身份？"

"当然。"

他淡淡一笑，从包里摸出 X 的鸭舌帽，舌尾朝后，端端正正戴在她的脑袋上："你这点扮猪吃虎的恶趣味，什么时候能改好，欺负人家职业队员，有意思吗？"

陆蔓蔓狡黠地笑了笑："当然有意思，修修要陪我玩吗？"

"赢了有奖励吗？"

"那得先赢。"

阳光下，原修伸了个长长的懒腰，顺手揽住陆蔓蔓的肩膀："行，陪我女神姐姐玩个痛快。"

几分钟后，陆蔓蔓靠在原修肩膀上，柔声问："我一直在想，如果那天晚上我没有喝多，没有跑错厕所，可能我就不会认识你，想想真是庆幸啊。"

认识你，真是一种庆幸。

陆蔓蔓平时不会说什么大情话，难得的真情流露，总能把人的心熏得暖烘烘。原修垂眸看她，温煦的阳光透过枝叶在她的脸颊投射斑驳的光影。

他深深呼吸，柔声道："不会啊，即便不是那一次，我们也会在战场上，或者别的地方相逢，我会想办法认识你，吸引你，追求你。"

陆蔓蔓抬头望着他："要是我不喜欢你怎么办？"

原修淡淡一哂，抬眸望向远方教堂，此刻有整点钟声传来。

"真不知道该怎么办才好。"

夏天×任翔
· 番 外 二 ·

四月的丽江,白日里阳光温煦,晨起了须得穿上外套,否则还是会有冷丝丝的凉意。

民宿是一片小小的木质四合院,位与古镇边缘的位置,清幽静谧,不至于太过吵闹,但是也不乏古镇的情调。院子墙角种着花草,翠木参天,大树下掘出了一方小小的池塘,池塘里游动着几只红白的鲤鱼。

这是他们"私奔"的第三天。

夏天穿着一件单薄的防晒外套搭休闲裤,坐在院子的木桌边,她的脚下趴着民宿主人饲养的一条成年金毛。

她眯着眼睛,靠着椅子小憩。

阳光洒在她白皙稚嫩的脸庞上,空气中还飘浮着可见的颗粒尘埃。她眼睛眯起来,形成一条狭长的缝。睫毛浓密卷翘,轻微地颤着。

任翔牵起她乌黑如绸的长发,顺着发梢分出一拨,然后用自己刚刚在外面买的细长彩色绳条,试着给她编辫子。

"你做什么?"夏天睁开眼,问他。

"我刚刚在外面溜达,看到有店里卖这种绳子给女孩编脏辫儿,我就跟人家学了手法,回来给你试试。"

夏天便将脑袋靠了过去,任由他捋着自己的头发。她的头发很软很细,稠稠的,摸着很舒服。

"小时候我爸也总爱给我编辫子,马尾辫儿,羊角辫儿,麻花辫儿……他什么都会,每天早上给我梳的辫子都不带重样,每次去幼儿园小朋友们都会惊羡地看着我,我特别满足特别开心。"

任翔嘴角扬了扬:"看不出来,夏总还会做这样的事啊。"

他从顾折风的介绍中得知,盛夏集团自从夏至深接手,在他雷厉风行的改革政策和强势的商业手腕翻覆之下,集团在纽交上市,一步一步走向了行业的巅峰,成了业内的领头羊。无论是新闻视频还是人物杂志上所报道的夏至深,就是一枚标准的霸道总裁。

不过从旁人口中了解的夏至深,和夏天口中的慈爱好父亲和怕老婆的丈夫,实在难以联系到一起。

任翔居然开始有点佩服起这个男人来,能够 hold 得住夏天妈妈那种强大气场的女人,绝对不可能是什么厌包。

不过这样的男人,真的会就这么轻易将夏天放走,和他私奔天涯?

任翔心里突然开始忐忑起来,看向夏天手里紧攥的手机,突然问道:"你开机了吗?"

"没呢。"夏天将手机扔在面前的小木桌上,"不敢开,我妈妈肯定已经疯了。"

"你不是说她出国要两周才回来?"

"我溜了这么大的事,她能不知道吗?我爸肯定在事发的第一时间告诉她,她连夜赶回来,说不定都报警了。"

"报警,这么严重吗?"

夏天平静地说:"报警还算好的了,如果我妈妈不理智起来,很可能雇人追杀。"

任翔:"……"

当天下午,任翔和夏天收拾了行李又奔赴了大理古镇,总之一个地方不敢待太久,万一丈母娘真的报警了,一个地方待太久容易暴露行踪。

微风徐徐的洱海边,任翔环抱着夏天,夏天回头笑眯眯说:"狗翔,我们这算不算打一炮换一个地方?"

"说什么呢,跟谁学这么坏的。"他拍了拍她的脑袋。

"跟你学的啊。"

"哼哼,以后不准那样说。"任翔正经又严肃地教育她。

身边一对情侣表情诡异地看了他们一眼,匆匆离开,夏天嘻嘻地笑了声:"好污啊。"

"还不是让你给带的。"任翔戳了戳她挺翘而圆润的小鼻尖,"你个小污婆,不知道脑子里装的什么。"

正式在一起之后的第一次,居然自备了软尺要量他尺寸,从来没遇到过如此"厚颜无耻"的妹子,可把任翔给弄蒙了,手足无措都不知道怎么办才好,

要不同意吧,这妹子得说你尿,同意吧……这也太奇怪了啊。"

任翔说你该不会是要去网上爆我的料吧。

夏天漫不经心说:"你这还能算猛料吗,你的尺寸很多女孩都知道的吧。"

这话说出来,任翔可就不敢再讲一句话了,话题敏感啊,好不容易求来的媳妇儿他可不能自己给作没了。

哎,想量就量吧,他怕什么,他什么都不怕。

总之,和夏天妹子深入接触下来,任翔发现,她并不是单纯的乖乖女,柔顺可人的外表下,其实夏天内心隐隐有着些许占有欲和控制欲。

但是这种控制欲并不强烈,她致力于把他塑造成自己理想男友的模样,但有时候任翔实在不愿意或者感觉到为难的事情,她是绝对不会勉强他的。

不过夏天天性又有柔软和温顺的一面,两种截然相反的属性糅合在一起,让任翔渐渐产生了一种欲罢不能的感觉。

晚上,任翔和夏天两人吃过了大理的名小吃饵丝饵块,晚上便悠闲地溜达在大理古镇,路过手鼓店的时候,有漂亮的小姐姐在打手鼓,唱着之前网络上很火的《小宝贝》。

任翔拉着夏天进了店,非得要跟着人家小姐姐学手鼓,小姐姐耐心教了他很多遍,这家伙笨手笨脚,总是跟不上节奏。

于是,小姐姐无奈地说:"那我给你打鼓,你唱歌给这位姑娘听啊。"

那也行吧,于是任翔清了清嗓子。

别说,虽然看上去挺没音乐细胞,不过他唱歌是真的好听。他说话的时候声音就很清润,唱歌更是如此,调子总是有意无意微微上扬。

就像吹来一阵夏天的风,悠悠扬扬。

不少女孩们被吸引了过来,围在店门口,纷纷拿出手机拍照和录像。

"期待着你的回来,我的小宝贝,期待着你的拥抱,我的小宝贝,多么想牵着你的手,躺在那小山坡,静静地听你诉说,你幸福的往事……"

轻快的调子和重复的歌词,却酝着极其甜蜜的气息,任翔一边唱歌,一边摸摸夏天的头。

夏天跟着节奏鼓掌,满眼崇拜喜欢。

出了手鼓店,两人又去了一间环境挺不错的酒吧。酒吧就在洱海边上,吹着徐徐的晚风,风中蕴着湿润的气息,预示着初夏的来临。

"夏天,想没想过以后要干什么?"

"嗯?"

没想到任翔会突然问这个问题,夏天反应了一下子,然后笑说道:"我要和你在一起啊,和你结婚,和你环游世界。"

"然后呢,不可能一辈子都环游世界吧。"

"也对噢。"夏天拧着眉头想了想,"那我就想成为像我男神那样的人。"

"男神?"

"我记得我跟你说过啊,扎克伯格是我的男神,我想成为像他那样的人,用自己的双手改变世界,改变人类生存和社交的方式,我想……"

夏天幽深的黑瞳突然有了神采,宛如黎明前那缕刺破黑暗的光。

她站起身,看着碧波荡漾的洱海,倏地闭上了眼睛,任由风沙沙送入耳畔,她柔声说:"我想听见未来的声音。"

凝望着她,任翔的心久久地震颤着……

以前夏天总在他跟前念叨着,什么人工智能什么AI管家,他浑不在意以为那都是痴人说梦,科幻电影里出现的东西,怎么可能成为现实。

可是他的小夏天,这个从小便在童话梦幻庄园里长大的小女孩——

她却做着一个关于遥远未来的梦。

任翔忽而间明白过来,为什么曾经因为母亲私下找周衍,而放弃过的课本又被她重新捡了起来。

不是和母亲达成了什么妥协,也不是母亲真的逼迫她要努力学习,她是在一砖一瓦地堆砌自己的梦想,堆砌她的未来世界啊。

夏天这样的女孩,如果不是她自己愿意去做的事情,没人能逼迫得了她。

她不是小公主,她是女王大人。

民宿是原木式风情间,夏天洗完澡出来,见任翔正蒙在被子里玩手机,她跟着钻进被窝,挠他的痒痒,可是某人不为所动。

于是,夏天使坏要扒他的裤头,却被他按住了手。

"夏天,手机我给你开机了。"他声音有些沉闷。

夏天身形猛地一顿,隔了很久,她从被窝里钻出来,背过身去不理任翔了。

"手机呢?"

任翔乖乖把手机给她递过去:"我没看。"

夏天心惊胆战地接过手机,出乎她的意料,屏幕上干干净净,除了两条短信以外,一个未接电话都没有。

她还以为,打开手机就会收到老妈疯狂的短信和未接来电炮轰呢。

这两条短信,一条来自老爹,一条来自大表姐陆雪南。

老爹:"宝贝,你妈妈下周三回国,如果玩够了就回家吧,这件事让你妈妈知道了,咱俩都吃不了兜着走。ps:周三之前回来就行了,不用太赶,记得多照点照片回来给老爹瞅瞅。"

大表姐:"小丫头玩得很够劲儿嘛,居然跑到丽江去了。对了,回来的时候

给我捎两包鲜花饼,蜂蜜玫瑰味儿的。"

两条短信,就像出去旅游时家人发来的问候,没有责骂,更没有歇斯底里的逼迫。

那一瞬间,夏天紧绷的心突然松懈了下来,整个旅行一直压抑着不让身边人察觉的担忧、害怕和惶恐,在烟消云散的那一瞬间,她突然放声哭了起来。

任翔从背后紧紧抱住了她,宽阔厚实的肩膀将她桎梏在怀中,伸手轻抚着她的眼睛。

"我已经订了明天返程的机票。"

夏天啜泣道:"回去以后,会怎么样?"

"该怎么样就怎么样。"此刻任翔仿佛完完全全变了一个人,从男孩变成了男人,"我会向夏叔叔诚挚道歉,请求他的原谅,我也会向阿姨……"

莫名打了个冷战,任翔继续说:"总之我会争取,一定会争取。"

夏天低声说:"这个世界上,不是所有事,只要努力就会成功。"

"但我相信精诚所至,金石为开。"

晚上,两个人不知疲倦地折腾,宛如世界末日来临前的最后狂欢。

第二天下午,飞机从昆明的长水机场直飞了首都机场,接机厅外,夏天见到了阔别已久的老爹和大表姐。

她扑过去抱住慈祥的老父亲:"爸爸,我好想你啊!"

"臭丫头,这次真是胆大包天啊,看我回去怎么收拾你。"父亲戳戳她的脑袋,虽是教训,不过满心满眼都是疼爱之意。

陆雪南走过来,笑着对夏天说道:"小夏天,真是不鸣则已一鸣惊人,这辈子没单独出过远门和父母分隔这么久,居然干出跟人私奔这种事,我以前还真是小看你啊。"

夏天害怕地看了夏至深一眼,她自己也知道,这次是闯了大祸。

"爸……"

"夏叔叔。"任翔走上前来,"夏叔叔,都是我的错,是我拐走了夏天。对不起,如果要惩罚的话……"

他话音未落,夏至深生硬地打断了他,略带怒气说道:"你以为你逃得了吗?"

夏至深一番话颇具威严,吓得任翔后面的话都堵在喉咙里讲不出来。

夏至深虽然没有对女儿生气,但是怎么可能不对任翔生气,对方可拐走了他的心肝宝贝啊,如果任翔这死小子不把夏天完好无损给送回来,过了周三,他会亲自追到云南把两人给抓回来。

哼,他们不会知道,从离开首都机场开始,他们的一举一动都掌握在夏至深的手里,包括去了哪些地方,住什么酒店,待了多久,他全都知道,否则他也不可能就这么轻易地放他们离开。

孙猴子还能翻出如来佛的五指山?

不过是因为夏至深觉得夏天这段时间在家里实在太过压抑,有意想放她出去散散心罢了。

机场外,司机为夏天拉开了车门:"小姐,请上车吧。"

夏天看看自己手上的行李,又回头看了看任翔,满眼不舍。

任翔一个人孤零零站在航站楼边,正在给他的好兄弟打电话呢。

"折风狗,我回来了。"

"回来了!"

李银赫的声音也立刻传来:"你居然回来了!"

顾折风:"哈哈哈,我说的吧,他肯定回来,给钱给钱!"

"阿西吧!"李银赫丧气说,"狗翔也太尿了吧,跑都跑了,还回来干什么,害老子输掉三千大洋!"

任翔:"……"

不想再认这帮兄弟了。

他挂掉了电话,望了望夏天。

夏天踟蹰着还想对老爸说点什么,夏至深却道:"虽然我不责怪你,但是这几天你最好乖一点儿,别露出什么蛛丝马迹让你妈妈发现,否则有什么后果,不用我说吧。"

夏天叹息一声,坐进了车里,立刻按下车窗,对任翔小幅度地挥了挥手。

任翔也对她扬扬手,示意安心。

夏至深上车的时候对任翔说道:"臭小子,这事儿可没完。"

当然没完,他既然带着夏天回来了,就已经准备好要面对接下来的一切。

逃避是可耻的,他不可能让夏天放弃学业放弃家庭放弃梦想,放弃所有的一切,只为了和他在一起。

这太自私了。

小姑娘现在一脑门热恋的心思,可是恋爱的热度不可能持续永远,他承受不起她将来的悔恨。

他心爱的姑娘,他要她在家人和朋友的祝福与簇拥中,名正言顺地嫁给他,无论前路多么艰险,他都不会放弃!

方成淑女士出差回来,疲倦地坐在沙发上。夏天偷摸在楼上观望,他爹端来切好的果盘,对夏天使了个眼色,让她回屋乖乖学习。

夏天忐忑不安地回了房间,轻轻关上门,趴在门边侧耳偷听。

"老婆辛苦了,老婆吃水果。"夏至深用牙签串起一片削了皮的苹果递到方成淑嘴边。

"老公,女儿这几天乖吗?"方成淑眯着眼睛,任由他给她捶肩捏腿。

"女儿被我好好教训了一顿,现在已经想通了,正在好好准备考试呢。"

"是吗?"方成淑还有些不相信,又问,"那个小流氓,最近有动作吗?"

说到任翔,夏至深捏肩的手顿了顿:"他呀,能有什么动作,一小屁孩。"

注意到夏至深手势的变化,方成淑疑惑地看了他一眼,立即起身朝着二楼夏天房间走去。夏至深连忙追上去。

"哎,老婆,哎哎,丫头在学习呢。"

房间门被方成淑打开,夏天慌忙抓起一本书,装模作样地看着,方成淑走进来,拎过她的书——

《孙子兵法》,还拿反了。

夏至深咧咧嘴,夏天更是被吓得嘴角都哆嗦起来。

方成淑看看夏天,又回头望了望自家老公,沉声问:"你让他们见面了?"

"怎……怎么可能。"夏至深开始紧张起来,"我能干那种事吗?"

方成淑环扫了房间一圈,目光落到了夏天的小书包上,夏天先行一步抢过书包,没让方成淑碰到,但是书包里的牛皮手账本却掉了出来,里面夹着玉龙雪山门票和明信片,散落了一地。

完蛋了。

方成淑捡起那一沓散乱的纸片,看到了日期和上面的实名信息,脸色瞬间变得无比苍白。

她气得嘴角哆嗦,回头将那一沓纸片扔夏至深胸膛:"这就是你说的她在家乖乖学习!你们两个居然合伙骗我!"

夏至深也吓坏了:"这个……这……"

他无奈地看向夏天,目光里带了点恨铁不成钢的意思,这种死亡物证她居然还留着,闹哪样啊!

"真的……我真的受够了!"夏天紧紧抱着小书包,宛如抓着一根救命稻草似的,眼圈红红看向方成淑,"我受够你了!"

她说完不等方成淑反应,转身往门外走。夏至深想去拉她,可是没能拉住,她已经冲出了房门。

"回来!"夏至深赶紧追出去,"这么晚了,别乱跑。"

"又要去找那个臭小子吗?"方成淑走出房间,站在楼道口居高临下地看着夏天,冷冷道,"夏天,我今天就明白地告诉你,那个小流氓这辈子你都不要想了,除非我死了,否则绝对不会同意你们在一起!"

夏天一边用袖子擦眼泪,回头气鼓鼓看了方成淑一眼,用力扔掉了自己的小书包。

"从小到大，你要我做的事情，我都尽可能做到最好让你开心，爸爸说我应该理解你，你很辛苦，为我付出了很多，很少有家长能够在每天辛苦工作以后，还有精力辅导孩子课业的每一道题。"夏天咬牙切齿沉声说，"我理解你的辛苦，可是谁来理解我的辛苦？我努力做到你所期待的一切，可是你有没有问过我到底想要什么，喜欢什么，每天开心不开心，你在乎吗？"

这一番话说完，夏天身体剧烈地战栗着。当然，方成淑看上去脸色也不大好，但好歹比她冷静很多。

"我不在乎你开不开心，夏天，你真的这样想？"她摇着头，失望地说，"如果上次我没有阻止你和那个吉他手在一起，结果会怎样，嗯？说说啊！"

夏天突然气短。的确，周衍的事情她无话好说，如果不是方成淑女士硬拆散他们，她便看不清他的庐山真面目。

"可是任翔不一样！"夏天手紧紧攥着裙角边，"他不是那种人。"

说到任翔的人品，方成淑再度怒上心头，"对，他不是那种人，不，他连人都算不上，就是个人渣。"

"我不准你这样说他！"夏天突然怒声道，"你根本不了解他，凭什么妄下定论！"

"我不了解他。"方成淑冷淡道，"还要怎么样了解，要不要我把他以前的女孩名单列出来给你好好看清楚！"

"他很后悔，已经改好了！"

"我看你真是猪油蒙了心，会被那种浪荡子给迷得神魂颠倒。"方成淑不住地摇着头，"江山易改本性难移，现在他喜欢你，当然改过自新，可是难保将来爱情消磨殆尽的时候，他不会出去胡天胡地。"

"我相信他，他不会这样，而且……"夏天看了看自家老爸，口不择言气呼呼地说，"你们结婚这么多年，爱情消磨殆尽了吗？你这么凶，一点儿都没有女人味儿，就像个管理地狱的恶魔，面目可憎，那我爸有出去花天酒地吗？"

方成淑话语突然顿住了，竟然一句话都说不出来。在她女儿心目中，她这么凶，一点儿女人味儿都没有，还像恶魔……

面目可憎。

夏至深见妻子突然愣住，像是被打到了三寸，他连忙斥道："丫头，有话好好说，别误伤啊。我和你妈是患难与共的交情，什么恶魔，你妈妈那都是关心你。"

夏天看着方成淑突然失落的模样，她嘴唇微微动了动，道歉的话到了嘴边却又被咽了下去，终于还是转身回了自己的房间，重重关上房门。

当天晚上，方成淑拿着一本书靠在床头，闷闷不乐。夏至深走过来轻轻抱了抱妻子："别想太多了，睡吧。"

"老公，我真的那么面目可憎，连女儿都觉得我像个恶魔？"方成淑声音哑哑的，在老公面前她终究要温柔许多。

"想什么呢，你怎么可能是恶魔，你可是我们家的王后。"夏至深疼地吻了吻自家老婆的额头，"别胡思乱想了。女儿现在还小，等她长大了，有了自己的孩子，她会明白你的良苦用心，也会为今天的话感到抱歉。"

"我不需要她感到抱歉还是怎样，我只希望她能在正确的路上走下去，将来不要后悔。"

"什么是正确，什么又是不正确？"夏至深握着妻子的手，柔声道，"她自己做出的选择，那就是她自己的人生。"

方成淑的手紧了紧："可是我们不能永远陪伴她。我只是害怕，将来我们不在这个世界上，我怕她过得不幸福，我怕她后悔当初的选择，如果是这样，我宁愿现在她恨我多一些。"

夏至深拍了拍妻子的肩膀，叹息一声："我们可以给出来自成年人的参考意见，但是我们无法代替她过完自己的人生。"

方成淑沉默着，没再多说什么。

次日，助理走进办公室告诉方成淑，楼下有个小伙子想见她，好像特别着急。

不用想也知道那人是谁，方成淑心里一阵烦闷，冷冷睨了助理一眼，生硬地说道："人想见就见，不需要预约的吗？别人没规矩你也跟着没规矩起来，不想干了？"

助理没料到自家老总会生这么大的气，楼下小伙子自称是方成淑的女儿的男朋友，她才这样冒昧地上来询问老板，没想到被劈头盖脸一阵骂。助理讪讪地退出了办公室，下楼以后便让任翔赶紧离开。

"方总现在很忙，你快走吧。"

任翔不依不饶道："我是真的有事情要找她，能不能麻烦您……"

助理有些不耐烦地说："你这小伙子怎么回事儿啊，我已经破例帮你上去问了，结果被方总一顿训斥还差点丢了工作，你还要我怎么样？"

任翔不好强人所难，只能在大厅里耐心地等待。

黄昏时分，总算等到方成淑女士从电梯里走出来，任翔赶紧迎上去："方阿姨，您好，我是……"

"走开。"方成淑目不斜视，连看都不想多看他一眼。

"方阿姨，我想跟您聊聊。"

"我们之间没什么可聊的。"方成淑生硬地说,"如果你再缠着我,我就报警了。"

任翔也是一股脑铁了心,一定要向丈母娘表明心迹,为了媳妇,他尊严都不要了,还要脸皮吗?

在方成淑坐进车里之后,他一把拉住了车门:"方阿姨,您听我说,我知道自己过去犯过很多难以弥补的过错,而我口头上说改过自新了您肯定不会相信。我不知道做什么可以让您相信我的诚意,只要您说,我一定去做。我现在厚着脸皮求您给我一次机会,您一定看不起我,我任翔这辈子也没有这样恳求过别人,但是我对夏天是真心的,阿姨我希望您能给我一次机会,无论您要我做什么……"

任翔几乎是一口气没停地说着这番话,而方成淑突然出声打断了他的絮语:"好啊。"

她冷冷看着他,目光宛如人世间最锋利的刃:"让你给我相信你是真的改过自新,没问题,拿掉让你犯罪的东西,我就相信你将来不会犯同样的错误。"

她说完重重扣上了前车门,快速地愤然离去,留任翔一个人呆呆地站在停车场,孤零零。

那一晚,方成淑辗转难眠,说要让任翔割掉犯罪的东西,当然只是一时冲动的气话,而且她绝对不相信那小子会那样做。

怎么可能,他又不是傻子……

然而她却始终无法入睡,心里头七上八下,不得安宁。

虽然百分之百确定他不会头脑发热真做那种事,可是……万一呢。

她可不敢冒这个险,一句气话,是要毁了人家一辈子啊。

方成淑开始懊悔,为什么要冲动说那样的话,万一他真的做出什么傻事,后果不堪设想!

她越想越觉得害怕,终于推了推身边熟睡的丈夫:"你有没有那臭小子的联系方式,知道他住哪儿吗?"

丈夫迷迷糊糊醒过来,咕哝着问:"怎……怎么了?"

方成淑已经来不及多解释,赶紧披着衣服跑到夏天门边,使劲儿敲门。

夏天压根没有睡着,打开房门,见方成淑这般心急的模样,有些讶异,没好气地问:"你又想干什么?"

"你给那臭小子打电话。"方成淑将没收的手机塞到夏天的手里,急切地催促,"快点!"

夏天看了看墙上的时间:"现在?"

"现在,马上!"

看着母亲迫切的神情，夏天像是突然意识到什么似的，她颤抖的手几乎快要握不住手机了，拨出任翔的号码，可是嘟嘟的声音响了很久，那边并没有人接听。

夏天急得眼睛都红了，她深呼吸，迅速让自己冷静下来，又给顾折风去了电话。

没多久，电话被顾折风迷迷糊糊接听了："小夏天，我严肃警告你，虽然我们是好朋友，但是你打扰我睡觉，就有从我的好朋友笔记本里下降一个名次的风险！"

"折……折风。"夏天的声音战栗着，抖个没完都不像她自己了。

顾折风发觉不对劲，从床上翻身而起，沉声问道："怎么了？"

"任翔他……他在哪里？"

"狗翔在房间里睡觉啊。"

"我打不通他的电话，能不能麻烦你去他房间看看。"

顾折风已经在给自己穿衣服了："好，我马上就去。"

他没有挂电话，来到任翔房间敲了敲门："狗翔，我知道你没睡，开门有惊喜！"

敲了好半天，房间里一点儿动静都没有，顾折风有些着急了，用力地拍着门板："任翔，快开门！"

房间里是死一般的寂静，没有人开门，可是门把手却是从里面反锁过的，说明房间里一定有人。

"任翔，开门！"

李银赫和阿横也被动静引出房间，不解地问："发生什么事？"

"狗翔不晓得在屋里干什么，电话不接，也不开门。"

几人立刻意识到了不对劲，李银赫立刻拉走了顾折风："让开。"

他说完直接用身体开始撞门，这男人一身钢筋铁骨的肌肉，卖了命撞击着木门，没多久门把手便被他撞得摇摇欲坠，连着十几下，终于把房间门撞开了。

众人冲进房间，房间没有看到任翔的身影，但是卫生间里却隐隐约约有动静，顾折风跑进去，映入眼帘的便是一整浴缸的殷红鲜血，吓得他神魂离体。

任翔赤着上身奄奄一息趴在浴缸边上，左手放进了池水中，地上滴滴答答的鲜血中，赫然有一节黑乎乎的小手指，血肉模糊！

程遇吓得惊声尖叫，电话那头的夏天听到这一声尖叫以及众人呼唤任翔忙成一团的声音，跟着也尖叫了起来。

方成淑整个人已经瘫软在了丈夫怀里，差点儿晕厥过去。

那一晚闹得鸡飞狗跳，任翔被众人火速送往医院进行续肢手术，经过一夜的抢救，医生走出病房告诉众人，手指已经接续了上去，幸亏送医及时，如果再晚半个小时，可能左手的那截小手指就真的保不住了。

夏天抱着膝盖蹲在医院角落，脸色惨白惨白的，也不哭，就瑟瑟发抖地蜷缩着。

夏至深想过去扶她起来，可是小丫头固执至极，根本不让他靠近自己。方成淑坐在医院走廊的长椅上，抱着头浑身瑟瑟发抖，虽然医生说没有大碍，可是她依旧后怕不已。

任翔的父母已经赶到了医院，父亲任峰高大笔挺，是威严的军人模样。而他的母亲生得美艳，丝毫不像年近五十的妇人，她坐在椅子边，靠着丈夫的肩膀哭哭啼啼，嘴里喃喃着不知道怎么办才好，又责怪丈夫平时对儿子太过苛刻，如果儿子出了什么意外，她一定不会原谅他。

任峰安慰妻子："医生都说没事，手指也接上去了，你就不要哭了。"

"怎么能没事！都急救了怎么会没事！翔崽啊，你可千万挺住啊，不要让妈妈白发人送黑发人。"

妇人哭得梨花带雨，让人心酸。

任峰也只好无奈地拍着妻子的肩膀："别哭了，什么白发人送黑发人，不嫌晦气？"

方成淑心里一阵阵绞痛。

谁不是父母含在嘴里怕化了，捧在手心里怕碎了的宝贝啊，设身处地地想，如果是自家女儿……不敢想。

现在没有人追究事情发生的缘由，可是方成淑满心煎熬，抬头便迎上了夏天恨恨的目光，她如坐针毡，只能起身离开，去小花园里透气。

任翔是在晚上清醒过来的，本能地动了动手指，麻痹的药效过去以后，他感到一阵阵钻心刺骨的疼痛，痛得他额头都冒汗了。

不过一睁眼就看见夏天那张满心担忧的脸，任翔还是强打起精神对她道："乖乖，我没事啊，一点儿都不疼。"

"怎么可能不疼。"夏天调子里带了哭腔，眼周红红的，攥着他另一只手，"肯定疼死了。"

十指连心啊，断了一根指头，能不疼吗？

任翔无奈地笑笑，伸手摸她的额头："再见到你真是太好了。"

他一说这话，夏天跟着就要抹眼泪："我妈妈到底跟你说了什么？"

任翔看着屋子里一大群人，原修、顾折风、李银赫、阿横还有自己的父母亲友，他立刻按了按夏天的掌心肉，示意她别提这茬。

"我真就是一不小心……"任翔勉强地笑着，"我一边泡热水澡一边切苹果来着，结果手滑了……"

"翔崽你真是要吓死妈妈啊。"任母坐到他身边，拿起苹果给他削，嗔怪埋

— 289 —

怨，"你还是小孩子吗，削苹果居然能把手指头给削掉，真是一点儿也不让人放心。"

当然在场的人，除了被蒙在鼓里的任母以外，没有人相信任翔真的只是因为削苹果手滑弄断了自己的左手小指头，就连任父都不相信。

从小拿枪练刀在营地摸爬滚打的男人，会被刀削掉手指头？别开玩笑了。

而关于自家小孩恋爱上遇到的问题，任峰其实早有耳闻，他一直没有出面解决，是因为相信自家儿子，如果连谈恋爱这种小事都需要家人帮忙，恐怕将来也不会有什么大的出息，更何况这小子以前的确太混账，应该是要吃点苦头，给点教训。

但是今天闹这一出，让任峰实在是看不下去了，尤其是见到妻子那伤心难过的模样，他就没有办法再沉默着，不闻不问。

于是在出事后的第三天，任峰去了一趟盛夏集团，与集团的副总裁方成淑女士——他未来的亲家，见了面。

这次方成淑可不敢摆什么架子把人拒之门外，一来她得罪不起面前这位重量级人物，二来，她的确有愧于任翔那小孩。

"您请坐吧。"方成淑招呼助理给任峰泡了雨前龙井。

任峰大大方方地坐下来，身边的两位站姿笔挺的跟班退出了门外，同时拉上了办公室门。

绕是方成淑这辈子也算见过大世面，接触过不少高层和有地位的人士，但面前这男人浑身上下散发出来的气场，还是让她心怯怯的。

可能真是于心有愧吧。

"任先生，令郎的事，我感到万分抱歉，是我有欠考虑，手术和后续治疗的费用，我会全部承担。"

虽然那天她一时冲动对任翔说出的话，任翔对谁都没有讲过，但是方成淑还是向任峰坦白了事情的真相。

任峰却摆了摆手，说道："犬子已经是成年人，能够为自己的行为负责，方总无须自责，这小子过去太浑，干下不少混账事，吃点苦头应该的。"

方成淑微微一惊，她原本以为任峰过来是要找她讨个说法，毕竟任翔手指头让她一句话给说没就没了，虽然发现及时好歹接续了上去，有惊无险，但是这件事是她的错，她都准备好了要拿出巨额的赔偿，却不承想任峰简简单单一句话，居然不计较了。

"任先生，您这次过来……"

"我这次过来，是要觍着我这张老脸，来为犬子说情。方总听过《孔雀东南飞》吧，年轻人，两情相悦，当家长的如果干涉太多，恐怕适得其反，譬如这次事故，今天是我儿子，明天说不定就轮到你家闺女了，还望方总能三思为之。"

方成淑往后退了退，手不禁握紧了袖角。她站直了身体，不卑不亢道："任先生，我们家不过是小本薄利的商人家庭，实在高攀不上，这件事希望任先生不要再说了。"

任峰淡淡笑了笑："没什么攀不攀得上，现在时代不一样了，年轻人自由恋爱。"

"自由恋爱不假，但是自由过了头，终究不是什么好事情。"方成淑看着任峰，意有所指。

任峰当然明白她指的是什么。他喝了口茶，清了清嗓子："是我这个当父亲的，对儿子疏于管教，让他任性妄为，但是这次教训，方总应该也能看到犬子的拳拳悔过之心。"

这种血淋淋的悔过，可真是把方成淑给吓得不轻啊。

"我女儿马上就要出国念书了……"

"这个不急……"任峰笑了笑，"犬子也要继续打比赛。年轻人嘛，当然应该以学业事业为重，我这次来找方总的目的，也是希望方总不要再为难两个孩子。这几天我在医院，也能看出令爱对犬子的心意，年轻人最难得便是一片真心，只要两个孩子能往好的方面发展，方总又何必棒打鸳鸯。"

……

那天下午，方成淑经历了这辈子最艰难的一次谈判。

方成淑将任峰送出门，任峰摆摆手："方总留步。"

门外两个身形笔直的跟班迅速跟上任峰，几人离开。

方成淑目送他离开，倚在门边，重重松了一口气，这位老亲家的气场还真是很强大啊。

等等……呸，什么老亲家。

任翔住院小半月，夏天每天都往医院跑，方成淑于心有愧，没有再阻拦她，只让她把英语书也带上。

夏天不在的时候，顾折风和李银赫来医院看望任翔。

顾折风低声问他："讲真的，这招苦肉计用得真绝，壮士断腕啊，你丈母娘可是吓坏了，那一整晚脚都在抖，站都站不稳，还得人扶着。"

"这可不是苦肉计，是真心诚意。"任翔看了看门外，低声说，"本来是要割另一个地方，不过老子实在下不去手，这一刀下去……"他哆嗦了一下子，"我夏天一辈子幸福就毁了，还是手指头吧，总得弄下来点什么，给我丈母娘表表决心。"

"你对自己真够狠的，老子服你了。"李银赫拍了拍任翔的肩膀，"一根小

指也够呛,疼翻了吧。"

"嘿,你别说,那一下子还真不疼。"任翔说,"啥感觉都没了,就看着血喷出来,喷……"

"别说了。"顾折风"嘶"了一下,哆嗦着,"想想都疼。"

见夏天过来,几人立刻噤声,不再继续这个话题。

顾折风踢了踢李银赫的椅子,拉着他出了病房。李银赫离开的时候还顺走了两个水蜜桃。

夏天坐到任翔身边,靠着他问:"今天感觉怎么样,还疼吗?"

任翔动了动指头:"已经完全恢复了,感觉明天就可以出院了。"

"胡说,别总想着出院,好好养着。你的手是要拿枪的手,不能留下任何后遗症。"

"嘿。"

说到这儿,夏天就又开始惆怅起来,埋怨他:"你真蠢,真是太蠢了。"

"这句话你每天都要在我耳边念叨几遍,就算不蠢也被你念蠢了。"

"哼。"

任翔安抚地拍了拍她的背:"行了,快把你的英语书拿出来,考试没几天了,乖乖复习。"

夏天嘟哝着小嘴,环住他的腰,用力抱着:"我不要复习,也不要考试,我就陪在你身边。"

"夏天,这段时间我想得很明白。"任翔突然变得郑重起来。

夏天不禁抬起头来看他。

"你得好好考试,出国念书,多多学知识多多学本事,做自己想做的事情。"

"我不!"夏天置气地说,"我不会让方女士如愿!"

"现在的夏天,一点儿都不可爱了。"

"不可爱就算了。"夏天气鼓鼓地背过身,不再理他。

任翔从后面环住了她的肩膀,整个人的重量都压在她的身上,他在她的耳畔轻声说:"我永远不会忘记,那个冲着夜空和河流呼喊的女孩,她说要做自己想做的事情,她想要自由自在不被束缚……"

夏天回想起失恋的那个夜晚,她在河边发疯的情景,突然觉得不好意思:"别说了。"

"但我同样记得,那个女孩还说过,她想用自己的双手改变世界,改变人类生存和社交的方式……她想听见未来的声音。"

任翔用力抓着她的手,将她转过来,凝望她的眼睛,沉声说:"听我说,乖乖考试,出去念书,翔哥等着你,多久都等。"

多久都等。

夏天通过了 GRE 的考试并且顺利拿到了麻省理工的 offer，离开的那天家人送她去了机场，当然任翔不敢露面，只能站在航站楼的落地窗边偷偷看她。

夏天眼睛红红的，不过她不敢哭，她怕自己哭了任翔看着难受。

强忍着眼泪过了安检，进入候机厅，夏家父母出站之后看到任翔。

此刻方成淑刚刚送别了女儿，知道女儿愿意乖乖去考试，都是这小子的功劳，她看着他，极不自然地说道："你要等就等呗，哼，反正我们夏天念完书之前是不会和你谈恋爱的，在国外会不会遇到更好的男孩也说不准，自己别后悔就成。"

"嘿，恭送丈母娘大人。"

任翔给方成淑让了道。

方成淑哼了声，离开。

任翔知道，这位丈母娘大人不是一般的傲娇，她说这话的意思，显然是已经默认了他们的关系。

夏至深看了看任翔，冲任翔竖了个大拇指，任翔当然对他报以礼貌的微笑。

夏天一个人坐在候机厅的小椅子上，拿着柔软的纸巾，强忍着不让眼泪掉下来。登上飞机之前，她收到一条来自任翔的短信："别哭啦，偷偷告诉你，签证马上就下来，就这两天，你翔哥跟着就来了。"

看到这条短信，夏天破涕为笑，立刻编辑短信："才没有哭。"

"鬼信你，一定哭惨了。"

"没有没有！"

……

任翔一个人蹲在马路边，抽完一根烟，揉了揉发红的眼眶，顾折风和李银赫一左一右蹲到他身边。

顾折风按了按他的肩膀，又对李银赫说："韩援，那句诗怎么讲来着，给我们狗翔背背。"

李银赫想了想，朗声道："两情若是久长时，又岂在朝朝暮暮。"

就在这时，有飞机从他们的头顶掠过，发出巨大的轰鸣声，狂风四起。

任翔站起身，抬头凝望湛蓝的天空，太阳刺破云霄，光芒刺眼。

今年初夏，姗姗来迟。

三个岳父爸爸
番外三

施纯如从丈夫口中得知了寇琛买下牧场的事情,很显然,寇琛已经知道了陆蔓蔓是他的女儿。

可是知道了并没有任何动作,这让施纯如感觉有些意外,直到后来原修将牧场的事情告诉了她。

施纯如感慨万千,她很难想象,像寇琛那样的家伙,居然会这样轻易地放弃了女儿的抚养权。

那可是他和仲清的女儿啊!

施纯如没有忍住还是联系了嘉和,约她在老树林咖啡厅见面。

几十年断绝往来,一杯余温袅袅的咖啡,施纯如还是没有办法做到心平气和。

赵嘉和是极其体面的女人,以前在大学时期便是如此,大夏天热得不行,施纯如和仲清两人穿着短袖短裤,随随便便扎了个马尾辫子傍晚在树底下乘凉,朝着路过的男孩吹口哨。而嘉和永远保持淑女形象,穿着规整的连衣裙,连膀子都不会多露出一块肉来,端端正正地站着,怀里抱着一本诗集,典型的书香美人。

虽然姐妹三人感情很好,但施纯如和陆仲清之间相处显然更融洽一些,两人臭味相投,干啥都能一块儿,赵嘉和就不行了,得端着,不能干有损形象的事儿。

见面的那天,赵嘉和穿着一身墨色的山水旗袍,端庄典雅,坐在静谧的咖啡厅雅座,手里端着咖啡杯,神情寡淡清冷。

这么多年过去,她保养极好,看得出来富贵水土滋养出来的温润状态。

当然，这么多年的断绝，施纯如对她依旧没有好脸色。

"你们都以为，仲清是我害死的，对吗？"她挑起柳叶儿眉看向施纯如。

"难道不是吗？"施纯如生硬回答。

当年她与寇琛大婚，仲清惨死，一桩桩一件件，难道能够脱得了干系？

"这么多年，你与我断绝姐妹往来，我丈夫与我分房而卧，夫妻恩情寡淡如水……"赵嘉和顿了顿，平复心绪，缓缓道，"活着的人啊，永远比不过死人。"

对于当年的事情，赵嘉和没有丝毫对施纯如隐瞒，正如她也没有半分对自己丈夫隐瞒，如实道来。

在寇琛去了深圳没多久，陆仲清便发现自己有了身孕，一开始自然是既欣喜又高兴，然后渐渐地便开始有些害怕。这件事她不敢告诉任何人，只对当时同留在首都的室友赵嘉和说过。

嘉和听到这个消息，如遭雷击。她依旧忍着巨大的悲伤，依旧给了自己的好姐妹建议，让对方立刻买了火车票，南下去找寇琛，男人总归是要比女人更有办法一些。

但是没过多久，陆仲清却一个人回了首都。她告诉嘉和，见到了寇琛，他住在地下室，每天在天桥底下摆摊卖碟，还和当地的地痞流氓打架，被追赶好几条街，每天为了糊口早出晚归，很辛苦，却赚不了什么钱。

她没能忍心现身把这件事告诉寇琛，如果说了，以寇琛的脾气，肯定不会让她离开。他处境本就艰难，带着个怀孕的女人，将来有了孩子，生活恐怕会更加水深火热，她绝不能拖他后腿。

当时赵嘉和也不知道该怎么办，她拿出了自己工作这段时间的全部积蓄给了陆仲清，让她回老家，回父母身边，自家父母肯定会关照她。

而陆仲清在老家依旧没能待太长时间，肚子隐隐有了轮廓，在那个年代未婚先孕可谓奇耻大辱，老家闭塞传统，家人对她嫌弃憎恶，出门便要承受乡亲邻里像看怪物一样的目光。

陆仲清心气高，自然受不了旁人对她指指点点戳脊梁骨，一气之下终于一走了之。

赵嘉和手里摩挲着咖啡杯沿，眸色中隐隐有涌动的波澜："我承认，那个时候我嫉妒她，发了疯一样嫉妒她，她怀的是我心爱之人的孩子，却还要问我寻找建议，天知道这个世界多么的不公平，我甚至……甚至建议她拿掉那个孩子。孩子来得太不是时候，会拖累她，也会拖累寇琛。

"当然，陆仲清舍不得这个孩子，我也理解，如果换成我，也一定拼了命都要保住那个孩子。

"我在首都给仲清找了个出租屋,让她安心养胎。我用自己的工资接济她,照顾她,但是两个月后,她告诉我说寇琛要回来看望她,她哭着说不知道怎么办才好,不敢让寇琛知道有这个孩子的存在,不想拖累寇琛。"

"我当时真是笑她傻,跟在男人身边,什么事有男人扛着,根本不需要这么辛苦。"

赵嘉和无奈地摇了摇头:"或许这就是我和她的不同,我觉得天塌下来有男人顶着,我只需要在男人身后当个小女人。可是陆仲清性格坚韧要强,她绝对不会让自己成为寇琛的负担。

"后来陆仲清不知道从哪里找来的法门,说有朋友告诉她,可以带她去美国避一避,那边大环境好,可以让她生下孩子,如果能找到好工作,说不定还能大赚一笔,等寇琛事业有了起色,再回来。"赵嘉和面无表情地继续说,"我当时劝过她,但我不否认我揣着私心,见她心意已决,就没有特别阻拦,她想走就走,未来天高路远,各人有各人的造化。

"寇琛回来之后找不见仲清,当然来找我了,仲清临走的时候千叮万嘱,不能把她的事情告诉寇琛,我当然什么都没说,但是那个时候……"

赵嘉和眸子里划过一丝凄然:"我的确是对不起仲清,在寇琛最失意惆怅之际,我向他表白了。

"我爱了这个男人整整四年,我的爱丝毫不会比陆仲清少,那时候我想着……或许这会是我的机会。"

施纯如手握紧了茶杯的杯盖,沉声道:"为了男人,半点不会顾念姐妹之情,哪怕你的好姐妹怀着他的孩子?"

"我就是顾念了这么多年的姐妹之情,我才错过了我的爱情!"赵嘉和突然情绪失控,"当年,当年如果不是因为顾念姐妹之情,表白的那个人,那个人应该是我!"

施纯如深深地呼吸着,追究过去的事情已经没有意义。

"后来呢?"

"后来,后来你也知道了,陆仲清音信全无,那两年寇琛发了疯一样寻找她,没有半点线索,我可什么都没说,你以为是我从中作梗在寇琛面前讲了仲清的坏话,其实根本就没有这个必要,我只要守住我的诺言,什么都不讲,什么都不知道,现实足以摧毁他的心。"

"在他最脆弱的时候,我如愿以偿得到了他。"赵嘉和平静地说,"我知道你又要骂我贱了,随意吧,反正这些年你也没少在心里咒骂我,我为了自己的爱情,我什么都不在乎。"

施纯如看着她,缓缓摇了摇头:"现在呢,寇夫人你得到自己想要的东西了吗?"

"如果你说的是名存实亡的婚姻。"赵嘉和自嘲地笑了笑,"后来得知陆仲清在国外的死讯,我和寇琛勉强维系的那点夫妻恩情便顷刻土崩瓦解,他怪我没把事情真相告诉他。哼,那个时候,我们连蜜月都还没有过去呢。"

"当年他没有和我离婚,现在也不会,他用这段婚姻惩罚着他自己,也在惩罚我。"

赵嘉和目光凄然:"而这个世界上,我唯一对不起的人,是我的孩子。"

这是让施纯如没有想到的,她以为赵嘉和与寇琛的婚姻真的如外界所渲染的那样幸福,她为此愤愤不平多年,为陆仲清感觉到不值。

却不承想,竟然是名存实亡的一纸空壳。

这样的婚姻,竟然还能坚持这么多年,赵嘉和她究竟是有多爱这个男人,才会愿意守着这种虚假的婚姻过一辈子!

施纯如终究是没有办法多去责难她什么,他们的婚姻本就已经是对两个人最大的折磨。

赵嘉和说她不后悔,她骄傲至极,从不为自己的选择后悔,但是施纯如绝对不相信……

毕竟当年姐妹三人,同窗四年,情比金坚。

她不离婚,她要用一生为逝者受难。

活着的人啊,永远没有办法和死人争。

陆蔓蔓和原修的婚礼在美国举办过一次,当然还要在中国举办一次,美国的婚礼是由路易斯和艾力克斯两位老爸将她亲手交到原修的手中。而中国的婚礼,出乎意料地……路易斯邀请了寇琛参加婚礼,希望他能陪伴她走一次红毯。

艾力克斯还嘀咕来着,蔓蔓结婚跟这家伙有什么关系,干啥让他牵着女儿走红毯啊?路易斯说人家在风暴中救了女儿,这份恩情宛如再生父母。

艾力克斯无言以对,当然他也不是忘恩负义的人,便不再多说什么。

寇琛为着婚礼的事情兴奋了好多天不能入眠,婚礼上紧张得不行,为了不出差错,他索性就不讲话了,保持着严肃端正的态势,走在红毯上。

第一次婚礼可能会有紧张,但是第二次婚礼,陆蔓蔓整个人就放松很多了,她挽着寇琛的手,看向红毯尽头的男人。

原修穿着笔挺的白衬衣西装,真是帅得越发没了天理,他冲她微微笑,从寇琛手中接过了陆蔓蔓的手。

不过在此之前,寇琛看着他,略带威胁地说:"臭小子,你要是敢对我姑娘不好,我的拳头可不长眼睛。"

原修郑重地点点头:"寇叔叔放心。"

寇琛终于依依不舍地松开了陆蔓蔓,将她交给了她所选中的男人,下场的时候终于绷不住,在欢腾的《结婚进行曲》旋律中老泪纵横。

周围人讪笑一片,首都商界叱咤风云三十载的寇总,居然会在人家婚礼上哭。

陆蔓蔓在众人的祝福声中与原修拥抱、接吻,却还是忍不住侧脸偷瞄自己热泪盈眶的老父亲,终究不忍心。

她揽着原修的脖颈,凑近他的耳畔,低声说:"原修,有件事情我想跟你知会一下。"

"嗯?"

"也许,我是说也许,在不久的将来,你就得有三个岳父爸爸了。"

原修:"……"

(已完结)

本书由春风榴火委托长沙大鱼文化传媒有限公司正式授权花山文艺出版社,在中国大陆地区独家出版中文简体版本。未经书面同意,本书的任何部分不得以图表、电子、影印、缩拍、录音和其他手段进行复制和转载,违者必究。